暗斗

一个书生的文化抗战

吴真 著

Copyright © 2025 by SDX Joint Publishing Company.
All Rights Reserved.

本作品版权由生活·读书·新知三联书店所有。
未经许可，不得翻印。

图书在版编目（CIP）数据

暗斗：一个书生的文化抗战 / 吴真著. -- 北京：
生活·读书·新知三联书店，2025.7 （2025.8 重印）
ISBN 978-7-108-08088-2

Ⅰ．I247.5

中国国家版本馆 CIP 数据核字第 20255NT085 号

责任编辑	卫　纯
装帧设计	鲁明静
责任校对	张国荣
责任印制	卢　岳
出版发行	生活·讀書·新知三联书店
	（北京市东城区美术馆东街 22 号 100010）
网　　址	www.sdxjpc.com
经　　销	新华书店
印　　刷	北京隆昌伟业印刷有限公司
版　　次	2025 年 7 月北京第 1 版
	2025 年 8 月北京第 2 次印刷
开　　本	635 毫米 × 965 毫米　1/16　印张 25.5
字　　数	235 千字　图 128 幅
印　　数	06,001-11,000 册
定　　价	88.00 元

（印装查询：01064002715；邮购查询：01084010542）

我在躲藏里所做的事,
也许要比公开的访求者更多更重要。

——郑振铎《求书日录》

目 录

引言　乱世中的文化暗斗　　001
　　一、历史暗夜中的自我救赎　　003
　　二、上海的文化生活与古旧书业　　008
　　三、多方势力的三岔口　　014
　　四、有意史料与无意史料之间的叙事裂缝　　018
　　五、书籍史视野下的文化抗战　　021

第一章　书籍的修罗场　　027
　　一、在饿死与去书之间选择一种　　031
　　二、纸墨更寿于金石　　036
　　三、楚弓楚得，古籍留存国内　　038
　　四、来自敌方的关注　　042

第二章　古书局中局　　049
　　一、秘笈时隐时现，世乱始出　　054
　　二、在日本抢发论文的"新陈"　　057
　　三、旧书中间人与《古今杂剧》的发现　　063

i

四、郑振铎中了潘博山的圈套？　　071
　　五、陈乃乾与苏州潘家的宿怨　　074
　　六、抗战胜利前后的不同表述　　082
　　七、日军对于江南文献有组织的劫掠　　086
　　八、秘笈首发权的抢夺　　090
　　九、大时代里最可惜、惨酷的牺牲者　　095

第三章　地火在运行　　101
　　一、"孤岛"日常生活　　103
　　二、看似寻常的每周聚餐　　110
　　三、意志不坚定者更将趋向歧途　　123
　　四、有许多事要做，却一件也不曾做　　126
　　五、孤军与诸贾竞　　132
　　六、谋划大行动　　138

第四章　三岔口夺书　　147
　　一、"可惜的是苏州的学者和读书人几乎都逃到上海去了"　　151
　　二、无缘对面不相识　　154
　　三、平行时空的郑振铎　　161
　　四、旧书店里也会冒出对敌斗争的硝烟　　167
　　五、江南文化之生死存亡关头　　174
　　六、围绕嘉业堂藏书的多方对决　　179
　　七、不知身是敌的敌人　　188

第五章　书林智斗，打通"孤岛"书路　　193
　　一、慎重严密的搜书行动　　198
　　二、与书林高手角力　　204
　　三、善用中间人　　212

四、与旧家气焰巧作周旋　　218
　　五、一切看在书之面上　　224
　　六、许地山的义举　　227
　　七、瞒天过海，打通书路　　235
　　八、三万多册古籍错失船期　　245
　　九、"孤岛"陆沉，书踪成谜　　249

第六章　虎窟之旁，人海藏身　　253
　　一、珍籍守护人　　256
　　二、北平图书馆存沪图书被劫　　264
　　三、经营书店，开明同人相濡以沫　　268
　　四、上海书难与"废纸"劫　　274
　　五、未出深林不敢歌　　278

第七章　难中相守的战时情缘　　287
　　一、记得去年今日么？　　291
　　二、黑暗深海中，相互照亮　　293
　　三、漫长余生的零回应　　296
　　四、题跋中的古典浪漫　　299
　　五、男性凝视与女性沉默　　305

第八章　慷慨好义的"叔平先生"　　309
　　一、张子羽：晚清重臣张百熙的公子　　312
　　二、任庵：华克之、袁殊、关露的隐秘战线同盟　　318
　　三、张叔平：鲸吞嘉业堂藏书　　324
　　四、1944年的多面张公子　　328
　　五、接收大员与毛公鼎　　335
　　六、亡命香港，与影星张织云共天年　　347

第九章　追索被劫古籍，楚弓楚得　　　　　　　　*355*
　　一、从香港到东京：古籍被掠经过　　　　　　*359*
　　二、长泽规矩也与郑振铎的隔空较量　　　　　*363*
　　三、日方试图隐匿中国善本　　　　　　　　　*369*
　　四、被劫文物的追索举证过程　　　　　　　　*375*
　　五、系于国运兴衰的古籍命运　　　　　　　　*382*
　　六、拖延古籍迁台　　　　　　　　　　　　　*386*

后记　　　　　　　　　　　　　　　　　　　　　*395*

引言

乱世中的文化暗斗

抗日战争把所有人的生活划了一道界线。
　　——李长之《杂忆佩弦先生》

这是历史上一个大动荡的时代，华北和长江下游所有的人都在搬，整个中国都在动。播迁到大后方的许多人流离失所，亲人离散，冻馁道侧，死于轰炸、枪弹、刺刀之下；并未奉命撤退的沦陷区民众，则被认为贪图安逸，被"自由区"的朋友目为伪民、顺民。1937年8月13日，淞沪会战爆发，时任暨南大学文学院院长的郑振铎面临着抉择：走，还是不走？他任教的暨南大学依然坚持在上海办学，而且他的家里上有老祖母、下有刚刚出生的小儿子，全家十口人一起撤退不太现实。他决定，不躲、不逃、不撤退，留居上海，等待天亮。

本书讲述的，就是一个手无寸铁的书生留守沦陷区上海的文化抗战史。

一、历史暗夜中的自我救赎

1938年春，巴金在回答一位身处沦陷区的小读者来信时说："这里还有一两百万中国的儿女，土地失掉了，但人民还生存着。他们仍还是不折不扣的中国人，他们并没有在敌人势力下低头的心思。但种种的关系使他们不能够离开这个地方。他们自己是没有过错的。"[1]翻看抗战时期上海文化人发表的文章，"忏悔""赎罪""过错""悔过"之类的字眼频繁出现，体现了文化人普遍的道德危机感，以及由于自

---

[1] 巴金《沦陷后的上海：一点感想》，《文摘》第8期，1938年，第184页。

我道德的拷问而引发的"罪感"心理。1938—1941年，上海大部分地区已被日本侵略军占领，只保留原公共租界和法租界一块狂涛汹涌中的"孤岛"，王芸生《孤岛上》寄语留居的人们，"现在我们应该尽力做同胞互助的工作，救济无告的难民，以赎自己的罪孽"[1]。傅葆石《灰色上海，1937—1945》一书指出王统照、李健吾和《古今》杂志的作者群等留居上海的知识分子，在乱世求生与民族气节之间的道德困境：一个人怎样才能在沦陷区活命，同时也不背叛国家和自己？[2]

同样，在郑振铎的公开文字和日记中，我们也能看到这样一种思想挣扎，他甚至有一种赎罪的焦虑感。在漫长的八年之中，许多已经迁往内地的朋友（叶圣陶、巴金、茅盾等）都曾责怪过郑振铎：为什么不到内地去？面对日军的文化暴行，郑振铎意识到自己应该有所作为，他为自己选择的报国途径是"收异书于兵荒马乱之世，守文献于秦火鲁壁之际"[3]。当时上海各大图书馆成为敌军炮火摧残之目标，各著名大学及文化机关尽遭破坏，大学图书馆损失更多[4]，公家劫余残书，散落于市面上。此外，沦陷区的故家旧族藏书也在源源不断流入上海，如果国家不能及时收购，必将流出国门，最终酿成"史在他邦，文归海外"的奇耻大辱[5]。

郑振铎是1919年参加五四运动的一名干将，当时"打倒孔家店"的人们把线装书全送到厕所里去，与古籍略有沾染的人都被视为封建

---

[1] 王芸生《孤岛上》，《抗战实录之二：沦陷痛史》上册，贺圣遂等选编，上海：复旦大学出版社，1999年，第233页。

[2] 傅葆石《灰色上海，1937—1945：中国文人的隐退、反抗与合作》，北京：生活·读书·新知三联书店，2012年。

[3] 郑振铎《芥子园画传三集》，《西谛书话》，北京：生活·读书·新知三联书店，2005年，第464页。

[4] 《上海各图书馆被毁及现状调查》，《中华图书馆协会会报》第13卷第3期，1938年11月，第5—6页。

[5] 郑振铎《〈劫中得书记〉序》，《西谛书话》，第208页。

余孽。可是，1937年年底，在全民抗战的生死关头，这样一位五四宿将不去启蒙民众投身抗日，而是转身去抢救旧书"古董"，朋友们纷纷表示不能理解。听闻郑振铎斥巨资为国家购下稀世孤本《古今杂剧》，连他最好的朋友叶圣陶都认为"现在只要看到难民之流离颠沛，战地之伤残破坏，则那些古董实在毫无出钱保存之理由"[1]。1940年7月，郑振铎在重庆出版《文阵丛刊》第1辑卷首以笔名"源新"发表《保卫民族文化运动》，号召有理智者："在这最艰难困苦的时代，担负起保卫民族文化的工作！这工作不是没有意义的！且不能与民族复兴运动脱离开来的！"主编茅盾、楼适夷在编后记中说："他向战斗的文化人发出一个似乎迂远而其实是急迫的呼声。"[2]

抢救民族文献，对于大部分现代知识分子来说确实有点"迂远"，巴金甚至说："敌人的枪刺越来越近了，我认为不能抱着古书保护自己，即使是稀世瑰宝，在必要的时候也不惜让它与敌人同归于尽。"[3]然而，郑振铎却站在更深远的人类文明长河中拼命打捞着这些古籍文物，他并不赞同那种抱着先人之宝与敌人"玉石俱焚"的做法。他认为，沦丧的国土可以收复，文物古籍散佚了就不可复得，毁灭了就是完全消失，无从弥补。他在抗战胜利后撰文重申过这一观点：

> 抗战的十四五个年头以来，国家和国民的损失，简直难以数字来估计。其中，尤以文物的损失为最不可补偿。珍宝、房屋、工厂，以及其他种种物资毁光了，都可以有办法叫敌人赔偿，房屋可以建筑得更新式，更合理；工厂可以设

---

[1] 《叶圣陶抗战时期文集》第一卷，商金林编，北京：人民教育出版社，2005年，第81页。
[2] 《文阵丛刊》第1辑，生活书店，1940年7月，第5页。
[3] 巴金《怀念振铎》，《文汇报》2003年11月21日。

备得更现代化,更大,更有效力。但文物一被毁失,便如人死不可复生一样,永远永远的不会再有原物出现,而那原物在文化上,在艺术上,在学术上却是那么重要,不仅是中国先民们的最崇高的成就,也是整个人类的光荣与喜悦所寄托。它们的失去,绝对不能以金钱来估值,也绝对不能以金钱来赔偿。[1]

抢救保全文物古籍,并非抗战时期一般知识分子认为应该担负的责任,而是郑振铎自觉承担起来的文化责任,他说:"我们的民族文献,历千百劫而不灭失的,这一次也不会灭失。我要把这保全民族文献的一部分担子挑在自己的肩上,一息尚存,决不放下。"[2]当全民的责任落到个人的肩膀上,而且还是在上海"孤岛"苦守的个人身上时,原来"躲避在上海"的道德负罪感之上,又多加了一层"万一失败则成罪人"的历史负担。郑振铎认为,个人作为文化的传承保存者,如果听任民族文献流出国外或者毁于战火而无所作为,那便是千秋罪人,百身莫赎。在争夺嘉业堂藏书时,面对日伪、美国势力的围堵,他说:"如此批货为外人所得,诚百身莫赎之罪人也!"[3]他坚持不接受大后方发来的车马费,说:"负责收书,纯是尽国民应尽之任务之一,决不能以微劳自诩,更不能支取会中分文,以重罪愆。"[4]

"从劫灰里救全了它,从敌人手里夺下了它!"为了抢救和保全

---

[1] 郑振铎《敌伪的文物哪里去了》,《大公报》1946年1月13日。《郑振铎全集》第14卷,石家庄:花山文艺出版社,1998年,第465页。

[2] 郑振铎《求书日录》,《西谛书话》,第405页。

[3] 《郑振铎致蒋复璁信》(以下简称为"致蒋信"),1941年3月19日,《为国家保存文化:郑振铎抢救珍稀文献书信日记辑录》,郑振铎著、陈福康整理,北京:中华书局,2016年,第239页。

[4] "致蒋信",1941年4月11日,《为国家保存文化》,第240页。

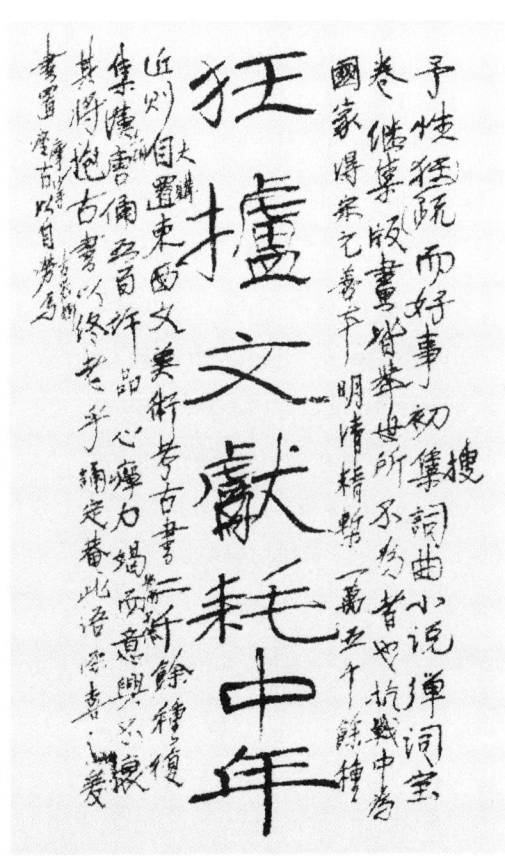

1949年郑振铎手录龚自珍诗,赠他的学生方行

古籍，郑振铎主动过着艰苦的生活，甚至拿身家性命冒险。巴金晚年说："我批评他'抢救'古书，批评他保存国宝，我当时并不理解他，直到后来我看见他保存下来的一本本珍贵图书，我听见关于他过着类似小商人生活，在最艰难、最黑暗的日子里，用种种办法保存善本图书的故事，我才了解他那番苦心。"[1]

由于留居租界避难地，脱离了大后方的抗战集体，郑振铎始终抱有很大的内疚和负罪感，从而将抢救古籍当作一场不见硝烟的对敌暗斗，将保全民族文献视作留守"孤岛"的自我救赎与考验。他在1940年9月1日致"文献保存同志会"（以下亦可简称"同志会"）成员张寿镛的信中说："为国家保存文化，如在战场上作战，只有向前，决无逃避。"[2]现实军事战场上，中国军队节节败退，郑振铎等人却在文化领域发起了一场以哀兵姿态主动进攻的战斗。

全面抗战八年，正值郑振铎三十九岁到四十七岁的人生黄金时期，身处漫长的历史暗夜，"时时刻刻都有危险，时时刻刻都在恐怖中，时时刻刻都在敌人的魔手的巨影里生活着"，郑振铎说，"然而我不能走"。[3]他默默承受着朋友们不理解的埋怨，始终以保存文物为己任，"抗战中为国家得宋元善本明清精椠一万五千余种"[4]。

二、上海的文化生活与古旧书业

上海是郑振铎文化抗战的主战场，也可以说是他的事业根据地。

---

[1] 巴金《怀念振铎》，《文汇报》2003年11月21日。
[2] 《郑振铎致张寿镛信》（以下简称为"致张信"），1940年9月1日，《为国家保存文化》，第117页。
[3] 郑振铎《求书日录》，《西谛书话》，第404页。
[4] 郑振铎1949年题赠方行，见《郑振铎文博文集》，国家文物局编，北京：文物出版社，1998年，插页。

1919年11月,郑振铎与瞿秋白、耿济之、许地山等人创办《新社会》。1923年郑振铎(中立者)结婚时,身旁伴郎为瞿秋白(右二)

1921年1月,郑振铎和沈雁冰、叶圣陶等人发起成立"文学研究会"时,还是北京铁路管理学校(今北京交通大学)的一名工科生;他同年夏天毕业分配到上海的铁路管理局工作,工作了两个月就辞职,转入商务印书馆编译所担任编辑。次年,他到女子贵族学校——神州女子学校兼课时,认识了毕业班学生高君箴,商务印书馆编辑部主任高梦旦的小女儿。1923年第13卷起,郑振铎担任商务印书馆的刊物《小说月报》主编,同年秋天与高君箴结婚。

20世纪20年代中后期,全国出版书业的中心由北京琉璃厂转移到上海四马路,中国的文化中心亦由北京移至上海。位于上海四马路的商务印书馆不仅是当时亚洲最大的出版机构,也是上海的文化中心。任职商务印书馆的十年之间,郑振铎通过主编文学期刊、发表翻译作品和学术论文,迅速闻名全国,并在1931年由编辑转为大学教授,赴

商务印书馆1909年设涵芬楼，1926年扩展为东方图书馆对外开放，1932年被日军炸毁

北平燕京大学任教，1935年夏天回到上海暨南大学任教，并为上海生活书店主编大型文学丛刊《世界文库》。

上海文化中心有两个主要的关系网络：一个是学者、作家与出版界，另一个是收藏家与古旧书业、图书馆界，郑振铎正是这两个关系网络的中心人物之一。全面抗战八年，郑振铎有能力与敌伪争夺文献，正是因为有这两个关系网络的情义支持。当时上海的爱国进步人士组成了"复社""星二会""星六会"等私人定期聚餐团体，交流分享资源和信息（详见本书第三章）。从郑振铎1939年日记中可以看到，他全年一共参加了三十六次"星六会"，正是这些看似寻常的每周聚餐，有效地利用了与会者的社会地位和社会关系，解决了"孤岛"上发生的许多重大事件，填补了国家力量休克时期造成的临时真空；隐蔽的相互帮扶带来的团体感与亲密感，也缓和了危机面前人们的彷徨和痛苦。这种民间团体的存在，是对占领者的一种隐形挑战。郑振铎在抗战胜利之后发表的《记复社》一文中说，复社的二十位社员所代表的是"'自由上海'的各阶层'开明'的与'正直'的力量"[1]。

1942年上海全面沦陷之后，依托开明书店，以郑振铎为中心，上海文艺界形成了一个"沉默的抵抗"圈子。"位于公共租界的开明书店，为上海沦陷时期的自由文人提供一份虽然微薄但很稳定的收入，更重要的是还带来了真正的团体感。"[2]开明书店创人章锡琛原在商务印书馆主编《妇女杂志》，因为撰文受到攻击而被辞退。郑振铎、胡愈之、叶圣陶等商务同人支持他另筹刊物，1926年，章氏创办了开明书店，夏丏尊和他"白马湖作家群"的一批老朋友加入开明，后来叶圣陶、王伯祥等一批"朴社"知识分子的加入，令开明书店的业务蒸蒸日上。郑振铎虽然从未在开明正式工作过，但他是该店创办时的原始股东，一直在参与出版、编审、人事等各种事务。上海"孤岛"时期，他为开明书店主编《文学集林》，1942年之后他离家蛰居，几乎天天到开明书店跟老朋友聊天（详见本书第六章）。

"开明书店派"知识分子大都有同乡、同窗或同事之谊的老关系，家世和教育背景也大致相同：大都出身江浙一带的平民家庭，一般读到高中或师范学校，或在那些不很有名的高等院校受过教育。[3]他们早早地步入社会养家糊口，受益于二三十年代上海出版业蓬勃发展的时代红利，成为中国第一代职业出版人，作为外乡人在上海站稳脚跟，步入城市中等阶层行列。其中郑振铎、傅东华、周予同等，后来成功转型为大学教授。1937年全面抗战开始之后，只有叶圣陶内迁，

---

[1] 郑振铎《记复社》，《蛰居散记》，福州：福建人民出版社，1982年，第70页。
[2] 傅葆石《灰色上海，1937—1945》，第73页。
[3] 郑振铎祖籍福建长乐，1898年生于浙江永嘉，十岁丧父，靠母亲做针线微薄的收入和亲友的接济过活。对于开明书店派知识分子的生活轨迹分析，参见王儒年《疏离与融合：1930年代的知识分子与上海地方社会》，许纪霖等著《近代中国知识分子的公共交往（1895—1949）》，上海：上海人民出版社，2008年，第248—264页。

开设于"书店街"四马路（现福州路）上的开明书店

大部分的"开明人"都留在上海，继续从事文化战线的战斗。郑振铎在愚园路的家，成为开明人以及留守上海知识分子的聚集地。

相比之下，那些具有欧美留学背景和中间阶层以上家庭出身的大学教授、政府文职人员，大部分都随着国民政府内迁了。因此，郑振铎及其朋友们的文化抗战，也就具有了"平民知识分子文化抗战"的象征意味。郑振铎成长于上海的商业文化传统之中，擅长利用"大上海"的文化商业网络，从而与敌人展开这场没有硝烟的文化暗战。

在中国历史上，收藏热潮经常会出现于兵火乱世之中。乱世动荡不安，贪腐盛行，书画、古籍、古董作为"硬通货"反而成为社会各界竞相储财、生财的主要选择。同时，乱世也给有胆识的收藏家创造了赌博的机会，丁祖荫、刘承幹、庞元济、叶恭绰、邓邦述、南浔张氏园……本书涉及的大部分收藏家均是在清末民初的乱世收藏热中，把握机遇，乘势而上，成为古籍书画大藏家的。到了抗战时期，这些藏家纷纷让售手中古籍，而由郑振铎组成的"文献保存同志会"则利用中英庚款和政府拨款，收购了多家藏书楼的精华珍籍，在抗战胜利后安全入存政府图书馆。图书馆从业者王重民在战时曾说："这个时代，是古书从私有转入公有的大时代，要努力收买，不要失掉好机会！"[1]如果将书籍的聚散比喻成长江大河，那么现代史上就有着一座"郑振铎大坝"：它把江南传统藏书楼的景世珍籍拦截在上海，避免其零落流出海外；古籍珍本也由之大多归于国家，不复隐匿民间，从此之后，国家支持的公共图书馆成为收藏古籍的最大渊薮。

虽然名义上是为国家保存文化，但在国家力量暂时缺席的上海租界，郑振铎的文献抢救工作，只能遵循古旧书业的商业规则，以个人名义进行秘密交易。所谓旧书，是指"经过流通再回收的书"，古旧书业就是收购持有者手中的古籍和旧书，并再次将之投向市场的一个半文化、半商业的行当。

全面抗战八年间，上海古旧书业的种种行业生态，战争、货币汇率、物价、纸张供应等因素对于书市的影响，古籍循环流通网络中的书商、中间人与买卖双方的角力，所有这些因素作用在郑振铎的收书计划上，既有风险，也有机遇。传统中国商业社会的明规暗矩与多方博弈，鲜明地体现在战时的上海旧书业上。从本书钩沉的若干"书事"中，我们还可一窥郑振铎在不放弃国家利益的前提下，游刃于乱世"俗情世态"的情商与智商。

在战争年代，新书业凋零，而旧书业却异常兴旺，因为古籍也是流通性和兑换性很高的保价品。"富商大贾，群起争购，视之若货物、若货产"[2]。旧书的聚散，犹如货币的流通，旧书业就是依赖这一循环

---

[1] 王重民《读〈中央图书馆善本书目〉因略谈我国的善本书》，《大公报》（图书周刊）第57期，1948年7月12日。
[2] 陈乃乾《上海书林梦忆录》，《古今》第20—21期，1943年，第24—27页。见《旧时书坊》，秋禾编，北京：生活·读书·新知三联书店，2012年，第84页。

体系而生存。战争浩劫，公私藏书大量抛入市场，旧书的聚集与流散也随之加速，触发了旧书业的畸形繁荣。上海公共租界的四马路中段与河南路，旧书摊林立，三步一摊、五步一店。来青阁、汉文渊、中国书店等旧书店，在抗战前四年的营业额惊人，中国书店一天能向外地发送上千个书籍邮包。1941年冬，上海书价升至极点，与1937年春相比，善本旧抄精校书溢价十倍以上，宋刻善本，动辄以金条计价。1942年夏天以后，上海的暨南大学等学校南迁，北平的燕京大学等大学及美国背景的学校关闭，书业贸易一落千丈。郑振铎每一次出手，都是非常时期斗智斗勇的博弈求生。

三、多方势力的三岔口

在上海"孤岛"，各种力量都在或明或暗地交锋着，波谲云诡之下是涌动的暗潮。日军逼迫租界巡捕房搜捕抗日人士，利用黑社会制造恐怖；中统、军统一面暗杀汉奸，一面保护着国民党大人物的在沪利益；共产党地下组织按照中共中央"应以长期积蓄力量、保存力量、隐蔽力量、准备将来的决战为主"的指示，搜集情报，团结各界进步人士；汪伪集团通过"76号"等特务机构打击抗日力量，同时对知识界许以高官，企图收买人心；至于英美意等外国势力，则想方设法维护自己在中国的利益。在这个舞台上能够公开亮相的人物，大都戴着多重面具。

明权暗贵纷纷进入书业市场，古籍也因此成为社会精英的"象征资本"，郑振铎为国家抢救文献，游走其间，自然需要与各方势力巧作周旋。本书第二章、第五章试图分析郑振铎洽购抢救古籍"书事"背后的行为逻辑与斗争策略。第六章、第八章则集中钩沉"孤岛"沦陷之后，"潜伏"在上海的郑振铎，身负近三万册珍籍的保全任务，他如何在日本宪兵队、汪伪特务环伺侦察的险恶环境中,凭借自己的胆大心细,在张子羽、袁殊等多重身份地下工作者的帮助下,巧妙地一一化解诸多麻烦和祸端。

在上海错综复杂的斗争环境中,郑振铎枕戈待旦,时刻警惕,处处提防,既要提防敌方投过来的长枪,也要提防自己人射过来的暗箭。当时上海"孤岛"有多方势力争夺古籍,正如京剧《三岔口》那样,黑暗中的打斗,分不清敌人与友人,场上任何一点风吹草动,都会让在场人有所反应,甚至导致同室操戈。这是本书名为"暗斗"的其中一层奥义。郑振铎抗战胜利后曾自我评价说:"我在躲藏里所做的事,也许要比公开的访求者更多更重要。"

正是因为在黑暗中打斗,郑振铎自己对于日军侵略者的觊觎、监视,其实认知并不充分。当时日军对中国文物文献的掠夺是有组织、有计划的隐秘行动,每一个师团均配备"兵要地志资料班",在未占领以前已经打探清楚,拟出"接收"(没收)清单,一俟占领,立即展开掠夺。江南日军随队皆配有专人鉴定字画书籍,"书画割去四周,以便携带。全部抄完,然后就烧,其幸免的,往往就轮到汉奸抢劫。有时日军一面纵他们抢,一面却故作保护的姿态,让随军电影队拍摄影片,以示'保护中国人之赤忱'"[1]。1937年12月,上海派遣军特务部成立"占领地区图书文献接收委员会",随军特派图书馆员,假"接收整理"之名,专事掠夺官方机构、学校、图书馆以及私人藏书楼的文化资料[2],之后将这些文献搬运到上海、南京汇总,再挑选精华本运往日本陆军总部。

---

[1] 阿英《胡沙随笔·如此烧抄》,《文汇报》1938年4月30日,后收入《第一年代续编》,香港:美商未名书店,1939年,第221页。

[2] 鞘谷純一『日本軍接収図書-中国占領地で接収した図書の行方-』,大阪:大阪公立大学共同出版会,2011年,第57—88页。

日本南京军特务部图书整理委员会全体合影,《书香》第110号,1938年

日军掠夺中国文物不仅有专职机构,而且手法隐蔽,采用民间名义从上海偷运出境,以防日后被追查。张怿伯曾目睹了日军的无耻掠夺行径:

> 敌兵在镇江,劫得许多古董玩器,装箱运走,嘱由某理发店,代开一假发票,并盖店戳,闻系为避免海关盘诘,究未知其用意。总言,明明系抢劫得来,但要蒙混得过人,即可作为买进来的,所谓皇军,于这些鬼祟之事,做得如此之工,真是无所不能。[1]

---

[1] 张怿伯《镇江沦陷记》,1938年8月,《抗战实录之二:沦陷痛史》上册,第389页。

这些被偷运出境的古董古籍，多数只能永远流落他乡。经郑振铎之手抢救的近三万册古籍，也一度被日军劫掠到东京，但因为有郑振铎、陈君葆、叶恭绰等人的细心和努力，中方在战后出具了追索劫物的有效铁证，最终成功将古籍追还归国（详见本书第九章）。

图书的"接收"整理也是日本在华情报工作的重要一环，清水董三（日本大使馆一等书记官）主管的"中支建设资料整备事务所"，专事经济战略情报整理。清水董三曾亲自到上海的中国书店去找郑振铎，还试图通过一个当了汉奸的"朋友"来收买他。郑振铎一直以为清水董三只是"管文化工作的"，他有所不知的是，清水董三从1939年3月开始主管沦陷区的图书情报工作，而且也是日本侵华特务机关"梅机关"的日方决策层之一。而"梅机关"的机关长、汪伪最高军事顾问影佐祯昭，曾特地令人把郑振铎组织"复社"出版的《西行漫记》翻译为日文，作为"极秘"资料派发至各机关（详见本书第三章、第四章）。此外还有高仓正三、长泽规矩也等人，也一直没有放松过对于郑振铎的追踪。

郑振铎身处其中，始终处于被"围猎"的危险境地，其行动，其研究，其藏书，一直受到日本军界、情报界、学术界的密切注目。当时他隐约知道自己处在一种极度的危险之中，但是，危险在哪里，谁是背后黑手，黑暗中到底有哪几双眼睛，哪些朋友其实是最大的敌人，作为当事人的郑振铎并不清楚。今天，我们通过解读日方、汪伪的档案，还有不断公开的私人日记、书信以及当事人回忆，能够观剧似的看到当年身处黑暗中的郑振铎，是如何与"某方"进行黑暗中的周旋与打斗。

这是一场发生在上海的国际商战，更是与敌伪争夺情报的谍战，归根结底是一场反抗帝国主义侵略的文化保卫战。

四、有意史料与无意史料之间的叙事裂缝

郑振铎有记日记的生活习惯，目前留存下来的抗战时期日记，有1939年全年日记、1940年1—2月、1943年2—8月、1944年全年日记、1945年6—10月日记。[1]除了1940年日记在抗战胜利后加以整理公开发表，其余大部分用钢笔写在台历上，属于比较原始的、并未抄正的私人日记。上海沦陷时期，日本宪兵队往往在实施逮捕时一并搜查家中的书籍和有文字的东西，试图从中找出"物证"。比如1944年李健吾被捕后，敌人从他为今后写作准备资料的"小蓝本子"里的片言只语中，"揪出"向往延安的思想倾向，对其施以酷刑。[2]

郑振铎从事的文献抢救保全工作，必须万分机密，万分谨慎，在现存的上海全面沦陷时期日记中，我们几乎找不到郑振铎与出资方的重庆中央图书馆、保存古籍的法宝馆等等抢救文献事业的相关信息。比如1943年日记中完全没有他和重庆联系、获得汇款的记录，但是我们在台北"国家图书馆"保存的档案中可以看到：7月18日，郑振铎化名"犀"向重庆蒋复璁发信，提到因为在上海秘密保存古籍，已经积欠"李平记"数千元，请重庆尽快付第一模范市场的齐云青六千元。[3]而在他这一天的日记中，记的是他午餐后至徐森玉处，又至徐微处，见到两年多未遇的学生，又至张宅打麻将，归时已11时——纯粹

---

[1] 郑振铎1939年全年日记于2023年年底在上海被拍卖，本书写作蒙郑源先生、郑炜昊先生赐下日记照片。其他日记及其背景介绍，详见《郑振铎日记全编》，陈福康整理，太原：山西古籍出版社，2006年。

[2] 李健吾《小蓝本子》，《李健吾文集·散文卷》，李维永编，太原：北岳文艺出版社，2016年，第291—294页。

[3]《郑振铎函蒋复璁》，1943年7月18日，台北"国家图书馆"馆藏，馆藏号：039064。下文如无特别说明，"文献保存同志会"相关信件、工作报告的档案馆藏号皆为台北"国家图书馆"馆藏号。

是一天游荡生活的流水账。7月19日,徐森玉化名"圣予"向重庆蒋复璁发信,把郑振铎的请求重复了一遍[1],可见前一天郑振铎确实曾到他家商议催款一事,但是,日记中并不会记下这些隐秘的议事内容。

因此我们需要在私人日记与历史档案之间建立联系,这样才能拼接出抗战时期郑振铎秘密行动的相对完整的拼图。同时我们还需要把与郑振铎同处上海的朋友们的日记,也纳入考察视野,这样才能借助第三者的视角,补齐郑振铎所在的历史处境。本书所用日记文献计有《陈乃乾日记》《王伯祥日记》《张凤举日记》《陈君葆日记》《夏承焘日记》《张葱玉日记》《刘承幹求恕斋日记》《张元济日记》《舒新城日记》《周佛海日记》,日本高仓正三的《苏州日记》,以及《郑振铎年谱》《赵万里先生年谱长编》《叶景葵年谱长编》《夏承焘年谱》《龙榆生先生年谱》等年谱文献。

1940年1月至1945年9月,郑振铎与张寿镛、蒋复璁、徐森玉等人来往共四百多封信件,均为"文献保存同志会"具体工作的历史现场记录。为了避免古籍善本"落入敌手",当时出于安全考虑,这些信件多以"某方"等模糊词语指称对手。由于日方文献的缺乏,过去研究者无法释读"某方"究系何方,从而使研究仅侧重于"抢救"工作,无法凸显郑振铎与敌"争夺"的对抗性和危险性。2010年以来,笔者多次到日本防卫省防卫研究所图书馆、日本国立公文书馆、日本国立国会图书馆宪政资料室、东京大学图书馆、东洋文库等机构查阅战时档案图书,通过中日双方的史料对照阅读,才知道所谓的"某方"正是"日方",也即最阴最毒的侵略者方。

以上所列举的日记、信件、档案等历史文献,按照史料性质,可分为"有意史料"与"无意史料"。本书第二章讲述的"古书局中

---

[1]《徐森玉函蒋复璁》,1943年7月19日,馆藏号:042008。

局"，由于郑振铎、陈乃乾立场的不同，买卖过程中各自利益的不同，导致郑振铎、陈乃乾、潘博山三方，各有各的叙事，甚至连郑振铎自己也在不同时期的文章中，对于陈乃乾的作用采取了不同的说法。这些蓄意存留某一部分往事，同时又遮蔽某一部分往事的历史叙事，可以归入历史学家布洛赫（Marc Bloch）所说的"有意史料"。个人的日记、文章，以及回忆录，均属于此。由于每个人在历史事件中的立场及利益均有不同的差异，又或者是为了规避某种风险（比如郑振铎为了避免日记落入日伪特务手中），各人均采用了"利己"叙事或者片面叙事，蓄意存留某一部分事实，同时又遮蔽某一部分事实，这就导致不同主体的"有意史料"之间存在着不可弥合的裂缝，也影响了今人对于历史事件的理解与判断。

海内外各大图书馆、档案馆保存的历史档案文件，以及事件过程中参与者或目击者无意识留下的现场记录（比如书籍上的赠语题跋及印章、"同志会"的信件、陈乃乾在日本抢先发表的文章、高仓正三在中国时期的日记），还有相对来说利益不甚相关的旁观者记录——王伯祥、夏承焘等人的日记，开明文人群的信件、日本图书馆员的集体回忆——这些可以归入"无意史料"，或者是出自旁观者的记录，或者是因别的目的或原因而留下的，或者是无明确书写意图的，无意中提供较为可靠的历史信息和知识的那些文献。这些无意史料，为我们提供了完全不同于"有意史料"的目击者视角。

布洛赫《历史学家的技艺》认为："过去无意中留下的遗迹还可以填补历史的空白，考辨史实的真伪，它可以帮助我们预防无知或失实这类绝症。若不是借助这类史料，当历史学家将注意力转向过去之时，难免会成为当时的偏见、禁忌和短视的牺牲品。"[1] 郑振铎抢救保

---

[1] 马克·布洛赫《历史学家的技艺》，张和声、程郁译，上海：上海社会科学院出版社，1992年，第50页。

2017年，本书作者在日本国立国会图书馆宪政资料室查阅资料

全民族文献，发生在"孤岛"上海，发生在侵华日军"虎口"之下，在这样的高压之下，郑振铎、陈乃乾、刘承幹等当事人的叙事必然存在一些"禁忌"与"失语"。近年来我们着力于挖掘海内外图书馆、档案馆所藏"无意史料"，将"侵略者"与"被侵略者"两种视角的史料加以比对，才能清晰看到郑振铎及"文献保存同志会"诸同人所面临的黑色恐怖。我们相信，随着越来越多无意史料的渐次浮现，抗战时期郑振铎抢救文献背后牵涉的人事利益与叙事禁忌也将更为明朗。

五、书籍史视野下的文化抗战

郑振铎有意识地为战争中历劫的书籍留下大量文字记录。全面抗战八年间，他写有《失书记》《劫中得书记》《劫中得书续记》《求书目录》《烧书记》《售书记》《"废纸"劫》等十几篇文章,记有《长乐郑氏纫秋山馆行箧书目》等八部书目,还有与"文献保存同志会"抢救文献相关的工作报告及四百多通书信。他还有记录个人访书生活的五年日记,以及分散于各书叶上的数百则题跋书话。这些文字详细记录了战争对于书籍的伤害,具体描述了日本侵略者对于书籍的文化暴行。

钱振东《书厄述要》指出:"文化之于国家,犹精神之于形骸。典籍者,又文化所赖以传焉者也。"[1]"书厄"是指中国历史上发生的造成大量公藏书籍亡佚残缺的劫难。日本侵略中国导致的"书厄",不仅是北平图书馆、清华大学图书馆等公藏图书的"书厄",更是民间藏书的灭顶之灾,其损失之巨,至今无法用数据加以统计。郑振铎在尽力抢救民间藏书的同时,也记录下他所目击的民间书籍劫难全过程,这也是书籍史和抗日战争史上十分珍贵的史料。[2]

一部书如何从原藏家手中漂泊到上海?曾经面临怎样的危机(被盗、被烧毁、被卖出国)?它们以什么样的劫后面貌存在(水火痕迹、残缺)?一部书就是一个战争受害者。郑振铎的记录,将"劫中书籍"作为主角,"每于静夜展书快读,每书几若皆能自诉其被收得之故事"[3]。

个人在战争中的命运挣扎,也是郑振铎抗战时期文字的重要内容。郑振铎真实记录了个人命运与书籍命运的共沉浮——烧书以逃

---

[1] 钱振东《书厄述要》,《坦途》第4期,1927年,第68—71页。
[2] 书籍史(Book History)以书籍为中心,研究书籍创作、生产、流通、接受和流传等书籍生命周期中的各个环节及其参与者,探讨书籍生产和传播形式的演变历史和规律,及其与所处社会文化环境之间的相互关系。[英]戴维·芬克尔斯坦、阿利斯泰尔·麦克利里《书史导论》,何朝晖译,北京:商务印书馆,2012年,译者前言。
[3] 郑振铎《〈劫中得书记〉序》,《西谛书话》,第208—209页。

死,售书以求生,抢救书籍以抗日,保全书籍以延续文化血脉。1954年,日本岩波书店翻译出版郑振铎记录抗战时期上海生活的《蛰居散记》一书,将书名改为『書物を燒くの記:日本占領下の上海知識人』,特别拈出"烧书"作为上海沦陷时期"地狱相"的象征。书籍的苦难,也是全人类的苦难。抗战时期郑振铎艰苦卓绝的书籍事业,成为全世界保护书籍文明的人的精神支援(详见本书第六章)。

郑振铎周围的开明书店文人圈以及徐森玉、赵万里、陈乃乾、陈济川等友人,皆是以书为职业者。本书希望尽可能描绘抗战时期这些"以书为职业者"的群体画像,关注书籍背后的人的生命形态,以及由于书籍的流动而产生的人与人之间的矛盾、合作与博弈。

借鉴书籍史研究视角,本书希望揭示在传统文献学中容易被忽视的书贾群体及其商业活动,观察这一群体如何参与"文化抗战"。书贾群体虽然在中国书籍流通中起到重要作用,但是大部分的文人文章都把他们描绘成唯利是图的商人形象,而在郑振铎的抗战文字中,他给予了这些书业同人以最大的温情,他说:"我很感谢他们,在这悠久的八年里,他们没有替我泄露过一句话。"[1]书贾不仅掩护了郑振铎,也掩护了图书的外运。"文献保存同志会"在上海抢救的海量书籍,正是中国书店的杨金华等人,利用民间商运瞒天过海,穿越政治铁幕,打通了一条隐秘的"孤岛书路"(详见本书第五章)。

书籍是战争的受难者,也是战争遭遇的讲述者。中国古籍书叶上常常有藏书印章、赠语题跋等书籍收藏、流转、阅读的痕迹,这些痕迹讲述着书籍背后过往的人间关系。这种讲述往往比当事人的事后陈述更为真实,因为它们是某一历史时刻由人与人的交流碰撞而留下的时间痕迹。比如笔者发现1944年两种有着郑振铎手迹的持赠本,早

---

[1] 郑振铎《暮影笼罩了一切》,《蛰居散记》,第7页。

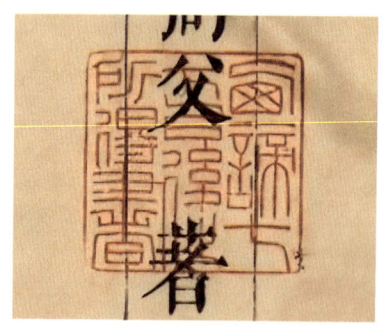

郑振铎在"七七事变"之后藏书章——"西谛七七以后所得书",这是中国藏书史上罕见的记录"书厄"的印章

1937年5月,郑振铎与暨南大学中文系毕业生合照

在郑振铎去世之前，已经从受赠者徐微手中散出，一本流落常熟，一本漂泊关外。郑振铎赠书时希望对方"开卷睹此，莫逆于心"，可是，为何二书均被辜负？沿着这个疑问追寻，会发现郑振铎在抗战时期日常生活的另一个侧面（详见本书第七章）。

在中国国家图书馆收藏郑振铎生前藏书的"西谛书库"，还有一本送给"张叔平"的"特制赠送本"，郑振铎在扉页上手写了两页热情洋溢的赠语。可是，这位1944年资助郑振铎出版《明季史料丛书》和《长乐郑氏汇印传奇》两套大丛书的张叔平似乎并未收下这份礼物。张叔平也出现在徐森玉、叶恭绰等人的古籍题跋中。从这些集结于书籍上的人际交往痕迹入手，笔者向历史档案深处进一步探寻，结果发现这位张叔平还是促成毛公鼎收归国家、将日军军火偷运给新四军的"三面间谍"（详见本书第八章）。

郑振铎在上海秘密保全近三万古籍，以及1948年拖延古籍迁台，这两件事情的经过，当事人并没有留下清晰的文字记录，但是我们通过考察书籍上的收藏印章，梳理其经手渠道，可以较为清楚地还原这一段史实（详见本书第九章）。

过去十五年，笔者在走访日本各大藏书机构之时，比较注意考察郑振铎相关书籍在日本的收藏与传播。因为笔者始终关注书籍史的关键问题：谁在收藏与阅读书籍？通过哪种方式获得书籍？在这一漫长而琐碎的访书过程中，笔者发现了许多过去不为人知，甚至当时也不为当事人所知的隐秘历史，有一种逐渐逼近历史真相的感觉，本书的主题"暗斗"亦相伴而生。

第一章
书籍的修罗场

我在打算着该怎样尽力于这个大的生死存亡的民族战；有过种种的打算，计划，并没有想到躲、逃、撤退，和从战区里搬出什么的事。

——郑振铎《八月十三夜》

在1932年的"一·二八事变"中,郑振铎在上海东宝兴路的寓所沦入日人之手,两万余册唱本均丧失无遗,甚至连装书的"书箱被用刀斧斫开的不少"[1]。他又重新积攒书籍,未曾想到1937年"八一三"淞沪会战硝烟方起,寄藏在上海虹口开明书店仓库的一万数千册书籍,就在8月14日那一天,被烧得片纸不存。郑振铎站在静安寺庙弄的家中,远望——

> 东北角终日夜火光熊熊。烬余燐纸,遍天空飞舞若墨蝶。数十百片随风堕庭前,拾之,犹微温,隐隐有字迹。此皆先民之文献也。余所藏竟亦同此蝶化矣。然处此凄厉之修罗场,直不知人间何世,亦未省何时更将有何变故突生。[2]

兵火世难,必然是书籍的修罗场。各地的公立图书馆以及清华大学、南开大学等华北各大学图书馆的藏书,在炮火以及敌人的掠夺中,大都沦亡。战前中国共有三千七百四十四家图书馆,至1937年底,损失达两千一百六十六家之多,损失图书接近九千万册[3],而这只是官方图书馆系统的数据,不在统计范围的、遍布全国的私人藏书

---

[1] 郑振铎《失书记》,《西谛书话》,第200页。
[2] 郑振铎《〈劫中得书记〉序》,《西谛书话》,第207页。
[3] 《抗战一年来我国图书馆的损失》,《中华图书馆协会会报》第13卷第3期,1938年11月,第21—22页。

1937年"八一三"淞沪会战时,居住在租界的人们远眺战场。郑振铎的一万数千册书籍被毁于这场战火中

在此次浩劫中更是丧失殆尽。

1937年8月起，上海各家旧书店纷纷抛售书籍，在河南路两旁人行道上摆设地摊，不知情者还以为他们的货物是趁乱打劫的劫盗物，其实是书店"将多年无人顾问之烂书，陈列求售，冒充外行以欺外行也"。随着战局进一步紧张，"数星期后，炮声更响，机飞更狂，而真正之劫货发现矣"[1]。公共租界的北京路、法租界的霞飞路等大道通衢，满地皆是劫物与书籍。不论木版铅印，书本论斤计价，每斤低至数分钱至一二角。以前热衷于收书的郑振铎，对此却无心无力顾及，面对触目惊心的"书厄"，"我在打算着该怎样尽力于这个大的生死存亡的民族战"[2]。

他知道，书生报国，只能从尽力不让书籍罹难做起。

一、在饿死与去书之间选择一种

小说戏曲说唱等俗文学文献，在中国古代被认为"不登大雅之堂"，公私藏家甚少着眼。以王国维、吴梅、马廉、郑振铎为首的一批民国学者，为了配合学术研究而大力搜访此类古籍，逐渐带动起俗文学文献的整理收藏风气。其中，郑振铎（字西谛）从20世纪20年代就开始留意购求"诸藏家不甚经意之剧曲、小说、宝卷、弹词"[3]，其家藏曲籍被誉为"海内私家之冠"。在1937年的书劫之中，虽然他的大多数古书尽毁于此役，所幸俗文学类古籍因存放于家中以便随时翻阅，得以从炮火中幸存。现在他需要抓紧为这些珍本寻找稳妥的藏处。花了

---

[1] 周越然《乱中之书》，《书与回忆：周越然书话集》，长春：吉林人民出版社，2021年，第136页。

[2] 郑振铎《八月十三夜》，《大公报（上海版）》1946年8月13日，第8版。

[3] 郑振铎《劫中得书记》，《西谛书话》，第207页。

十天时间，将多年苦心搜购的家藏戏曲善本整理出《西谛所藏善本戏曲目录》（下文简称《西谛目》）与《西谛所藏散曲目录》（下文简称《散曲目》），8月24日，郑振铎在前书跋语中自述编目的缘由：

> 抗战方始，此区区之幸免者，又安能测其前途运命之何若耶！唯中不乏孤本、稿本、历劫仅存者，先民精神所寄，必不忍听其泯没无闻。爰竭数日之力，先写定所藏善本曲目如右。通行刊本千余种均摒去不录。呜呼！书生报国，不徒在抱残守阙。"百宋""千元"之弘业，当待之驱寇功成之后。[1]

郑振铎拿着这两份手写目录，委托上海山东路一家刻字铺为其开刻雕版，一个多月方告完工。他本来打算自己刷印，无奈技术有限，"竟不能成一叶"，只好委托朋友将木版送到荣宝斋的上海办事处刷印。先用朱砂刷印了二十余册"红印本"，再用蓝靛刷印二十余册"蓝印本"[2]。

在炮火连天的战区，当大部分人或逃难或闭门不出的时候，郑振铎为何如此大费周章付印私家藏书目录？而且还是选择最为耗时费力的刻木雕版？其实，这两个曲目，是郑振铎写给未来研究者的古籍索引目录。目中著录四百余种罕传善本，可以窥见郑振铎作为学术研究与收藏鉴赏大家的风范，尤其是《酹江集》《柳枝集》《蓝桥玉杵记》

---

[1] 郑振铎《西谛所藏善本戏曲目录·跋》，《西谛书跋》，吴晓玲整理，北京：文物出版社，1998年，第638页。
[2] 中国古代刻本在大量印书之前，先用朱墨或蓝墨刷印数十部作为试样，以供校对，或送朋友玩赏并赐教，版本学上称之为"红印本""蓝印本"。民国时期的名士亦会用红、蓝印本的方式印出个人诗文集或喜欢的著作，配以精美装帧和上等佳纸，拿来送人或自存。这些民国红、蓝印本的印数极少，当时流传不多，21世纪更成为收藏市场的稀见之物。

《西谛所藏善本戏曲目录》红印本

等明版插图戏曲本,更系郑振铎十余年苦心搜集所得稀见善本。文献名家赵万里在北平图书馆馆刊撰文称:"统观全目,足称大观,亦研究戏曲史之重要资料也。"[1]

这两个曲目也是郑振铎给自己留下"曾经拥有"的一个纪念。他在1937年8月大概已经认清战局趋势,因此计划将这些珍本出售给公家,这样既是保存文献,也可解燃眉之急。他在《售书记》一文中描述这种"去书"的锥心之痛:

> 不去它,便非饿死不可。在饿死与去书之间选择一种,当然只好去书。我也有我的打算,每售去一批书,总以为可以维持个半年或一年。但物价的飞涨,每每把我的计划全部

---

[1] 敬(赵万里)《西谛所藏善本戏曲目录》,《图书季刊》第4期,1939年,第422—447页。

推翻了。所以只好不断的在编目,在出售;不断的在伤心,有了眼泪,只好往肚里倒流下去。忍着,耐着,叹着气,不想写,然而又不能不一部部的编写下去。那时候,实在恨自己,为什么从前不藏点别的,随便什么都可以,偏要藏什么劳什子的书呢?[1]

抗战时期,古籍,尤其是有版本价值的古书,其实还是一种类似于黄金的硬通货。郑振铎又是著名的学者兼藏书家,幸好还有书,帮他度过了艰难的八年。1940年1月,当得知自己被日伪特务通缉而预感到前途不妙时,他"睡在床上,独自默念着:家藏中西图书,约值四五万元,家人衣食,数年内可以无忧"[2]。文人视书籍为第二生命,然而,到了非售书不足以维持有形的身体和无形的气节的时候,也只有忍痛割爱了。全面抗战八年,郑振铎时不时卖书以维持一家人生计,为此编写了八部"待售书目"[3]。其子郑尔康在《父亲与书》中回忆道:"把花尽心血买来的书又卖掉,对父亲是最大的痛苦。每逢卖书的前夜,在小楼上昏暗的灯光下,父亲默默地打点着一捆捆第二天就要和他分离的书,编写着出售的书目。"[4]

---

[1] 郑振铎《售书记》,《西谛书话》,第399—400页。
[2] 郑振铎《求书日录》,《西谛书话》,第420页。
[3] 据陈福康统计,郑振铎抗战期间编写书目计有:1937年秋的《西谛所藏善本戏曲目录》《西谛所藏散曲目录》,1941年冬的《玄览堂书目》《幽芳阁藏明本书目》,1943年冬的《长乐郑氏纫秋山馆行箧书目》,1944年9月的《纫秋山馆藏清代文集目录》,1945年3月的《纫秋山馆书目》《纫秋山馆鬻馀书目》等等。陈福康《郑振铎对古籍整理工作的重大贡献》,《出版科研论文选粹:首届全国出版科学研究优秀论文奖获奖论文集》,中国出版科学研究所主编,杭州:浙江教育出版社,1992年,第1254页。
[4] 郑尔康《父亲与书》,《郑振铎纪念集》,王莲芬、王锡荣主编,上海:上海社会科学院出版社,2008年,第172页。

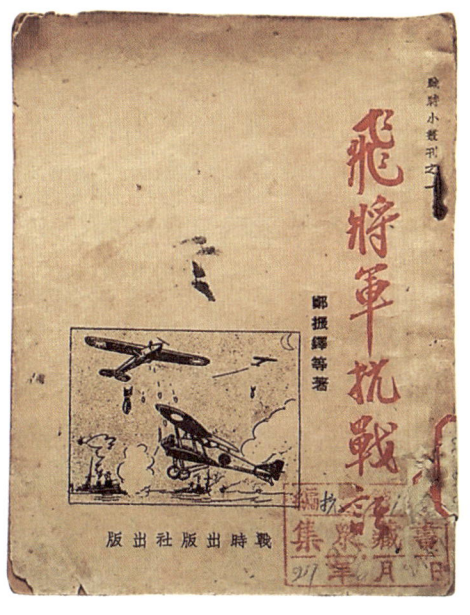

郑振铎著《战号》1937年上海生活书店出版。郑振铎等著《飞将军抗战记》，1938年战时出版社出版

编制古籍目录，也是郑振铎的一种治学方式。1942—1945年，蛰居中的郑振铎专心罗致一般藏书家不太瞧得上的清代文集，节衣缩食，甚至举债、售去他书，务求购得南北各书店在售的清人文献。他认为清道光时期所刊书在太平天国之变中，往往刊成即毁于兵火，晚清同治光绪年间所印书则因为印数不多加上时代晚近，反而易遭毁弃，因此清中叶以后的书籍远比元明文献更为难求——

> 古书日少，劫火方红。前之不易得者，今固尤甚，而前之易得者，今亦成为难见之书矣。[1]

---

[1] 郑振铎《清代文集目录跋》，《西谛书话》，第370页。

抱着为了未来研究者保存学术史料的目的，去博访广收这些相对冷门的晚近文献，郑振铎的识见远远超出了同时代一味追求宋元珍本的藏书家。他提出"晚清诸家集，亦足以考见近百年来之世变"，"而专治一经一史或一专门之学者，其亦必将有取于斯无疑也"。正是出于这种为后世子孙保存史料的责任感，郑振铎在上海全面沦陷的三年间，凭一己之力从劫火中搜集了八百三十六种清代文集，他说："予之致力于斯，殆为后人任其艰辛耳。世变方殷，劫火未烬，念集之之不易，乃不能不虑及保存之方。"[1]他再一次为这些文集题写提要和编目，其宗旨也在于保全和整理文献。[2]

二、纸墨更寿于金石

只有将善本古籍出版刊行，使之化身万千，进入传播、收藏、阐发研究的领域，才是在兵荒马乱中保存文献的最好方法。1934年，郑振铎曾与鲁迅联手刊印了《北平笺谱》与《十竹斋笺谱》，鲁迅还建议他影印明版小说，使这些善本能够久传，并说："我想，恐怕纸墨更寿于金石，因为它数目多。"[3]

鲁迅的灼见，在抗战时期尤显智慧。郑振铎一边抢救古籍，一边以编纂影印出版作为保存手段，为古书"续命"，赋予历史文献以新的生命。

1938年6月9日，为国家购入《脉望馆钞校本古今杂剧》之后，郑振铎旋即致信商务印书馆董事长张元济询问："不知商务印书馆方

---

[1] 郑振铎《清代文集目录序》，《西谛书话》，第368页。
[2] 郑振铎搜集的这批清代文集在1944年底售与金城银行的董事长周作民，1955年周氏故世后，其子女遵遗嘱将清代文集全部捐献给国家。
[3] 《鲁迅全集》第13卷，北京：人民文学出版社，2005年，第17页。

面有影印此书之意否？因此种孤本书，如不流传，终是危险也。如一时不能承印，则最好用黑白纸晒印数份，分数地保存。"[1]1939年，眼见上海局势日益动荡，郑振铎将历年亲手搜罗的三千余幅古代木刻版画，编为《中国版画史》四册及《中国版画史图录》十六册，并在《自序》说："世事瞬息万变，及今不为纂辑，则并二十余年来所已搜集者或将荡为轻烟，虽百身何赎乎？"[2]1941年，郑振铎等人忧惧为中央图书馆购得的善本遭受兵劫，便择取其中甚具史料价值的古籍珍本，编为《玄览堂丛书》，陆续影印出版。郑振铎在序言中说："今世变方亟，三灾为烈，古书之散佚沦亡者多矣。及今不为传布，而尚以秘惜为藏，诚罪人也。"[3]

在战时非常状态中，如果固守"秘不示人"的藏书惯习，而不加以传布文献，在郑振铎看来，就是国家民族的"罪人"。1944年，郑振铎针对当时沦陷区弥漫着的失败主义情绪，将二十种逃过清廷禁毁和窜改的明末史料编为《明季史料丛书》影印出版，以申明对于抗战必胜的信心，他说："若夫有史之民族，则终不可亡。盖史不能亡者也，史不亡，则其民族亦终不可亡矣！"[4]

1937年9月，郑振铎亲自手书上版的《西谛目》《散曲目》，可谓"纸墨更寿于金石"的"古籍续命行动"之开端。郑振铎在给学生徐微的题赠中明确说，"以朱、蓝二色各印二十许部，分贻友好"，可知1937年《西谛目》的初印数在四十本左右。《散曲目》数量更少，海内外各家图书馆皆不见馆藏著录，甚至在郑振铎供职的暨南大学1939

---

[1]《郑振铎全集》第16卷，第200页。
[2] 郑振铎《中国版画史序》，《西谛书话》，第386页。
[3] 陈福康《郑振铎年谱》，上海：上海外语教育出版社，2017年，第851页。徐忆农《〈玄览堂丛书〉的传播与影响》，《印刷文化（中英文）》第2期，2022年，第23页。
[4]《郑振铎年谱》，第976页。

年图书馆书目中亦未见踪影，我们只能通过吴晓铃80年代整理的《西谛书跋》，读到此书的若干条目。由于时局动荡，二目的发行数量极其稀少，版本学家江澄波《郑振铎的访书和编辑活动》认为二目"由于流传极少，今后将与宋刊同珍"[1]。

郑振铎具有共享学术资料的强烈意识，《西谛目》虽然只印四十余本，却在赵景深《弹词考证》（1938年）、冯沅君《〈金瓶梅词话〉中的文学史料》（1942年）等同行论著中被迅速引用。北平沦陷后，原为河北省立女子师范学院教授的冯沅君流徙奔波于云、贵、川、粤等地，连绵战火中，这本罕见的学术资料如何从上海"孤岛"来到大后方的冯沅君手中？不禁令人悬想其中的艰辛。

三、楚弓楚得，古籍留存国内

1937年年底，郑振铎的待售书目编印出来了，在上海"孤岛"，又到何处寻觅买家呢？他出让书籍有个原则：

> 书籍存亡，同于云烟聚散，唯祝其能楚弓楚得耳。

也就是在尽量不分散整批藏书的前提下，楚弓楚得，令古籍完整地保存在中国人的手中，如此方能弘扬古籍蕴含的先民精神。有见于中国大量的古籍被劫卖出国，郑振铎多次痛心地说："史在他邦，文归海外，奇耻大辱，百世莫涤。"[2]为了避免古籍被书贾卖给海外，他积极地联系国内藏书机构，希望自己的珍藏可以归诸公家，楚弓楚

---

[1] 江澄波《郑振铎的访书和编辑活动》，《新闻出版交流》第4期，1999年，第39页。
[2] 郑振铎《〈劫中得书记〉序》，《西谛书话》，第208页。

得，日后学者研究这些善本就不用远涉海外。因此今天我们能够查到下落的、从郑振铎手中赠送出去的十余册《西谛目》初印本，大都赠予国内公家机构和学术同行。

郑振铎以前在燕京大学的学生、时任北京大学助教的吴晓铃回忆，1938年冬，他路经上海去昆明，"西谛师正处窘境，他把一部'红印本'嘱我转致当时在国立西南联合大学中国语言文学系做主任的朱佩弦（按：即朱自清）先生，希望由系里选购若干种运到内地保存，免得在上海遭到厄运"[1]。就在这本《西谛目》内，郑振铎用墨笔批注某书售某价，三十多部已经售出之书则墨线划去。当时迁设于昆明的西南联大中文系也是在捉襟见肘地苦熬岁月，无力购入那批善本曲籍，最终这本郑振铎手批"标注出待沽的价目"的《西谛目》红印本，一直留存在吴晓铃手中。[2]

现藏中国国家图书馆的《西谛目》蓝印本，卷首衬叶有郑振铎墨笔题字"东方图书馆惠存　郑振铎敬赠 26/11/29"。可见郑振铎曾与上海东方图书馆有过接触。同一天，郑振铎还将目录赠予光华大学校长张寿镛（号"咏霓"），此本现藏国图，卷首钤"约园藏书"章，有郑振铎题赠"咏霓先生"的手迹。张寿镛是三年后"文献保存同志会"中与郑振铎并肩战斗的亲密战友，更是古籍收藏大家，其"约园"藏书楼拥有近十万册书籍。1952年，张寿镛后人将约园藏书捐献国家，这册郑振铎持赠本因此入藏北京图书馆（今国家图书馆）。

国图还藏有一本原藏民国时期北平图书馆的《西谛目》红印本，

---

[1] 吴晓铃《〈优语集〉序及其他》，《吴晓铃序跋》，吴葳、于润琦编，北京：文津出版社，2016年，第328页。
[2] 此红印本出现在2023年北京某拍卖行春拍场上，估价为八万五千至十万元。《西谛目》近年偶尔现身国内古籍拍卖场，比如与郑振铎多有过从的复旦大学中文系教授赵景深，他受赠的红印本《西谛目》，2007年曾经现身某拍卖场。

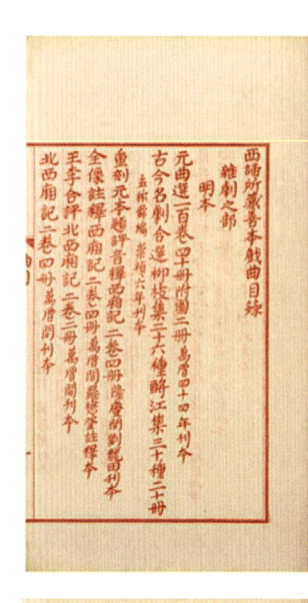

1939年郑振铎赠与龙榆生的红印本

上面虽然没有郑振铎手迹，但应当也与让购相关。1939年秋天，南迁到昆明的北平图书馆，以七千元的价格，购入《西谛目》中最为精华的八十四种善本[1]，郑振铎自言："曲藏为之半空。书去之日，心意惘惘。"[2] 同时他也庆幸，"归之公家，毕竟还可以见到"[3]。

1939年11月28日，郑振铎将《西谛目》红印本与《散曲目》赠与词学名家龙榆生，扉页墨笔题词"榆生先生，西谛，二十八/十一/二十八"。此二本系私人收藏，2019年方现身上海的拍卖场，故此次赠书未见陈福康《郑振铎年谱》、张晖《龙榆生先生年谱》提及。郑、龙二人之前其实有些过节，1935年，郑振铎应何炳松之聘，南下担任暨南大学文学院院长，当时该校中文系主任为龙榆生。龙的学生章石承《榆师在暨南大学及其后情况之零星回忆》称："1935年9月，何炳松先生任暨南大学校长，郑振铎先生为文学院院长，郑以榆师多病，遽发表教授一人代理系主任职务。榆师遂愤而辞职，改应广州中山大学之聘。"[4]

1935年，龙榆生因为郑振铎而辞职，南下任教于中山大学，数月即"铩羽北还"，此后的四年间，龙榆生同时任教于上海五家学校，奔波于生计，词学研究屡结硕果。1939年11月，郑振铎却将这两本印数极少的研究书籍赠呈龙榆生，12月14日的日记中，有"榆生来谈"四字，二人关系似有缓和；孰料次年4月，龙榆生赴南京任立法委员伪职，彻底"落水"，名节不保。1943年，龙榆生在其自传《苜

---

[1] 容媛《北平图书馆入藏郑振铎所藏善本戏曲书籍》，《燕京学报》第27期，1940年，第252—254页。
[2] 郑振铎《〈劫中得书记〉序》，《西谛书话》，第209页。北平图书馆《图书季刊》在1939年12月的新1卷第4期宣布了这个消息。
[3] 郑振铎1939年8月22日记。
[4] 章石承《榆师在暨南大学及其后情况之零星回忆》，《忍寒庐学记：龙榆生的生平与学术》，张晖编，北京：生活·读书·新知三联书店，2014年，第58页。

蓉生涯过廿年》中，对暨大往事犹然气难平，说："那班'新贵'们，有些'作威作福'的模样，大概他们也知道一点我南行的消息，便挖空了心眼，做好了圈套，要我不乐意的自动离开，以便他们的'为所欲为，肆无忌惮'。我后来也颇悔我自己太没涵养了，中了他们的计，一激就把我激走了。"[1]可以揣测一下，1939年郑振铎赠书示好，似乎并未消解龙榆生对他的恨意。

四、来自敌方的关注

作为学术与收藏的风向标，郑振铎也是海内外学者与藏家"紧盯"的对象。《西谛目》的珍贵不仅在于印数极少，而且它是郑振铎为了"分贻友好"的自印品，《图书季刊》也介绍此乃"非售品"。如果检索海外图书馆目录，就会发现一个奇特现象：欧美各国的图书馆，包括珍藏中国古籍文献最富的哈佛燕京图书馆，皆不藏此书；海外唯有日本收藏此书，京都大学、大阪大学、关西大学、天理大学、东京大学、东洋文库等六家机构共藏有八册蓝印本；这八册再加上国内的国家图书馆、上海图书馆、南京图书馆等图书馆藏，以及近年现身各拍卖会的私家藏本，《西谛目》存世数量接近郑振铎自称的四十余册。上海"孤岛"时期，郑振铎是"抗敌救亡协会"的主要负责人，还上了日方抓捕进步人士的名单，日本所藏八本《西谛目》，断无可能是郑振铎分贻友好之结果。那么日方又是如何获致这本稀见的非售品呢？

《西谛目》书末第22叶，附有一篇郑振铎写于1937年8月24日的自跋，文末云："'百宋''千元'之弘业，当待之驱寇功成之后。"可

---

[1] 龙榆生《苜蓿生涯过廿年》，《中国韵文史》，北京：商务印书馆，2010年，第264—265页。

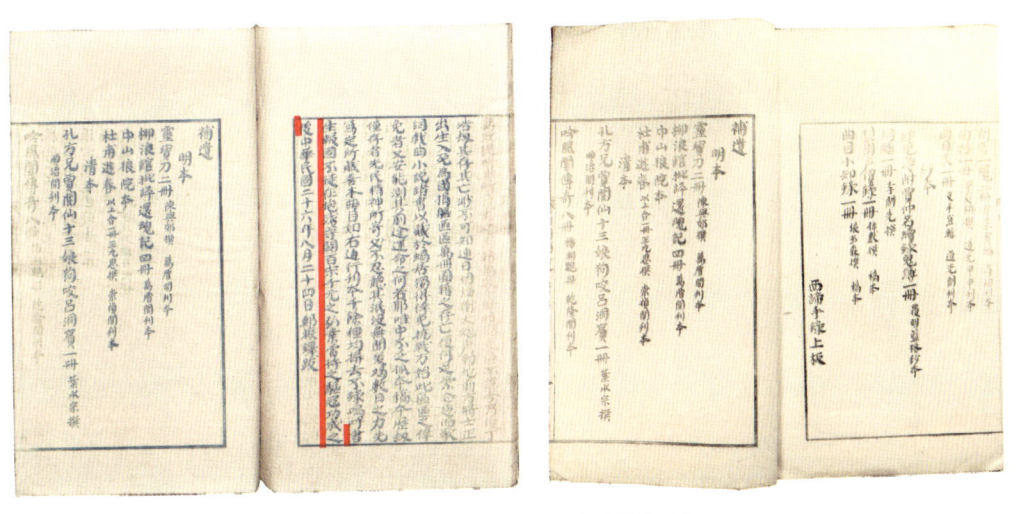

图左为中国国家图书馆藏带有抗日跋语的蓝印本《西谛目》，
图右为东京大学仓石文库藏无抗日跋语的《西谛目》

以想见，在被日军占领的上海，郑振铎写下这样的"抗日驱寇"文字，得冒着多大的风险。上海藏书家黄裳在1979年的《谈"题跋"》一文中提及此书：

> 刻成后只印了少量的蓝印本。那木板就寄存在上海的来青阁书店里。书店的老板怕这篇跋惹祸，就把刻了跋的那块木板毁掉了，剩下来的二十一块木板却还在。抗战胜利以后，来青阁又曾用这旧板印过少量的蓝印本，但已经没有原跋了。[1]

这段回忆不太准确，一是黄裳不知道《西谛目》初印也有红印

---

[1] 黄裳《谈"题跋"》，《榆下说书》，北京：生活·读书·新知三联书店，1998年，第28页。

第一章　书籍的修罗场　043

本，二是来青阁抽掉那篇抗日的跋语，另印蓝印本出售，并非在抗战胜利以后，而是在抗战期间即冒险出售。

郑振铎1939年11月29日记："至来青阁，嘱开明将《西谛藏剧目》版片送到该处，交彼印行数十册，因需要之者颇多。"可见来青阁在此年据原版片又印刷了几十册《西谛目》。根据开明书店的好友徐调孚记述，来青阁直至1944年还在出售此书，他在《闲话作家书法》一文中披露："你如果在三马路一带旧书铺子里买一本《西谛所藏善本戏曲目录》，就可看到他的笔迹了，听说这本书从头到底是他自己亲笔缮写了付木刻的。"[1]这里所说"三马路一带旧书铺子"应系坐落于三马路（今汉口路）西市的来青阁[2]，这是民国时期上海规模最大、资本雄厚的旧书店。黄裳《上海的旧书铺》说："来青阁有点像三马路上的一座文艺沙龙，买书人无事多来店里坐坐，海阔天空地聊一气，话题总离不开旧书。"[3]来青阁店主杨寿祺与郑振铎交往多年，上海沦陷时期，郑振铎"偶三数日辄至古书肆中闲坐，尤以中国、来青二处踪迹为密"[4]。

另外一个郑振铎经常光顾的旧书店就是位于虞洽卿路（今西藏中路南京路口）的中国书店，《西谛目》也曾寄卖于此。称郑振铎为"西谛师"的金性尧，曾在中国书店购入一本《西谛目》，书前手写识语："1937年十二月，性尧购于上海中国书店，时首都激战正烈之际

---

[1] 徐调孚《闲话作家书法》，《中国百年散文选》，陈国华选编，杭州：浙江文艺出版社，2001年，第117页。

[2] 清末光绪年间，杨寿祺的祖父在苏州护龙街开设了来青阁书庄，1913年在上海设立分店，从此，苏州来青阁成为吸纳古旧书的货源地，上海来青阁则主要销售各地收购而来的旧书。

[3] 黄裳《上海的旧书铺》，《掌上烟云》，南京：江苏凤凰文艺出版社，2018年，第156页。

[4] 郑振铎《西谛书跋》，第367页。

来青阁书庄（图右招牌）位于上海三马路，这一带是报馆书店林立的文化街

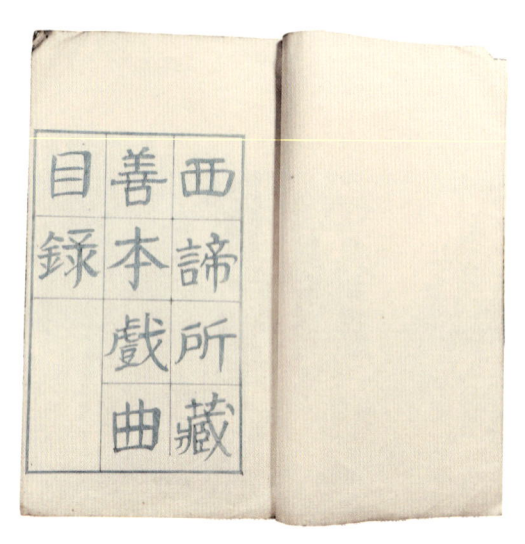

日本关西大学"长泽文库"的《西谛目》蓝印本，
书末无郑振铎的抗日书跋

也。"此本乃是带有抗日跋语的初刻蓝印本，金性尧在《海外的书市》一文中曾引用原跋，赞赏郑振铎为了不令先民精神泯没无闻，在炮声动地的战乱中仍在从事"这最冷落孤僻的文学工作"[1]。可见中国书店曾出售带有抗日原跋的《西谛目》。

1939年9月，日本京都东方文化研究所的学者高仓正三，作为外务省特别研究员，被派驻苏州。他一抵达上海就到中国书店买书，并委托该店搜罗戏曲弹词方面书籍，定期将书籍邮寄到苏州给他。此后高仓每至上海，必至中国书店，与陈乃乾、潘景郑等学者见面。他知道郑振铎还留在上海，多次表达结识郑振铎的迫切愿望——"我特别想得到郑振铎先生的有关俗文学资料""想必在上海，特别是郑先生

---

[1] 文载道（金性尧）《海外的书市》,《杂志》第1期，1944年，第36页。

那儿有数目可观的资料"[1]。正是在中国书店，高仓正三买到了《西谛目》（《苏州日记》中称为《西谛书目》或《西谛目录》），他写信向老师吉川幸次郎介绍书目所载戏曲珍本。吉川当时正在组织"元曲研究会"，尽力搜集海内各种明刊剧本，他立即回信要求高仓购入此书。高仓1939年12月19日致吉川信说："请允许我通过上海的中国书店给您邮去，以略表薄意。"[2]现藏京都大学人文科学研究所的《西谛目》，上钤"东方文化研究所"藏书章，应系高仓通过中国书店邮寄至京都的那一本。[3]

现存东京大学"仓石文库"的《西谛目》，大概也与高仓正三有关。著名汉学家仓石武四郎在京都大学执教期间曾指导过高仓正三，1940年1月，高仓在上海中国书店、开明书店购入一批图书，"里面有些东西是为仓石先生买的"[4]，其中很可能就有《西谛目》。除了帮师友代购，高仓自己也随身带着一本《西谛目》，他到苏州、杭州等地搜购曲籍，每次均与手头的"郑振铎藏本"作版本的比较。直至1941年3月13日病逝于苏州，高仓正三先后六次到中国书店访书、会友，却始终无缘得见郑振铎。然而他又极度渴望获得郑振铎的研究资料，于是只能通过中国书店出售的《西谛目》，去揣度学术偶像的藏书与研究进展。

今藏日本关西大学"长泽文库"的《西谛目》，应系文献学者长泽规矩也托人在上海购入的。长泽与郑振铎在战前曾有频繁书信往来，"七七事变"之后，二人不再有交往，但是长泽一直保持对郑振铎的

---

[1] 高仓正三《苏州日记》，孙来庆译，苏州：古吴轩出版社，2014年，第22、37页。
[2] 高仓正三《苏州日记》，第67页。
[3] 1943年的《东方文化研究所汉籍分类目录》第699页记为："《西谛所藏善本戏曲目录》一卷补遗一卷，民国郑振铎撰，刊本。"
[4] 高仓正三《苏州日记》，第99页。

密切关注。[1]1938年11月，长泽在他主编的《书志学》中，提到郑振铎的最新动向，1940年又撰写专文介绍郑振铎《劫中得书记》一文。

吉川幸次郎、仓石武四郎、长泽规矩也——三位战时日本最重要的中国文学研究者，均曾收藏《西谛目》。由此可见，虽然郑振铎在抗战时期处于蛰居状态，然而其研究、其藏书仍被日本同行所瞩目。据笔者近年搜访京都大学、东京大学，以及其他四家藏书机构所见，日本藏八册《西谛目》均为不带"抗日"原跋的蓝印本（全书共二十一叶），也就是说，它们都是日方从上海的书店购入的、抽去了抗日跋语的"后印本"。

有意味的是，金性尧在中国书店还能买到带有原跋的初印本，高仓正三到该店却只能买到隐藏起抗日面目的后印本。这恰恰说明来青阁、中国书店对敌斗争经验丰富，在做生意的同时，也懂得保护朋友郑振铎。

我们从这一书籍史的断面，可以窥见郑振铎及书业同人，在抗战时期为了保存国家典籍付出的心血。正如郑振铎《求书日录》所说："我从劫灰里救全了它，从敌人手里夺下了它！……我在躲藏里所做的事，也许要比公开的访求者更多更重要。"[2]

---

[1] 吴真《郑振铎与战时文献抢救及战后追索》，《文学评论》第6期，2018年，第52—61页。
[2] 郑振铎《求书日录》，《西谛书话》，第405页。

第二章

古书局中局

收异书于兵荒马乱之世,守文献于秦火鲁壁之际,其责至重,却亦书生至乐之事也。
——郑振铎跋《芥子园画传三集》

  1937年年底,江南大片沦陷,古书狼藉市上,上海的街头巷尾出现了不少的旧书摊。摊上的书有的有一些水迹,有的还是很新,也有一大沓都是盖的"××藏书"或"××图书馆"的图章。这些都是公家机构和私人藏书楼劫余之物。"在这孤岛上,成为特别畸形发展的营业要算是摆旧书摊了。租界街头巷尾,不论店门前或屋檐下,凡有空隙之处均摆满旧的中西文书籍。旧的《良友》《人间世》《论语》各项杂志,吸引着堆堆的路人在那里翻阅,讨价还价地购买。据说在百业凋疲之下,旧书摊的每日收入倒也不差。"[1]江南各地旧家渐出所蓄,或是被劫,或是生存无门而被迫抛售。有些胆大之徒,深入战地,不告而取书,运到上海徐家汇的某些临时"批发所",论斤论捆地贩卖。[2]"这些劫余的东西很使几个旧书摊老板赚了几个钱,于是有几个振振作作开起旧书店来了。这样劫后孤岛,又多了不少旧书店来'繁荣'市面。"[3]

  上海是整个中国南方的书籍集散地,1938年起,沪上各旧书店纷纷派人收购从扬州、苏州、常熟等沦陷区流散的精本古籍。正是在这样的世乱之中,郑振铎在这一年发现了稀世珍品——六十四册《脉望馆钞校本古今杂剧》(又称《也是园旧藏古今杂剧》《孤本元明杂

---

[1] 忆玢《闲话上海旧书肆》,《上海人》第1卷第8期,1938年,后收入孙莺《旧时上海》,上海:上海科学技术文献出版社,2023年,第347页。
[2] 周越然《战中之书》,《书与回忆:周越然书话集》,第137页。
[3] 甄春英《上海旧书买卖》,《民国年度出版时评史料辑编》第7卷,武汉:华中师范大学出版社,2020年,第74页。

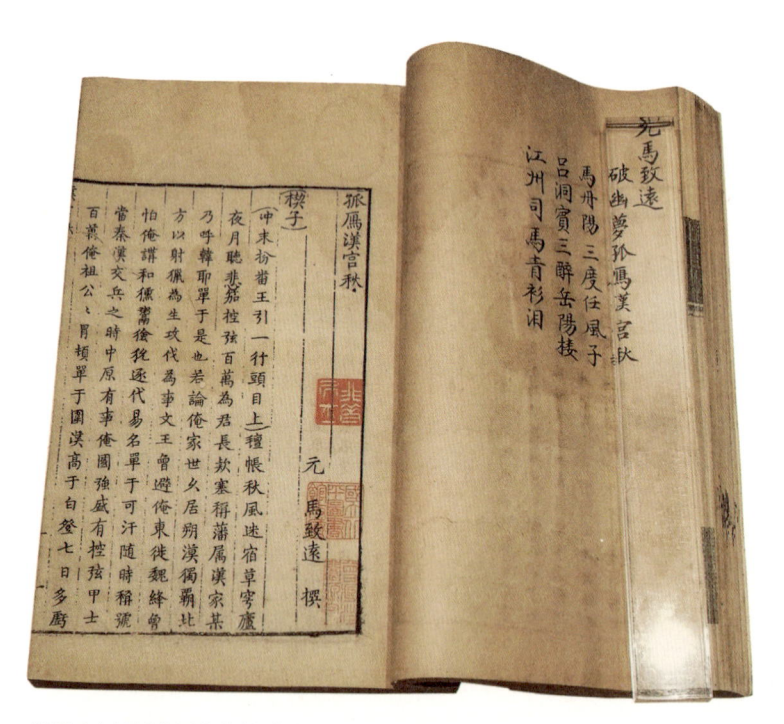

现藏于中国国家图书馆的《脉望馆钞校本古今杂剧》

剧》,下文简称《古今杂剧》),达到了"得书的最高峰",他惊喜地宣称"这个收获,不下于内阁大库的打开,不下于安阳甲骨文字的出现,不下于敦煌千佛洞抄本的发现"[1]。

洽购《古今杂剧》的历史叙事,以往我们一般根据"发现者"郑振铎写于1939年的《跋脉望馆钞校本古今杂剧》(下文简称《郑跋》)和抗战胜利之后发表的《求书日录》(1945年11月)。这两篇文章均未提及《古今杂剧》下半部从潘博山转让孙伯渊的过程,而这一过程恰恰是导致该书从一千多元哄抬至万元的最重要因素,以往论者据此推测,郑振铎应该不知道潘博山的存在。1944年,潘博山的弟弟潘景郑(承弼)撰写《丁芝孙古今杂剧校语》[2],披露了不同于郑振铎二文的购书细节,还说到潘博山仅以二百元购入半部《古今杂剧》[3]。1964年,周宽予(连宽)在香港发表的《海上书林忆余》据潘氏此文,提出"来青阁主杨寿祺与孙伯渊合伙诓骗郑振铎"的说法。[4] 尽管杨寿祺在其未刊自传稿中进行辩白[5],但这一"杨孙潘合谋论"被《郑振

---

[1] 郑振铎《〈劫中得书记〉新序》,《西谛书话》,第205页。

[2] 潘博山(1904—1943),原名承厚,字温甫,号少卿,又号博山,是近代著名藏书家、画家。其弟潘景郑(1907—2003),原名承弼,章太炎弟子,曾供职于合众图书馆,1949年后任上海图书馆研究员兼华东师范大学图书馆系教授。二人是乾隆时进士潘奕隽的第六代子孙,藏书楼为宝山楼。

[3] 文末署"甲申六月",即1944年6月。潘景郑《丁芝孙古今杂剧校语》,《著砚楼书跋》,上海:上海古典文学出版社,1957年,第339—340页。

[4] 宽予《海上书林忆余》,《艺林丛录》(第五编),香港:商务印书馆香港分馆,1964年,第328—330页。周连宽在20世纪40年代末曾任上海市立图书馆馆长,1952年之后任教于中山大学。

[5] 杨寿祺说:"此事因为我性太直爽,认为孙君与我有十多年交情,彼此生意,每年总有一二千元,并且他比我有二十倍以上的财力,决不会有此挖根的可耻行为也。此书后来听说郑先生是九千元向他买的。其时我甚艰窘,此二百元之净利,实在需要甚切。因为假使被一经济较为难之人赚去,我毫无怨言。惟其被孙伯渊所挖夺,我鄙视此人。我真盲目,不识人也。"俞子林《郑振铎与上海古旧书业》,《书林岁月》,上海:上海书店出版社,2014年,第205—207页。

铎传》等所采用[1]，传播甚广。在"合谋论"叙事中，杨、孙、潘三人给"书痴"郑振铎设计了"一个周到圈套"，潘博山"在售书过程中始终在幕后"，而郑振铎对于三人私下的密谋与公开的表演"毫无所知"。三人看准了郑振铎"爱国爱书之痴情足可利用，决心大捞一把"，郑振铎秉着"为国家抢救文献"的公心，设法说服教育部重金购入。

郑振铎为重庆大后方洽购《古今杂剧》，是在1938年上海"孤岛"的孤立状态之中完成的，这次行动可视为他后来与日寇、汉奸抢夺古籍的序曲。抗战时期郑振铎表现出勇于虎口夺食的机智与果敢，与所谓"杨孙潘合谋论"中被人牵着鼻子走的傻买家，完全不像同一个人，因此《古今杂剧》洽购过程可能存在着"叙事黑洞"，应该寻找在买方郑振铎与卖方潘博山之外的第三方的声音。截至目前关于《古今杂剧》发现史的研究，多未能体察旧书买卖的中间人在这场交易中的核心地位，错将焦点放在5月上旬即已退出交易的杨寿祺身上。[2]随着近年王伯祥、陈乃乾等当事人日记资料的公开，我们有必要结合上海旧书业买卖的行业生态，覆案这一个"古书局中局"。

一、秘笈时隐时现，世乱始出

明万历年间是一个戏曲的黄金时代，汤显祖、沈璟等名家纷出经典剧作，士人亦以戏曲收藏为风尚。礼部尚书赵用贤之子赵琦美是一个藏书家兼戏迷，他立下宏愿搜集古今剧本，除了向相国之子

---

[1] 陈福康《郑振铎传》，上海：上海教育出版社，1999年，第142—149页。2017年陈福康《郑振铎传》（上海外语教育出版社版）增补了若干细节，本文引用以最新版为准。

[2] 仅俞子林《郑振铎与上海古旧书业》引录郑振铎50年代对杨寿祺的评价和杨寿祺自述，力证杨寿祺未参与其事。

于小谷借来家藏元明戏曲，赵琦美还在北京任太常寺典簿的十二年间，白天上班"摸鱼"（"朝贺待漏之暇""朝贺冬至节四鼓起侍班梳洗之余"），夜间灯下校对（"漏下二鼓校于小谷本"），抄录了大量的宫廷内府戏曲本。此批经赵琦美手抄校对的戏曲本，一共三百多册，大多为世已久无传本的珍本，可称"空前之秘笈"。这批秘笈后来藏于赵琦美在常熟的藏书楼"脉望馆"中，明清易代之际，辗转经钱谦益、钱曾、季振宜、何煌、顾氏试饮堂多家之手，于清嘉庆年间被苏州大藏书家黄丕烈收入，黄氏手录目次于此书第一册，并写有跋语。黄丕烈殁后，藏书散出，这批书又经汪士钟转到了常熟的赵宗建旧山楼，赵宗建身后，子孙将藏书出售。民国四年，常熟县首任民政长丁祖荫（1871—1930）与友人张南诚相约到旧山楼观书，丁氏比约定时间提前一天到赵家，趁着"赵氏妇辈愚昧无知"，捷足先登，低价购入《古今杂剧》。又因为得之不光彩，丁氏将之藏在"轿肚"（轿中坐柜），秘运回寓，藏于苏州湘素楼。[1]

　　1914年，罗振玉和王国维发现了黄丕烈旧藏的现存最早元剧刻本《元刊杂剧三十种》并加以介绍，王国维留意到黄丕烈在书签上题了"乙编"两个字，曾断定，黄藏既有"乙编"，那么定有"甲编"。又因为《古今杂剧》曾在钱曾、黄丕烈等名家的藏书目录中惊鸿一现，所以董康、吴梅、郑振铎等戏曲研究者都在追寻这批可能是黄藏"甲编"书的下落。丁祖荫也是个书痴，他按捺不住家有稀宝的自得，1929年，他在《国立北平图书馆月刊》第3卷第4号发表《黄荛圃题跋续记》一文，称早年曾从赵氏旧山楼借阅一遍，抄录黄丕烈跋语和收藏信息后即匆匆归赵，文末故意放了一个"烟雾弹"说："云烟一

---

[1] 沈传甲《关于〈古今杂剧〉流传的秘闻》，《常熟地方小掌故事续编》，中国人民政治协商会议江苏省常熟市委员会文史资料研究委员会编，1985年，第46页。

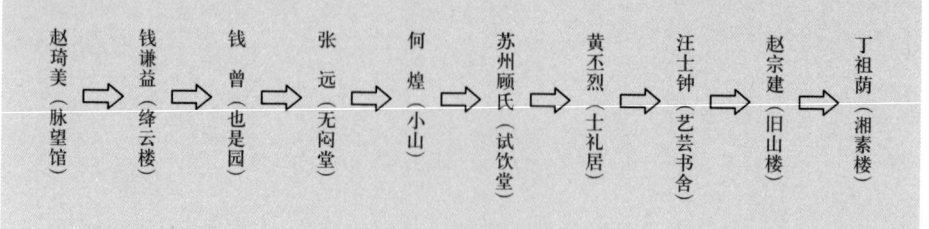

赵琦美（脉望馆）→ 钱谦益（绛云楼）→ 钱曾（也是园）→ 张远（无闷堂）→ 何煌（小山）→ 苏州顾氏（试饮堂）→ 黄丕烈（士礼居）→ 汪士钟（艺芸书舍）→ 赵宗建（旧山楼）→ 丁祖荫（湘素楼）

三百年间《古今杂剧》在江南各藏书楼的递藏经过

过，今不知流落何所矣。掷笔为之叹息不置。"[1]

丁氏此文首次向公众透露秘笈存世的消息，令学界为之相顾惊异，没想到传说中时隐时现的秘笈《古今杂剧》，至民国初年犹在人间。这个消息更让郑振铎"惊喜得发狂"，"发狂似的追逐于这些剧本"[2]，他向常熟多方打听，由于赵氏旧山楼在1924年江浙战争时曾经驻过军队[3]，所存古书多被士兵用作柴火，如丁祖荫所言，此部书或许已遭不测。文献名家陈乃乾与丁祖荫是多年老友，屡次问及此书，丁氏"皆不肯承，盖终身秘置笈中，未曾举以示人也"[4]。民国戏曲研究大家吴梅晚年住在苏州，与丁氏亦为故交，丁氏却从未向吴梅透露半点消息。等到1938年此书惊现上海，避难内迁湘潭的吴梅跟学生说，"（当年）一未言及藏有此编，珍秘可知。……其尘封高阁可以概见，今竟于此亘古未有大乱中出显"[5]。

丁祖荫生前煞费苦心布下的古书疑阵，瞒过了许多友人，但他

---

[1] 丁祖荫《黄荛圃题跋续记》，《国立北平图书馆月刊》第3卷第4号，1929年，第487页。
[2] 郑振铎《求书日录》，《西谛书话》，第401页。
[3] 1924—1925年发生的江浙战争，又称齐卢战争，是以江苏督军齐燮元为首的直系军阀同占据浙江的皖系卢永祥为争夺上海管辖权而爆发的战争，双方在苏州、常熟等地展开激战。
[4] 《陈乃乾日记》，虞坤林整理，北京：中华书局，2018年，第74页。
[5] 章荑荪《记〈脉望馆钞校本古今杂剧〉》，《斯文》第2卷第22期，1942年，第7页。

1930年病卒时，未能将秘密传示子孙。1937年秋，苏州沦陷之后，丁氏后人立即出售湘素楼藏书，他们对古籍价值毫无所知，每本均价一升米，任人拣选。苏州大华书店先是收购了《古今杂剧》的下半部三十二册，以二百元的价格卖给了同在苏州的潘博山、景郑兄弟。[1]不久之后，大华书店老板唐耕余用三十元从旧货贩子那里买下两口楠木橱，内贮书籍作为赠品一并收入，没想到一打开内格，竟然是《古今杂剧》的上半部[2]。唐耕余将之携至上海，于是有了《郑跋》所记1938年5月2日，秘笈的惊世出场——

> 陈乃乾先生打了一个电话给我，说，苏州书贾某君曾发现三十余册的元剧，其中有刻本，有钞本……他说，从丁氏散出。这更证实了必是旧山楼的旧物。丁氏所云"匆匆归赵"，所云"云烟一过，今不知流落何所"，均是英雄欺人之谈。[3]

二、在日本抢发论文的"新陈"

蹊跷的是，才过了一个多月，1938年6月底出版的日本书志学会会刊《书志学》[4]在刊首罕见地刊登一篇中文论文——署名"新陈"

---

[1] 潘景郑《丁芝孙古今杂剧校语》说其兄"携归沪上，相与赏析者累旬"，又说上半部拥有者孙伯渊不肯相让，双方对峙，"如是者年余"，可见潘氏兄弟约于1937年年底即购入《古今杂剧》。此外，潘氏兄弟还收购了丁祖荫手辑的《河东君轶事》。
[2] 曹大铁《大铁词残稿》，1980年油印本，下册，第十九、二十叶，见潘建国《也是园古今杂剧发现及购藏始末新考》，《文学遗产》第1期，2019年，第152页。
[3] 郑振铎《跋脉望馆钞校本古今杂剧》，《西谛书话》，第324页。
[4] 1932年，长泽规矩也、川濑一马等日本文献学学者成立了书志学会，会刊《书志学》创刊于1933年，1942年因战争中断。

1938年"新陈"《元剧之新发见》手稿，现藏日本关西大学长泽规矩也文库

的《元剧之新发见》。[1]《书志学》向来只刊登日本文献学的日语论文，主编长泽规矩也在此期《编辑后记》中特加说明，"本号获得在沪的新陈学兄寄来贵重的中文玉稿，原本希望翻译刊载，但从原文的内容和性质上考虑，仍以原文刊载，更能表达原文之美"[2]。

这篇被《书志学》"破格"刊载的中文论文，是1938年《古今杂剧》被发现之后的第一篇研究文章。它首次记录了《古今杂剧》现存的两百四十二个剧目，简述这批秘笈的递藏源流、版本体系，并按照作者与版本系统进行初步的分类。后来被视为研究典范的1940年孙楷第《述也是园旧藏古今杂剧》即受到新陈此文的较深影响。从"近人有署名'新陈'者，其人寓上海，与丁祖荫有旧，撰《元剧之新发见》一文"的行文来看[3]，孙楷第大概不知道被他五次引用的"新陈"的真实身份。新陈在行文中屡屡透露出与《古今杂剧》原收藏者丁祖荫（字初我）的旧谊，"丁君初我，余老友也，余与丁君瓻借频频，每问及此书，则顾而言他"[4]。

学界在追溯《古今杂剧》发现史之时，未能细察第11卷第1号《书志学》的出版页信息——1938年6月28日，东京共立社印刷——从而导致对此文在整个发现史上的关键作用重视不足。[5]新陈此文订正了被钱曾《也是园书目》误载为《好酒赵元遇上皇》的剧名，原书实为《好酒赵元遇成皇》，这是《古今杂剧》上半部第八册所载之剧。

---

[1] 新陳『元劇之新発見』，『書誌学』第11卷第1號，1938年，第1—7頁。
[2] 長澤規矩也『編輯後記』，『書誌学』第11卷第1號，第36頁。原文为日语，本书所涉日语材料均为作者自译，以下不再注出。
[3] 孙楷第《述也是园旧藏古今杂剧》，《北平图书馆季刊》专刊，第一种，1940年12月，第39页。此文采纳了新陈《元剧之新发见》三个观点：一、丁氏得书时间，二、《古今杂剧》从苏州散出的时间，三、刻本与钞本合装的作者。
[4] 新陳『元劇之新発見』，第3页。
[5] 此期《书志学》是第11卷第1号，罗书华、苗怀明等将此文误为1938年11月发表（《中国戏曲小说的发现》，北京：人民文学出版社，2009年，第328页）。

这说明撰文之前，新陈曾经细细翻看《古今杂剧》原书，才有可能比勘原书与转载目录之异同。

试将新陈此文与郑振铎"发现"《古今杂剧》的时间进行连接：1938年5月16日，郑振铎致信孙洪芬（北平图书馆馆务委员），告知之前与孙伯渊[1]商定的三千元书金已被抬价，"然此古董商竟定价至万元，我辈穷书生只好望洋兴叹了"[2]。这个说法，与新陈《元剧之新发现》所云，"此书落骨董商手，索值巨万，余阮囊羞涩，望洋兴叹而已"，如出一辙。因此新陈写作《元剧之新发现》的时间约在5月16日前后，当时《古今杂剧》被持有者孙伯渊标以万元之价，郑振铎尚未找到愿意出资的买方，只好望洋兴叹。考虑到上海邮寄到东京的信函至少需要一星期[3]，再加上《书志学》杂志的编辑、排版程序至少半个月，基本可以判定，5月中下旬左右，新陈已经目验《古今杂剧》全书，从而撰成《元剧之新发现》一文，并于5月底邮寄至东京投稿。但"新陈"绝不是郑振铎的化名，因为同年6月4日，郑振铎至孙伯渊处面洽价格，《郑跋》说，"这时，我方才第一次见到了原书"[4]。

"新陈"就是陈乃乾（1896—1971），据陈伯良、虞坤林整理的《陈乃乾先生年谱简编》，陈乃乾曾用笔名有：东君、新陈、雨恕、殷韵初[5]。他出生于"一门三阁老"的浙江海宁望族，为清代著名藏书

---

[1] 孙伯渊（1898—1984）是苏州护龙街上经营碑帖古玩的集宝斋主人的长子，30年代至沪上开设古玩商店，仍名集宝斋。
[2] 《郑振铎年谱》，第697页。
[3] 《直接寄往日本航空邮件七月一日开始收寄》，上海《时报》1938年6月26日，第3版。1938年7月1日之前，上海寄往日本的邮件均经由海路，需时约一周。
[4] 签约时间，《郑跋》误记为1938年5月30日（《西谛书话》，第327页）。潘建国根据《陈乃乾日记》《王伯祥日记》订正为6月4日（《也是园古今杂剧发现及购藏始末新考》，第155页）。
[5] 《陈乃乾先生年谱简编》，《陈乃乾文集》，虞坤林整理，北京：国家图书馆出版社，2009年，第1004页。

家陈鳣（仲鱼）之曾孙，曾在苏州东吴大学国文系读过半年预科，依靠自学成为图书版本学的行家。1924—1925年，陈乃乾一度作为上海中国书店的经理，从事古书买卖，因此他与新旧两派文化人尤其是江南的藏书家有较多交往，出版《测海楼旧本书目》《滂喜斋藏书记》等江南藏书楼目录。在民国时期的文献学名家之中，素有"北赵（万里）南陈（乃乾）"之称。[1] 1923年1月，沈雁冰、郑振铎、叶圣陶、胡愈之、顾颉刚、王伯祥等人在上海发起成立"朴社"，邀请陈乃乾兼任出版部干事。朴社的这些同人，在陈乃乾之后的人生道路上，屡屡伸出援手。比如顾颉刚，1926年，顾颉刚到厦门大学任教，同年秋天推荐陈乃乾受聘厦门大学国学研究院图书部干事兼国文系讲师。后来陈乃乾考虑到该校人事关系复杂，并未赴任，顾遂改荐容肇祖。[2] 鲁迅《两地书》中的"田难干"，所指就是陈乃乾。[3]

陈乃乾在古籍整理方面的功绩，已有多篇文章加以表彰[4]，长期以来，陈乃乾推动戏曲文献出版的功绩却湮灭不闻，发表于日本的

---

[1] 陈乃乾从1918年开始纂修书目，民国时期曾影印出版古籍《经典集林》、嘉靖《上海县志》、正德《金山卫志》、《清代学术丛书》等，又辑印海宁乡邦文献《观堂（王国维）遗墨》《海宁三家词》。陈乃乾编纂的索引尤为学林称道，其辑录的《禁书总录》《四库全书总目及未收书目索引》《室名索引》《别号索引》皆为学术常用书。

[2] 顾潮《历劫终教志不灰——我的父亲顾颉刚》，上海：华东师范大学出版社，1997年，第107—108页。

[3] 与顾颉刚早于北平产生嫌隙的鲁迅当时也任教于厦门大学，他在1926年10月16日致许广平信中曾提及陈乃乾，但1933年《两地书》初版中，隐为"田难干"，记云："你想：兼士至于如此模胡，他请了一个朱山根，山根就荐三人，田难干，辛家本，田千顷，他收了。"此处的"朱山根"就是顾颉刚，鲁迅怀疑他推荐朋友前来厦大是在扩大现代评论派的地盘。《鲁迅全集》第11卷，第159页。

[4] 俞筱尧《版本目录学家陈乃乾》，《书林随缘录》，北京：中华书局，2007年，第47—63页。傅璇琮《古籍影印事业的重要开拓者——深切怀念陈乃乾先生》，《中华读书报》2011年12月7日，第7版。胡道静《片断回忆业师陈乃乾》，《胡道静文集》，上海：上海文艺出版社，2011年，第184—191页。

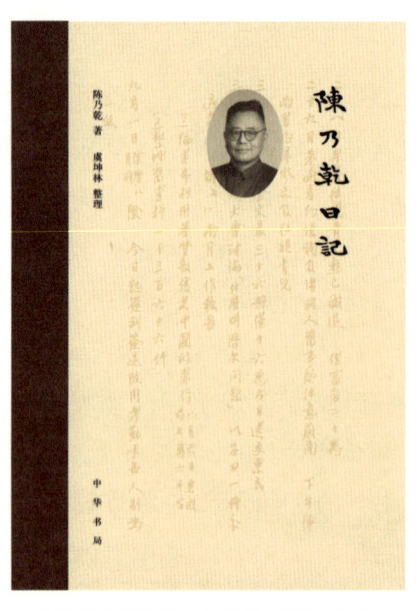

《陈乃乾日记》，虞坤林整理，中华书局2018年出版

《元剧之新发见》一文亦未见于《陈乃乾文集》《陈乃乾日记》等后人整理的资料集中。事实上，陈乃乾与王国维、吴梅、董康、郑振铎等戏曲研究大家均有合作，是民国时期戏曲出版的主要推手。1921年，陈乃乾将元代钟嗣成《录鬼簿》以下的十四种曲学著作编为《曲苑》，私人集资影印出版。1924年，陈乃乾据日本京都大学复刻本《元刊杂剧三十种》，影印出版《古今杂剧》五册，王国维特为作序。[1] 1925年，陈乃乾主持《重订曲苑》、影印《盛明杂剧》三十卷的出版。1937年，陈乃乾从两千多种清代词集之中选录百家，汇成十卷本《清名家词》由开明书店出版。此集搜辑与校勘皆精，后来多次重版，被视为研究清词的重要参考资料。20世纪50年代之后，陈乃乾的工作重点转移到了史籍校勘，再无戏曲相关的整理成果出版。

---

[1] 陈乃乾与王国维同里，20世纪20年代二人即有学术交流。1927年王国维去世之后，其学生赵万里将王氏遗著及校本书目寄给陈乃乾，商谈影印出版事项。1931年陈乃乾征集王国维生前所书题跋和尺牍墨迹，辑印为《观堂遗墨》上下两册。

陈乃乾与郑振铎在"朴社"时期即已熟识，后来在戏曲出版上多次合作。1933年陈乃乾主持影印《传真社三种传奇》，郑振铎为其中的《新刻博笑记》一书作序。[1] 1935年，陈乃乾辑成《元人小令集》，由开明书店出版，郑振铎撰序，大大肯定此集在当时学界竞刊词集风气中的表率作用，并云："乃乾乃先获我心，成此巨著。读之，能不汗颜乎？"[2]

三、旧书中间人与《古今杂剧》的发现

《元剧之新发见》是1938年《古今杂剧》发现之后的首篇学术论文，《郑跋》写定于1939年10月[3]，发表于同年11月，晚于陈乃乾此文近十六个月。陈乃乾既然是戏曲出版的名家，又是郑振铎的好友，为何不能堂堂正正用真名发表这篇率先披露戏曲文献大发现的文章呢？这就要回到1938年夏天《古今杂剧》在上海待售的历史环境，才能理解陈乃乾化名抢发文章的苦衷。

1924年，陈乃乾参股开办中国书店，1925年离职，之后便以个人中介的身份从事旧书买卖。他常往江南各地访书，多有稀见版本的发现，但个人经济不佳，所以也常出让古籍。1930年，陈乃乾以海内孤本嘉靖《上海县志》让与周越然，售价二百元；1933年1月，以一百五十元为周越然从日本代购东京文求堂的海外孤本《牛郎织女传》[4]。1933年

---

[1]《新刻博笑记》在1931年冬归陈乃乾所有，1932年"一·二八"事变前十日转售郑振铎。梁健康《〈古本戏曲丛刊初集〉底本叙录》，《戏曲与俗文学研究》第3辑，2017年，第246—272页。
[2]《元人小令集》，陈乃乾编，上海：上海开明书店，1935年，第3页。
[3] 郑振铎1939年10月17日记："把《跋》全部写好，不甚满意，还嫌写得太匆促，无暇修饰。"
[4]《陈乃乾日记》，第20、53页。

9月，陈乃乾将《新唐书》三十四册售与张元济，得价一千元。[1]

按照民国时期旧书业的行业说法，陈乃乾这种没有店面却也做旧书生意的买卖人，在沪杭叫作"掮客""行商"，也就是郑振铎《求书日录》说的"没有铺子的掮包的书客"[2]，北京则称为"局子""包袱斋""跑单帮"。他们持蓝布包袱来往于藏家与旧书店之间，先与旧书所有者商定价钱，然后凭借自己消息灵通以及古籍鉴定专业知识找到买家，从中取利；又或者从购进与售出的差价中获利。[3]中间人在卖家（书商、书主）与买家之间居中撮合交易，通常的做法是：中间人从书店处"取得"一套书里的头一本[4]，到各藏书家的家中兜售，如果对方有意，则回到书店取得全书，交到买家手中。由今人整理的《陈乃乾日记》《陈乃乾先生年谱简编》，以及流出市面的陈乃乾信札可以看到[5]，从1930年直至1949年，陈乃乾频繁地将从江浙藏家手中搜集得来的古籍售与富晋书社、来青阁等旧书店，同时也会挑选旧书店里一些他看好版本的古书，揣着"头本"向藏书家上门兜售。中间人的无本之利是相当可观的，比如《陈乃乾日记》记载1944年5月12日，他从某处购入日本出版的《昭和法帖大系》，价值五百七十二元一角，转身即"以《昭和法帖》归来薰阁，作价三千

---

[1] 1933年9月24日、25日张元济致陈乃乾信。《张元济全集》第2卷，北京：商务印书馆，2007年，第398页。

[2] 郑振铎《求书日录》，《西谛书话》，第404页。

[3] 高震川《上海书肆回忆录》，《旧时书坊》，第50页。当时活跃于上海的旧书掮客还有韩步青、崔梓桢、张荪等人。

[4] 《陈乃乾日记》中，此类从书店代理的中介行为一般称"取得"，而自己从书店购入书籍则称"购得"。如1938年3月31日，"至来青阁，取得《盛明杂剧》初集及《孙月峰评西厢记》"，此为中介；4月7日，"至来青阁及古玩市场，购得程穆衡《金川纪略》《燕都日记》钞本"，此为购书。

[5] 2015年嘉德四季拍卖行《共读楼存札——陈乃乾友朋书信》，共收入陈乃乾朋友来信近三百封，多为委托陈氏中介买卖旧书。

元"[1],一转手,获利两千四百余元,超过当时他任职开明书店的一个月工资。

1932年之后,陈乃乾无固定工作与工资收入,生活开支全靠旧书的中间买卖,这在上海文化人中,颇引人侧目。1935年上海《社会日报》刊登署名"流火"的文章《虽云藏书实乃贩子:现代藏书家之一陈乃乾的卖书的故事》说:"凡是留心现代藏书的人,没有一个不知道陈乃乾其人……他的对于旧书是非常爱好的,常常因为一本书和朋友争夺甚至翻脸,但是奇怪,他虽则买书,却并不收藏,他常常把买到的好书转卖掉了。"文章具体描述陈乃乾如何做旧书生意:每年冬天举行高级宴会,酒醉饭饱之余,陈乃乾乘机向富商子弟推销古书,富商为了附庸风雅,往往一掷千金地购入古籍装点门面——"如此循环不息,我们的陈乃乾先生买了一世书而没得到多少书,只留了一批钱!"[2]这篇文章第二年又换了标题《陈乃乾卖书的故事》(署名"悟兰"),刊登于国民党的华北党报《华北日报》。[3]1937年,还是同样的文章,又出现在上海《春色》杂志上。[4]搜检民国报纸期刊,类似这样直接点出陈乃乾作为旧书中介人的文章还有数篇,可见陈乃乾作为上海旧书业"中间人"的名声之著。

陈乃乾与郑振铎的交往,在戏曲文献出版之外,还有一层藏书家与中间人的买卖关系。1936年,陈乃乾以所收《新编南宫词》让与郑振铎,郑诧为不世之遇,次年,又出让《博笑记》与郑。1937年上

---

[1] 《陈乃乾日记》,第101页。《昭和法帖大系》,大阪骎骎堂书店1941年出版,共十四册。
[2] 流火《虽云藏书实乃贩子:现代藏书家之一陈乃乾的卖书的故事》,《社会日报》1935年10月29日,第3版。
[3] 悟兰《陈乃乾卖书的故事》,《华北日报》1936年12月12日,第12版。
[4] 情虚《现代藏书家之一陈乃乾,一部著作只值十本书,进进出出一年忙到头》,《春色》第3卷第9期,1937年,第12—13页。

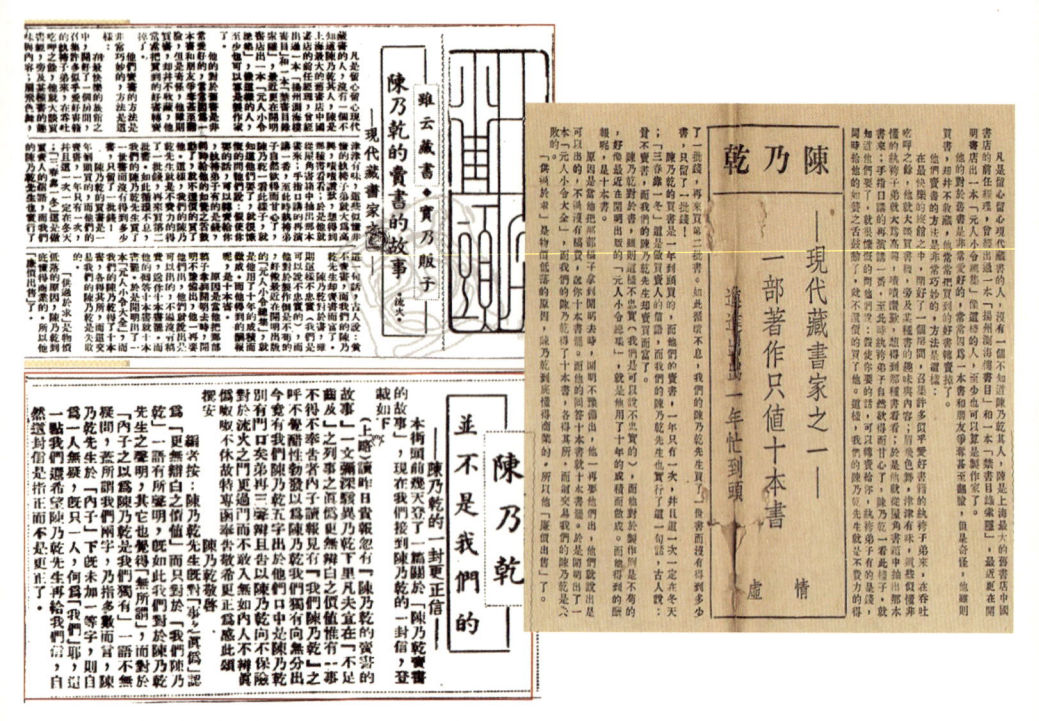

关于陈乃乾买卖旧书的民国报纸报道

海沦陷之后，四十三岁的陈乃乾生活异常困苦，且多数友人已离开上海，告贷无门，不得已开始出售自己历年的藏书。他花费十余年收集的清人文集近三百种，"以千数百金斥去"，郑振铎与之失之交臂，"及今念及，可胜慨惜！"[1]之前曾收得一套世间难觅的徽派版画精品《古今女范》，郑振铎屡次请他出让，"而乃乾不欲见让"，这让书癖重度患者郑振铎异常郁闷，"十余年来，未尝瞬息忘此书也"。1937年冬天，"国军西撤，乃乾忽持此书来，欲以易米。余大喜过望，竭力筹款以应之。殆尽半月之粮，然不遑顾也"[2]。

用手中珍本换来半个月口粮，陈乃乾的经济似乎并无好转。1938年1月1日，陈乃乾在日记中说："晚至来青阁借洋拾元。自有生以来度岁

---

[1] 郑振铎《清代文集目录序》，《西谛书话》，第367页。
[2] 郑振铎《劫中得书记》，《西谛书话》，第212页。

066　暗斗：一个书生的文化抗战

之窘，未有如今年者也。"[1]过了一周，陈乃乾在卖去一册藏书后感叹：

> 往年贫则卖书为活，有时无书可卖，亦偶一称贷。今年则有书不能易钱，而诸故人皆破家流离，遂致呼吁无门，伤哉贫也。[2]

同年3月，陈乃乾所藏《女范编》等三种珍笈让与郑振铎，售价五十元。[3]4月初，陈乃乾从来青阁取得《盛明杂剧初集》及《孙月峰评西厢记》[4]，郑振铎对前书"虽酷爱之"却无力购入，陈遂将书转售周越然。郑振铎的日记、书跋等文献中记录了二人在上海沦陷期间的旧书买卖往来，由《劫中得书记》"余力有未逮，竟听其他售，至今憾惜未已"[5]数语，可见陈乃乾较为坚持自己的利益，并未因为与郑振铎的私交而做出价格让步。与出售藏书相比，旧书中介的买卖才是无本生意，因为中介人赚取的是经纪中介的佣金，一般按书价的一至二成抽取佣金。1938年三四月的两个月之间，陈乃乾从郑振铎、周越然那里已经取得至少五笔佣金。

据《陈乃乾日记》，1938年苏州大华书店老板唐耕余[6]在上海棋盘街设立分店，与陈乃乾以前工作过的中国书店相隔仅数步，陈乃乾"每日午后出门，总在此两肆或古玩市场消磨光阴"。5月2日，陈乃乾

---

[1] 《陈乃乾日记》，第59页。1938年2月陈乃乾作《金缕曲》："只剩我骨头穷相。老守儒书难求园，更饥肠辘辘如蛙唱。求早死，偏无恙。"
[2] 《陈乃乾日记》，第60页。
[3] 《陈乃乾日记》，第68页。
[4] 《陈乃乾日记》，第70页。
[5] 郑振铎《劫中得书记》，《西谛书话》，第208页。
[6] 唐耕余在苏州景德路中段开设大华书店，郑振铎1939年《文始真经跋》记为"唐庚虞"，并记录其死讯。郑振铎《西谛书跋》，第183页。

第二章　古书局中局　067

到店里观看唐耕余从苏州收来的《古今杂剧》上半部[1],陈乃乾观后,立即致电郑振铎,这便是《郑跋》所言:

> 陈乃乾先生打了一个电话给我,说,苏州书贾某君曾发现三十余册的元剧,其中有刻本,有钞本……我极力地托他代觅代购。他说,也许还有一部分也可以接着出现。[2]

也就是说,在电话里,郑振铎与陈乃乾之间已经达成了"委托中介"的意向,陈乃乾如能做成这笔买卖,按照以往惯例,可分得不菲的佣金。求书心切的郑振铎在第二天下午又到当时上海最大的旧书店——来青阁书庄,这是他来往最频繁的旧书店,店主杨寿祺(1892—1962)凡是收到戏曲版画的珍本,必为他留下[3],而且杨做买卖较为公道,两年后他大力协助郑振铎为国家抢救文献,故郑振铎评价他:"来青阁肆主杨君,人极诚笃,我与之交易二十余年,向来不大讨虚价。"[4]杨寿祺是苏州人,来青阁的苏州本店早于清末就在苏州各乡镇设摊收购旧书,因此当郑振铎前来打听时,杨寿祺立即给出详细信息:

> 杨寿祺先生也告诉我这个消息,说有三十多册,在唐某处,大约千金可以购得;还有三十余册则在古董商人孙某处,大约也不过千四五百金至二千金可以购得。他已见到此书。这消息是被证实了。我一口托他为我购下。[5]

---

[1] 《陈乃乾日记》,第73页。
[2] 郑振铎《跋脉望馆钞校本古今杂剧》,《西谛书话》,第324页。
[3] 郑振铎《劫中得书记》说:"余于来青阁收得明刊戏曲最多,战后半载间,寿祺凡有所得必归之余。"《西谛书话》,第218页。
[4] "致张信",1940年3月23日,《为国家保存文化》,第24页。
[5] 郑振铎《跋脉望馆钞校本古今杂剧》,《西谛书话》,第325页。

用民国旧书业的行话来说，陈乃乾的"局"，被杨寿祺给"搅"了。

1938年以来陈、杨、郑三人买卖关系的常态是，陈乃乾从杨寿祺的来青阁揽货、再转手卖给郑振铎。但这一次的货源不在来青阁，杨寿祺与陈乃乾一样都是中间人。对于求购宝物的郑振铎来说，杨寿祺提供的卖方信息比陈乃乾说的更为确切，甚至交代了下半部的所有者及其估价，而且杨寿祺在业内名声很响，抢购的把握更大，所以郑振铎在陈乃乾之后，另外委托杨寿祺洽购，第二天便将书款交给杨寿祺。二人商定，给唐九百元，售给郑一千一百元，杨从中得利二百元。[1]

书只有一套，郑振铎却在两天之内委托了两家代理去洽购，这是买卖的大忌。果然，5月5日，前去洽购的杨寿祺带回来坏消息：原本分藏二家的《古今杂剧》被古董商孙伯渊抢先一步合为一家，凭空坐地加价。杨寿祺十分气愤，这笔生意就谈崩了，他把原金还给郑振铎。想望了十年的珍本，一旦失之交臂，郑振铎很不甘心，又找回陈乃乾，才知道，"乃乾和孙君是熟友。我再三的托他去问价，并再三地说，必定有办法筹款。隔了两天，乃乾告诉我说，再四与孙君商议的结果，他非万金不售；且须立刻商妥，否则，将要他售"[2]。出自郑振铎的这段记述，如果结合陈乃乾过往的旧书中介经历，可以更为清晰地看到，陈乃乾将被杨寿祺"截胡"的生意又抢了回来，而且此时书价已经腾升至一万元。

在居中洽购《古今杂剧》一事的记录上，《陈乃乾日记》不及《郑跋》详细，只记录5月2日午后，"唐耕余约观《古今杂剧》

---

[1] 杨寿祺未刊自述稿："郑先生出价一千一百元。我与唐君说明九百元，言明交款取书。因为我知道下半部为集宝斋（古玩碑帖店）孙伯渊所得，所以又同孙君商量，被孙君知道另外半部，在唐耕余处，所以下一天，郑先生携了一千元支票，托我取书，讵知已为孙伯渊购去矣。其价亦九百元也。"转引自俞子林《郑振铎与上海古旧书业》，第205页。

[2] 郑振铎《跋脉望馆钞校本古今杂剧》，《西谛书话》，第326页。

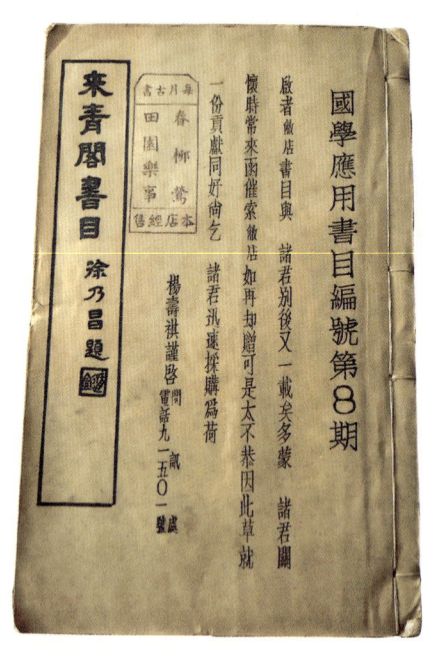

来青阁书店1940年待售书目

六十四册共二百四十种",然后就是6月3日,"购元人杂剧之事遂定",6月4日,"与振铎、率平同午餐于一家春,继至伯渊处签约,订购《古今杂剧》六十四册,价九千元,先付定洋一千元,约十五天内付款取书"。6月18日,"与振铎、伯祥午餐于一家春。午后,同往伯渊处取《古今杂剧》"[1]。同一天的《王伯祥日记》亦记:"由乃乾之介,几经唇舌,始于今日入于振铎之手。"[2] 对照陈、郑二人的记载,可以更加明确陈乃乾在此次买卖充当了中间人的角色。

民国时期的旧书买卖过程中,中间人负责在买卖双方之间传话,价格亦由中间人居中协调商定,在订约和交货之前,买卖双方并不见面——从郑振铎、陈乃乾二人的文字记述来看,买方的郑振铎、中介的陈乃乾、卖方的孙伯渊,遵守着行业习惯,到了6月4日签约才见

---

[1]《陈乃乾日记》,第73—76页。
[2]《王伯祥日记》第15册,张廷银、刘应梅整理,北京:国家图书馆出版社,2011年,第198页。

面，而且签约和取书的全程均有中间人在场见证。虽然郑振铎的文章未有透露付给陈乃乾的佣金，按照旧书业行规，中介佣金至少也是一千元。[1]

四、郑振铎中了潘博山的圈套？

《古今杂剧》的下半部早于1937年秋天落入潘博山（承厚）之手。1938年5月，刚从苏州大华书店那里购入上半部的孙伯渊，向潘氏洽购，《古今杂剧》遂得完璧，奇货可居。潘景郑《丁芝孙古今杂剧校语》一文的写作已在郑振铎公布购藏细节之后，故所谓的"吾友郑西谛先生为商归公之计，往返集议，久而克谐"的说辞，属于"后见之明"，未必可信。事实上，潘氏兄弟在售书之时，尚未得知买主是郑振铎。1938年6月4日，张元济受北平的傅增湘所托，曾到潘博山府上探寻《古今杂剧》的行踪。当天也是孙伯渊约定前来潘宅取书的日子，潘博山告诉张元济，全书另一半为"一古玩店主所得"，"至购者何人，则潘君亦不知悉"[2]。在售书的过程中，潘博山始终不知道郑振铎在幕后，他甚至以为对方是海外买家，并告诉了张元济，所以6月4日返宅之后，张元济又追加一信，向潘博山提出为书摄影的请求："书一出国，此后恐不可复见，可否请宽留数日。"[3]

现存郑振铎写下的所有关于此次购藏的文章，以及《陈乃乾日记》或陈氏方面的文字记录，丝毫没有提到潘博山其人，似乎可以推

---

[1] 1924年上海总商会编：《掮客佣金与责任习惯》，《民国时期社会调查丛编二编法政卷》下册，李文海主编，福州：福建教育出版社，2014年，第44页。
[2] 1938年6月9日张元济致傅增湘信。《张元济傅增湘论书尺牍》，北京：商务印书馆，1983年，第364页。
[3] 1938年6月4日张元济致潘博山信。《张元济全集》第3卷，第514页。

导出"郑振铎和陈乃乾均不知道潘博山的存在"。由于郑、陈不知道潘氏持有一半的《古今杂剧》,于是等到杨寿祺、孙伯渊联合潘氏凑成了全书,这时候郑、陈已无还价的可能——这是"杨孙潘合谋论"的叙事原点。然而,如果搜检与郑、陈关系密切的"开明书店文人群"在1938年5—6月的文字记录,还是可以找到被二人有意"遗漏"的信息。

苏州人王伯祥(1890—1975)与陈乃乾相识于"朴社"时期,据王伯祥之子回忆,陈、王二人"不但交情'年逾花甲',而且相知之深也是非同寻常的"[1]。王伯祥与郑振铎曾在商务印书馆同事十年,共同创立"朴社",又在"朴社"同人设立的开明书店长期任职,被尊称为"伯翁",郑振铎称他为"圆脸而老成的军师,永远是我们的顾问"[2]。新中国成立后,王伯祥被郑振铎延请至中国社科院文学研究所任职[3]。郑、王、陈三人交往频繁,《陈乃乾日记》1938年全年有十一条记事,往往记录三人在开明书店聊天和午餐。《王伯祥日记》的记事更为详尽,1938年5月9日,"五时前,振铎、予同、乃乾至,往饮于同宝泰";5月10日,王伯祥补记——

> 昨日乃乾言,此次苏州散出抄校本元曲二百余种,系"也是园"旧物,有董玄宰跋及黄荛圃校语,超出臧晋叔《元曲选》一倍有余,为学术史上一大发现。书藏丁芝孙家,今为王君九、潘博山所购获,价止二千金。振铎亦尝逐鹿,未得手,甚懊恼也。[4]

---

[1] 王湜华《一生辛苦书中老 留得鸿翰在人间》,《传统文化研究》第17辑,北京:群言出版社,2009年,第375页。
[2] 郑振铎《回过头去——献给上海的诸友》,《郑振铎日记全编》,第17页。
[3] 王湜华《王伯祥传略》,《中国现代社会科学家传略》第4辑,晋阳学刊编辑部编,太原:山西人民出版社,1983年,第17—29页。
[4] 《王伯祥日记》第15册,第152、154页。

这里透露出，5月9日，《古今杂剧》尚未完璧，陈乃乾已经夺回《古今杂剧》的中介权，陈、郑二人正在谋购潘博山手中的下半部。这一动向很快在开明文人朋友圈传播开来，郑振铎与开明书店的叶圣陶、徐调孚都是交往多年的老友，5月9日当天徐调孚写给远在四川的叶圣陶的信函中就透露了《古今杂剧》的大发现，叶圣陶5月18日回信中说：

> 潘博山得明钞元曲三百余种，真是了不得的大事。此人与湖帆极密，伯翁可以去找湖帆，则公等可先睹为快矣。[1]

叶圣陶在1938年年初远赴四川避难，他与上海朋友们的通信大多寄给王伯祥，再由王分与各朋友传观，因此叶圣陶的信件可被视为开明书店文人群的公共信件。信中提到的吴湖帆正是潘博山的姑丈，也是颇有名望的书画与鉴藏大家。吴湖帆与王伯祥（伯翁）交好，潘、吴、王、叶等人，都是苏州老乡，在叶圣陶看来，凭借着这些关系，郑振铎通过王伯祥、吴湖帆的关系就可以轻松地"先睹为快"。

郑振铎与潘博山也是朋友，1943年5月潘博山去世，正在秘密蛰居中的郑振铎冒着风险赴殡仪馆吊丧，并哀叹"谈版本者又弱一个矣"[2]。潘博山出身苏州名门，"嗜古成癖，余事搜罗典籍，访求书画""鉴别精审，尤为名流所推许"[3]，他的"表丈"王季烈（1873—1952），即上引《王伯祥日记》提到的"王君九"，著有《螾庐曲谈》《度曲要旨》，乃曲学研究之宿老。王季烈从伪满洲国退职之后，闲居北平，稀世珍本《古今杂剧》落在潘博山手里，也就意味着代表着

---

[1] 《叶圣陶抗战时期文集》，第72页。
[2] 1943年5月7日。《郑振铎日记全编》，第152页。
[3] 郑逸梅《人物品藻录》，上海：日新出版社，1946年，第94页。

潘博山遗像，吴湖帆题

"伪方"的王季烈有可能捷足先登，这大概是最令郑振铎头疼之处。

同行是冤家，如若郑振铎直接上门洽购，对方一口回绝，那就没有进一步商量的空间了。民国的旧书业习惯，就算买卖双方相互认识，一般还是需要委托一个彼此相识的中间人从中斡旋，以便留出回圜的余地。《古今杂剧》的上半部在5月4日已落入孙伯渊手中，杨寿祺退出之后，"乃乾和孙君是熟友"，所以郑振铎通过陈乃乾代理与孙氏的接洽。按行内规则，下半部的持有者潘博山也应由陈乃乾去洽购。但是王伯祥和叶圣陶的记事透露出，郑振铎和陈乃乾颇为踌躇。这就要追溯到近代文化史上一桩著名的版权纠纷案中。

五、陈乃乾与苏州潘家的宿怨

潘博山出自苏州名门望族，才三十多岁已经是江南著名的藏书家、画家。苏州潘氏在清乾隆之后，世代蝉联进士举人，以"一状元、八进士、十六举人"闻名于世。咸丰年间，族人潘祖荫（1830—

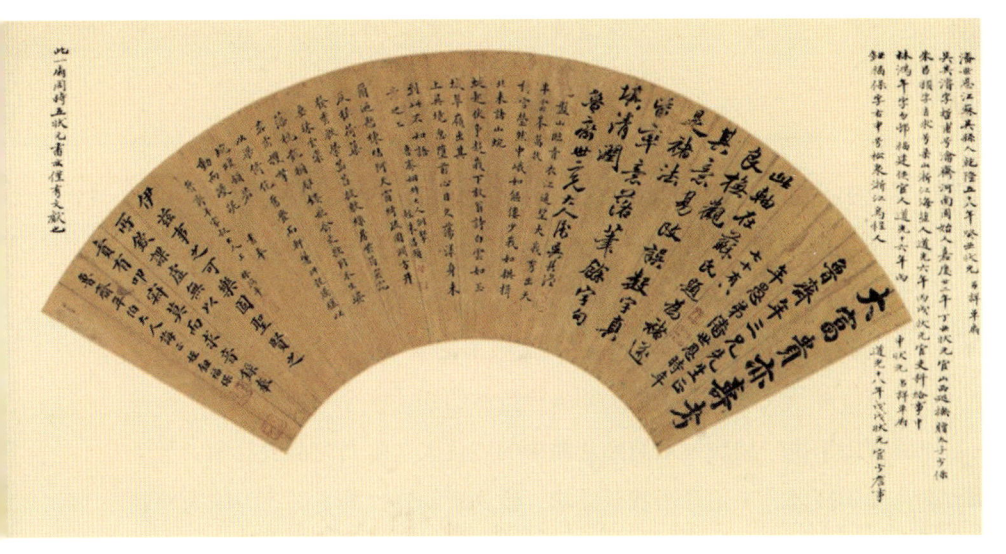

潘世恩等五状元书扇，苏州博物馆藏。潘世恩是潘祖荫的祖父，乾隆五十八年（1793）状元

1890）考中探花，后官至军机大臣。潘祖荫醉心金石、古籍的收藏，"海内青铜器三宝"中的二宝（大盂鼎、大克鼎）即为其藏品，由于家中没有子嗣继承藏品，将自己毕生所藏全权托付给弟弟潘祖年处理。潘祖荫1890年在北京去世后，潘祖年将其兄收藏文物秘密押运回故乡，存放在苏州南石子街的潘家旧宅中，并且严守祖上家训，绝不示人。

潘祖荫的藏书室"滂喜斋"富藏奇珍秘本，闻名南北，光绪十年（1884），著名学者叶德辉将潘氏所藏最珍本一百三十五部，编成了《滂喜斋藏书记》三卷。明清私家藏书楼的此类目录只是作为自家鉴赏及点检图籍所用，一般秘不示人，因为怕引起外人的觊觎，招来不必要的麻烦。1924年，陈乃乾未经潘家许可，以自己书斋号"慎初堂"的名义刊行《滂喜斋藏书记》铅印本，并在跋语中批评潘家的"后嗣不肖，不能绍述其业"，文末还有极具挑衅意味的一句："潘氏子其大怒所无惮。"[1] 此书一发行，吴中士大夫阅之多有不平，纷纷来书诘责

---

[1] 潘祖荫《滂喜斋藏书记》，佘彦焱点校，上海：上海古籍出版社，2007年，第113页。田吉《闲话当年滂喜斋——八十年前的版权风波》，《书屋》第7期，2008年，第72—74页。

第二章 古书局中局 075

潘家："汝族固多人，独无能辩白之乎？"[1]潘祖年的堂孙潘博山、景郑兄弟为了捍卫家族荣誉，将《滂喜斋藏书记》原板重新检校增补，1928年刷印行世。潘氏兄弟还邀请王季烈作序回击陈乃乾，批评陈氏"于滂喜后人诬蔑殊甚"[2]。

陈乃乾因为盗版印行《滂喜斋藏书记》，从此与潘氏兄弟以及王季烈等苏州文人结下宿怨。郑振铎虽然明知《古今杂剧》的下半部在潘博山手里，他也不敢贸然让潘家的"仇人"陈乃乾前去洽购。至于叶圣陶提议让王伯祥去找吴湖帆，世人皆知郑、陈、王三人同为朴社中人且交情甚笃，如果由王伯祥出面，潘博山不会不觉察背后的买主一定和郑、陈有关。潘氏虽系出名门，但在古物买卖上也是行家，不见得被郑振铎轻易诳过。三年后，郑振铎在为中央图书馆收购潘明训宝礼堂藏书时，再次遭遇潘博山的"居间"，因其把控了宝礼堂出售字画图书的估价环节。郑振铎写给馆长蒋复璁的信中就说：

> 此君胃口颇大，"败事有余"。犀（按：即郑振铎自称）曾与森公（按：即徐森玉）详商，拟避免此君之居间，但此时仔细考虑之下，觉得如避去此君，恐前途不免将有种种阻碍，甚至有破坏可能。不如仍由此途，恳其设法。我辈务具远大之眼光。此等俗情世态，有时不免要迁就些。[3]

虽然朋友们经常背后戏称郑振铎"老天真"，其实他对于旧书买

---

[1] 潘承厚《滂喜斋藏书记跋》，《滂喜斋藏书记》，第111页。
[2] 王季烈《滂喜斋藏书记序》，第2页。顾廷龙《滂喜斋藏书记跋》云："陈乃乾得传钞本付之排印，跋语污蔑潘氏后人。"《顾廷龙文集》，上海：上海科学技术文献出版社，2002年，第144页。
[3] "致蒋信"，1941年10月17日，馆藏号：039108，《为国家保存文化》，第260页。

卖的一切俗情世态，燎如观火，深知"中间人"随时可以败事的杀伤力。南北书林，常有中间人不满于被撇局或分利不遂，故意挑起事端。比如1931年的扬州测海楼藏书出售过程中，当地中间人黄锡生介绍的生意被北京富晋书社"截胡"了，黄氏为了阻拦这笔交易，遂向外界散播富晋实际代日本人买书的谣言，逼得县长出面阻止装运。由此可以想见，1938年，由于握着上半部的卖家孙伯渊是陈乃乾介绍的，郑振铎实在无法绕开陈乃乾，另找中间人去跟潘博山洽购。僵持之下，孙伯渊变成了主导局面的关键人物。孙原是苏州专营字画碑帖的古董商，抗战爆发后移居上海租界，和吴湖帆"寓居近邻，过从甚密"[1]，孙、吴以及潘博山又都是苏州人，因此孙伯渊在5月中旬向潘博山许以重金，上下部遂得以完璧。孙伯渊看准了郑振铎求书心切而且不可能自己去跟潘博山洽购，于是狠抬价格，5月9日出价还是三千元，至5月16日，已飙升至一万元。

无奈之下，郑振铎致信国立北平图书馆的上海代表孙洪芬[2]，称"我和此辈估人，不善交涉。最好请先生电知赵斐云（按：即赵万里）兄南下，和他们面谈一切，如何？"[3]北平图书馆副馆长袁同礼认为万元书价过高，放弃购买，赵万里亦无法南下助阵。于是郑振铎与"估人"的交涉，只能依靠陈乃乾从中斡旋。《王伯祥日记》云：

---

[1] 郑重《孙伯渊的碑帖鉴藏》，《海上收藏世家》，上海：上海书店出版社，2003年，第185页。

[2] 孙洪芬时任中华教育文化基金董事会干事长、国立北平图书馆馆务委员，当时派驻上海。"七七事变"之后，北平图书馆副馆长袁同礼率同人南下，建立上海、南京、香港、长沙等办事处，1938年6月，北平图书馆以长沙办事处为馆本部，所以郑振铎5月初写信给长沙的袁同礼，力劝他为国家购入《古今杂剧》。

[3] 《郑振铎年谱》，第697页。赵万里时任北平图书馆购书委员会中文组委员兼书记，详见刘波《赵万里先生年谱长编》，北京：中华书局，2018年，第192页。

> 5月25日，午刻振铎至，乃乾至，因同饭于一家春。谈次，知也是园元曲当在贾人手，须一万金乃肯脱手与人也。振铎求得甚切，恐缘是抬价愈高耳。[1]

作为毫无相关利益的旁观者，王伯祥的观察较为客观：一方面是郑振铎"求得甚切"；另一方面，考虑到中间人的佣金直接与书价挂钩，陈乃乾促成这单交易的动机也较为强烈。

还有一个历史细节颇值玩味。涉及洽购过程的叙事，无论是《郑跋》所云"再四与孙君商议的结果，他非万金不售"，还是陈乃乾《元剧之新发见》以及《王伯祥日记》，都说孙伯渊坚持一万元的售价，但最后却得以九千元成交。这恰恰是陈乃乾联合卖方孙伯渊居中议价的结果。因为图书佣金一般由卖方承担，1941年郑振铎以"希古堂"（即"文献保存同志会"）名义，由张葱玉中介，为中央图书馆（甲方）购入张芹伯（乙方）藏书，在购书合同上就写明："乙方关系之中人佣金，归乙方负担。甲方关系人不得收受乙方佣金。"[2] 同样的商业规则，1938年陈乃乾的佣金是由卖方孙伯渊负担的，这样《古今杂剧》成交价仍是一万元，但是买方这边可以说"书金九千元"，在名头上比较说得过去。

根据王伯祥、叶圣陶等郑振铎好友的书信与日记，我们可以拼接出这样的古书局中局：陈乃乾抢回《古今杂剧》的中介权，并联合孙伯渊抢购唐耕余手中的上半部；当《古今杂剧》还分别握在孙、潘两个卖家手里之时，郑振铎由于顾虑潘博山与陈乃乾的过往恩怨，未能及时出手，给了孙伯渊并购进而垄断抬价的机会；面对孙伯渊的狡估，郑振铎"求得甚切"，被对方牵着鼻子走，所幸远在长沙的好

---

[1]《王伯祥日记》第15册，第172页。
[2]《希古堂购买张芹伯藏书合同》，1941年10月25日，馆藏号：039107。收入《为国家保存文化》第265页。

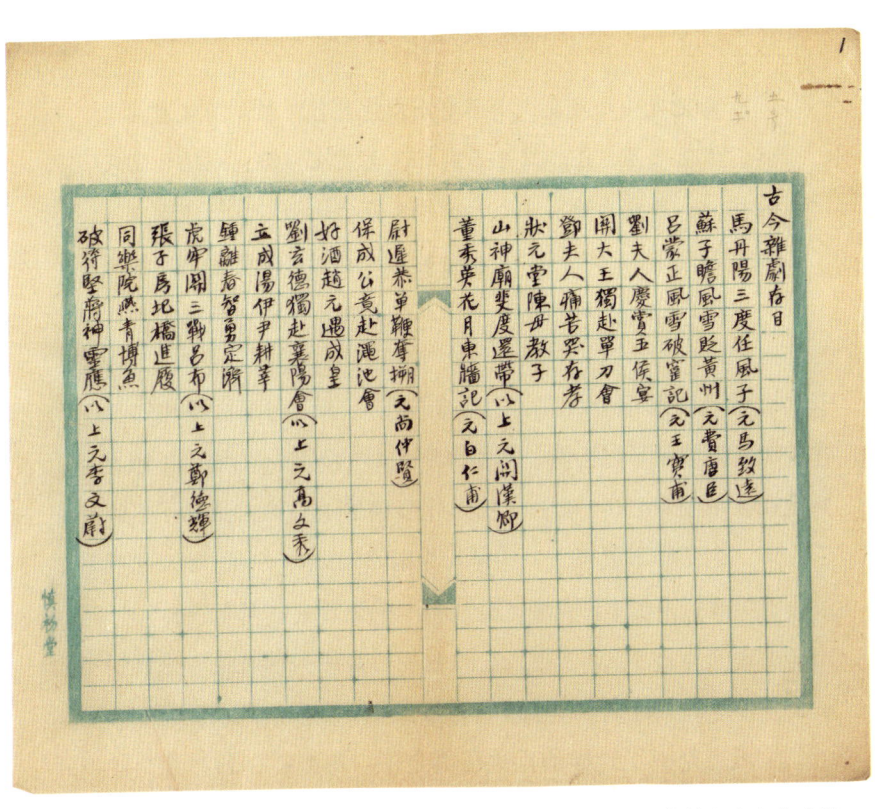

1938年陈乃乾投给《书志学》的《元剧之新发见》原稿第四页。信笺左方印有"慎初堂"三字,慎初堂是陈乃乾的藏书斋号。右上方的铅笔批注,是《书志学》主编长泽规矩也的字迹

友卢冀野（时在教育部任职）成功说动教育部长陈立夫[1]，最后花费九千元的巨资力购国宝。了解内情的叶圣陶，曾在1938年7月2日写给开明书店徐调孚的信中说：

> 铎兄代购之元曲，中间有无出色之作？教部居然有此闲钱，亦殊可异。现在只要看到难民之流离颠沛，战地之伤残破坏，则那些古董实在毫无出钱保存之理由，我们即没有一只夏鼎商彝，没有一本宋元精椠，只要大家争气，仍不失为大中华民族也。以教部而为此，亦不知大体之一证矣。[2]

对于教育部重金收购《古今杂剧》一事，与郑振铎相知甚深的叶圣陶尚且如此不以为然，郑振铎所面对的舆论压力则更可想见。正如他在《求书日录》自述，"我为此事费尽了心力，受尽了气，担尽了心事，也受尽了冤枉……这是我为国家购致古书的开始。虽然曾经过若干的波折，若干的苦痛，受过若干的诬蔑者的无端造谣"[3]。1956年郑振铎又重申："对于我，它的发现乃是最大的喜悦。这喜悦克服了一言难尽的种种的艰辛与痛苦，战胜了坏蛋们的诬陷。"[4]

大概正是处于这样的世论压力之下，郑振铎在1939年、1945年的两篇文章，以及所有的相关记述文字之中，对于此事牵涉的人事与利益，有所隐讳，尤其对于导致抬价的潘博山一节，更是略去不论。

---

[1] 民国时期，北平图书馆、中央图书馆、故宫博物院、中央博物馆均隶属于国民政府教育部。陈立夫1938年年初至1944年年底任教育部长。
[2] 《叶圣陶抗战时期文集》，第81页。
[3] 郑振铎《求书日录》，《西谛书话》，第403页。购书过程中，北平图书馆的袁守和似乎从中挑拨，并暗中致信北平的傅惜湘，令傅也加入古籍的争购。郑振铎1939年8月26日的日记写此日他见到北平图书馆的赵万里，"才知元曲事得来，彼等从中挑拨胡闹，我只付之一笑"。
[4] 郑振铎《〈劫中得书记〉新序》，《西谛书话》，第205—206页。

而且郑振铎可能与周围朋友统一了口径，尽量避免提到潘博山相关细节。原本在日记中点明潘博山作为卖家身份的王伯祥，在1938年秋天《古今杂剧》购定之后为此书撰写提要，对于此节亦有所"处理"，保持与郑振铎一致的口径——

> 初托来青阁主杨寿祺问津，以挟者居奇，许贾二千而悔之，终匿其书，且秘物主之为谁。振铎懊甚，几废眠食。而乃乾语振铎，谓有线索可寻，振铎则又狂喜，力属探求。顾求者持之愈急，应者倚之愈甚。几经往复，垂成濒绝者屡矣。予亦牵率其间，饱看彼等推诿之状。幸教育部顾念国宝，恐听任坊贾，终沦异域，乃慨然斥巨资，委振铎就购之，卒以九千金成议。[1]

王伯祥一眼看穿郑振铎求购过程中由于急切渴求此书，而被卖方拿捏，但是他作为旁观者，虽然"饱看彼等推诿之状"，还得"看破不说破"，故而隐去潘博山、孙伯渊二人的抬价细节。如果不是《王伯祥日记》和叶圣陶信件记录了1938年5月的历史现场，那么曾经横亘在《古今杂剧》购藏路上的潘博山，将再次隐入历史迷雾中。

复盘1938年的这场古书局中局，可以发现，中国旧书业商业习惯仍是决定秘笈去向的潜规则。比如卖方不能透露书的来路货源，不然容易被他人捷足先登，显然杨寿祺就触犯了这点禁忌，所以早早出局。再比如卖方不能泄露买家的身份，因此身为世交长辈的张元济亲自上门向潘博山询问秘笈去向，潘氏都始终未曾透露对方的真实身份。为了利益的最大化，书商往往挑动多方买家为入藏一部古籍而展

---

[1] 王伯祥《明虞山赵氏脉望馆藏杂剧录目》，题记曰"戊寅（按：1939年）秋仲容翁手写本，草钉一册"，见《庋橡偶识》卷三，北京：中华书局，2008年，第74—75页。

开角逐，哄抬价格，从中获利。根据后来披露的张元济信件，在北平的藏书家傅增湘、已堕落为汉奸的董康（时任伪华北临时政府"司法委员会委员长"），曾在5月底至6月初打电报给张元济，想抢购此书。大概也是在这样的角逐中，郑振铎愈发"求得甚切"。

六、抗战胜利前后的不同表述

关于这次为公家抢购《古今杂剧》，郑振铎有两篇文章详述购书经过。第一篇是1939年11月发表的《跋脉望馆钞校本古今杂剧》[1]，第二篇是1945年11月1日至12月24日在《大公报》文艺版连载发表的《求书日录》。以往研究者在引述之时，未能细审两文内在的矛盾。恰恰就是在陈乃乾这个人物上面，两文出现了重大分歧，兹列表如下：

	1939年11月《跋脉望馆钞校本古今杂剧》	1945年11—12月《求书日录》
得知书况	在民国二十七年五月的一天晚上，陈乃乾先生打了一个电话给我，说，苏州书贾某君曾发现三十余册的元剧……我极力地托他代觅代购。他说，也许还有一部分也可以接着出现……第二天下午，我到来青阁书庄，杨寿祺先生也告诉我这个消息……他已见到此书。这消息是被证实了。我一口托他为我购下。	不料失望之余，无意中却于来青阁书庄杨寿祺君那里，知道这些剧本已于苏州地摊上发现。我极力托他购致……隔了几天，杨君告诉我说，这部书凡订三十余册，首半部为唐某所得，后半部为孙伯渊所得，都可以由他设法得到。我再三地重托他。

---

[1]《文学集林》，第1辑，1939年11月，第35—67页。此文后经修改，作为《劫中得书记》附录发表。

续表

	1939年11月《跋脉望馆钞校本古今杂剧》	1945年11—12月《求书日录》
第一次洽购	第二天便将此款交给了杨寿祺先生。他一口答应说，明天下午可以从唐某处取得此书三十余册来……不料，第二天下午，到了来青阁书庄，杨君说：他去迟了一步，唐某处的三十余册，已以九百金归之孙君了。此书成了完璧，恐怕要涨价不好。同时，并以原金还给我。	我立刻再到来青阁去，问他确信时，他却说，有了变卦了。
第二次洽购	又晤到了乃乾先生，又提起了此书。他说，古董商人为孙伯渊君……乃乾和孙君是熟友。我再三的托他去问价，并再三地说，必定有办法筹款。隔了两天，乃乾告诉我说，再四与孙君商议的结果，他非万金不售；且须立刻商妥，否则，将要他售……我恢复了希望，恢复了兴奋，立刻找到乃乾商谈此事。乃乾说，恐怕不易减少价格。但经过了三天的议价，终于以九千金成交。	我也十分懊丧。但仍托他向孙君商洽，也还另托他人向他商洽。孙说，非万金不谈……这电文使我从失望里苏生。我自己去和孙君接洽，结果，以九千金成交。
签约交押金	时间是五月三十日；天色有些阴沉沉的，春寒还未尽去。我偕乃乾持千金至孙君处，签订了契约。在这时，我方才第一次见到了原书！	我拿了支票，和翁率平先生坐了车同到孙君处付款取书。当时，取到书的时候，简直比攻下了一个名城，得到了一个国家还要得意！

第二章 古书局中局　083

一般距离事件发生时间近的历史记录，相对可靠，因此在史料的可信度上，1939年《郑跋》比1945年《求书日录》更可取信，也更为细致地还原"购宝"的经历，详细记载陈乃乾在杨寿祺退出之后，一步步引导郑振铎与孙伯渊洽购的全过程。蹊跷的是，才过了六年时间，在购宝中起到关键中介作用的陈乃乾，却在《求书日录》中完全销声匿迹。本来是陈乃乾第一个告诉郑振铎《古今杂剧》散出的消息，《求书日录》却把这个通报人改为来青阁的杨寿祺，接下来的两次洽购亦改写成杨寿祺居间协调。郑振铎这种"舍陈取杨"的表述，也引导后来的研究者误以为杨寿祺参与了中介并导致合作失败。《求书日录》"也还另托他人向他商洽"句中的"他人"，应该就是陈乃乾，然而《求书日录》全文未曾提到陈乃乾这三个字，宁可采用"他人"一词来含糊应付。

所幸还有陈乃乾、王伯祥的日记可资对证。1938年6月4日，交付一千元订金的决定性时刻，《陈乃乾日记》记，"与振铎、率平同午餐于一家春，继至伯渊处签约"[1]，《王伯祥日记》当日亦记，"饭后乃乾、振铎、率平至，二时，三人同往孙伯渊家看元曲，面洽价格"[2]。可知当时有三人同到孙伯渊宅签约，"率平"即郑振铎的同事、暨南大学教授翁率平。因为订金的一千元是从暨南大学商学院院长、代理校务的程瑞霖那里临时开的校方支票，而翁率平在1939年兼任暨大总务处庶务主任[3]，翁氏见证签约，也有代表暨大校方监督的意味。但在《求书日录》之中，陈乃乾"消失"了，只有翁率平与郑振铎同往孙家。而在郑振铎现存的日记、书跋中，此为翁率平唯一出现的一

---

[1]《陈乃乾日记》，第75页。
[2]《王伯祥日记》，第184页。
[3] 张晓辉、夏泉主编《暨南大学史（1906—2016）》，广州：暨南大学出版社，2016年，第93页。

王伯祥日记原稿

处，此人系国民党C.C.系骨干[1]、上海《大英夜报》主编，与郑振铎可谓"道不同"。那么，1945年写作《求书日录》时的郑振铎，为何保留泛泛之交的翁率平，反而漏掉了老朋友陈乃乾呢？

抗战时期，在购入《古今杂剧》之后，郑振铎与陈乃乾仍保持朋友/中间人的密切来往。1939年郑振铎日记中，常见陈氏身影，比如12月3日，"乃乾又打电话来要款，设法押一部分书"。后来以郑振铎为核心的"文献保存同志会"在为国家抢救文献行动中，亦曾多次通过陈乃乾的中介，收购风雨楼邓氏藏书、平湖葛氏藏书等。[2] 上海全面沦陷后，郑振铎为了躲开日方的追捕，离家蛰居于上海高邮路的小楼内，但与陈乃乾交往仍密切，1943年3月22日，"购乃乾之《敩然阁文集》一部，价五十五元"，3月24日，"乃乾携来龚孝拱手写之佛

---

[1] C.C.系是中国国民党在20世纪30至50年代的主要派系，1927年，以陈果夫、陈立夫为核心，首先成立了"中央俱乐部"，这个组织的英文Central Club和"二陈"英文的缩写都是C.C.，所以被人们称为C.C.系。
[2] 《第四号工作报告书》，1940年8月24日，见《为国家保存文化》，第321—323页。

藏目录，汉碑文释二册，颇佳，共索二千金，力不能得之，姑携归一读"。郑振铎1945年6月1日至10月19日的日记，则完全未见陈乃乾身影，说明抗战一胜利，郑、陈二人之间立即疏远。巧的是，《陈乃乾日记》在1945年8月13日之后未存日记，至1946年10月25日才有记事，或许是因为某种原因，不方便留存抗战胜利之后这十四个月的日记。

七、日军对于江南文献有组织的劫掠

可以推测，抗战胜利之后，郑振铎《求书日录》和《胜利前后的日记》出于同样的原因，对陈乃乾进行"技术处理"。这个原因，其实在1938年日本《书志学》破格刊载的陈乃乾《元剧之新发见》一文之中已现端倪。此文一开头，先交代1937年秋天，日军侵略中国江南，"半年以来，受战事之摧残，故家文物，澌灭殆尽。道路传言，谓各地私家所藏图书金石书画骨董，悉为军队囊括而去。斯言也，我未之能信。盖军队进退仓卒，未能有此闲暇，即闲暇矣，未必能鉴别以定取舍也"[1]。

这里陈氏说日本军队未必有闲暇去掠夺文物，而且日军人皆为大老粗，完全不懂鉴别古物。事实上，从日本档案以及战时中国人的亲历记来看，日军对于江南文献的掠夺，是有目的、有组织计划、大规模地进行的。除了军方各种组织（如调查部、宪兵队等）将图书文物作为抢掠目标，1937年12月，上海派遣军特务部还成立了"占领地区图书文献接收委员会"，每侵占一地，随军特派图书馆员，假"接收整理"之名，专事掠夺官方机构、学校、图书馆的文化资料。[2]此

---

[1] 新陳『元劇之新発見』，第1頁。
[2] 鞆谷純一『日本軍接収図書』，第57—59頁。

外,还有"东亚同文书院""上海自然科学研究所""南满铁上海事务所"等机构成员协同该委员会,掠夺苏浙各地的图书(本书第四章所述嘉业堂藏书即为一例)。

日本侵略军在侵占每个地区之时,随军"烧抄队"配备鉴别古董书籍之人,阿英1938年《如此烧抄》记录日军查抄抢劫过程——

> 军火当然是在他们需要之列,古董书画以及任何值钱的东西也都不免。木器中如红木之类,亦被重视。大概只要笨重一点的,他们总是先清出放在街心,然后点齐交卡车运载。字画书籍,随队皆有鉴别人,书画割去四周,以便携带。全部抄完,然后就烧,其幸免的,往往就轮到汉奸抢劫。有时日军一面纵他们抢,一面却故作保护的姿态,让随军电影队拍摄影片,以示"保护中国人之赤忱"。[1]

徐迟《南浔浩劫实写》记录1937年11月19日日军进犯江南最富庶的古镇南浔,有目的地抢掠藏书的经过——

> 第一个起火的建筑是南浔中学。第二个起火的建筑,是嘉业堂刘氏的藏书楼。"他们"到嘉业堂藏书楼以后,先把悬挂在正厅上的刘氏的一幅祖先像除下,于是宋、元、明版的珍藏书集,一箱一箱的扛出来,嘉业堂藏书除宋元明版珍本以外,以地方志的部数,占全国地方志藏书第三位。这里足见"人家"垂涎嘉业堂已久。我怀疑"他们"所以从平望进展到南浔如此之迅疾,不到二十四小时,就把藏书先行占

---

[1] 阿英《胡沙随笔·如此烧抄》,第221页。

领,是可以显见其用心之深的。因为平望进展至南浔太迅疾了;嘉业堂的珍藏,一本也没有运走。想一想,"人家"于行军时,顾到了获得文化,而我们的守土军人除守土之外,却未想到他们所守的土地上有一大批珍本古书。[1]

陈乃乾《元剧之新发见》一文在这样的侵略事实面前,选择了为侵略者狡辩。《元剧之新发见》为日军"洗白"之后,又将江南文物的散亡归结于三个原因:一是流弹所及,无一幸存;二是主人离乡避难,盗贼乘机盗窃;三是留乡看守文物的仆人监守自盗。这三个原因撇清了日军侵略的主因,将文物散失归咎于中国人自己的乘乱盗窃。陈乃乾还一再声称,"余旅居沪上,恒注视及此,有自乡来者,必探询之,故所知较审",意思是,他对于江南文物的毁灭最有发言权,可以证明日军并非掠夺文物的罪魁祸首。

上文提到我们通过日方文献,可以看到抗战时期陈乃乾热心为高仓正三等日本人充当旧书买卖中间人,虽然近年公开的《陈乃乾日记》中没有此类直接记载,毕竟还是有蛛丝马迹可寻。1938年1月16—20日的日记,记录他替庞虚斋走关系,"虚斋欲赴南浔探视,故托端志与日人木村重接洽"。由陈乃乾出面,请上海市博物馆总务主任端志[2]吃饭,打通与上海自然科学研究所生物学部长木村重(1926—1945年在任)的关系。1月20日,陈乃乾"至庞家。木村本约定虚斋以二十三日上午同往南浔。今日庞氏家人有自浔来沪者,谓南浔驻军已退,家中书画什物百不存一,故不拟再往探视"。过了两天,端志来信指责庞氏背约,叮嘱陈乃乾备好礼品送木村处谢罪。陈

---

[1] 徐迟《南浔浩劫实写》,《名城要塞陷落记》,长江等著,广州:战时出版社,1938年,第51页。
[2] 陈端志,名端志,金山人,日本庆应大学毕业。1937年任上海市博物馆总务主任。

即往与端志面谈，再拉他同往庞家，庞虚斋一再道歉，又呈上自己的一幅画作当作赔礼，请转赠木村。陈乃乾深感两头受气，在日记中抱怨："此七日中专为虚斋事，冒雨奔走，卒致无益于人，无利于己。"[1]

单看这条记事，读者可能会颇为同情吃力不讨好的陈乃乾，然而如果我们放大历史景深，就会对他这次行为打上问号。庞虚斋就是近代中国书画收藏第一人庞莱臣（1864—1949），其父是南浔地区家产过百万的巨贾，为"南浔四象"之一。[2]抗战爆发后，庞虚斋寓居上海，又放心不下南浔家里的财产，所以想辗转疏通关系，请动日本官员木村重陪同他回乡探视，孰料南浔已被日军抢劫一空。据谢国琦《血泪话南浔》记载——

> 南浔本是一个富庶的区域，那里有很多名闻乡邑的富翁，日军在未占领以前，也许已打探得很清楚，加之汉奸的为虎作伥，因此整个镇上，没有一家能幸免此劫。他们劫掠的目的，除了金银等贵重物品外，其次便是名人书画。著名的庞家，已被洗劫一空，他家藏书楼所藏的各种古版珍本，已做了日军的战胜品，嵌在纱窗上或是挂在墙壁上的，统被席卷而去，估计他们一家的损失，当在一百万元以上。[3]

庞家的遭遇是1938年千千万万个江南家庭的普遍遭遇。徐迟《南浔浩劫实写》还提到——

---

[1]《陈乃乾日记》，第61页。
[2] 石慎之《庞元济：富甲东南的虚斋收藏》，《荣宝斋》第12期，2017年，第220—229页。
[3] 谢国琦《血泪话南浔》，《沦陷区域的非人生活》，曹乃珢编，广州：新生书局，1938年，第56—57页。

（日军）司令部又迁到藏有价值数百万万古画的庞宅。庞宅的房子所以没有烧掉的原因，因为一向为庞氏收买古画的古董商是"亲日"家。焚毁其余的房屋一共继续了十天左右。[1]

这些亲历记，再加上《陈乃乾日记》所记"家中书画什物百不存一"，恰恰证明《元剧之新发见》一文煞费苦心地为日本侵略者文化掠夺行径"洗地"，是为了说明《古今杂剧》的散出与日军掠夺无关——"厥惟无赖所窃盗、骨董商所贩售之常品耳，然于此中竟发见一特异之书"，即《古今杂剧》。

发表陈乃乾文章的《书志学》杂志主编、著名文献学家长泽规矩也，与陈乃乾、郑振铎的私交都不错。1930年，陈乃乾特地将坊间罕见的清康熙陶瓷活字版（泰山磁版）《周易说略》冲晒成书影照片，邮寄给长泽。[2]郑振铎在"八一三"事变之后，完全割断与日本学人的联系。据1962年长泽规矩也在《日本经济新闻》发表的回忆文章，1937年之前郑振铎与他书信往来频繁，之后再无联系。[3]同时期的陈乃乾与日本的联系仍然密切，他还时不时从东京的文求堂书店获得日本的拍卖书目。[4]这才有了《书志学》的投稿。

八、秘笈首发权的抢夺

陈乃乾在《古今杂剧》买卖之中其实赚了两道钱——一是在日本

---

[1] 徐迟《南浔浩劫实写》，《名城要塞陷落记》，第51页。
[2] 長澤規矩也『図像図書学』，東京：汲古書店，1974年，第153頁。
[3] 長澤規矩也「民国時代の友」，『日本経済新聞』1962年4月22日，第11版。
[4] 《陈乃乾日记》1938年6月18日："文求堂寄来富冈氏拍卖书目一册"，第76页。

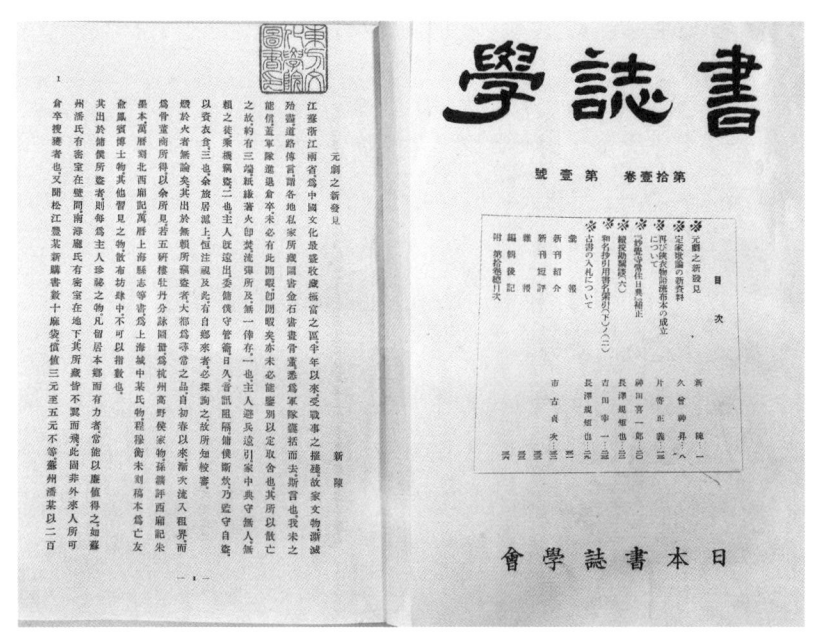

刊登陈乃乾文章的日本文献专业期刊《书志学》第十一卷第一号封面及文章首页

权威期刊上首发论文，二是赚取古书的中介费。

1938年春天，江南各地遭劫的旧书渐次流入上海租界，陈乃乾以个人名义购入这些劫物，再转手倒卖，比如《元剧之新发见》文中提及的朱订《西厢记》和万历刻本《北西厢》，后来他都转与郑振铎。[1] 他还亲赴日军占领下的苏州、扬州等地，搜购旧家散出藏书，其中扬州何氏家散出的《春雨楼集》，"乃乾赴扬获得之，予（郑振铎）与之反复相商，时经半载"[2]。陈乃乾在售价上不肯让步，到了1943年5月26日，如愿以一千元售与郑振铎。[3]

依照旧书业的行规，中间人只负责中介斡旋，不可对买卖双方之外的第三方泄露货品信息。1938年5月，在买家郑振铎尚未见到《古

---

[1] 郑振铎《劫中得书记》，《西谛书话》，第214—215页。
[2] 陈福康《郑振铎〈求书日录〉佚稿》，《文献》第1期，2005年，第169—190页。
[3] 郑振铎记："见此书于目中，亦欲得之，而已为乃乾所取，求之不出。越一载，乃以千金易得之。"《西谛书跋》下册，第266页。

第二章　古书局中局　091

今杂剧》原书之前,中间人陈乃乾先期查看全书,在日本《书志学》的"国际平台"上抢先发表研究心得,这一行为,无疑有违旧书业的行业规则。作为戏曲研究者,陈乃乾既想占得发表元剧文献发现的先机,又想在经济上获得中间人的好处,于是隐去真名,化名"新陈"[1]。犹抱琵琶半遮面,大概这就是撰写《元剧之新发见》的心理动机。

1938年在江南文献遭劫之时,陈乃乾不仅投稿给日本杂志抢报消息,还与高仓正三、日本同文书院的小竹文夫等日方文化情报员多有往还。这些活动均未见载于《陈乃乾日记》,我们只能凭借《书志学》和高仓氏的《苏州日记》等日方记录,才得以窥见陈乃乾在战时的亲日行迹。1942—1944年,陈乃乾曾在汉奸周佛海资助下的《古今》期刊发表四篇文章。[2] 郑振铎是否知晓老友的这些行为呢?早在1927年,郑振铎在《回过头去——献给上海的诸友》文中有一句点评,"老于世故的乃乾"[3]。这个评价不一定涉及人品,却说明郑振铎颇为了解陈乃乾的处世手段。抗战时期,二人同样被困上海"孤岛",在那个处境艰难的敌占时期,郑振铎"与敌争夺文献"需要陈乃乾的助力,故联系仍十分密切。

陈乃乾作为戏曲研究同行,在日本《书志学》上抢先发表研究文章,这一点却是让郑振铎有所忌惮的。1939年2月17日,教育部要求郑振铎与商务印书馆修改出版合约中的两个条款,来信称:"近见日人编辑之《书志学》杂志,内载陈乃乾所列也是园元曲书目,与台端报部书目相较,尚有三十一种为台端漏列,究竟有无讹误?并请查照

---

[1] 笔者目前搜检到陈乃乾采用"新陈"笔名发表的报刊文章共有八篇,最早为1938年《元剧之新发见》,其余七篇均发表于1945年抗战胜利之后。《陈乃乾文集》仅收入两篇,即1946年6月《民国日报》的《觉悟茶会上要说的话》和《对于一位作家的猜测》。

[2] 刘心皇《抗战时期沦陷区文学史》,台北:成文出版社,1980年,第154—155页。

[3] 郑振铎《回过头去——献给上海的诸友》,《郑振铎日记全编》,第18页。

为荷。"[1]根据吴晓铃1938年12月到上海拜访郑氏的记录，其时郑宅已有陈乃乾此文。[2]可是蹊跷的是，1939年11月郑振铎发表的《跋脉望馆钞校本古今杂剧》一文中，并无一处提及陈乃乾《元剧之新发见》，虽然他应该早就阅读此文。

如果说郑振铎"默许"了陈乃乾在中介过程中的渔翁得利，但并不代表他赞成陈氏抢先向海外学界发表研究成果之举动。因为对于研究者来说，珍贵研究资料的"发现者"之认定以及第一个发表研究成果的"首发权"，才是身家性命之所在。郑振铎在《跋脉望馆钞校本古今杂剧》强调他的"发现权"——"果然精诚所至，金石为开，此书竟被我所发现！"1945年抗战胜利后发表的《求书日录》再度重申——"在这样的一个动乱不安的时代，我竟发现了，而且保全了这末重要、伟大的一部名著，不能不自以为踌躇满志的了！"

在郑振铎的表述中，既然他是国家买下此书的促成者，自然他也拥有了秘笈发现的优先权，而此前唐耕余、杨寿祺、孙伯渊等书贾在苏州和上海"发现"此书，在郑振铎的学术话语叙事中，尚不算是真正的发现。但是如果沿着郑振铎的逻辑我们就会发现，陈乃乾既是学者兼藏书家，又在中日学界瞩目的文献学同人刊物《书志学》上抢发论文，从学术意义上，陈乃乾才是"发现者"。恐怕就是这一点触碰了郑振铎的界线，因此他在论文及《求书日录》等访书记录中，对陈

---

[1] 张元济《校订元明杂剧事往来信札》第1册，北京：商务印书馆，2018年，第28—29页。
[2] 吴晓铃在郑宅得见《古今杂剧》原书若干种，后撰文引用"新陈"文章称："据陈乃乾氏发表于日人长泽规矩也氏主编《书志学》杂志目载。"又云，"此书落于骨董商手，视若奇货，索直万金，后经长乐郑西谛氏，海宁陈乃乾氏，介由北平图书馆购贮，以故未果。时外人颇有觊觎之意，诸君子未忍使国宝流落海外，几经商榷，乃由教育部以九千金买入。"吴晓铃《虞山钱氏也是园所藏杂曲现存目录跋》，《文哲》，上海光华大学文哲研究组印行，第1卷第8期，1939年，第33—34页。

乃乾《元剧之新发见》一文均采取"默杀"态度。

事实上，面对《古今杂剧》如此重要的孤本秘笈，学者们很难不争夺它的首发权。继陈乃乾之后，1938年12月，远在北平沦陷区的傅惜华、赵万里各自发表以"发现"《古今杂剧》为名的学术论文[1]，可见当时学者皆以抢先"发现"孤本为荣。但其实傅、赵二人均未目验原书，因为原书在1938年6月交易成功之后即暂存于上海"孤岛"的郑振铎家中，直至次年8月7日，才全部移交至商务印书馆，加以整理出版。[2]在这中间的十四个月里，郑振铎似乎并未将精力放在研究这一重大发现上，迟迟未能发表论文，以飨研究界对此秘笈的好奇。1939年8月4日，傅增湘的弟子、北平图书馆馆员孙楷第特地到上海考察此书[3]，孙因1931年《日本东京所见小说书目》一书奠定其俗文学文献的学术地位。研究同行的追赶，这才让郑振铎紧张起来，抓紧写作，于10月17日赶写出《跋脉望馆钞校本古今杂剧》一文发表，算是跟学术同行有个交代，而孙楷第次年发表的《述也是园

---

[1] 傅惜华《也是园所藏珍本元明杂剧之发现》上、下，《朔风》第2、3期，1938年12月，1939年1月。傅惜华时任伪北京大学中文系专任讲师，他与郑振铎在抗战时期并无通信，此文应系根据陈乃乾《元剧之新发见》一文提供的原书信息，再加以自己的论述发挥。傅氏全文未提陈氏一文，然而杂剧分类完全照抄陈氏文的存目分类，而且还有一些句子完全抄袭了陈氏文。赵万里《元明杂剧之新发现》，《燕京学报》第24期，1938年12月，第231—232页。此文作者署名"云"，即赵万里之字"斐云"的简称。赵万里时任职于北平图书馆，由文中"近南中友人来函，述及今年春季，沪上有人以《元明杂剧》一书求售"来推测，赵万里并未亲见此书，很有可能是从好友郑振铎的上海来信所附目录中加以引申论证。

[2] 1939年8月5日，张元济致丁英桂信："《元明杂剧》后半部，郑君允于下星期一日可以移交。"张树年《张元济书札》增订本上册，北京：商务印书馆，1997年，第132页。

[3] 1939年7月26日，傅增湘致函张元济，称"兹有门人孙子（楷第）及馆员赵斐云来沪，欲看教部所购之元人曲抄刻各种"。《张元济傅增湘论书尺牍》，第371页。郑振铎1939年8月4日记：赵斐云及孙楷第来访，他们均自北平南下，谈得甚畅。

旧藏古今杂剧》却批评道："以斯编原本在郑君斋中将及一年，苟郑君言之详且尽者，余可不作。恍读一过，觉所论犹未周至，且间有疏失。"[1]言下之意，郑振铎虽独占《古今杂剧》一年多，然其论述仍未周至，故孙楷第全文共有十五处与郑氏辨正，有些地方火气颇大——"《玉通和尚骂红莲》乃徐文长《四声猿》之一，其书易得，非僻本。郑氏负藏曲之名，不知何以竟不一检而有此失也！"[2]1940年2月，远在日本的长泽规矩也对于《郑跋》有相似评点："本杂志第11卷刊载了《古今杂剧》相关发现者的最早报道，那篇报道已经十分详细了，郑氏此文只是补充。"[3]长泽氏站在维护《书志学》在《古今杂剧》研究的"首发权"立场上所发的评论，无疑代表着日本学界对此事的一个态度。

九、大时代里最可惜、惨酷的牺牲者

综上所述，《古今杂剧》的"发现"与"发布"，均被陈乃乾占了先机。然而为什么陈乃乾与他的《元剧之新发现》在之后沉寂多年？这背后固然有郑振铎在抗战胜利后发表《求书日录》的重新叙事干扰，以及郑振铎在现代文学史的地位崇高，从而在整个事件中掌控话语权力等因素的影响，但最根本的原因，恐怕还在于郑振铎与陈乃乾的立场不同。

在这场空前的文献浩劫之中，陈乃乾搜罗敌占区的旧书再转卖给

---

[1] 孙楷第《述也是园旧藏古今杂剧》，《北平图书馆季刊》1940年12月，第5页。该文写于1939年12月9日。这段话以及八处与郑振铎商榷的文字在1953年上杂出版社修订出版的《也是园古今杂剧考》中被删除。
[2] 孙楷第《述也是园旧藏古今杂剧》，第50页。
[3] 長澤規矩也「事変後の民国雑誌二三を読む」，『書誌学』第16卷第2號，1940年2月。

中年郑振铎

藏书家和公家，居中谋利，虽然在客观上也是"抢救"文献，主观上仍是以利为先。相比之下，郑振铎散尽家财，收购散落于上海书市的江南遭劫文献，同时为了国家利益，尽力说服公家出资抢救文献。如果不是这样的孜孜以求，《古今杂剧》恐怕又要被孙伯渊等重利的商人售与海外。

1945年9月，郑振铎担任"中华全国文艺界抗敌协会"（后改名中华全国文艺界工作者协会）负责人，在沪调查附逆文化人。他公开发表的《锄奸论》和《汉奸是怎样造成的》等政论杂文，对当时上海文化界的检举、揭发汉奸文人运动起了重要的推动作用。陈乃乾虽算不上"汉奸"，《元剧之新发见》一文已经白纸黑字透露其"亲日"的态度。郑振铎1945年11月发表《求书日录》时，完全不提陈乃乾在购书过程的关键作用，其实反映了当时热衷于"锄奸"的郑振铎对于陈乃乾过往历史的认知。

《售书记》一文是郑振铎抗战胜利之后发表的一篇名篇，开首即言：

> 嗟食何如售故书，疗饥分得蠹虫余。丹黄一付绛云火，题跋空传士礼居。
>
> 展向晴窗胸次了，抛残午枕梦回初。莫言自有屠龙技，剩作天涯稗贩徒。
>
> 以上是一个旧友的售书诗，这个旧友和我常在古书店里见到。从前，大家都买书，不免带点争夺的情形，彼此有些猜忌。劫中，我卖书，他也卖书，见了面，大家未免常常叹气，谈着从来不会上口的柴米油盐的问题。他先卖石印书，自印的书，然后卖明清刊本的书。后来，便不常在古书店见到他了。大约书已卖得差不多，不是改行做别的事，便是

守在家里不出门。关于他，有种种的传说。我心里很难过，实在不愿意在这里再提起，这是一位在这个大时代里最可惜、惨酷的牺牲者。但写下他抄给我的这首诗时，我不能不黯然！[1]

历来论者皆未能留意到，这位被郑振铎称为"大时代里最可惜、惨酷的牺牲者"，其实就是陈乃乾。《陈乃乾先生年谱简编》的编辑者陈伯良，在2004年《陈乃乾在上海沦陷期间》文中提到，"陈乃乾先生有一首七律，曾在文化界广为传诵"[2]，此处引录这首七律正是郑振铎《售书记》的那首。《陈乃乾在上海沦陷期间》可能限于国内存世材料的视野，描述了陈乃乾意志坚定、从未被汉奸拉下水的事迹。然而郑振铎既然在抗战时期与此旧友过往频繁，《售书记》所云"关于他，有种种的传说"，自然更接近1946年陈乃乾所处的环境。

二人有过争夺与猜忌，又因同样曾在乱世中依靠售书以维持生计，郑振铎对于这位旧友怀抱着悲悯之情，不忍于文中戳穿陈氏"落水"的一面。于是在《售书记》《求书日录》隐去其名，这就给后来的研究者留下了一个叙事陷阱。

1946年9月，沉寂了一年的陈乃乾回归上海。《顾颉刚日记》记录顾氏1946年9月17日到上海赴修绠堂老板孙助廉的宴请，同席者有：徐森玉、郑振铎、陈乃乾。新中国成立后，郑振铎担任文化部副部长，陈乃乾则于1956年8月18日从上海调至北京古籍出版社工作，当时特别包用一节火车专厢为其运书。陈氏次年担任中华书局编审委员会委员，与顾颉刚、宋云彬等共同制订"二十四史"整理计划，并

---

[1] 郑振铎《售书记》，《西谛书话》，第397页。
[2] 《海宁藏书文化研究》，海宁图书馆编，杭州：西泠印社出版社，2004年，第61页。

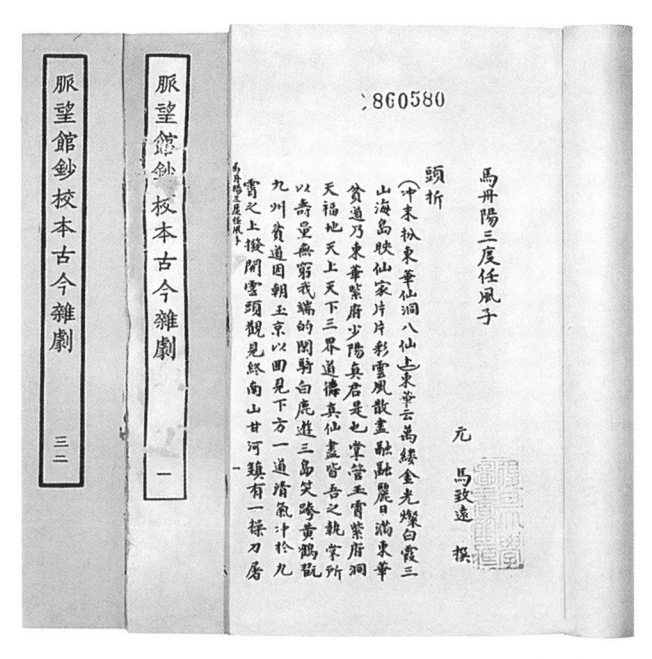

郑振铎主持出版的《古本戏曲丛刊》（1956年）首次将《古今杂剧》影印出版

承担《三国志》的点校工作。二人在此之后较多交往，《陈乃乾日记》有九条记事，郑振铎1958年有五条与陈氏见面的日记，8月10日，郑振铎到琉璃厂购书，"遇济川、乃乾，谈到七时回"[1]，陈氏同日的日记写"午后至琉璃厂，遇铎兄"。两个月后，10月18日，郑振铎在率领中国文化代表团出访阿富汗等国途中，因飞机失事殉难。陈乃乾在八年之后受到冲击，被遣送浙江天台女儿家，1971年2月21日，在天台人民医院凄苦辞世，享年七十六岁。

---

[1]《郑振铎日记全编》，第632页。

第三章 地火在运行

夜一刻刻地黑下去。

有人在黑夜里坚定地守着岗位,做着地下的工作;多数的人则守着信仰在等待天亮。极少数的人在做着丧心病狂的为虎作伥的事。

这战争打醒了久久埋伏在地的"民族意识",也使民族败类毕现其原形。

——郑振铎《暮影笼罩了一切》

2023年年底，此前从未披露的郑振铎1939年的全年钢笔手写日记惊现上海某拍卖场。这本"孤岛日记"详细记载了四十二岁的郑振铎在全面抗战第三年每天的日常生活。[1]日记与他同年12月在《文学集林》发表的《劫中得书记》皆为历史现场的记录，二者恰可勾连印证，从而拼接出"做着地下的工作"的郑振铎影像。[2]

一、"孤岛"日常生活

由于身兼暨南大学文学院院长和校图书馆馆长，郑振铎每个工作日都要赴校上班，中午回家吃饭休息之后，或者在家整理研究书籍，或者出门看场电影、阅肆（逛书店）。这一年他对好莱坞电影兴趣颇浓，一周至少看三场英语电影，日记中还会点评其编剧技巧，可能他将好莱坞电影当作"俗文学"来研究。前一年，郑振铎出版了奠定他学术地位的《中国俗文学史》。日记这样记录1939年的农历春节——

> 七时半起。阴雨。今天是阴历的初一日。孩子们在拜

---

[1] 此本日记从1月2日至5月16日、6月8日至7月30日写于活页日历背面，其余时间写于日记本上。郑振铎一般在第二天撕下活页日历补写前一天的日记，因此记录页贴在日记本的次日页上。1907年3月23日，暨南学堂在南京正式开学，后暨南大学校庆定于此日。1939年3月23日记："今天因校庆放假。"此日日记贴在3月24日的日记本页上。5月16日起的日记，则直接写到当天的日记本页上。

[2] 本章写作，蒙郑源先生、郑炜昊先生赐下日记照片，特致谢忱。

郑振铎1939年全年日记

1939年的大年初一，郑振铎和家人观看了好莱坞影星克劳黛·考尔白（Claudette Colbert）主演的电影ZAZA（中译名《莎莎艳史》）

年。街上静悄悄的，全市都闭户休息着。鞭炮声极少。偕宝[1]购外报二份回。全日在整理书籍。下午五时，到Cathay看"ZaZa"，Colbert的表情甚好，而情节则太平庸。夜，喝了些酒，即睡。——1939年2月19日

郑振铎在年头就感受到了沉重的生活压力。1月10日晚，他居住的东庙弄开会，房东要求加房租二成，经过反复协商，最后决定加一成。1936年任暨大文学院院长之时，他就在静安寺东边的愚园路东庙弄44号租借了一栋前带花园的三层小洋楼。[2]祖母、母亲、妻子和一双儿女，以及几个仆人亲戚，十口人，再加上如书城一样的大书房[3]，一栋小洋楼也住得不算宽敞，他在日记中说，"因床太挤，睡了四人，不甚舒服"。加价之后一个月房租是一百一十元[4]，占去他在暨大月薪的四分之一。[5]这一年，到了12月22日，房东再次要求加租，里弄会议决议，予加一成。

上海"孤岛"时期，大量难民从沦陷区涌入租界的有限区域，人口从二百万猛增到近五百万，租界房子突然紧张，房东大获其财。进入1939年，抗战局势更为严峻，大部分难民已经放弃"暂居孤岛"的想法，打算长居下去，房租遂一涨再涨。1939年11月，工部局发

---

[1] 郑振铎之子郑尔康，在日记中称为"宝""贝贝"，其妻高君箴称为"箴"，长女郑小箴称为"小箴"。
[2] 该楼于2000年被拆除，原址位于今天久光百货与静安寺东侧之间的步行街。
[3] 唐弢《西谛先生二三事》描述郑振铎在庙弄的寓所："进门一条甬道，上了台阶，屋内到处放着残碑、断砖、陶俑和石雕的佛头，必须小心谨慎地在中间绕行。走入书房，又是一番风光：架上、柜上、桌上、地上全是线装书，故纸堆儿，显得有点杂乱哩。西谛总是在城墙似的书架前翻书，或者全身埋在那个单人沙发。仔细地鉴赏一幅插图，一个钞本，一部罕见书。"《郑振铎纪念集》，第418页。
[4] 1939年8月11日记："付房租一百十元。"
[5] 4月18日记："领得三月份薪，仅净得三百九十九元余。"

上海愚园路东庙弄44号，郑振铎从1936—1949年的寓所

表上海生活调查结果，与1936年同期相比，房租增加182%，食品增加149%，衣服增加115%，现时法币之购买力，只等于1936年的39.29%。[1]郑振铎日记时有物价记录，1939年2月，一担米十二元三角，到了同年8月，已涨至二十四元一担。他到"新新"裁缝店定做衣服，七十三元一套，"可谓贵矣"！平常家里每日"两稀一干"（早晚喝稀粥，只是中午吃些干的），偶尔打个牙祭，偕妻儿到上海著名的粤菜馆"味雅"吃饭[2]，用去七元。

在"孤岛"上的文化人之中，郑振铎的境遇算是好的，他还有版税、兼课费可帮补家用。2月8日，收商务印书馆版税九十七元五角，"对于年关，诚不无少补也！"他一周一次到上海社会科学讲习所、

---

[1]《沪市生活飞涨》,《大公报（香港版）》1939年12月19日，第3版。
[2] 位于北四川路的味雅酒楼是一家广东菜馆，郑振铎和妻子偏爱广东菜，日记中常见的冠生园、味雅、大三元、杏花楼、粤南、新雅、南园，都是广东馆子。

中法剧艺学校兼课,虽然有些义务性质,合起来月薪约有五十元。[1]而他的那些以卖文为生的朋友——王统照、于伶、阿英、巴人,则过着饱一顿饿三顿的生活。《大公报》有一篇报道说:

> 在上海最受痉挛生活之压榨的是文化人。纸价高,报纸加价,书籍刊物全加价,只有作家和编者们的脑筋却减价,这与物价高而薪水减低是同样的现象。从前一个总编辑一百五十元,现在一百;从前编辑一百,现在六十,这还是稍有声价的报纸。等而下之,则几十元,十几元,或没有薪水仅给少许编辑费,让作家和编者对抢的所在都是。稿费在1938年之始还有三元或两元半千字的现象,嗣后水涨船低,江河日下,千字一元或几角已极普遍。若要二元及一元五角已经要你有很出名的头衔,又有特约之荣才行。以写稿为生的人,首先得饿起肚子,榨出文章。嗣后又得日夜开工,每日生产若干千的字数,至月底才得到五六十元稿费,能养活自己已是万幸,照这情形,不是要灭顶了么?然而不,上海的作家们真死捆肚子。朋友们叫他们走,他们都加以拒绝。他们的眼圈是黑的,皮是枯黄的,脸是坑坑洼洼的,眼皮是垂垂的。可是他们说:"我们人太少了,我们简直忙不过来。"[2]

坚守在"孤岛"上的文化人,一边忍受着贫困饥饿,一边坚持着文化救亡。

租界人口急剧增加,大量失学、失业的难民游荡于街头,同时,出现有志抗日救国的进步青年向往延安的热潮,人们纷纷奔赴"抗

---

[1] 1939年1月5日记:"至社讲所授课,得十二月份薪二十五元。"
[2] 杨刚《上海的痉挛症》,《大公报(香港版)》1940年2月28日,第3版。

大""陕北公学"，以致延安甚为拥挤。针对这种情况，中共中央指示江苏省委，应组织有志青年坚持就地学习，敌后工作与前线同样重要。上海的进步人士为了与敌伪争夺年轻一代，合力举办了专科学校、夜校、补习所、讲习班等等各种类型的学校，诸如讲演会、座谈会、读书会、知识讲座更是多不胜数。上海"孤岛"时期，郑振铎实际负责着上海文化界救亡协会的日常工作，该会在中共江苏文委的领导下，通过沪江大学校长刘湛恩，利用该校校舍开办了三期的"社会科学讲习所"。这是一个夜校式的短期干部训练班，开设的课程有理论课和文史哲专业课，也讲游击战一类军事课，学生主要是各救亡协会成员和进步的学生，一期多达九百人。讲习所成为一所特殊形式的抗日干部学校，为上海郊区的游击队和新四军培养、输送干部，被誉为"上海的抗大"。郑振铎日记中称为"社所""社讲"，1938年2月—1939年6月，他每周到该所讲授中国文学史课程。

1939年上半年的每个星期五下午，郑振铎到中法剧艺学校讲授《中国戏剧史》。这是一所由冯执中、于伶、阿英等人利用"中法联谊会"名义开办的戏剧学校。日记多次记录于伶、阿英请郑振铎来参谋该校的人事、授课等重要事宜。这一年上海蓬勃兴起了"孤岛剧运"，有一百二十多个业余小剧团和成千名戏剧工作者活跃于"孤岛"上，"紧抓住戏剧的武器，凝视着现实而搏斗"。在郑振铎日记中经常出现的李健吾，便是这一剧运的主将。

李健吾毕业于清华大学，曾留学法国，1935年夏天，郑振铎破格聘请年方二十九岁的李健吾到暨南大学担任法国文学专任教授。1938年7月，李健吾以留法学者的身份，帮助中共地下党员于伶疏通了法租界各方面的关系，以中法联谊会戏剧组的名义，正式注册成立了"上海剧艺社"。该社在成立后的一年时间中，排练了十个剧本，公演了四十场。1939年3月26日起至7月16日，上海剧艺社困于经济，租用

陳西禾（本劇導演）·王明孫·徐立·　　　　　李健吾（本劇作者）·夏霞·王明孫·

1939年3月26日，上海剧艺社《这不过是春天》首演，右图穿长袍者即该剧作者李健吾

了新光大戏院的早场，连演十七个星期日的早场戏。郑振铎日记有他3月26日（星期天）上午偕同夫人观看上海剧艺社《这不过是春天》首演的记事。编剧李健吾、导演陈西禾均登场饰演剧中人，李健吾扮演警察厅厅长，把一个贪婪、吝啬、腐败的旧官僚暴露得透彻极了，没有一个多余的动作。《这不过是春天》采用颇为流行的"革命加恋爱"故事模式：在北平警察厅长的家里，年轻美貌的厅长夫人重逢了当年被她嫌弃的旧情人、被通缉的革命党人冯允平。怀着旧情的不甘不舍，厅长夫人还是巧妙地安排冯允平脱离了危险。此剧成功塑造了一个复杂的知识女性形象，抗战时期，有一些带着这个剧本从国统区、沦陷区去延安的女学生，在她们的心里，厅长夫人就是一面反照的镜子。[1]

继《这不过是春天》之后，上海剧艺社在1939年8月上演了于伶创作的四幕剧《夜上海》，通过开明绅士梅春岭一家从沦陷区家乡逃难到上海后的种种遭遇，刻画了"深夜"中的上海新兴罪恶的诱惑，以及生活的悲鸣。剧中的男性面临回去家乡做顺民、留在上海"熬"、上山打游击的三种选择，女性则无奈为了家庭，"下海"当舞女、神女。剧中人物与"孤岛"的现实生活产生了共振：上海剧艺社有位特

---

[1] 柯灵《李健吾剧作选·序言》，北京：中国戏剧出版社，1982年，第4页。

第三章　地火在运行　　109

约女演员，原在学校念书，后来忽然不来了，过了些时候才知道她为了不使父亲去当汉奸，毅然挑起一家的生活重担，咬咬牙"下海"伴舞去了。[1]《夜上海》因此被公认为最能刻画"八一三"之后上海生活的戏剧。剧中有句台词，是编剧于伶专写给留居上海的人们看的——

> 艰难的活下去，可别拣一条容易走的路，出卖了自己的灵魂。[2]

二、看似寻常的每周聚餐

1939年日记中，郑振铎几乎隔天就会有一次聚餐，星期二中午是青年会聚餐，星期六到航运俱乐部，还有隔三岔五的开明书店同人聚餐。1939年4月1日星期六这一天的安排特别满当，中午12时，赴银行公会午餐。下午2时，看电影。6时半，赴航运俱乐部晚餐，散后，赴青年会闲谈，至12时许始回。

平平无奇的记事，背后是地火暗涌。这一天的三个聚会，分别对应着上海"孤岛"的三个抗日救亡秘密组织。

首先，4月1日赴银行公会午餐，其实是到设于香港路银行公会内的上海银行俱乐部参加"复社第一届年会"。上海市档案馆保存的《复社第一次年会记录》可以为证[3]，是次会议有十六人出席，郑振铎在会上作了复社出版事业的工作报告。所谓的"复社"，是在中共党员胡愈之的发动下，为了集资出版美国进步记者斯诺的 Red Star Over

---

[1] 吴琛《重演〈夜上海〉有感》，《上海戏剧》第3期，1979年，第22—23页。
[2] 朱端钧《同是〈夜上海〉中人》，上海剧艺社公演特刊《夜上海》，上海：上海剧艺社，1939年8月，第2页。
[3] 冯绍霆《有关复社的两件史料》，《历史档案》第4期，1983年，第69—72页。

斯诺《西行漫记》，复社 1938 年出版；韦尔斯《续西行漫记》，复社 1939 年出版

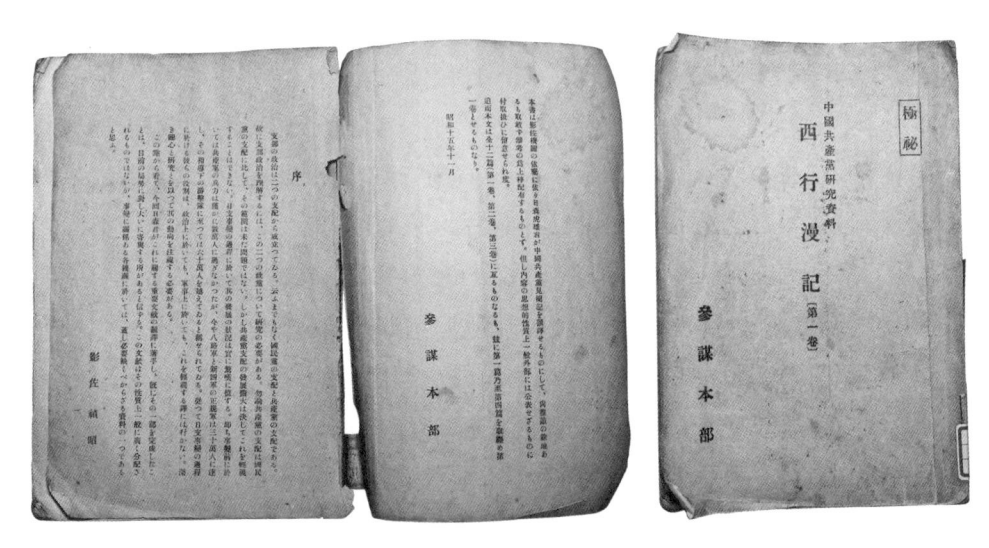

影佐祯昭命令日军参谋本部翻译《西行漫记》，于 1940 年作为"极秘"资料分派全军

第三章 地火在运行 111

China（红星照耀中国）第一个中文全译本《西行漫记》而成立的社团和地下出版机构，社员约三十人，包括了许广平、郑振铎、张宗麟、周建人、王任叔等人。[1]1938年2月，复社组织翻译出版的《西行漫记》一经问世便引起轰动，在一年内连印五次，五万本书散播到了全中国，不少青年人阅读这本书后深受"红星"的震撼与感召，秘密奔赴延安投身革命。同年6月，复社又出版了六百万字、二十卷的《鲁迅全集》，次年4月，翻译出版斯诺夫人韦尔斯的《续西行漫记》，此外，还秘密翻印《列宁选集》和毛泽东的《论持久战》《论新阶段》等著作。由于胡愈之离沪，郑振铎成为复社的实际负责人，所以他在4月1日举行的年会上作会务报告。

复社秘密出版的红色进步书籍影响很大，即刻引起日伪、租界当局和国民党政府的密切注意。日本侵华特务机关"梅机关"的机关长、汪伪最高军事顾问影佐祯昭认为《西行漫记》是了解"事变以来取得了令人惊叹的发展的共产党"的重要文献，特令日森虎雄将中文版翻译为日文，作为"极秘"资料派发至各机关。[2]

复社被日伪视为上海租界最大的"敌机关"，各特务机关曾用了全力来追寻复社的踪迹，冯宾符被传讯五六次，胡愈之的家因此被法租界巡捕房突击查抄，其弟胡仲持两次被捕。1941年年底，日军侵占上海租界后，日本宪兵队逮捕了许广平，试图从她口中获得复社人员名单，但是许广平在严刑之下不曾吐露过片言只语，保全了许多的朋友。郑振铎抗战结束后发表《记复社》说：

---

[1] 邢科《关于"孤岛"时期上海复社的几个问题》，《中国出版史研究》第3期，2021年，第27—48页。
[2] 详见影佐祯昭所作序，《中国共产党研究资料·西行漫记》第一卷，日本陆军参谋本部，1940年11月，第1页。

敌人们大索复社，但始终不知其社址何在。敌人们用尽种种办法，来捉捕复社的主持人，但也始终未能明白究竟复社的主持人是谁。

一直到了敌人的屈膝为止，敌人宪兵队里所认为最神秘的案卷，恐怕便是关于复社的一件吧。[1]

其次，4月1日郑振铎赴航运俱乐部晚餐，以及之后到青年会闲谈，则属于另外两个上海抗日救亡团体——星期六聚餐会（简称"星六会"）、星期二聚餐会（简称"星二会"）的活动。上海"孤岛"时期，文教、新闻出版、工商金融、宗教救济、海关等业界的上层爱国人士，以及租界工部局高级华员四十余人，形成了每周秘密聚会的习惯，一般在星期二晚上聚餐座谈。[2]每次约三小时，首有一人主讲当前的形势和时事，此后则边吃边讨论，交流抗日战争信息与商议抵制日本统治掠夺等各种事项。埃德加·斯诺夫妇就曾应胡愈之的邀请，在"星二会"上介绍他们在红色根据地的见闻，并传阅拍摄的照片。"星二会"成员均有一定的社会地位和社会号召力，刘湛恩（沪江大学校长）、孙瑞璜（新华银行副经理）、韦悫（商务印书馆编辑部负责人）、吴耀宗（基督教青年会）、李文杰（上海会计师公会主席）、胡咏骐（宁绍保险公司总经理）、赵朴初（上海慈善团体联合救灾会委员）、雷洁琼（东

---

[1] 郑振铎《记复社》，《蛰居散记》，第68—71页。
[2] 胡愈之的回忆录将之称为"星二座谈会"或"星二会"（《胡愈之谈〈西行漫记〉中译本翻译出版情况》，《读书》第1期，1979年，第135—143页），雷洁琼《〈巴人纪念集〉序言》（《雷洁琼文集 1994—2003》，北京：开明出版社，2004年，第399页）称为"星二聚餐会"，卢广绵则在《星一聚餐会和胡愈之先生》（《文史资料选辑》第89辑，北京：文史资料出版社，1983年，第111—114页）一文中更正为星期一。郑振铎《记刘张二先生的被刺》虽然提到该团体，但未有明确命名。而从郑振铎1939年日记中的三十三次"星二会"参加记录来看，该团体聚餐时间有二十八次在星期二，五次在星期一，这可能更接近实际情况。

吴大学教授）、陈鹤琴（工部局华人教育处处长）、郑振铎、许广平都是这一组织的核心人物[1]，会中不少人是未公开身份的中共党员[2]。郑振铎是因为胡愈之的邀请而加入的："我从来不大预问外事，也最怕开会，但自从见到愈之把银行界的人物和百货公司的主持人也拉来开会以后，我不能不受感动，不能不把自己从'隐居'生活里跳出来了。"[3]

"星二会"可谓上海"孤岛"时期进步人士的"神仙会"或者说"长老会"，会中年龄最长者是姚惠泉，据"星二会"成员、《新闻报》记者顾执中回忆：

> 姚是一个传奇式的神秘人物，他口口声声不绝地喊出杜先生，叫出黄任老，好像他是杜月笙的徒弟[4]，是青帮流氓中的红人，是职业教育派的中坚人物，是一个庸俗药商。可是，他对党所领导的抗战工作，十分尽力，对党员同志的掩护，对新四军的支援，无不拼命去干，他行动十分秘密，他并没有对我讲些什么，是我在那时的实际中感觉到的。[5]

类似这样"披上了这些不进步的外衣，来进行进步的工作，使尽一切力量，动员各方面来支援新生的新四军"的"星二会"成员[6]，

---

[1] "星二会"成员中还有不少留沪的大学教授，暨南大学的有：郑振铎、傅东华、方光焘、李健吾、杜佐周、张耀祥。复旦大学的有：陈望道、汪馥泉。

[2] "星二会"成员中，黄定慧、陈巳生、韦悫、胡愈之、冯宾符、胡咏骐、张宗麟（《上海周报》社长）、王任叔等人皆为中共党员。

[3] 郑振铎《忆愈之》，《蛰居散记》，第92页。

[4] 姚惠泉是国民党在上海的组织之一上海地方协会的秘书长，该会由杜月笙主持会务，杜去香港后，就由姚惠泉全权负责。姚惠泉也是复社成员。

[5] 顾执中《战斗的新闻记者》，北京：新华出版社，1985年，第371页。

[6] 顾执中《怀念新四军——记上海各界民众慰劳团》，《上海人民与新四军》，北京：知识出版社，1989年，第141页。

"星二会"的聚餐地点一般设在1931年落成的八仙桥青年会大楼

还有好几位。1939年春,复社的发行人员、同时也是社会科学讲习所第一期"学委会"之一的陈明得到情报,日伪特务机关将要通过租界巡捕房,抓捕复社嫌疑分子郑振铎。[1]陈明匆匆赶到庙弄的郑宅报信,使郑振铎安然脱险,他却被当作嫌疑分子抓起来。"星二会"的核心成员严景耀当时担任公共租界工部局的副典狱长[2],在他的帮助下,陈明被营救出狱[3]。此前讲习所的七位同学以及复社的胡仲持等人都

[1] 徐达《孤岛时期的上海社会科学讲习所》,《上海教师运动回忆录》,上海历史研究所教师运动史组编,上海:上海人民出版社,1984年,第95页。
[2] 严景耀(1905—1976),中国现代犯罪学的开拓者,燕京大学毕业,1934年获美国芝加哥大学博士学位,1936年至1943年任上海公共租界工部局副典狱长。严景耀与雷洁琼在1942年结婚,二人同为复社、"星二会"、"星六会"的核心成员,并于1945年发起成立中国民主促进会。
[3] 陈明原名陈国权,当时在生活书店当职员,出狱后,参加江南抗日游击队,1942年在敌人扫荡中牺牲。见《海门烈士传》第1集,中共海门县委党史办公室等编,1985年,第91—95页。

第三章 地火在运行 115

是严景耀帮助下终获释放的。

此外,"星二会"中的一些核心人物,包括孙瑞璜、张宗麟、严景耀、陈鹤琴、许广平、郑振铎、雷洁琼等十余人,也是新新公司总经理萧宗俊组织的星期六聚餐会的核心成员。[1]这个组织的范围较小,郑振铎1939年全年一共参加三十六次"星六会",比如2月14日"六时三刻,到萧宅晚餐,到张、严、孙诸位,十时半回"。

"星二会"的聚餐地点一般设在八仙桥的基督青年会[2],"星六会"则在广东路的航运俱乐部。鲁迅之子周海婴常跟随母亲许广平参加这两个聚餐会,经常去的地方是青年会楼上的西餐部、功德林素菜馆,还有赵朴初出面借的某些佛寺。聚餐费是按名头出份子钱[3],但十岁的周海婴经常吃白食,大家并不让许广平交两份餐费。饭后散去时,为了保证母子安全,总是安排他俩在中间时段离开[4]。郑振铎在1945年发表的《记刘张二先生的被刺》中提到:

我们有一个地下的组织,包括了比较上层的爱国分子:有实业家,有银行家,有保险业者,有青年会的干事,有航

---

[1] 郑振铎1939年日记记录星期六聚会一般在航运俱乐部或萧宅、孙宅,吴大琨《我所知道的陈鹤琴先生》则说在成员家聚会:"在聚餐会的部分成员中我们还成立了一个对外不公开的爱国团体,名为'民社',其宗旨是要在中国实现民主政治。当时参加这个带有政党性质的秘密团体的成员有:吴耀宗、沈体兰、陈鹤琴、杨怀僧、严景耀、孙瑞璜、胡咏骐、郑振铎、王任叔、张宗麟等十多位知名人士,我也参加了。鹤琴先生是在'民社'里起领导作用的成员。民社每星期六晚上轮流在其成员家聚会一次,由此也称'星六聚餐会'。"《上虞文史资料·陈鹤琴专辑》第3辑,中国人民政治协商会议浙江省上虞县委员会文史工作委员会编,1988年,第69页。
[2] 八仙桥青年会大楼于1931年落成,现为锦江都城经典青年会酒店。
[3] "星二会"的聚餐费颇为不菲,郑振铎1939年5月2日(星期二)记:"七时,至青年会晚餐。今日向曹借款二十元,晚餐时即付出七元。"
[4] 周海婴《鲁迅与我七十年》,海口:南海出版公司,2001年,第191—192页。

运公司的人，有书店老板，有报馆记者，有著作家，有海关上的职员，有会计师，有大学教授等等，每星期有一个秘密的集会。在三四年间很做了些事。在这个团体之外，还有一个专门做对外宣传的机关，"国际问题研究会"，刘湛恩和胡愈之二先生是其中的主干，温宗尧也在这会里。他们在国际上很发生了些作用。[1]

"星二会"、"星六会"、复社，这三个组织实际上是中共江苏文委领导的外围进步抗日救亡团体，三个团体有不少重合的成员，"星二会""星六会"也是《西行漫记》《鲁迅全集》出版发行的幕后推动力量。"孤岛"时期，"星二会"提出"节约救难"的口号，发动公开合法的捐募运动来募集支援新四军的款项、物资，并以"移民垦荒""安置职业"等公开合法的名义，将大批难民秘密输送到新四军和根据地。[2] 王任叔（巴人）负责中共江苏文委的统一战线工作，其中一项工作便是出席"星六会"及商办安定上海社会秩序及配合调停工人罢工等事。[3] 当时在"孤岛"上，此类上层人士的聚餐会还有"星五""星三""星四"，通过利用与会者的社会地位和社会关系，设法解决"孤岛"上发生的重大事件，如为《译报》《译报周刊》的出版集资，营救被捕人员，支援避开日伪的护关、护邮斗争，借用地方协会国际电台开展国际宣传，以及与国民党驻沪代表蒋伯诚周旋等等。[4]

---

[1] 郑振铎《记刘张二先生的被刺》，《蛰居散记》，第10页。
[2] 李文杰《职业界救亡运动的片断回忆》，《统战工作史料选辑》第2辑，中共上海市委统战工作史料征集组编，上海：上海人民出版社，1983年，第80—89页。
[3] 《王任叔自传》，见《巴人文集·回忆录卷》，浙江省社会科学院《巴人文集》编委会编，宁波：宁波出版社，1997年，第489页。
[4] 《中国共产党上海历史第一卷（1921—1949）》下册，中共上海市委党史研究室编著，北京：中共党史出版社，2022年，第529—530页。

根据1939年的日记，郑振铎除了"星二会""星六会"，他还坚持隔周参加清华同学会的聚餐。1931年他在任燕京大学教授同时并在清华大学兼课，与季羡林、李长之、林庚等在读学生结下了深厚的师生友谊。上海的清华同学会成员多系清华毕业后官派留学美国的"海归"，比如与郑振铎较熟稔的孙瑞璜、李健吾、陈三才。经营着北极冰箱公司的陈三才，身兼上海清华同学会会长、联青社社长，是国内外颇具声望的实业家。他利用安装施工冰箱的机会，把炸药埋在"76号"的墙根[1]，并买通医院白俄人，准备秘密刺杀汪精卫。但不幸事泄，计划未成，陈三才于1940年7月被"76号"特务逮捕，三个月后被杀害于南京雨花台。陈三才的被害，在当时上海滩引起极大震撼，郑振铎《记陈三才》说：

> 像晴天的一个霹雳似的，朋友们传说着陈三才先生被捕的消息。没有理由使我们相信：陈先生会遭逢这个不幸的。虽然在那个时候，个个沦陷在敌人后方的人，生命的安全随时会发生危险，但像他那样的人，似乎最不容易有什么"牵惹"。
>
> 他是一个典型的美国留学生，出身于清华学校，做了好几年的北极公司经理，和通惠机器公司董事。他是那样的和现在的政治隔绝。谁也不能明白，这一次他怎么会被牵涉到"政治"漩涡里去的？[2]

郑振铎在文章中引用陈三才的狱中遗嘱，说明一位留美精英如何

---

[1] "76号"是汪伪政府1939年8月起设置在上海的特工总部，全称：中国国民党中央执行委员会特务委员会特工总部。因其地址为上海公共租界的极司菲尔路76号（今万航渡路），所以被称为"76号"。

[2] 郑振铎《记陈三才》，《郑振铎全集》第2卷，第474页。

舍身赴难的陈三才，是上海清华同学会会长，也是郑振铎的朋友

激于民族正义、完成他思想上的转变，放弃了过去华贵的生活方式，自我牺牲，以一己之力向汉奸政权发起荆轲式的一击。在"孤岛"上，与陈三才一样的"星二会""星六会"以及清华同学会成员，皆为社会上层人士，"代表了'自由上海'的各阶层'开明'的与'正直'的力量"[1]，本来可以过着安逸的日子，但是他们为了抗日救亡事业出钱出力，甚至搭上身家性命。"星二会"发起人之一、沪江大学校长刘湛恩与温宗尧同在"国际问题研究会"共事，在伪维新政府将要出现的前夕，刘先生听说温也参加其间了，便正言厉色地质问他、苦劝他。1938年3月，温赴南京任伪立法院长，4月7日，刘湛恩在租界内遭特务暗杀。

1939年5月，汪精卫抵达上海后，以之为基地，筹备组织伪政权，指挥特工队在租界胁迫进步人士，"星二会"的多位成员收到

---

[1] 郑振铎《记复社》，《蛰居散记》，第70页。

第三章　地火在运行

"死亡威胁",但是秘密聚会仍在继续。郑振铎1939年日记共记录他参加了三十三次的"星二会"聚餐,三十六次的"星六会"聚餐。临近春节的那一周,2月14日(星期二)晚7时到青年会晚餐,2月18日(除夕,星期六)12时,到青年会午餐。[1]1940年1月6日(星期六)的日记亦有"晚至航运俱乐部晚餐"。

上海"孤岛"时期,所有华文报刊书籍需送日陆军报导部审查批准,才能公开发行,唯有美、英人担任发行人的书报可免检。"星二会""星六会"资助《译报》《译报周刊》《英商导报》《大美晚报》等采用英美洋商名义开办的中文报刊,坚持抗日爱国的新闻阵地。1939年,法租界当局追随英国实行对日本的"绥靖"政策,开始压制"孤岛"内的革命活动,同时汪伪特务为了占据舆论阵地,影响和左右人心,使尽手段迫害、扼杀进步报刊:坚持抗日爱国立场的报馆被投掷手榴弹,坚持正义斗争的编辑记者轮流收到恐吓信,有时信中还附着一颗子弹,有的人甚至接到一篮注射着毒汁的水果,或者一只被斩断的手臂。1939年5月23日在青年会的"星二会"晚餐,郑振铎听到惊人消息:《译报》《译报周刊》等报主笔、《西行漫记》译者之一的胡仲持被捕。郑振铎很担心"仲持素有精神病,经不得刺激,恐将旧患复发"。第二天,经中共地下组织以及"星二会"成员的营救,胡仲持安全脱险,但病状果又发作。[2]

"星二会""星六会"成员一直战斗在抗日第一线,多人经常接到

---

[1] 陈福康《雪压青松松更翠——试读新发现的郑振铎1939年日记》(《光明日报》2024年1月6日,第10版)认为:"这短短一句语焉不详的午餐,实际是'孤岛'时期著名进步周刊《鲁迅风》编辑同人的工作聚会。"
[2] 胡仲持之女胡德华在《复社与胡仲持》一文中对这次胡仲持被捕情形有记述,但时间记为"1939年秋",似有误,当以郑振铎日记为准。《上海"孤岛"文学回忆录》上册,上海社会科学院文学研究所编,北京:中国社会科学出版社,1984年,第63—64页。

以苏州河为界,租界上的人以"过桥"为耻

日伪特务的恐吓，为安全计，只能离家暂避。张宗麟、郑振铎、许广平、胡愈之等人在1940年1月上了被日伪逮捕的黑名单，《大美晚报》记者、同时也是"星二会"及"星六会"成员的张似旭于同年7月被汪伪特务暗杀，但是"星二会"一直在地下秘密运行着。为防止日特破坏，要对开会地点严守秘密，几乎每次都调换一下地方。郑振铎说：

> 湛恩、似旭二先生死后，我们的国际宣传的工作便松懈得多了，但那个地下工作的团体还是健在着，还继续的活动了三四年，一点也不曾退却，不曾忽略过一件小事或大事。集合了那末方面广大而复杂的人物在一起，经常的开着会，做着不少的事业，却始终不曾为敌人和敌人的走狗们所发觉，所注意，这不能不说是这个团体的分子的健全和机构的严密。[1]

"星二会"的活动一直持续至1942年年初，这样冒着生命危险的聚餐，郑振铎坚持了近五年。王任叔（巴人）在《悼念振铎》一文中说：

> 那时，我接触过持有"我奖励别人去送死"论调的反对抗战的高级知识分子，我也接触过躲在小楼上从事著作却无意于实际斗争的高级知识分子，我又接触过能为抗战担任一部分工作但却不愿参加有组织的集会的高级知识分子，可是振铎和许广平同志却是文化界高级知识分子中最积极、最奋勇地参加到抗战的群众队伍来的人。[2]

---

[1] 郑振铎《记刘张二先生的被刺》，《蛰居散记》，第14页。
[2] 巴人《悼念振铎》，《郑振铎纪念集》，第102页。

上海"孤岛"时期，暨南大学迁至康定路516号办学

三、意志不坚定者更将趋向歧途

1938年春至1939年冬，先是伪"上海市大道政府"，以及梁鸿志等人的伪"维新政府"，后是潜来上海的汪精卫集团，都在威逼利诱上海有影响的职业界人士加入伪政权。日伪汉奸特务侵入租界，对于合作者许以高官，对于拒绝者加以绑架暗杀、压制恫吓，于是"暗杀与逮捕，时时发生。'苏州河北'成了恐怖的恶魔的世界。'过桥'是一个最耻辱的名辞"[1]。

1939年2月，上海租界内发生恐怖案件十八起，被打死二十一人，受伤十人，被称为"恐怖月"[2]。暨南大学作为坚持在"孤岛"办学的国立大学[3]，该校的教授与学生均是日伪图谋的对象。汪伪试图

[1] 郑振铎《暮影笼罩了一切》，《蛰居散记》，第5页。
[2] 陶菊隐《孤岛见闻》，上海：上海人民出版社，1979年，第34页。
[3] 暨南大学在1938年11月10日迁入公共租界康脑脱路528号办学，直至1941年12月。

拉拢部分教育界败类成立所谓"上海市教育委员会",游说各校校长发表拥汪通电。当时在暨南大学读外国文学的吴岩(本名孙家晋)回忆道:

> 学校里也不很安定。学生有被捕的。动摇变节的教授不止一个:有的上一天还在慷慨激昂地说什么"威武不能屈,富贵不能淫",第二天却"过桥"走马上任,为虎作伥去了;有的忽然失踪,人家担心他被日伪绑架,他却在香港发表变节自首的文章。[1]

郑振铎2月24日记的一幕,似可与此印证:

> 赴校授课,与杜闲谈,说起程事,大吃一惊。过去之种种,如今回想起来,竟是一幕骗局,甚矣哉!青年人之不可轻易信任也!一有小小诱惑,即丧神失态如此!我辈实失于相人矣!

郑振铎此年日记中常见"闻得一些消息,颇为痛心"(8月19日)的记事。1939年4月,汪精卫公开投敌,与日本签订卖国协定。1939年9月1日,德国对波兰发起突然袭击,这天晚上,郑振铎日记说:"傍晚,阅《大美晚报》号外,知德兵已侵入波兰,欧洲大战已正式爆发。吃人的魔鬼,在飞翔!在高啸!难道竟没有力量阻止之么?上海局面恐也将有变动了。"

8月30日,汪派特务枪杀《大美晚报》副刊主编朱惺公(也是"星二会"成员),9月初汪精卫在上海的"国民党第六届全国代表大会"

---

[1] 吴岩《风云侧记》,天津:百花文艺出版社,1983年,第50—51页。

上自举为主席，公开卖国。英法为了履行"保护"波兰独立的诺言，被迫对德宣战，"孤岛"上气氛愈发剑拔弩张。9月17日，郑振铎记：

> 雨点渐沥，愁人心痛。国际形势变动太骤，神经较脆弱者无不骚乱异常，意志不坚定者更将趋向歧途。

10月5日，郑振铎在日记中写道："九时，赴校办公。箴打电话来，说，有来历不明者来寻我。只好不回家吃午饭。"10月7日星期六晚，郑振铎照常参加聚餐，"至戴宅晚餐，陈最后来，他的情形很坏。'等是有家归未得'，殊有同感也！然意气犹昔"。日记中的"陈"即"星二会""星六会"的主力成员陈鹤琴，他被汪伪"76号"列入拘捕的黑名单首位，收到内部人士的报信之后，于10月26日离沪暂避。11月13日晚，汪伪特务闯入陈鹤琴胶州路300弄的寓所行刺，陈因已转移，幸免于难。[1] 郑振铎在11月14日记："十二时回。某来报告消息，大约大学情形必日趋恶劣无疑。只好听之而已。"这里所谓消息，应当就是陈鹤琴被行刺的消息。这天是星期二，郑振铎晚上仍照常参加"星二会"聚餐。

1939年秋冬，正如郑振铎所预感的，大学情形日趋恶劣，他身边的师生、朋友出现了不少附逆者。《暮影笼罩了一切》中说：

> 有许多人不知怎样的失了踪。极小的一部分知识分子动摇了。学生们常常来告密，某某教员有问题，某某人很可疑。但我还天真的不信赖这些"谣言"。在整个民族作着生

---

[1] 陈庆《投身抗日洪潮，保育民族幼苗——陈鹤琴在民族危亡中的不懈追求》，《民族脊梁：父亲的抗战历程》，中共上海地下组织斗争史陈列馆编，上海：上海人民出版社，2016年，第135页。

死决战的时期,难道知识分子还会动摇变节么?这简直是不可思议的"盲猜"与"瞎想"。

但事实证明了他们情报的真确不假。

有一个早上,与董修甲[1]相遇,我在骂汉奸,他也附和着。但第二天,他便不来上课了。再过了几天,在报上知道他已做了伪官。[2]

四、有许多事要做,却一件也不曾做

在这样群敌环伺的恶劣环境中,"意志不坚定者更将趋向歧途",意志坚定者如郑振铎,也不免陷入了"精神内耗"。1939年1月,郑振铎在《华美》周刊上发表散文《在腐烂着的人们》,如此刻画因对抗战前途丧失希望而沉沦腐烂的人们——

> 在腐烂着的人们无目的地在漫游着;他们对于自己没有信任,对于朋友没有信任,对于国家的前途没有信任;他们自己觉得在黑漆漆的长夜漫游着。这漫漫长夜,他们觉得永远不会变为灿烂光明的白昼。……在腐烂着的人们一窝蜂的在那些腐烂的百货商店,旅舍,戏馆以及酒馆里进进出出。从酒馆里出来的是红红的脸,带着微醺,一支牙签还斜衔在嘴角。给晚上的西北风一吹,更显得酒力的微妙作用;觉得这便是抗抵,这便是争斗。[3]

---

[1] 董修甲,暨南大学教授,1934—1935年曾任暨大商学院院长,1940—1943年先后任汪伪政府江苏省、安徽省政府委员兼财政厅厅长。

[2] 郑振铎《暮影笼罩了一切》,《蛰居散记》,第5页。

[3] 郑振铎《在腐烂着的人们》,《华美》周刊第1卷第49期,1939年1月。

郑振铎与妻子高君箴

文章中还说，在腐烂着的人们相信着突现的奇迹。以此，他们相信神道、星相、命运，热衷于看相算命，委身待运。

这篇文章，其实也是郑振铎写给自己的警醒。此年他与妻子高君箴一起沉溺于打麻将，日记中称为"雀戏""雀战"。3月19日，在寓晚餐，餐后雀戏至2时许才散，输了近二十元。他在日记中自责："此种劳民伤财之戏，渐宜戒止也！"3月28日，郑振铎与徐调孚、周予同到王伯祥家祝贺"伯翁"五十大寿。寿宴后，大家赌了一场，郑振铎负二十余元。第二天与太太同到暨大同事张耀祥家中雀战，至深夜1时许始回，胜约三十余元。4月5日下午3时，同到张宅雀戏。至夜11时半许散，负三十余元，"精神已经很疲倦了"。雀战得胜的最高纪录是10月15日，赢了八十余元；输的最高纪录是8月20日的六十余元，这天他再一次发誓不打——"戏无益！"。8月29日，仍在张宅雀戏，胜五十元，还了账上的旧欠。"尚有许多事未做，而耽搁了下来，去从事无益之戏弄。"9月1日，又是熬夜雀战，又是自责："有无数的事要做，但都放下了，却去做这不急之务。到底是好整以暇呢？还是糊涂？亟应自省。"

孤岛上的文化人，处于民族家国的道德理想与日常生活压力的紧张拉扯之中，这种张力带来了无时无刻的焦灼与疲倦。越是疲倦，越是逃向"雀戏"；游戏胜负立见的刺激一方面舒缓了焦虑，散场之后，又加重了玩物丧志的负罪感。《译报》主笔胡仲持的女儿回忆其父在"孤岛""低气压"中的高度精神紧张：

> 物价飞涨而我们家人口又多，加之父亲周围一些没有职业的亲友，经常在我家吃饭，几乎每天开饭两桌。沉重的生活担子，复杂的斗争形势，使我父亲每天睡眠极少，而神经又极度紧张，但仍不停止写作，直至昏厥到神志不清，甚至一反常态，跺着脚高喊："打倒日本帝国主义"，跪在《鲁迅

《全集》的书箱前痛哭。在这样的时候,又是地下党的朋友们的深情关怀,给他以帮助。王任叔等同志像哄孩子一样,教他打牌,做游戏,故意让这个从来不会打牌的人取胜,以放松思想,解除烦恼。[1]

上半年,郑振铎的学术写作陷入停滞状态,他在日记中不断地给自己打气:

> 2月25日,预备写文一篇,但始终写不出来。
>
> 4月30日,整理书箱及写目录。"惜一分阴!"
>
> 5月26日,每天胡里胡涂的过去,要写的东西始终没有动笔,不知如何是好。
>
> 5月27日,雀战至十一时半,散,计负六十五元,为年来负得最多的一次。精神颇不愉快!明天一定要动手工作了!至少有一个月以上不曾动过笔墨,似乎过于懒惰与不振作了!应努力,惜寸阴!
>
> 6月15日,在家写《风涛》[2],好久不曾动笔,觉得很吃力!
>
> 7月2日,心里和天色一样的阴晦。有许多事要做,却一件也不曾做。
>
> 7月30日,不知怎样的,有些无端的悽楚。
>
> 12月17日,今日是四十三岁的生辰。正是壮年努力之期,至少应每半年出书一种。

---

[1] 胡德华《复社与胡仲持》,《上海"孤岛"文学回忆录》上册,第62页。
[2] 《风涛》是郑振铎写明朝东林党人与魏忠贤斗争的短篇历史小说,刊载于1939年7月世界书局出版的《大时代文艺丛书》之六《十人集》,列在第一篇。

《申报》1939年12月30日报道，日本特务到租界抓捕抗日人士

在这样的心境中，郑振铎还是在年底交出了两篇学术研究文章，一篇是近两万字的《跋脉望馆钞校本古今杂剧》[1]，一篇是近三万字的《劫中得书记》（包括一篇长序和八十九则古籍版本提要）[2]。二文皆在他主编的《文学集林》上发表。此年11月，郑振铎与开明书店的徐调孚创办了《文学集林》，广邀巴金、叶圣陶、丰子恺、李健吾、柯灵、耿济之等名家撰稿，可以说是"孤岛"上最负盛誉的综合型刊物。截至1941年6月，《文学集林》共出五辑，由开明书店总经售，除了上海版，刊物并在桂林分店依照上海纸型重印，销量甚佳。抗战时期上海的文艺刊物在大后方同时重印发行的，似乎只此一家。

郑振铎在每辑《文学集林》上都有文章发表，徐调孚说："郑先生从内地接下这个任务来托我编的。编到第五期，钱完了，就停刊了。"[3]《文学集林》每辑采用不同的刊名，以书的单行本方式发行，这样就避免了向租界工部局警务处登记。万一被查禁没收，牵连不广。这一谨慎做法，后来就证明了其必要性。郑振铎12月29日的日

---

[1] 郑振铎《跋脉望馆钞校本古今杂剧》，《文学集林》第1辑，1939年，第53—134页。
[2] 郑振铎《劫中得书记》，《文学集林》第2辑，1939年，第39—105页。
[3] 姜德明《徐调孚与"文学集林"丛刊》，《丛刊识小》，南京：南京师范大学出版社，2013年，第18页。

郑振铎主编的《文学集林》第一辑,封面左下照片是随政府内迁、此年不幸病逝于云南大姚县的曲学大家吴梅。本期刊发一篇纪念吴梅的文章

记写道:"闻《集林》遇劫,为之大惊!"这个时间正是《文学集林》第一辑发行之后,但他日记没有记录此事的下文,查当天报纸,《大公报》《申报》均报道:

> 【沪日方特务队在租界横行竟搜查协丰印刷店并绑去店主毛树钧】日本特务队员四人,二十九日晨九时许乘汽车至福煦路搜查协丰印刷店,将店主毛树钧绑入汽车,驶往沪西,并搜去该店承印之开明书局《文学集林》及新智书局《国际英文选》两书纸版。[1]

---

[1]《大公报(香港版)》1939年12月30日,第3版。《申报》1939年12月30日第8版亦有同条报道。

第三章　地火在运行　　131

日本特务越权到租界抓捕，立即引起公众关注，租界捕房为此展开调查，发现店主毛树钧经营的印刷所承印《文学集林》等各项书籍，被怀疑其中夹有抗日书籍，致被日人绑架到宪兵总部审问关押。日本特务从《文学集林》等九十二本承印书籍中没能找出"抗日"证据，经过租界捕房和律师的交涉，于1940年1月6日释放了毛树钧。[1]

在"孤岛"上，郑振铎和他的朋友们善于与敌伪周旋，小心谨慎地维护着《鲁迅风》《文学集林》《民族公论》等多种进步刊物的编辑与运行。"孤岛"束缚了他的自由，然而复杂的斗争环境也激发了他的战斗潜能，同在上海从事地下工作的许觉民说：

> 孤岛的四周固然布满着豺狼，文化战线上的战士自不能失去警觉，但是租界的特殊位置，却给了孤岛的文化阵地多多少少施展的机遇。困难自然是说不尽的，一种书刊被扑杀了，像孙悟空的七十二变又派生了另一些新的来；某些固定名称的刊物，不时地更换着每期不同书名的丛刊，以避开捕房的追踪。我的感觉是虽然紧张一点，但是在隙缝中抢得到一点"自由"，比国民党地区那种天罗地网式的统治宽松得多。[2]

五、孤军与诸贾竞

郑振铎从2月5日开始整理家中书籍，因久不开箱，有许多书都已为蟑螂做根据地了。整理藏书又燃起购书冲动，他每天到四马路及三马路各书肆一行，抑制不住诱惑，每天都会挟一两种古书回家。5月25日自我反省："购书之兴，迄未衰，是一大病！爱博不专，尤为

---

[1]《华成印刷所主被绑案》，《申报》1940年1月7日，第3版。
[2] 许觉民《孤岛前后期上海书界散记》，《收获》第6期，1999年，第135页。

不治之症！"但还是继续地买买买。8月15日的日记又再反省：

> 书囊无底！因为整理，便感到不够，感到收藏的贫乏，感到有若干必要的书还未购入。不知什么时候才有满足的可能。

1939年，旧家珍藏的各朝各代善本古籍，源源不断地从长江中下游的沦陷区流散到上海，进一步推高了上海古旧书业的行情。郑振铎日记和《劫中得书记》记录此年他在四马路各书店买到的古籍，多为常熟、杭州、苏州等地藏书家的旧藏。比如他花五元买下的明刊《琵琶记》，原藏家的扉页识语写于二十八年前："民国元年六月十八号，同乐之、中甫游永定门。途经琉璃厂，于旧书摊上，以铜元八枚易之。"[1]这是时任浙江省政府民政厅卫生处处长陈万里的藏书，陈氏当时随军撤退到浙江山区，他杭州家中藏书皆被盗劫，郑振铎还买到陈万里所藏内府钞本曲数种。

上海藏书家也在出售旧藏以济困。晚清重臣李鸿章晚年寓居上海，小儿子李经迈经商有方，20世纪30年代曾建有枕流公寓、丁香花园等上海滩顶级公寓洋房，其藏书楼"望云草堂"亦富藏精善本。李经迈于1938年去世，其子无意在沪久留，遂将藏书中的珍本卖给汉文渊书店，其余书捐给震旦大学。此批"合肥李氏书"在1939年夏天经汉文渊书店转卖给来青阁[2]，同年5月21日，郑振铎从来青阁购得二十六种古籍，共一百三十元，当时付了两张支票，"款尚不知如何筹法也"！接下来一星期，郑振铎沉浸于给新获古书写提要，他欣喜地发现，来青阁这批合肥李氏藏书中最为精者《佛祖统纪》《午梦堂

---

[1] 郑振铎《劫中得书记》，《西谛书话》，第233—234页。
[2] 同上书，第226页。

集》，皆入自己手中。

世界书局创始人沈知方1939年9月11日病逝于上海，他的粹芬阁藏书在生前即已散出，此年7月23日，郑振铎日记载他在中国书店，"见沈氏书散出者不少，颇思得之，而苦于有心无力"。他在《劫中得书记序》中亦记"今岁合肥李氏书、沈氏粹芬阁书散出"，限于财力，郑振铎只购得沈氏书的七八种，其余都被北平的书店网罗而去。沈氏所藏《异梦记》是罕见的善本，郑振铎略一踌躇，书已为"平贾"所攫，携之北去。

1939年，从北平南下的书商（郑振铎称之为"平贾""平估"）明显增多，来薰阁、修绠堂、富晋书社等六家北平书店来沪设立分店。7月25日郑振铎记："赴中国书店等处，四顾几皆为某种人，可惊！"9月5日，到中国书店等处，"刚到了一批书，已为平估一抢而空"。由于南北汇率的差价，再加上北平的藏书家更多、市场更大，"平贾"在上海收购江南的图籍，打包北去，得利可达三倍以上。"以是南来者益众，日搜括市上。遇好书，必攫以去。诸肆宿藏，为之一空。"[1]郑振铎《求书日录》历数"平贾"的危害：

> 而他们所得售之谁何人呢？据他们的相互传说与告诉，大约十之六七是送到哈佛燕京学社和华北交通公司去，以可以得善价也。偶有特殊之书，乃送到北方的诸收藏家，像傅沅叔、董绶经、周叔弢那里去。殿板书和开化纸的书则大抵皆送到伪满洲国去。我觉得：这些兵燹之余的古籍如果全都落在美国人和日本人手里去，将来总有一天，研究中国古学的人也要到外国去留学。这使我异常的苦闷和愤慨！更重要

---

[1] 郑振铎《劫中得书记》，《西谛书话》，第209页。

的是，华北交通公司等机关收购的书，都以府县志及有关史料文献者为主体，其居心大不可测。近言之，则资其调查物资，研究地方情形及行军路线；远言之，则足以控制我民族史料及文献于千百世。[1]

原来上海尚有一批兼具财力与眼光的商人藏书家，即郑振铎所说的"有力者"，本地书店收得好书，往往先被这些沪上藏书家所截留。中国通商银行的常务董事谢光甫，"每天下午必到中国书店和来青阁去坐坐，几乎是风雨无阻。他所得到的东西似乎最多且精"[2]。1939年6月18日，谢氏去世，郑振铎在日记中感叹："书友又少一人矣！"在租界工部局当大买办的潘明训，也是古书巨擘，其"宝礼堂"专藏宋元版，陆续收得一百多部宋版书。潘氏也于同年6月去世，精刊善本失去了这些沪上"有力者"的收购拦截，就会被南下的书贾搜刮之后流向北平甚至海外。郑振铎在《劫中得书记》中呼吁："安得好事且有力者出而挽救劫运于万一乎？"

失去了"有力者"盟友，郑振铎只能挖肉补疮，抵押出售自己藏书，以供拯救文献之资。日记中记载，6月2日，他整理出二十箱书籍，又有四箱计划押给大银行家叶景葵[3]，计一百二十多种、四百多册，以罕见本、精本书居多。他在日记中写的估价是"约可得八千余"，发誓"当于最短期内，设法赎回！"，但是最后叶氏的估价才两千元。《劫中得书记》说："先所质于某氏许之精刊善本百二十余种，

---

[1] 郑振铎《求书日录》，《西谛书话》，第410页。
[2] 1945年郑振铎《求书日录》记："虽然他已于数年前归道山，但他的所藏至今还完好不缺。"谢光甫藏书在其卒后十年（1949年）散出，多被上海的旧书店拍卖，现上海图书馆、上海师大均有其过藏之书。
[3] 叶景葵（1874—1949），字揆初（一作葵初），光绪二十九年进士，浙江兴业银行、汉冶萍铁厂、中兴煤矿公司等实业的创办人，也是大藏书家。

复催赎甚力。计子母须三千余金。"[1]也就是说，叶景葵只给郑振铎不到四个月的资金周转期，就催促他尽快赎回抵押古籍，而且还产生了利息一千一百元，最后"子母"（本金加上利息）三千一百元。1933年1月，郑振铎就曾向叶景葵抵押书籍借得两千元，"周息壹分"，年底时支付了利息款两百元。[2]1939年的这次借款，叶氏却催促得紧，可能是因为他当时也在谋划着跟郑振铎一样的古籍抢救工程——因鉴于古籍沦亡，"及今罗搜于劫后，方得保存于将来"，此年5月，叶景葵与张元济、陈陶遗发起筹设上海合众图书馆，叶氏自捐财产二十万元作为经费，藏书亦捐入馆中。[3]

"平贾"成群抢购，抬高了书价，郑振铎越来越追不上涨价的速度。8月16日的日记说："借洋六十元。连同余下之四十元，存入银行，因明天有中国书店之支票一百元，须来兑现也。此款为购买明版《英烈传》[4]者，明刊小说最罕见，故不惜重值购入。然囊中所余不过十元而已，此十元尚须维持家用若干日，不知如何过日子！好书之癖，终于不改，只用自苦耳。"但是那天下午，他又去中国书店，买书二册，花去三元。8月19日，身上只有一元几角了，第二天为经济问题，妻子与之吵架。日记中说，"对于书的笃好，终于使精神受了无穷尽的苦闷"。8月22日，郑振铎取得七月份薪水一百余元，不到数天便将用完。9月2日刚把多年苦心搜访的戏曲珍藏卖给北平图书馆，

---

[1] 郑振铎《〈劫中得书记〉序》，《西谛书话》，第209页。
[2] 柳和城《郑振铎写的两件借据》，《百年书人书楼随笔》，杭州：浙江教育出版社，2017年，第190—192页。
[3] 《创办合众图书馆意见书》："抗战以来，全国图书馆或呈停顿，或已分散，或罹劫灰。私家藏书亦多流亡，而日、美等国乘其时会，力事搜罗，致数千年固有之文化，坐视其流散，岂不太可惜哉！本馆创办于此时，即应负起保存固有文化之责任。"《叶景葵年谱长编》，柳和城编著，上海：上海交通大学出版社，2017年，第935页。
[4] 万历版《皇明英烈传》，原为沈氏粹芬阁藏书。

一拿到款项即去叶景葵处赎回抵押的四箱书,售书所得七千元,才三天时间就只剩下数元了。他在日记中写道:

> 在"古书"中搬弄,大似猢狲弄棒,且似染上些市侩气息,大可自笑,亦自哀也。

毫无节制地购书,引起了家庭矛盾。郑振铎1928年出版的《家庭的故事》收入一对姊妹篇《风波》和《书之幸运》,故事是连贯的,写一个名叫"仲清"的知识分子家庭的矛盾纠纷。仲清之妻宛眉染上了打牌的癖好,而仲清嗜书如命。仲清对妻子沉溺于打牌十分不满,在经济拮据的情况下,妻子对他还不断地节衣省食甚至借贷购买古书也抱怨不休,两口子时常发生冲突,二人相互约束:

> "你少买书,我就少打牌。"
> "你不打牌,我也就不买书。"
> 他们俩常常的这样牵制的互约着,却终于大家都常常的破约,没有遵守着。[1]

郑尔康(郑振铎之子)后来说,仲清和宛眉的人物原型,正是郑振铎本人和他的妻子高君箴,"当作者在写这两个短篇时,与小说中雷同的情节,正在他的家庭中交替发生着呢"[2]。与大多数上海的中产阶级主妇一样,高君箴酷爱雀战,"在麻将桌前一坐一个通宵也是常事",郑振铎1939年、1943年的两种日记里,"箴"或者在娘家高宅,或者在张宅及自己家,组牌局"雀战"至深夜。妻子对于"雀戏"的

---

[1] 郑振铎《书之幸运》,《郑振铎全集》第1卷,第23页。
[2] 郑尔康《郑振铎》,北京:北京交通大学出版社,2008年,第107页。

沉溺，正如郑振铎对于买书的沉溺，何尝不是对现实生活的逃避。然而1939年郑振铎的借钱买书，还是引起了夫妻间的多场争吵。9月5日记："今日又与箴诟谇，痛苦之至！完全不能了解我的工作性质与兴趣所在。做一个庸碌无脑筋的人，在家庭里一定幸福得多。"

9月中旬，郑振铎向中国书店出售了二批古书，第一批获款一千五百元。他计划再售去几批书，筹集万元以备援急之用。从9月至11月中旬的不到三个月时间，郑振铎共购入一百一十种古籍，耗费近三千元，深感有心无力："以余之孤军与诸贾竞，得此千百种书，诚亦艰苦备尝矣。"[1]

六、谋划大行动

面对"平贾"集团式的攫取，郑振铎意识到孤军奋战从事收购文献，终究是以杯水救车薪，全不济事。1939年5月26日，他写信给北平图书馆的袁守和、赵万里以及在西南联大任教的吴晓铃，谈及上海旧书市场事，询问北平图书馆或西南联大出资到上海抢救文献的可能性，得到了消极的答复，一时间，颇为"彷徨失措，踌躇无策"。

此年7月，郑振铎所在的暨南大学迎来一个大转机。当年礼聘郑振铎前来暨大任教的校长何炳松[2]，经香港飞重庆述职[3]，何炳松向蒋介石

---

[1] 郑振铎《〈劫中得书记〉序》，《西谛书话》，第210页。
[2] 何炳松（1890—1946），字柏丞，浙江金华人。早年官费留学美国，回国后，历任北京大学、北京高等师范学校教授，商务印书馆编译所所长、中华学艺社理事长等职。1935年6月至1946年5月任国立暨南大学校长，并曾兼任国立东南联合大学筹备委员会主任。
[3] 何炳松是郑振铎在商务印书馆编译所工作时的上司，二人私交甚笃，郑振铎1939年日记中有多处记录二人通话与聚会。关于此次何炳松赴重庆，郑振铎1939年7月1日记："到新凯司令午餐，何、杜等均在。何要远行，我们为之饯别也。"7月4日记："今天是美国独立纪念节，戒备颇严。柏丞今日乘邮船赴港。"

138　暗斗：一个书生的文化抗战

旧书摊老板:"你买这一本书可使你大考时省却一半脑力。"

学生:"哈,真的吗?那末我再买一本罢。" (飘然作)

民国旧书业漫画

力陈"上海为东南人文荟萃之地,非至最后关头绝不可轻易放弃",此语触动了蒋介石,日后委任何炳松为国立东南联合大学筹备委员会主任委员。何炳松与时任教育部部长的陈立夫关系密切,1935年1月,为了响应陈立夫著作《唯生论》所谓的"中国本位文化",何炳松牵头与陶希圣、樊仲云、萨孟武等十教授发表《中国本位的文化建设宣言》,在思想文化界引发关于中国文化建设道路的大讨论。由于何炳松带头有功,陈立夫(暨南大学校董)在同年夏推荐他为暨南大学校长。此次重庆述职,何炳松向陈立夫请求拨款接济被困于平、宁、沪、杭等沦陷区的年老学者,当年受惠的计有沈尹默、马叙伦、许炳堃、胡朴安等教授。9月返沪后,何炳松除了暨南大学的校务外,并受教育部的委托负责管理上海各国立大学及各特种文化教育机关的临时经费。[1] 前一年,当郑振铎四处寻找《古今杂剧》买家时,也是陈立夫拍板用教育部经费抢救下这套国宝。此次借着何炳松述职之机,郑振铎大有可能托他向教育部陈述江南文献遭劫的严重性,请求当局予以抢救。

---

[1] 金兆梓《何炳松传》,此文作于1946年9月,后收入《金华文史资料》第3辑,杭州:浙江人民出版社,1987年,第14页。

1937年暨南大学行政会议全体成员合影。中立者为校长何炳松，右二为郑振铎

受到返沪后何炳松的鼓励，郑振铎开始谋划抢救文献的集体大行动。11月13日，郑振铎在中国书店，与实业家、藏书家张伯岸说及保留文献事，"殊感必要，且亟须进行，拟明后日即约凤举等一谈"。11月15日，他在家中设午宴，邀请何炳松、郁秉坚[1]、商务印书馆董事长张元济[2]、中法大学教授张凤举[3]，"商购书事"。《求书日录》中所说"我们联名打了几个电报到重庆。我们要以政府的力量来阻止这个趋势，要

---

[1] 郁秉坚（1901—1983），1924年毕业于南洋大学，美国耶鲁大学电工硕士，回国后历任交通大学、暨南大学、浙江大学等院校教授，1949年，作为上海市电信局局长，留在上海迎接解放。

[2] 张元济（1867—1959），字筱斋，号菊生，浙江海盐人，清光绪十八年（1892）进士，1902年进入商务印书馆，历任编译所所长、董事长等职，主持商务印书馆近五十年，被誉为"中国现代出版第一人"。新中国成立后任上海市文史馆馆长、公私合营商务印书馆董事长。

[3] 张凤举（1895—1985），先后就读于日本东京大学、京都大学，曾任北京大学国文系教授，1936年起任中法大学教授，一直留守上海。"文献保存同志会"的筹建阶段，张凤举曾列名其中，但从1940年1月之后并未见到他实际参与其事，其原因不明。1941年2月9日，郑振铎等以"文献保存同志会"的名义宴请徐森玉、赵万里，张凤举亦在被邀请之列。《为国家保存文化》，第155页。

以国家的力量来'抢救'民族的文献"[1],大致就是从这天开始的。

出席午宴的四人之中,只有郁秉坚一人未出现在两个月后成立的"文献保存同志会"名单中,这说明他并未直接参与文献搜访工作,但是为何又在宴请之列呢?因为抢救行动需要有个可靠的自己人来绕过上海的日伪势力,秘密向重庆打电报,郁秉坚就是合适的人选。他于1936年任上海电话局总工程师,抗战期间,一直潜伏留沪,担任上海电报电话留守处主任,1938年主持建立了美商通讯社(Bentey's Ltd.)等三个由美国人出面经营的通信机构,主要收发上海与国民党政府统治区内的重庆、成都、昆明、桂林等地无线电报[2]。郁秉坚还主管着租界上的一个秘密电台——上海特台,[3]"文献保存同志会"可能就是通过这个电台向重庆发电报的。

1940年2月21日,"同志会"向重庆发送了一个收报人为"蒋慰堂先生"的电报,内容为商借上海觉园三楼作为存书处。[4]蒋慰堂就是1921年和郑振铎一起发起成立"文学研究会"的蒋百里[5]的侄子、中央图书馆筹备处主任蒋复璁[6]。此电报的收信地址写"上清寺聚兴村十八号",这是1938年南京的中央图书馆筹备处迁抵重庆之后租用

---

[1] 郑振铎《求书日录》,《西谛书话》,第410页。
[2] 梅绍祖、宋刚刚主编《百年电信铸辉煌:上海市长途电信局局史》,北京:中国计划出版社,1998年,第80页。
[3] 光华《抗战时期的上海电信》,《上海市静安区文史资料选辑》,中国人民政治协商会议上海市静安区委员会文史资料工作组编,1985年,第79—81页。
[4] 《文献保存同志会电报蒋复璁(徐觉抄录)》,1940年2月21日,馆藏号:041082。
[5] 蒋百里(1882—1938),中国近代军事理论家,1912年,任保定陆军军官学校校长,1920年主编《改造》杂志,1938年在代理陆军大学校长任上去世。蒋百里是郑振铎进入商务印书馆的推荐人,详见陈福康《张元济与郑振铎》,《新文学史料》第4期,2007年,第82—91页。
[6] 蒋复璁(1898—1990),字美如,号慰堂,浙江海宁人,1933年任中央图书馆筹备处主任,1940年8月起任中央图书馆首任馆长,1949年赴台,后任台北"中央图书馆"馆长、台北故宫博物院院长。

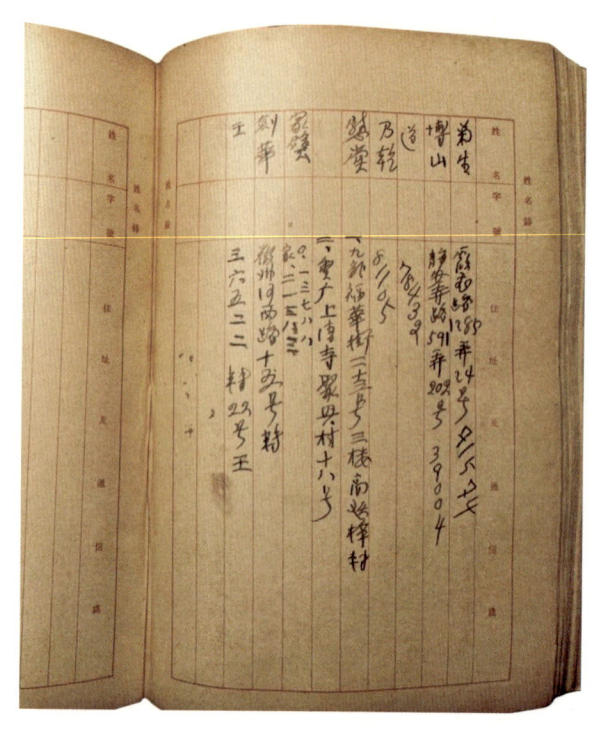

郑振铎1939年日记本的通信录上记有张元济、潘博山、陈乃乾、赵家璧等人的家庭住址和电话号码,"慰堂"即重庆中央图书馆的蒋复璁

的临时办公地点。郑振铎1939年日记本最后的通信录处,记有:"慰堂 一、九龙福华街二十三号三楼高廷梓转,二、重广上清寺聚兴村十八号。"可能为了安全起见,日记没有写出"慰堂"的姓,但是这两个地址,分别对应着蒋慰堂主管中央图书馆的驻香港办事处和重庆临时办公处。据此推测,1939年年底,郑振铎等人已经通过郁秉坚的电台,向重庆方面发出数封在上海抢救文献的陈情电报。

1939年12月5日发往重庆的电报("歌电")[1],署名者在何炳松、

---

[1] 清末民国以金代编修的《平水韵》中的韵目代替电报纪日,发于5日的电报称为"歌电"。郑尔康、陈福康等人均以此歌电发于1940年1月5日,但郑振铎《求书日录》以及当天日记均无此记事。现据新披露的1939年日记,郑振铎等人在此年11月既已集合举事,则此电报有可能在1939年12月5日发出。

张元济、郑振铎、张凤举之外,又加上了光华大学校长张寿镛[1]、出版界前辈夏丏尊[2],这就是重庆发来电报抬头所称"张何夏郑六先生"。后来承担实际抢救工作的"同志会"成员,上海方面只有何炳松、张元济、张寿镛、郑振铎四人。1940年1月10日,郑振铎给张寿镛信中抄录了两封电报,一为管理中英庚款董事会(下称"庚款会")董事长朱家骅[3]的复电,电文称"现正遵嘱筹商进行",并无具体筹商细节;二为朱家骅与教育部长陈立夫同致"张何夏郑六先生",电文曰:

> 歌电奉悉。诸先生关心文献,创议在沪组织购书委员会,从事搜访遗佚,保存文献,以免落入敌手,流出海外。语重心长,钦佩无既!值此抗战时期,筹集巨款,深感不易,而汇划至沪尤属困难。如由沪上热心文化有力人士共同发起一会,筹募款项,先行搜访,以协助政府目前力所不及,将来当由中央偿还本利,收归国有,未识尊见以为

---

[1] 张寿镛(1876—1945),字咏霓,号约园,浙江鄞县人,北洋时期历任浙江、湖北、江苏等省财政厅厅长及国民政府财政部次长等职,1925年在上海创办私立光华大学。张寿镛是政经界的"宁波帮"代表,在政界人脉深厚,抗战时期与朱家骅联系尤为密切,详参韩戍《私立大学校长的政界人脉——以张寿镛执掌光华大学为中心》,《中山大学学报(社会科学版)》第1期,2017年,第89—98页。

[2] 夏丏尊(1886—1946),浙江上虞人,现代教育家、文学家,1927年与章锡琛等共同创办开明书店,任总编辑兼编辑所长,抗战时期留居上海,1943年曾遭日本宪兵司令部拘捕入狱,身体受到严重摧残。

[3] "管理中英庚款董事会"是处理妥用英国退还庚款的对口单位,成立于1931年,朱家骅兼任董事长,1943年该会改称"中英文教基金董事会"。朱家骅1939年12月起任国民党中央组织部部长,兼任中统局局长。又,蒋复璁是朱家骅早年在北大预科任教时的学生,蒋氏后来赴德留学与接掌央图,皆赖朱之赏识与提携。据蒋复璁回忆,他从德国留学归国后拜见朱家骅,朱"头一句话就命令我留在南京",并说"中美庚款办了一个北平图书馆,中英庚款的钱要来办一个中央图书馆(那时还叫南京图书馆)"。蒋复璁、黄克武《蒋复璁口述回忆录》,台北:"中央研究院"近代史研究所,2000年,第3—6、45—48页。

如何？[1]

从抄附这两封重庆电报的郑振铎信中"久未见""前途有二电来"等表述可以推测，电报可能是1939年12月底发至上海的，并且电报明确表达重庆方面的意思——政府暂时无法介入，但是鼓励"同志会"自行募集资金，为国家搜访文献，等胜利之后，再由国家连本带利偿还资金。

此时尚是全面抗战的第三年，胜利曙光遥遥未现。一般人要是得到大后方略显敷衍的"空头支票"，很有可能就退缩了。然而郑振铎偏偏是个不斤斤于小利害，"但肯做事、不怕失败"的实干家，他人生中屡次遇到在旁人看来不自量力的挑战，然竟每每成功，就是因为"具有此种勇猛直前、鲁莽不顾之毅力"[2]。况且这一次，民族文献真正到了岌岌可危的境地——"私念大劫之后，文献凌替，我辈苟不留意访求，将必有越俎代谋者"[3]。

粮草未行，兵马已先动。同年11月17日，郑振铎在文汇阁书店看到千余册地方志，作价千元，竞购者颇多，终为他所得，"不能任其流落于外也"。郑振铎11月30日记：晚"六时，金颂清来。后，张凤举、陈济川等陆续来。今天宴请北平诸贾，希望他们能多留下些国家文化遗物。与济川谈甚久，略知北方书铺实情。他们每家所赖以周转者，亦不过一二万金而已"。这一场"鸿门宴"上，郑振铎通过本地书业领头人、中国书店老板金颂清[4]将买卖对手的"平贾"聚齐一

---

[1]《为国家保存文化》，第4页。
[2] 郑振铎《求书日录》，《西谛书话》，第424—425页。
[3] 郑振铎《〈劫中得书记〉序》，《西谛书话》，第208页。
[4] 金颂清（1878—1941），嘉兴回族人，擅长书画，兼通金石，曾参与杭州西泠印社和上海豫园书画善会的组建。1914年在上海开设食旧廛书坊、青籁阁书店，1926年开设的中国书店营业至1942年。1929年，金颂清还曾与罗振玉合伙，在大连开办"墨缘堂"书店。

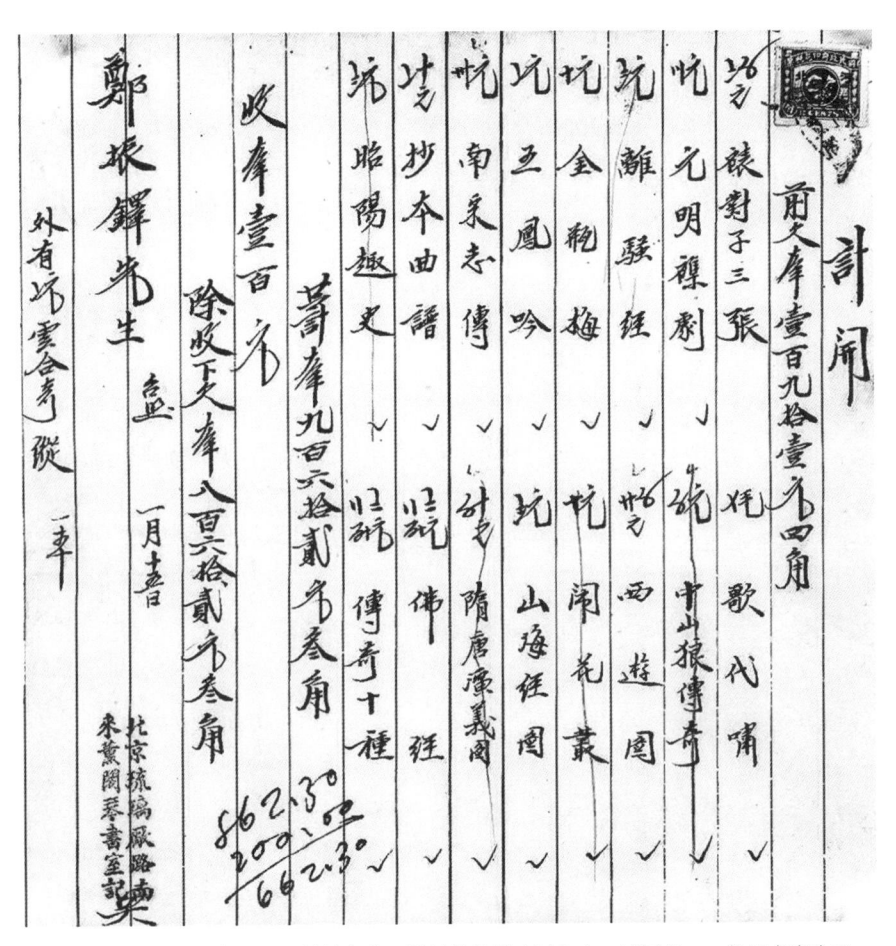

北平来薰阁发给郑振铎的付款书单，郑振铎需付八百六十二元四角。一般旧书店为三节结算，此单的时间为1月15日，当为春节前的结算单。

堂，为接下来的图书抢救工作做准备；他还打探到对手们资金运作的虚实情况，这将有利于筹集书款以及说服重庆划拨经费。

12月初，郑振铎又急需一笔钱来救书，打听到适园刘氏藏书可谈判，"不知款从何处来！"前几次借钱的叶景葵以"时局不好"为由拒绝了押书的请求，无奈只好求助于北平来薰阁书店老板陈济川。[1]他用十一种书抵押，向陈氏借出一千元，以三个月为期，月利息二分，"贾人殊利害"。12月20日之后，郑振铎不想再到各书肆去，"实在无余款再购书"。

12月31日，郑振铎收到中国书店送来售书所得款，"勉强可度年关"。他的1939年，就这样在"买书—卖书—买书"的循环里度过了。

---

[1] 陈杭（1902—1968），字济川，河北南宫县人，十六岁入北京隆福寺文奎堂当学徒，二十三岁到其叔陈连彬开办的来薰阁琴书室（位于琉璃厂路南108号）帮其经营，1931年成为该店店主。陈济川善与中日学者交游，来薰阁在30年代成为北平最大的私营古旧书店，陈济川亦连任多届北平书业同业公会会长。陈济川在1955年率领一百一十家私营古旧书店参加北京古旧书业公私合营，组建中国书店，并担任副总经理。

第四章

三岔口夺书

自今以后，江南文献，决不听任其流落他去。
有好书，有值得保存之书，我们必为国家保留之。

——郑振铎《求书日录》

1940年,留守上海的知识分子处境更为艰难。通货膨胀,学校里经常发不出薪水,大多数人抱着贫病之躯,奔波于数个学校兼课。词学家夏承焘在之江大学任教授,兼在无锡国学专修学校和太炎文学院上课。此年3月30日,汪精卫在南京成立伪国民政府,不惜用许愿封官或威胁利诱等手段拉拢文化人投靠南京,中学毕业生到南京可以做伪省市政府的科长,月薪数百元。[1]郑振铎、李健吾、夏承焘、周予同等留沪文化名人更是汪伪拉拢的重点对象,夏承焘说:"我当时也曾受到了这种所谓招邀,但民族的大义、国家的存亡,使我毫未受其所惑,而严辞予以拒绝。"[2]夏承焘的学术知己龙榆生则离沪赴宁,于4月2日被任命为汪伪的立法委员。龙氏在赴任之际,致夏承焘函解释此事:"胃病大发,医谓非休业不可,而家口嗷嗷,无以为活。出处之际,非一言所能尽。"[3]

　　"家累之苦"普遍存在于留守上海的知识分子之中,关键是能否忍受,以及是否甘于忍受。在分析1939年周作人附逆的原因时,郑振铎指出:

---

[1] 尔宜《上海作家与上海出版业》,《大公报(香港版)》1940年8月7日,第8版。
[2] 夏承焘《自述:我的治学道路》,李剑亮著《夏承焘年谱》,北京:光明日报出版社,2012年,第8页。
[3] 张晖《龙榆生先生年谱》,上海:学林出版社,2001年,第100页。

安土重迁和贪惯舒服的惰性，又使他设想着种种危险和迫害，自己欺骗着自己，压迫着自己，令他不能不选择一条舒服而"安全"的路走了。[1]

在一篇悼念1943年去世的留守上海文人伍光建的文章中，针对张元济的挽联"士唯有品迺能贫"，郑振铎进一步引申说：

> 虽然在最近二三年的动荡不安的生活里，最足以看出"士"的能不能"安""贫"的品格来。大抵能安贫的人非"有品"不可。如果没有坚定的意志，淡泊的性情，崇高的品格，便易为外来的诱惑，微小的利欲，或世俗的浮华所动，便要不甘寂寞，不能安"贫"起来，便要老着脸皮，忘却廉耻，无所不为起来。这世界集合着一群不能"安贫"的"士"在翻天覆地的混扰着，还不成了禽兽世界了么？[2]

隔着八十年的时光，今人很难真切地体会到"孤岛"苦守所面对的危险与诱惑，就更难理解郑振铎的孤立无助与耿介自持。虽然郑振铎1945年11月发表的《求书日录》是他对1940年生活的自我陈述，然而"劫中有所讳"，他的文字对于真实生活还是有所剪裁。又或是只缘身在此山中，他当时也未得尽知黑暗中紧盯着他的各方势力。1939—1941年，有位来自日本京都的年青学者高仓正三被派驻苏州，他曾多次到上海寻访郑振铎。1941年春，高仓病逝于苏州，记录其生

---

[1] 郑振铎《惜周作人》，《周报》第19期，1946年1月。后收入《蛰居散记》，第101页。
[2] 郑振铎《悼伍光建先生》，写于1943年6月17日，后发表于叶圣陶主编的《中学生杂志》（桂林开明书店复刊）第67期，1943年，第18—20页。

高仓正三《苏州日记》，东京弘文堂书房1943年出版

高仓正三在苏州期间的留影

命最后三年经历的《苏州日记》在1943年被公开出版。[1] 由于是私人日记，文中述及郑振铎的相关细节颇为翔实可信。有意思的是，郑振铎的1939—1940年日记或后人整理的传记中，却无一字提及此人。两种文献互文对读，郑振铎的困守与主动出击，更显出不一样的意义。

高仓正三到中国的任务之一是搜求文献，恰恰在这方面他就是郑振铎及其"文献保存同志会"的对手。高仓正三与郑振铎始终没有见过面，双方在两批藏书上曾经有过的争夺，今天看来，就好似京剧《三岔口》，是一场黑暗中的打斗。

一、"可惜的是苏州的学者和读书人几乎都逃到上海去了"

苏州沦陷的第三年，1939年9月27日，日本京都东方文化研究所的高仓正三抵达苏州。高仓正三是京都大学著名学者仓石武四郎的高

---

[1] 高仓正三《苏州日记》，东京弘文堂书房1943年出版，孙来庆翻译的中译本2014年由古吴轩出版。本书引用以中译本为准，部分内容参校以日本原版。

第四章 三岔口夺书　　151

1927年苏州城内的书店街

徒，毕业后留在仓石身边担任研究助手。此前日本派出留学生大多到北京留学，学习和研究北京话的官话系统，高仓的老师——仓石武四郎、吉川幸次郎，就曾在北京留学两年之久。1939年，吉川主持着东方文化研究所的《元曲选》读书会，经常遇到一些百思不得其义的方言语汇；仓石则正着手修订博士论文《段懋堂的音韵学》，急需段玉裁等一批清代江南学者的音训治学文献。在这两位学者的推动之下，中国各地方言的研究，尤其是江南文化的代表语言——吴语的文献搜集，就成为战时东方文化研究所的一个研究目标。被赋予厚望的助教高仓正三顺利获得外务省"在中国特别研究员"资格，派驻苏州搜集江南文献，学习吴语文化。[1]

高仓正三抵达苏州，却发现自己好像来到了一个孤岛。他写信跟

---

[1] 钱婉约《吴语研究的开拓者：高仓正三》，《国际汉语教学动态与研究》第3辑，2006年，第96—99页。

友人抱怨:"可惜的是苏州的学者和读书人几乎都逃到上海去了,按此情况来看,我也许会什么也搞不成的。"[1]他迫切地希望到上海去找中国学者切磋学术,特别是早在京都求学时期就仰慕的郑振铎。高仓在苏州的两年间,按照《佛曲叙录》[2]和《西谛所藏善本戏曲目录》这两本郑振铎目录,四处搜求戏曲弹词本子。"下午去觉民书店购买了几种弹词,三本《玉连环》的钞本看来特别有情趣。由于它是三本一套的,故还不太明白与郑振铎藏本的关系。"高仓知道郑振铎还留在上海,"想必在上海,特别是郑先生那儿有数目可观的资料"[3]。

1939年10月13日,高仓正三拿着导师吉川幸次郎、仓石武四郎的介绍信,到上海的中国书店,"拜托与陈乃乾氏会面之事",次日如愿在中国书店见到陈乃乾,"从他那里打听到了不少东西"。陈乃乾与日本学界联系颇为密切,东京的长泽规矩也、田中庆太郎,京都的吉川幸次郎、仓石武四郎,均与他保持鸿雁往来。同年10月23日,高仓致信吉川幸次郎说:"前些天,冒着大水在上海只会见了陈乃乾氏,而您特意给我介绍的另几位先生只有等下次的机会再去拜访了。我想下次一定由我事先与陈先生和中国书店联系好,万无一失地和他们见面。"[4]11月14日,又汇报说:"陈乃乾先生住天潼路慎余里26号(请把此也转告给仓石先生)。"[5]而在1939年郑振铎日记本的通信录一栏,也记录着一样的地址。1940年1月20日高仓记,"陈乃乾来函,主要告诉我他已从天潼路迁居到了法租界白泉部路渔阳里26号"[6]。

---

[1] 高仓正三《高仓正三苏州日记(1939—1941):揭开日本人的中国记忆》,苏州:古吴轩出版社,2014年,第10页。
[2] 《中国文学研究》,《小说月报》第17卷号外,1927年,第739—756页。
[3] 高仓正三《苏州日记》,第37页。
[4] 同上书,第22页。
[5] 同上书,第38页。
[6] 同上书,第92页。

可惜的是，陈乃乾与日本学者的这些往来，均不见于2018年8月中华书局出版的《陈乃乾日记》。从高仓正三的《苏州日记》来看，陈乃乾对这位日本后辈十分照顾，帮他在上海买书邮寄到苏州，高仓到上海六次，陈乃乾有三次请他吃饭。

陈乃乾也是郑振铎在"孤岛"时期过往最为密切的友人，1938年郑振铎为国家购得国宝古籍《古今杂剧》，便是陈乃乾从中牵线的。郑振铎1939年、1943年的日记，几乎隔三两天就能见到陈乃乾的名字。既然陈乃乾与郑振铎熟识，高仓正三想当然地认为，很快就能见到偶像了，他在1939年11月14日信中跟吉川老师说："这次要事先请陈乃乾和中国书店联系妥帖后再去，这样就万无一失了。"

二、无缘对面不相识

如果我们把高仓正三和郑振铎各自的日记进行勾连对读，就会发现，二人早在1939年10月的中国书店有可能擦身而过。

10月13日

高仓正三：在沙利文吃过午饭后，再赴中国书店，拜托与陈乃乾氏面会之事。

郑振铎：（午）饭后，至各书肆。又至开明，至乃乾处。四时半，到中国（书店），无所得。

10月14日

高仓正三：上午九时雨止，但积水甚深，到中国书店时，听说陈氏要到下午三时才来。在满铁俱乐部吃过午饭再去中国书店时见到了陈氏。遇到陈济川等人。

郑振铎：七时，拟出门，而大雨滂沱，门前积水如何。坐人力车回至庙弄，沿途一望汪洋。处处皆水深没膝。下午放晴，至汉文渊、传薪。

10月15日

高仓正三：早上，陈济川来了。下午三时半，到中国书店见陈乃乾和陈济川，并与他们一起在致美楼吃晚饭，晚六时归。[1]

郑振铎：二时，赴秀州，购廉价书五元左右。至汉文渊，获书三种。又至来青阁及中国书店，无所得。仅得陈杭所赠《刘知远诸宫调》及《全相孝经》二种。四时许，赴张宅。

13日和15日，高仓正三和郑振铎有可能前后脚错过了。两人在这三天中都见过北平来薰阁书店老板陈杭（字济川），然而陈济川的口风很紧，显然高仓并不知道陈氏也认识郑振铎。而另一边，陈乃乾大概打了包票，一定能将高仓正三介绍给郑振铎。1940年8月8日，郑振铎在致张寿镛的信中说："去年曾有一日人来此，作'文化调查'，结果，无一藏书家愿与之见面者。彼只好废然而返。"[2]似乎指的就是高仓正三。

苦于路费问题，高仓正三又过了三个多月（1940年1月27日）才兴冲冲地坐火车到上海，直奔中国书店，"陈乃乾赶来了，稍微寒暄几句，约好明天下午四时再见而告别。看来没希望见到郑振铎了"。不死心的高仓第二天中午又到中国书店，购买了十五元九角整的图书，又到附近的开明书店买书，回到中国书店苦等，但直到下午5点，还没见

---

[1] 高仓正三《苏州日记》，第16—17页。
[2]《为国家保存文化》，第106页。

松岛五大堂付近、大正十五年。左は青木正児、右は北京の来薫閣主人。

北平来薫阁店主陈济川很早就将业务拓展到日本，图为1926年陈济川与日本学者青木正儿在日本松岛合影

到陈乃乾。这天郑振铎在来青阁追踪被"平贾"获取的爱日精庐旧藏书。1月29日，高仓又到来青阁书店买书，兜到四马路，各个书店都看了看，这天郑振铎在暨大办事，次日才去中国书店。当天回到苏州，高仓给哥哥克己写信抱怨说："但一到上海，就使我悲观起来。首先是虽已拜托了陈乃乾给我联系见见郑振铎的面，但郑却避而不见。"[1]

早一天，或者晚一天，高仓正三都能碰上郑振铎，可是两人就这么"完美错过"了。

纵使高仓正三在中国书店撞见郑振铎，也有可能"脸盲"认不出来，因为郑振铎压根儿就不想被人认出来。1937年11月12日，上海租界沦为"孤岛"。当天下午郑振铎参加文化界救亡协会召开的紧急

---

[1] 高仓正三《苏州日记》，第100页。

会议，晚上赶回家中，立即焚毁有关友人地址簿，转移日记及有关文稿，从此尽量低调生活，从不参加沦陷区的公开活动。作为暨南大学文学院院长，郑振铎的照片以前都会循例出现在每年的学生毕业年刊上，1938年之后，他再也不肯把照片交给学生付印。[1]这种谨慎，帮他消弭了许多无妄之灾。

> 有一天，我坐在中国书店，一个日本人和伙计们在闲谈，说要见见我和潘博山先生。这人是清水，管文化工作的。一个伙计偷偷的问我道："要见他么？"我连忙摇摇头。一面站起来，在书架上乱翻着，装作一个购书的人。[2]

这个专程到中国书店"偶遇"郑振铎的日本人，就是日本大使馆一等书记官——清水董三。清水董三是上海东亚同文书院培养的"中国通"，撰有《新中国的断面》等研究书籍[3]，被日本政界认为是"中国的理解者"[4]。此人精通汉语，日本重要人物与汪精卫会见，均由其担任翻译，1938年成立的伪维新政府，"清水书记官代表日本政府对汉奸广事联络"[5]；汉奸李士群通过清水搭上了土肥原贤二、影佐祯昭等日本侵华特务机构高层，在三人指挥下，1939年建立了"梅机关"以及"76号"特务机关。[6]不过此次清水到中国书店乃以个人身份来

---

[1] 施志刚《回忆母校——抗日战争时期二三事》，《暨南校史资料选辑：1906—1949》第2辑，暨南大学华侨研究所编，广州：暨南大学华侨研究所，1983年，第90页。
[2] 郑振铎《暮影笼罩了一切》，《蛰居散记》，第7页。
[3] 清水董三『新支那の断面』，上海：禹域学会、東亜同文書院，1929年。
[4] 犬養健『揚子江は今も流れている』，東京：文藝春秋新社，1960年，第267頁。
[5] 何国涛《汪伪巨奸派系之争》，《文史资料精选》第11册，北京：中国文史出版社，1990年，第262页。
[6] 马啸天、汪曼云《汪伪"特工总部"——"七十六号"》，《汪精卫国民政府成立》，黄美真、张云编，上海：上海人民出版社，1984年，第273页。

第四章 三岔口夺书 157

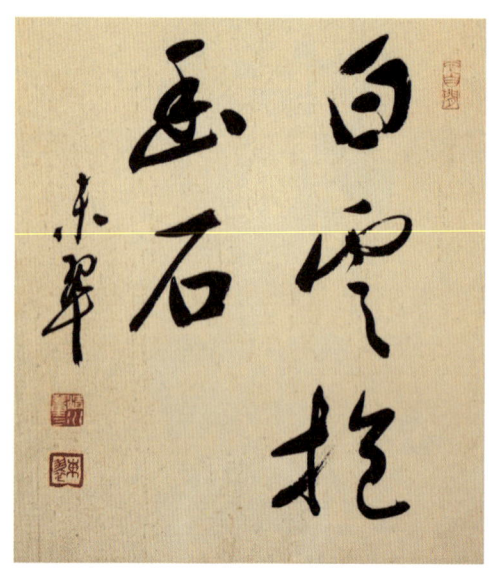

清水董三在战后没有被追究战争责任,退休后以"东翠先生"之号活跃于日本书道界

见郑振铎,大约打算"先礼后兵",毕竟二人还算是中国小说的研究同行。20世纪30年代,上海内山书店的老板内山完造在书店内不定期举办"文艺漫谈会",清水亦名列出席者名单。内山在1955年撰文回忆道:"清水董三毕业于同文书院,也是同文书院的教授,是一个谈起《金瓶梅》一个晚上不睡觉也说不尽兴的主儿。"[1]郑振铎正是洁本《金瓶梅》的出版者以及研究的先行者。

清水董三并不是郑振铎以为的"管文化工作的"那么简单,他有所不知的是,清水董三从1939年3月开始主管沦陷区的图书情报工作。之前日本军方负责从江南沦陷区掠夺文献的"占领地区图书文献接收委员会"于1938年8月解散,所获资料在1939年3月移至设于上海的兴亚院华中联络部下属的"中支建设资料整备委员会"管理,并设立半军事性的图书资料整理机构,即"中支建设资料整备事

---

[1] 内山完造《内山书店与文艺漫谈会》,《我的朋友鲁迅》,北京:北京联合出版公司,2012年,第191页。

务所"[1]，清水董三担任所长。事务所下设图书整理部和编译部，前者招揽了一些东京大学、京都大学、九州大学等帝国大学的图书专家整理此前在南京、上海等地劫掠的图书文献，后者负责从这些图书资料中挑选出有利于殖民统治和资源掠夺的详细情报并将之编译成日文的《资料通报》《编译简报》《编译汇报》，迅速提供给侵略军和伪政府。该事务所1940—1942年初共出版八十八册《编译汇报》，内容多为中国政府原有的各种调查报告，华中新沦陷区的组织地域、人口经济、矿产资源、农产品等情报分析。清水董三作为所长，署名于这些出版物的前言，他声称这些编译汇报对于安定占领地的经济建设，是必要的"基础的资料"。

无论是"中支建设资料整备事务所"还是《编译汇报》，在战时都属于秘密情报机关与情报，因此清水董三在对占领区统治和控制的"情报战"中的重要地位，一直未被郑振铎本人以及历来的郑振铎研究者所认知。据郑振铎夫人高君箴回忆，清水董三还曾托一个当了汉奸的"朋友"来看郑，跟他说，日本人很敬佩他，想请他出来主持一方面的文化工作，并拿出一张数额巨大的支票。[2]清水主管的"中支建设资料整备委员会"以及后来的"中日文化协会"[3]，主张尽可能找中国有影响力的学者文人做委员，以示该事业的"日华亲善"。

于公于私，清水董三都想结识郑振铎，却在中国书店的咫尺之

---

[1] 中支建设资料整备事务所设于南京鸡鸣寺路一号，即沦陷前的国立中央研究院所在地，1940年4月之后迁至上海天潼路422号新亚宾馆6楼。松本刚『略奪した文化—戰爭と図書』，東京：岩波書店，1993年，第62—63頁。金丸裕一『中支建設資料整備委員会とその周辺—「支那事変」期日本の対中国調査活動をめぐる習作』，『立命館経済学』第49巻第5號，2000年。
[2] 高君箴《"孤岛"时期的郑振铎》，《上海"孤岛"文学回忆录》上册，第152页。
[3] 清水董三（1893—1970），1941年之后兼任汪伪文物保管委员会研究部副部长，受命组织"中日文化协会"，他在日本战败后似未受追究战争责任，1950年帮助胡兰成偷渡日本，1955年任日本驻台北代表。

第四章 三岔口夺书　159

郑振铎身材高大,据说高达一米八五,从这张照片可以窥见。1933年春,在燕京大学郑振铎宅前合影。左起:俞平伯、郭绍虞、浦江清、顾颉刚、赵万里、朱自清、朱自清夫人陈竹隐、郑振铎夫人高君箴(前为其长女郑小箴)、顾颉刚夫人殷履安、郑振铎

间,擦肩而过。这或许要归功于郑振铎高明的"易容术"。

郑振铎从1923年担任《小说月报》主编之后,名声高涨,再加上具有辨识度的长相,早在30年代就是公认的文坛美男子。吴梅的学生、著名学者卢冀野曾在《十日杂志》上发表《郑振铎先生》,赞美这位"现代型的美男子":"乌黑的头发,高高的鼻子,架上一付不大不小的眼镜……微笑老是挂在嘴边,露出糯米似的一排牙齿。"[1]唯恐读者无法一睹郑振铎的美貌,文章还附上传主的高清大头照。

类似这样的郑振铎美男照,在30年代的报纸期刊中还能找到其

---

[1] 卢冀野《郑振铎先生》,《十日杂志》第18期,1936年,第104—105页。

他三五张。照片上的郑振铎完全是西装革履、高大威猛的西式文人。然而抗战时期，郑振铎脱去西服皮鞋，换上了青布长衫和圆口布鞋。也许是这样的旧式文人模样，与之前样子相差过大，以至于特务头子清水董三，在中国书店愣是没认出长衫布鞋的郑振铎。

三、平行时空的郑振铎

其实在1940年1月4日至2月3日的一个月时间里，郑振铎有十六天到中国书店"阅肆"。此年1月4日，郑振铎从朋友来电得知，"梅机关"计划搜捕的文化界救亡协会负责人十四人名单之中有他的名字，不得不离家躲藏。1月8日，又有日本宪兵到静安寺路庙弄的郑宅去搜查，结果无所获，当时郑振铎不在寓所。他在外头一直住到1月28日，观察没有新动静，这才回家。在这样紧张的危境之中，胆大心细的郑振铎自然更加小心行事，怎么可能答应陈乃乾去见一个不知来历的日本年轻人呢？而且高仓正三到上海也不是纯粹的拜见偶像，他每次都要到特务机关去报到，1月29日，"借了小轿车去了特务机关"[1]。

高仓正三到上海寻访郑振铎的这个时间，恰好是以郑振铎为中心的"文献保存同志会"秘密搜购文献的起步时刻。

1939年年底，重庆的朱家骅与陈立夫发来的密电，还停留在"同志会"先行自筹款项的口头承诺阶段[2]，进入1940年，事情有了大转

---

[1] 高仓正三《苏州日记》，第99页。
[2] 根据蒋复璁《我在抗战期间的工作》(《珍帚斋文集》第2卷，台北：商务印书馆，1985年，第972页)，在1939年年底收到上海文教界的"歌电"之后，朱家骅特地约见蒋复璁，指示中英庚款用作购书，并派蒋即时赴沪办理此事。蒋于1940年1月4日从重庆赴香港，因此朱、陈二人联名的复电应当发送于朱、陈决定出款之前，我们认为应该就是1939年12月。由于蒋复璁特地赴沪亲自传达此事，因此在郑振铎给张寿镛写信的1月10日，他尚未得知重庆的新决定，故仍将去年年底的重庆复电抄与张氏。

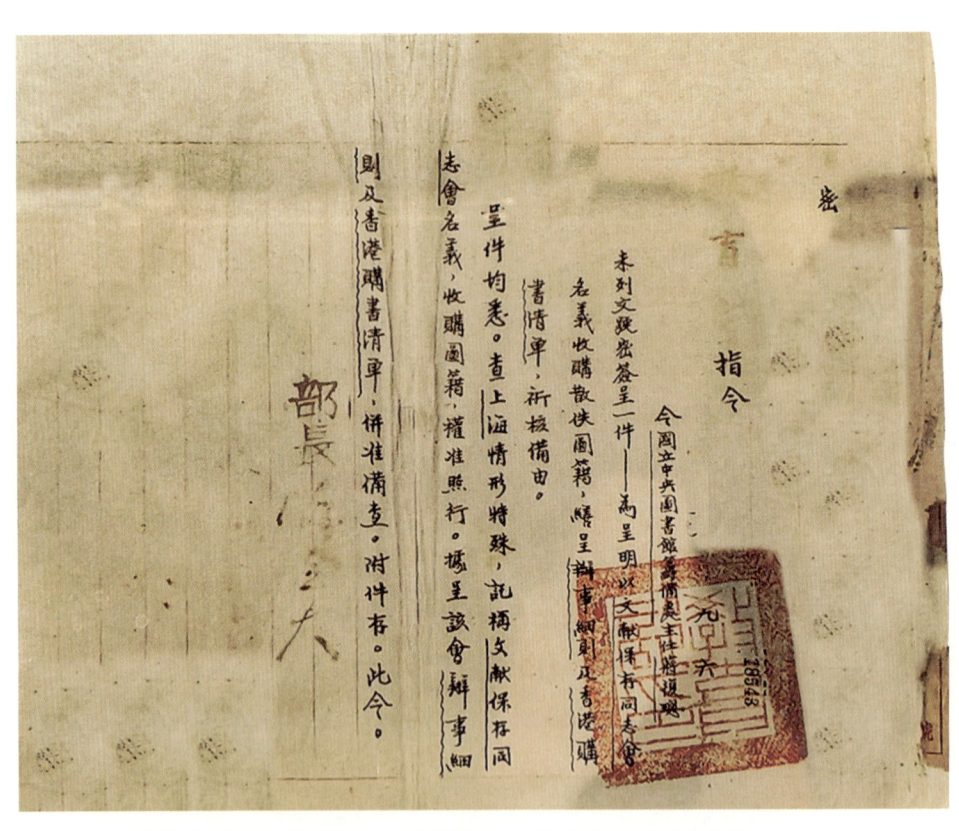

重庆教育部批准中央图书馆以"文献保存同志会"名义在上海收购图籍

机。英国政府将清朝的"庚子赔款"余额退还中国,并成立了管理中英庚款基金董事会,该会曾陆续拨助中央图书馆在南京建筑馆舍,共达法币一百五十万元[1],未及动用,即因乱内迁。由于中英庚款是英国与国民政府之间协议的赞助文化教育事业之专款,就算重庆政府经济十分拮据,该款亦不可挪用为军事或其他用途,所以中央图书馆建筑费这一笔巨款三年多来就一直趴在账上,得不到有效使用。据蒋复璁回忆,考虑到抗战长期性,此笔建筑费势必受战时通货膨胀影响而贬值,如果等到抗战胜利"还都"再建筑南京馆舍,届时这笔款项已经所值无几,"不如以之购置图书,既足以保存国粹,又使币尽其用,诚两利之术"[2]。庚款会(实际上是朱家骅)的提议,得到教育部长陈立夫的支持,1940年1月4日,中央图书馆筹备处主任蒋复璁从重庆赴香港,与庚款会董事叶恭绰面商,决定购书经费以四十万元为限,其中三分之二给上海,三分之一给香港,沪、港两地同时分头采购。[3]

蒋复璁秘密潜入上海,1月16日,郑振铎到法租界万宜坊去见他,二人初次见面,"但畅所欲言,有如老友"。1月19日,在张元济家,蒋复璁、郑振铎、张元济、何炳松、张凤举(张寿镛因病缺席)一致商定,成立一个专事抢救沦陷区古籍的组织,为避日伪耳目,对内称之为"文献保存同志会",对外严格保密,只以暨南大学、光华大学、商务印书馆涵芬楼的名义购书;原则上以收购藏书家的整批书为主,未售出的,尽量劝其不售;不能不售的,则收购之,决不听任其分散零售或流落国外。郑振铎提出:当前应尽快收购玉海堂、群碧楼两家藏书,阴历年内(2月7日之前),必须先有一笔款汇到,否则将坐失

---

[1]《华北日报》1937年6月18日,第9版。《中英庚款教育辅助费廿六年度分配额数决定》,国立中央图书馆年度建筑费为三十八万七千五百元。
[2] 蒋复璁《涉险陷区访"书"记》,《中央月刊》第2卷第9期,1970年7月,第92页。
[3]《国立中央图书馆筹备处签呈教育部稿》,1940年2月27日,馆藏号:041084。

良机。"文献保存同志会"一致同意：

> 自今以后，江南文献，决不听任其流落他去。有好书，有值得保存之书，我们必为国家保留之。[1]

1月20日之后连续五天，郑振铎每天到中国书店、来青阁，1月26日下午，"至中国书店，无一书可取，又至他肆，也没有什么新到的东西"[2]。27日至29日，高仓正三到上海的那三天，郑振铎正在跟潘博山协商购入苏州刘氏藏书一事，无暇阅肆。高仓29日下午离开上海，郑振铎第二天又到中国书店，买了一部明代《遵生八笺》。

高仓正三抵达苏州即查问当地大藏书家刘世珩藏书的去向。[3] 1939年12月18日，他拜访日军驻苏州部队的辻长官，约定一起到大太平巷的刘家去查看藏书。

清末名士刘世珩藏书楼"玉海堂"和"暖红室"，素以藏有多种宋元珍本和唐代琵琶大、小忽雷而闻名。辛亥革命后，刘世珩与独子刘公鲁以清遗老自居，公鲁虽未仕于清，却终日脑后拖着一条大辫子招摇过市，人皆笑之。1937年11月19日，苏州沦陷，刘公鲁坚决不肯离家避难。郑振铎《求书日录》记载关于刘公鲁之死的传闻：

> "八一三"后，敌军进苏州。他并未逃走。闻有一小队敌兵，执着上了刺刀的枪，冲锋似的，走进他家。他正在书房执卷吟哦，见敌兵利刃直向他面部刺来，连忙侧转头去，

---

[1] 郑振铎《求书日录》，《西谛书话》，第427页。
[2] 同上书，第430页。
[3] 刘世珩（1874—1926），字聚卿，安徽贵池人，光绪二十年（1894）举人，历任江宁商会总理、直隶财政监理官等。

164　暗斗：一个书生的文化抗战

脑后的辫子一摇晃,敌兵立即鞠躬退出。家里也没有什么损失。然他经此一惊吓,不久便过世了。他家境本不好,经此事变,他的家属自不能不将藏书出售。"[1]

刘公鲁殁后,遗属变卖家中财产,这一次,又是本家在苏州的古玩商人孙伯渊闻讯上门,一口买下全部玉海堂藏书。来到1939年底,高仓正三其实已经来晚了,12月19日他在日记中写道:"辻部队长夜里来电告诉我:书在三天前已在北平卖完,现别无他法。"[2]大概刘家跟外人编了幌子,说是卖到北平,省得被日军惦记。高仓当天写给京都的吉川幸次郎报告此事,抱怨晚了一步,没能获得刘家藏书。

论留意玉海堂藏书,郑振铎要晚于高仓正三,1940年1月4日,他在日记中说从潘博山那里得到准确的书讯,刘氏书已售给孙伯渊:"(孙)本来经营字画古董,气魄颇大,故能独力将公鲁书收下。恐怕又要待价而沽了。"[3]元旦之后的整个月,郑振铎都在为收购玉海堂藏书而奔走,几次赴孙伯渊处看书,甚至还请动了七十多岁的张元济一起去鉴定版本。1月27日,江淮一带大雪,高仓正三坐火车到上海中国书店去等陈乃乾,"看来没希望见到郑振铎了"[4]。这天下午郑振铎却是在来青阁的,见到了不少北平来的书贾。28日,郑振铎在家整理书籍,这天高仓在中国书店苦等陈乃乾,还去了开明书店买书。29

---

[1] 郑振铎《求书日录》,《西谛书话》,第419页。郑逸梅《大忽雷与小忽雷及其藏者刘葱石、刘公鲁父子》亦记相似传闻:"及沦陷,敌往叩门,公鲁自出启关,敌卒以枪上刺刀挑公鲁帽,帽堕地露发辫,寇卒作狞笑,公鲁惊悸成疾,犹强迫之作苦役,体力不支死。"郑逸梅《郑逸梅选集》第6卷,哈尔滨:黑龙江人民出版社,2001年,第338页。

[2] 高仓正三《苏州日记》,第66页。

[3] 郑振铎《求书日录》,《西谛书话》,第418—419页。

[4] 高仓正三《苏州日记》,第98页。

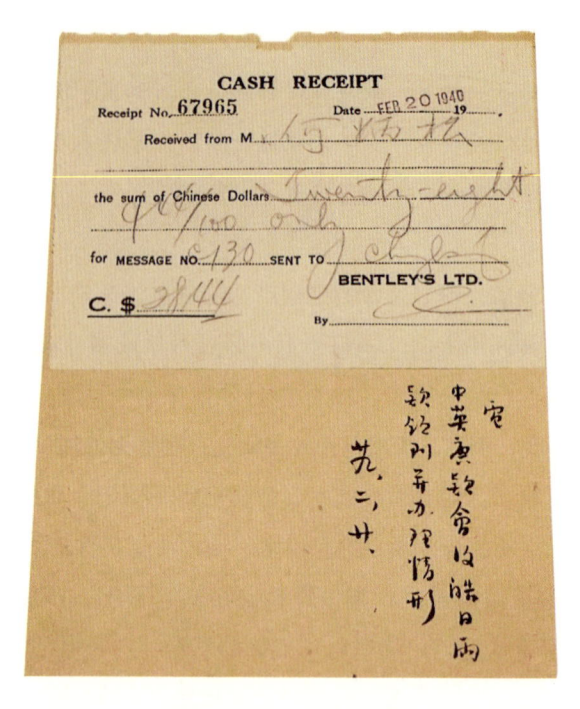

1940年2月,"文献保存同志会"收到中英庚款汇来的首批购书款,何炳松手写收据

日,郑振铎到暨南大学办公,这天总算把玉海堂藏书从二万五千元谈到一万七千元,此日高仓则去了特务机关报到,又在来青阁和四马路一带逛了一圈。

高仓一定想不到,当他在上海希望"偶遇"之时,郑振铎正在收购一个月前他错过的那批珍籍。经过一个多月的谈判,2月3日,郑振铎与孙伯渊约定,先付给定洋三千金,余款一万四千金,于半个月内付清取书。[1]

---

[1] 据《求书日录》,孙伯渊索价二万五千元,后来答应减至一万七千元,前提是在农历春节之前付款。

四、旧书店里也会冒出对敌斗争的硝烟

高仓正三为何一到上海就奔中国书店而去呢?"中国通"清水董三又为何知道到中国书店去拜会郑振铎呢?日本人是了解"书痴"郑振铎生活习惯的。除了学校,郑振铎经常出没的地方,就是中国书店、汉文渊、传薪书店、来青阁、抱经堂等上海旧书店。

1925年,金颂清收得原"古书流通处"的存书后,在虞洽卿路大庆里开设了一家名为"中国书店"的旧书铺,专门经销古旧图书。因经营得法,中国书店很快成为上海书饕们聚集的中心,"凡谈书林掌故的,总要谈到该书店,因该店专售古本线装书"[1]。陈乃乾在1925年曾出任中国书店的经理,翌年离开。1937年以后,中国书店延请海上著名的旧书从业者郭石麒,驻店主持店务。[2] 黄裳在《记郭石麒》一文中回忆,"在上海买书十年,相熟的书店不少,其中颇有几位各有特点的书友……首先记起的是郭石麒";"虽然他也靠贩书博得蝇头微利、养家糊口,却是循循有如读书人的人。他经营过中国书店,在旧书业中很有地位,他的鉴别能力高,同业中有拿不准的版本问题总是请教他"。[3]

郭石麒与郑振铎私交甚笃,郑曾在明刊《乐府先春》题跋中写道:"石麒为书友中忠厚长者,从不欺人,书业中人无不恃为顾问。劫中予闭户索居,绝人世庆吊往来。惟结习未除,偶三数日辄至古书肆中闲坐,尤以中国、来青二处踪迹为密。"[4] 清水董三肯定也是事先

---

[1] 郑逸梅《金祖同与中国书店》,《艺坛百影》,郑州:中州书画社,1982年,第89页。
[2] 郭石麒(1889—1962),中国书店1942年歇业之后,郭石麒与杨金华在汉口路693号合伙开设了汉学书店,1956年,在郑振铎的推荐下,被聘为上海古籍书店顾问。赵长海《南估中的谦谦君子——郭石麒》,赵长海著《新中国古旧书业(1949—2009)》,长春:吉林文史出版社,2009年,第272—274页。
[3] 黄裳《记郭石麒》,《旧时书坊》,第317页。
[4] 郑振铎《西谛书跋》,第367页。

掌握了这一个规律,才到中国书店去打听郑振铎的下落。在那次中国书店历险之后,郑振铎就吩咐中国书店的伙计们:

"以后要有人问起我或问我地址的,一概回答不知道,或长久没有来了一类的话。"为了慎重,又到汉口路各肆嘱咐过。我很感谢他们,在这悠久的八年里,他们没有替我泄露过一句话,虽然不时的有人去问他们。[1]

中国书店曾是抗日救亡运动的前哨站,少东家金祖同在1931年赴日本留学,1937年"七七事变"以后,金祖同跟随流亡日本的郭沫若回国参加抗日救亡运动。郭沫若在中国书店住了数天,8月下旬与夏衍等创办了《救亡日报》,借了中国书店的厨房作为编辑部。叶灵凤赞道:"年轻的金祖同,在当时日本人横行的租界环境下,敢于借出他的书店余地供《救亡日报》使用,实在是很勇敢的行动。"[2]

1937年11月12日,淞沪会战失败,上海沦陷。《救亡日报》被迫停刊,郭沫若11月27日离开上海,文化界救亡协会转为分散行动的地下工作机关。参加的人,除了郑振铎和阿英(钱杏邨)已决定留在上海之外,其他大部分人都向内地或香港转移,撤退前,郭沫若建议:"'上海文救'今后在上海的工作,请郑、钱两位和各爱国救亡团体联系,可以根据具体情况,有必要时也可以改换名称,分散作战。"[3]中国书店仍是郑振铎和文化救亡界人士频繁出入的地点,因此

---

[1] 郑振铎《暮影笼罩了一切》,《蛰居散记》,第7页。
[2] 叶灵凤《金同祖与中国书店》,《读书随笔1》,北京:生活·读书·新知三联书店,2022年,第359页。
[3] 夏衍《左翼十年》,《中国左翼电影运动》,广播电影电视部电影局党史资料征集工作领导小组、中国电影艺术研究中心编,北京:中国电影出版社,1993年,第849页。

屡遭日方的搜查。"有一天到了中国书店,那乱糟糟的情形依样如旧。但伙计们告诉我:日本人来过了,要搜查《救亡日报》的人,但一无所得。《救亡日报》的若干合订本放在阴暗的后房里,所以他们没有觉察到。"[1]

中国书店屡遭日军搜查,却可以一再化险为夷,背后有其巧妙的生存策略。从《苏州日记》所见,"孤岛"时期,暗地抗日的中国书店,明里与日本人的生意往来还不少。高仓正三第一次到上海,第二天就到中国书店买书,并委托该店为他搜罗小说弹词等书籍,定期将书籍邮寄到苏州给他——"我请中国书店先替我把《王国维遗书》买下,并请他们在方便时给我寄来"[2]。高仓在上海大量购书,太重拿不动,也会请中国书店帮他寄回苏州。这些业务往来采用的是民国旧书业普遍的赊账方式,一年之中的"三节"(春节、端午、中秋)统一结账。1941年1月,病榻上的高仓收到中国书店寄来的年关催款单,"我曾写信给渡边请他帮我还债,但看来是瞎子点灯白费蜡了"[3]。2月10日,"好不容易请渡边在阴历年后先替我垫付了给中国书店的四十九元的借款"[4]。

高仓正三每次到上海,都会到中国书店去与陈乃乾、罗振常(罗振玉之弟,上海蟫隐庐书店老板)、小竹文夫(同文书院研究员)、渡边幸三等朋友会合。[5] 有时上海的朋友要通过高仓转送书物到京都大学,也会留在中国书店托给他。1940年5月15日,章太炎弟子潘承弼(景郑)到中国书店,把一本章太炎的《春秋左传读》留给高仓正三,

---

[1] 郑振铎《暮影笼罩了一切》,《蛰居散记》,第6页。
[2] 高仓正三《苏州日记》,第231页。
[3] 同上书,第286页。
[4] 同上书,第297页。
[5] 渡边幸三,京都大学东洋史的毕业生,1938年在《东方学报》第9册发表《说郛考》,1938—1944年任"满铁"上海支所主管。

郑振铎写在《乐府先春》扉页上的题跋，其中提到中国书店和郭石麒

委托他寄呈京都的吉川老师。1931年2月，吉川幸次郎到南京、苏州等地，曾拜访黄侃、吴梅、张元济，并结识了潘景郑。黄侃病故之后，吉川幸次郎于1935年11月2日致信潘景郑悼念黄侃。[1]上海沦陷时期，潘景郑与其兄潘博山一直留守上海，并与郑振铎多有往还。潘景郑晚年自述："沪上奇书，时有一二散在飞凫人手，余每遇及，必为先生居间购求，以是过从较密。"[2]高仓正三先后六次到中国书店，通过中国书店联系上潘景郑、陈乃乾等郑振铎的好友，却始终与郑振铎"缘悭一面"。

1942年停业之前，中国书店不仅是抗日救亡运动的前哨站、日本人买书的首选地，还是北平的书贾们到上海搜书的聚散地和中转站：

> 几乎每一家北平书肆都有人南下收书。在那个时候，他们有纵横如意、垄断南方书市之概。他们往往以中国书店为集中的地点。一包包的邮件，堆得像小山阜似的。我每次到了那里，总是紧蹙着双眉，很不高兴。他们说某人得到某书了，我连忙去追踪某人，却答道，已经寄平了，或已经打了包了。寄平的，十之八九不能追得回来，打了包的，有时还可以逼着他们拆包寻找。但以如此方法，得到的书实在寥寥可数，且也不胜其烦。[3]

在中国书店，郑振铎痛心地看到北平的旧书店大肆搜购江南文

---

[1] 吉川幸次郎《与潘景郑书》，《制言》第5期，1935年。转引自《量守庐学记：黄侃的生平和学术》，程千帆、唐文编，北京：生活·读书·新知三联书店，2006年，第91—92页。
[2] 潘景郑《郑振铎先生遗札跋》，《郑振铎纪念集》，第347页。
[3] 郑振铎《求书日录》，《西谛书话》，第409页。

献，辇载北去。这些"平贾"的背后，是"满铁"，敌伪华北交通公司，汉奸王揖唐、梁鸿志、陈群等人，以及美国哈佛燕京学社。1938年、1939年两年之间，江南沦陷区的古籍大多流落到美国人、日本人和汉奸手上，郑振铎忧心如捣地感叹："史在他邦，文归海外，奇耻大辱，百世莫涤。"[1]蒋复璁在一份报告中亦提到"平贾"的危害：

> 旧书之流出国外，不尽由于敌方之掠夺，即美国各大学图书馆及伪满洲方面，亦均派有专人在平、沪两地收买，以致沦没益众。居间者大多为北平书贾，先将书籍运至北方，然后转卖散出。其中珍善之本固多，而普通木刻本被收买者亦不在少。如江阴南菁书院，以遭兵燹之故，板片多半残毁，而南菁刻本之《续皇清经解》即搜购一空，若不亟为收买，不特珍刊名钞，流入异域，即平常需用之刻本，亦将无处可购。[2]

1940年1月，"文献保存同志会"开始以中国书店为据点，"阻挡'平贾'们不将江南藏书北运"。郑振铎1月25日记："下午，赴中国书店等处，见'平贾'辈来者不少，殆皆以此间为'淘金窟'也。今后'好书'当不致再落入他们手中。"[3]郑振铎与中国书店掌柜郭石麒谈妥合作细节，委以收购江南藏书家成批藏书的重任。在之后的近二十个月之中，凡有江南旧家售出古籍，中国书店第一时间告知郑振铎，并代为评估旧家藏书的售价。比如1940年3月底购进铁琴铜剑楼所藏元明刊本二十种，"系由中国书店估价，而与瞿凤起君直接商

---

[1] 郑振铎《〈劫中得书记〉序》，《西谛书话》，第208页。
[2] 《国立中央图书馆筹备处签呈教育部稿》，1940年2月27日，馆藏号：041084。
[3] 郑振铎《求书日录》，《西谛书话》，第430页。

妥"[1]。同时中国书店也介绍杭州、苏州、嘉兴等地的江南故家藏书，收取一定的佣金。1940年3月，中国书店经手的杭州胡氏七百八十种古籍，共价六千元。按照旧书业行规，中介佣金一般是售价的一成，但中国书店仅收四百元，郑振铎写给张寿镛信中说："如此批书佣金仅为四百元，倒还在情理中。"[2]并认为综合各家书店，"中国书店最可靠，价亦最廉"[3]。此年年底，中国书店整批购进沈氏海日楼藏书，全部书籍送到郑振铎府上供其先行选别，然后才散售他人。[4]

上海大藏书家张葱玉放出藏书待售消息后，同时有两家书商在竞争中介权：一是孙伯渊（即1938年将《古今杂剧》以九千元售与郑振铎的古董商），二是中国书店的郭石麒。郑振铎致张寿镛信中提到："盖孙贾利心过重，平空加价不少。中国则甚为稳健公平也。除取若干佣金外，决不会妄行加价也。"[5]郭石麒的公道，在上海旧书界是有口皆碑的，黄裳就说："从他手里买书，从来不必还价。也不必担心本子的完缺、版刻的迟早，这些他都是当面交代清楚，完全可以信赖的。"[6]

不妨想象一下当年"淘金窟"中国书店的情景：人来人往的店铺内，有前来淘书的北平书商，有前来购书的高仓正三们，有前来打听郑振铎下落的日本密探们，还有乔装打扮的郑振铎，与北平书商比赛着谁捷足先登获得珍贵古籍。掌柜郭石麒犹如《沙家浜》春来茶馆的阿庆嫂，"来的都是客，全凭嘴一张，相逢开口笑，过后不思量"。日本人的生意他做，北平同行的生意他也做，至于郑振铎介绍过来的重庆中央图书馆的生意，他更是下力气地做。

---

[1]《第一号工作报告书》，1940年4月2日，《为国家保存文化》，第300页。
[2] "致张信"，1940年3月15日，《为国家保存文化》，第18页。
[3] "致张信"，1940年3月21日，《为国家保存文化》，第23页。
[4]《第六号工作报告书》，1941年1月6日，《为国家保存文化》，第338页。
[5] "致张信"，1940年5月15日，《为国家保存文化》，第76页。
[6] 黄裳《记郭石麒》，《旧时书坊》，第319页。

陈梦熊《我淘旧书的经历和故事》曾总结云："在日伪统治时期，上海的旧书店里也会冒出对敌斗争的硝烟。"[1]

五、江南文化之生死存亡关头

1940年春夏，苏州、常熟等地的藏书家纷纷抛售劫余藏书以维持生活，苏州许博明收藏的明代地方志，大学者吴梅留存苏州宅府的曲籍，江南第一藏书楼的嘉业堂，张芹伯、徐积余、袁伯夔、刘晦之等旧家藏书，皆向外界放出待售风声，聚诸沪上。一时间，七八家北平书店派出人员常驻苏州与上海，以便随时收购、转运，日伪各文化机关也在收紧中国文物的搜捕网。面对各方的重重围堵，郑振铎强烈地意识到，"此数月中诚江南文化之生死存亡关头也"[2]：

> 若我辈不极力设法挽救，则江南文化，自我而尽，实对不住国家民族也。若能尽得各家所藏，则江南文物可全集中于国家矣。故此半年间，实为与敌争文物之最紧要关头也。我辈日夜思维，出全力以图之。[3]

5月1日，郑振铎致函张寿镛，展望收购书价预算："除瞿氏书外，有八十万左右，便可网罗江南诸大家矣。"[4]没想到第二天，因为英镑突缩，上海金融界二日忽起大波动，全市各种商业，均受震撼，各种物价，亦起变动。"最与民生有关者，仍在米粮、燃料之腾贵。

---

[1] 陈梦熊《我淘旧书的经历和故事》，《旧时书坊》，第117页。
[2] "致张信"，1940年4月29日，《为国家保存文化》，第65页。
[3] 《第二号工作报告书》，《为国家保存文化》，第308页。
[4] 《为国家保存文化》，第67页。

大约以后数日中，物价又将一度上腾。"[1]郑振铎在5月3日感叹道："经昨日之大风波外，恐书价又将大昂，采购更觉为难矣。"[2]

果不其然，进入6月，各书店纷纷加价，北平邃雅斋将所有古籍均加价八成。邓实风雨楼藏书，在1939年夏天开价方两万元，到1940年8月一下开到三万五千元，经陈乃乾介绍和讲价，最后以三万一千五百元成交。为了与飞涨的物价赛跑，"同志会"才用十天就完成了风雨楼藏书从洽购到付款成交的全过程，速战速决。

史书和地方志是"文献保存同志会"抢救古籍的重点，"盖此类书最为重要，某方及国外均极注意，少纵即逝，不能不特加留心访求"[3]。郑振铎认为此类文献关系着国族情感与历史认知，即使价格昂贵，也必须为国家收下。同时，此类文献也是日本东方文化研究所、"满铁"、北方交通公司、美国国会图书馆、设于燕京大学的哈佛燕京学社等日美机构搜书的重点。他们收书的范围很广，每周出示一份征购书目，各家书店按目录书单找书，明清史料、档案家谱、山川河道、沿海边防等史地典籍都在其列。[4]身处北平的谢兴尧记述北方书市的火爆：

> 时购买力最强者，若哈佛燕京社、大同书店，皆购寄美国，年各约数十万元。又兴亚院、"满铁"及"国立"大学，亦买不少。私人方面，如南京"内长"陈群，专买明棉纸古本，北京"财署督办"汪时璟，则专搜旧抄名校精本，以及天津某名流，与东瀛学者，皆善本书之好主顾，同时价亦可

---

[1]《沪金融市场突起大波动，财部电沪有所指示，物价恐将继续上涨》，《大公报（香港版）》1940年5月3日，第3版。
[2] "致张信"，1940年5月3日，《为国家保存文化》，第68页。
[3]《第三号工作报告书》，《为国家保存文化》，第314页。
[4] 萧新祺《书林生涯五十年》，《衡水市文史资料》第4辑，中国人民政治协商会议河北省衡水市委员会编，1990年，第113页。

观。又近三四年来，燕京大学及哈佛社因时会关系，挟其经济力，颇买得不少佳本。于是珍本秘籍，多浮海而去，言之令人浩叹。书商虽亦不愿所倚为世代生命者一去不返，然迫于经济生活，亦无可如何。[1]

财大气粗的哈佛燕京学社，储有六万美元的专款，用于访购方志。北平图书馆的赵万里在此年6月19日致函副馆长袁同礼说：

> 今年书市之盛与书价之贵，可谓造峰造极。……今年方志、政书价格大涨，大半系受燕大影响。燕大曾三次出单征志书，洋洋洒洒近二千种，几乎将《千顷目》及吾馆善本目全数抄入。损人而不利己，莫此为甚，其愚诚不可及。估人乘机要价。[2]

燕京大学按照清初的《千顷堂书目》和民国《国立北平图书馆善本书目》开列求购书目，这种"损人而不利己"的行为，一下就把史料地志文献的市场价格哄抬上去了。燕大光是1940年端午节向北平各书店支出的代购书款，就达到五六万元之巨。赵万里亦向北平图书馆申请五六千元的经费，以便在苏、沪各书肆选购。再加上郑振铎所代表的"文献保存同志会"，经过四个月的竞逐较量，此年的9月，郑振铎抱怨说："近来书价之高，可谓骇人听闻！"他认为这些坊贾哄抬书价的幕后推手便是美国"盟友"：

---

[1] 尧公（谢兴尧）《书林逸话》（上），《古今》第12期，1942年12月，第6页。
[2] 《赵万里先生年谱长编》，第207页。

美国国会图书馆东方部主任赫美尔称,中国古籍源源流入美国。《申报》1940年3月8日,第6版

　　(坊贾)偶有罕见之物,便高自抬价。可怪在价虽高而仍有人要。若燕京,若大同(代美人购书者)[1],如遇彼所欲得之物,几乎是不论价而购。"平贾"辈亦往往因此而索取从来未有之高价。关于史料之书,尤可不胫而走。[2]

　　此年7月,郑振铎用笔名"源新"发表《保卫民族文化运动》一文,重点论述地方志的重要性,他说:"今日'方志'的搜集已成为一

---

[1] 国立北平图书馆(国家图书馆前身)1931年成立了大同书店,由该馆西方采访组负责人顾子刚兼任书店经理,负责直接从国外购书,后来业务拓展至替美国机构如国会图书馆、芝加哥大学代办中国购书。
[2] "致张信",1940年9月1日,《为国家保存文化》,第115页。着重号为郑振铎原信所加。

第四章　三岔口夺书　　177

时的狂热，美国人在搜罗，某些人也在搜罗。听说美国某君曾搜罗了一批方志，专是有关于产橘之乡的方志；其结果，得到了好些新发现的佳美的橘种，而加以移植培种。"[1]而且各方志上所记载的河道、桥梁、大小通道、城郭建筑的情形，尤其具有实用价值，清末以来，日本各军方机构根据从中国搜罗而来的方志绘制了详细的具体地域图，从而为侵略中国提供了翔实情报。郑振铎深知此类文献关切国防与国家安全，万不能听其流落在外，故在搜访时着重地理地图类文献的摸查搜购。

1940年6月，通过中国书店介绍，"同志会"以四千八百元购入程守中收藏的地图共六百余种。程守中来自江苏宿迁的巨富人家，美国留学归来后任教于复旦大学商学院[2]，是一个低调的书林豪客，曾以一百三十两黄金收购宋刻《文选》，又喜欢搜罗一些冷僻的特色藏品，收藏地图已十余载。这次程守中将所藏古今地图全部售与"文献保存同志会"，郑振铎惊喜地向重庆汇报：地图多是中国军参谋部印行地图的"墨本"，彩绘地图亦极多；乾隆铜板印行的八排地图、德国人所印山东省多个县地图，今尤不易得；有些地图单是一个区域就有多达三百幅以上，十分精细。[3]

这批地图很快就在对敌作战中派上用场。1941年11月1日，管理中英庚款董事会事务所向中央图书馆发送急函，表示中国地理研究所急需程守中原藏地图，请上海方面迅速打包，将这批地图与第二批古籍精品一并运香港后，设法寄至重庆。[4]

郑振铎搜访所及，近在苏杭，远至北平，与各地诸书贾皆有来

---

[1] 源新《保卫民族文化运动》，《文阵丛刊》第1辑，第5页。
[2] 1945年前后程守中在上海机联会工作，其生平参见杨健编《民国藏书家手札图鉴》，郑州：大象出版社，2019年，第270—271页。
[3] 《第四号工作报告书》，1940年8月24日，《为国家保存文化》，第318页。
[4] 《管理中英庚款董事会事务所笺函国立中央图书馆》，1941年11月1日，馆藏号：040137。

往，经过半年多的努力，先阻止南书北运，然后再使北方书籍倒流到上海。1940年全年，"文献保存同志会"使用四十二万元经费购得十四个旧家收藏及沪、平各肆零购的古籍总约三千种[1]。到1941年，以"同志会"为主的上海买家，几乎买空了"平肆"（北平书肆）现存书精华的十之七八。

六、围绕嘉业堂藏书的多方对决

若论明清史料和地方志收藏最全的私人藏书，当属浙江湖州南浔镇的嘉业堂藏书楼。刘承幹（1881—1963）的祖父刘镛名列"南浔四象"之首。清末南浔镇上有"四象八牛七十二条小黄狗"的说法，赚一百万两银子只是条小黄狗，名列"四象"的财富标准是一千万两，当地民谣云："刘家的银子，张家的才子，庞家的面子，顾家的房子。"刘承幹作为长孙继承了祖业，热衷藏书与刻书事业，时逢辛亥革命，北京及江浙等地旧家世族经此世变，纷纷变卖图籍以维持生计，刘氏拥有巨额财富，对于上门推销古籍的书商一概来者不拒，经过二十多年的搜购兼收，1924年，刘承幹在家乡南浔营造藏书楼"嘉业堂"，鼎盛时期号称藏书六十万卷，为民国规模最大的私人藏书楼。刘承幹平时住在上海，宋元佳本多数存在上海，明清普通书则存于南浔。

1937年11月，南浔沦陷，最早向外界报道沦陷时期嘉业堂藏书下落的，恰恰是远在东京的长泽规矩也。长泽氏特别热心搜集日本侵华时期中国图书馆和藏书楼的动态信息，在每一期《书志学》的"杂报"栏，刊载大量与中方图书馆、文献文化动态相关的文章摘要，间中穿插编者长泽的评论。陈乃乾那篇化名"新陈"、抢先报道

---

[1] "致蒋信"，1941年1月22日，《为国家保存文化》，第235页。

《古今杂剧》出现的《元剧之新发见》，就是长泽安排发表在1938年6月《书志学》上的。在1938年3月《书志学》的杂报栏，长泽报道"七七事变"之后平津、上海南京等地文献所受影响："刘氏嘉业堂的书籍大概已经散佚，瞿氏铁琴铜剑楼的古籍可能在上海安全。无锡、常熟等地的藏书全散，南京的国学图书馆与南迁的故宫博物院一起，恐怕现在运到湖南去了。"[1]这则消息立即引起冈井慎吾（九州大学讲师）的关注，他向熊本县老乡松崎鹤雄（著名汉学家、"满铁"大连图书馆顾问）打电话咨询，获知松崎氏已委托妻弟、日军嘉兴地区部队长官的牧次郎少将派军"接管"了南浔的嘉业堂藏书楼。[2]

得到第一手快报的冈井慎吾写成《刘氏嘉业堂的书物》一文，刊登在同年5月《书志学》上。长泽规矩也则在《编辑后记》中透露，"其实该堂藏书在战前已经陆续在售，近来《永乐大典》等已被汇总，听说现存某处"[3]。长泽实乃日本书志学界信息集散的关键性人物，这段文字背后透露的信息是，嘉业堂所藏《永乐大典》四十四册已于1937年春被伪满的"满铁"大连图书馆买下[4]，牵线人即松崎鹤雄。柿沼介（大连图书馆馆长）在馆刊《书香》转载了《书志学》冈井慎吾的文章，还特意附加了一句："由于本馆也收藏着嘉业堂旧储的秘籍，此《书志学》的快报特别引起我们的关心。"[5]从各方报道的时间

---

[1]『書誌学』第10卷第4號，1938年3月。
[2] 这一条材料至今没有被中日学界关注，以往研究者多引用"满铁"图书馆《书香》1938年10月（总110号）柿沼介对于嘉业堂的报道（王若《嘉业堂未毁之谜》，《图书馆学刊》第3期，1987年；李庆《嘉业堂藏书的流布及其与日本的关系》，《传统中国研究集刊》第五辑，2008年），其实这段报道转载自《书志学》。
[3] 冈井慎吾「劉氏嘉業堂の書物」，『書誌学』第10卷第5號，1938年5月。
[4] 1937年2月2日，北平图书馆的赵万里致傅斯年，也透露了这个消息："近闻刘翰怡所藏《永乐大典》四十余册以三万元代价售与大连满铁。"《赵万里先生年谱长编》，第183页。
[5] 柿沼介《剩语》，《书香》110号，1938年10月号。

关系上可以看出,《书志学》虽然只是长泽个人主编的刊物,却与日本涉华书业界保持着极为密切的互动关系,起着信息中枢的作用。

松崎鹤雄在帮满铁买下嘉业堂所藏《永乐大典》之后,又觊觎嘉业堂的全部古籍。嘉业堂的善本早在1938年之前已移藏上海租界,南浔留存的部分又被侵略军监控着,因此最有可能获取这些珍籍的,仍是日本方面的势力。上海东亚同文书院(以下简称"同文书院")于1939年初向已携家眷避居上海的刘承幹表达了收购意愿,当时刘氏希望借力将南浔藏书运至上海,在接洽同文书院的同时,又联系满铁上海事务所的所长伊藤武雄(松崎鹤雄的学生),但是延至1939年年底,两家日方机构均未明确洽购意向。

进入1939年年底,随着南北古书业市场的复苏,民国第一藏书楼的嘉业堂,顿时变成各方争夺的禁脔。又因嘉业堂主人刘承幹"素为著名亲日之人"(王季烈致松崎鹤雄信),"此书楼问题虽甚小,然极能影响一班人之思想"(景嘉致王季烈信)。[1] 1940年1月,东方文化研究所也介入其中,2月1日,所长狩野直喜(京都学派元老)向高仓正三下达命令,要求他参与上海"满铁"支所主持的"嘉业堂调查班"。伪"满铁"大连图书馆已经觊觎嘉业堂藏书长达两年之久,大连的"满铁"总部派出田中老人到上海洽谈收购事,高仓正三2月1日到上海参加这次碰头会,正准备启程到南浔,此时陆军及兴亚院背景的同文书院突然发难,不许"满铁"插手。日方两个机构陷入对峙局面,高仓于2月13日记曰:"渡边寄来了延期去南浔调查的通知,对此,我惘然不知所措。"[2]

除了僵持中的"满铁"和上海同文书院,伪北平政府的东方文化

---

[1] 张廷银、刘应梅《嘉业堂藏书出售信函》(下),《文献》第2期,2003年,第230—250页。

[2] 高仓正三《苏州日记》,第110页。

南浔嘉业堂藏书楼主楼

事业总委员会通过著名的在华日本学者——桥川时雄,也在筹划插手嘉业堂藏书。[1]此时嘉业堂藏书准备散出的消息已在古书业界传播开来,前来洽购的"平贾"计有文禄堂、修绠堂、邃雅斋、修文堂、来薰阁等,他们的背后其实是伪北平、伪满各单位和日本各藏书机构。郑振铎认为,与敌争夺文献,最重要就是争夺史料文献,因此"嘉业堂书最为重要,且须秘密进行,盖某方亦甚注意也。此半年内,实为紧要关头"[2]。

1940年4月2日,郑振铎敏锐洞察到北平书贾云集上海的动机,他在致张寿镛信中说:"恐'平贾'辈有异图","嘉业堂书甚可危"[3]。同年5月6日,刘承幹气愤地致信远在北平的伪满前高官王季烈,说前不久北平的来薰阁老板陈济川联合了上海同文书院,"意欲借同文之力将书运沪,然后任其摆布"[4]。而这位刘氏口中的"作伥

---

[1] 长泽规矩也《董康氏提出意见书》,《书志学》第10卷第6号,1939年1月。
[2] "致蒋信",1940年5月14日,《为国家保存文化》,第225页。
[3] "致张信",1940年4月2日,《为国家保存文化》,第32页。
[4] 张廷银、刘应梅《嘉业堂藏书出售信函》(中),《文献》第1期,2003年,第262页。

者"陈济川,正是郑振铎眼中"尚有燕赵人之侠气,颇可信托"的老朋友。陈济川一抵沪,郑振铎先劝之以私交,开出五千元支票,作为委托陈济川"代我们向北平各小肆收书"的佣金,又动之以大义,"关于嘉业堂事,因关系重大,亦已嘱其暂时不必进行矣"[1]。

"平贾"被郑振铎巧妙支开之后,又冒出燕京大学教授、东方文化事业总委员会委员刘诗孙(郑振铎信中称其为"刘某"),特地从北平南下抵沪,充当说客,代表"满铁"调查部出价,把"满铁"大连图书馆之前开出的四十万元加价至六十万元。郑振铎在1940年8月8日致张寿镛信中写道:

> 此人甚可恶!嘉业书"满铁"原出四十五万,彼来此,乃加价至六十万,平空腾贵了不少。殊不可测!文化汉奸,实可怕之至!去年曾有一日人来此,作"文化调查",结果,无一藏书家愿与之见面者。彼只好废然而返。今换了刘某来,已见到不少人,必大有所得矣。"物腐而后虫生";如果无内奸,外患必不至之烈!言念及此,痛愤无已![2]

刘诗孙是刘承幹的老友,他开出的高价,颇令其心动。郑振铎颇为担心,"增价至六十万,此数亦非我辈力所能及"[3]。郑振铎等人判断形势,在南浔的嘉业堂藏书,由于被日本军队严加看守,"某方必欲得之,万难运出,恐怕要牺牲。惟多半为普通书,不甚重要。最重

---

[1] "致张信",1940年5月7日,《为国家保存文化》,第71页。
[2] "致张信",1940年8月8日,《为国家保存文化》,第106页。1941年2月初,刘诗孙又一次来沪,并到苏州医院去见了高仓正三。高仓正三《苏州日记》,第295页。
[3] 1940年8月24日《第四号工作报告书》:"月前有刘某衔某方命至此,进行嘉业所藏,亦有问鼎张藏(按:张芹伯藏书)意,现在尚未归去。"《为国家保存文化》,第325页。

要者，须防其将存沪之善本一并售去"[1]。于是提出一个"两全之计"，首先依据文献的重要性，将嘉业堂藏书分为三类：第一类（上品）为已经移藏在上海租界的"我辈认为应亟需保存者"，即一部分宋元本、明清罕见刊本、全部稿本和一部分批校本；第二类（中品）为次要之宋元明刊本及卷帙繁多之清刊本；第三类（下品）为普通清刊本、明刊复本及宋元本之下驷，"我辈认为可以不必购置，即失去，亦无妨"。[2]"同志会"决定购入上品与中品的一部分，余下的书籍，方便亲日派的刘承幹搪塞日方追讨，"仍可瞒得过外人耳目，故可不至惊动外人"[3]。

郑振铎的"两全之计"，出于他超越传统藏书家的现代学术眼光，他看中嘉业堂书并不是版本，而是"有用与罕见"，这一点就摆脱了中日藏书家共通的"佞宋"之癖。长泽规矩也曾语："无论有什么不愉快的事情，只要眼前有宋元本，就会忘得无影无踪。"[4]嘉业堂向来以富藏宋元珍本闻名，1929年，刘承幹曾择取一百六十二部宋元本编印《嘉业堂善本书影》，"满铁"、同文书院、"平贾"最为垂涎的也是这批宋元精本。郑振铎在阅览嘉业堂藏书目录之后，却独具慧眼地指出："明初刊本一千八百种以上，实大观也。其重要实在其所藏宋元本之上。"[5]"同志会"当他目验刘氏藏书之后，更是识破所藏宋元刊本鱼龙混杂，佳品至少，"此批宋元本，盖不过一二万元之价值，万无出价十万元之理。观其书目，非不唐唐皇皇，按其实际，则断烂伪

---

[1]《第二号工作报告书》，1940年5月7日，《为国家保存文化》，第308页。
[2]《第四号工作报告书》，1940年8月24日，《为国家保存文化》，第325页。
[3] "致张信"，1940年9月1日，《为国家保存文化》，第117页。
[4] 长泽规矩也《中华民国书林一瞥》，《日本学人中国访书记》，钱婉约、宋炎译，北京：中华书局，2006年，第230页。
[5]《第二号工作报告书》，1940年5月7日，《为国家保存文化》，第308页。

冒，触目皆是"[1]。"同志会"遂决定全舍宋元书，而独取明版书，因嘉业堂精华全在明刊本，且史籍尤多罕见之孤本，富含政经军事、击剿倭寇等史料文献，有不少可补清人《明史》之疏漏：

> 此类书多半为"史料"及集部孤本、罕见本，我辈不收，欲得之者大有人在。保存文献之意义，便在与某方争此类"文献"也。[2]

1940年12月，时任故宫博物院古物馆长的徐森玉为收购嘉业堂藏书事[3]，特地从重庆潜回上海。有了这位版本学权威的熟友助阵，郑振铎的两全之计更有了实施的保障，二人到刘氏藏书处阅览近半月，从二千七百余部古籍之中"披沙拣金"。然而刘承幹仍在多方寻求出价方，他一边命人招待郑、徐二人上门鉴定待售古籍，一边又在编印目录，欲向美国售销，所幸郑振铎及时发现并"已力加阻止"[4]。

1941年2月21日，正当郑振铎一一撇开日方、"平贾"等多个对手，为收购嘉业堂藏书做最后冲刺时，听闻北平图书馆副馆长袁同礼（字守和）将来沪，郑振铎说："此人妒忌心极重，公开言，要破坏刘

---

[1] "致张信"，1940年12月27日，《为国家保存文化》，第144页。巧的是，1940年冬天，长泽规矩也在东京文求堂出版《支那书籍解题》一书（中译本有《中国版本目录学书籍解题》，北京：书目文献出版社，1990年）中，亦举出十种被嘉业堂认作宋本、实为明本的古籍，并认为《嘉业堂善本书影》"所录书往往有伪本"。郑、徐、长泽在互相没有交流的情况下，对于外界普遍推崇的嘉业堂宋元珍本，不约而同地得出了同样精准的判断。

[2] "致张信"，1940年8月7日，《为国家保存文化》，第105页。

[3] 徐森玉（1881—1971），名鸿宝，字森玉，民国后，历任北京大学图书馆馆长、教育部佥事，北平图书馆采访部主任兼善本部、金石部主任，故宫博物院古物馆馆长，抗战时期，亲赴天津抢救偷运居延汉简，主持故宫文物迁运工作，1950年后任中央文史馆副馆长、上海博物馆长等职。

[4] "致蒋信"，1940年12月14日，《为国家保存文化》，第233页。

家事，不能不防之，且更不能不早日解决也！盖此人成事不足，败事有余。人心险恶，殊可叹也！"[1]"刘家事"即嘉业堂事，与袁氏同时到上海跟进嘉业堂事的还有某古董商，郑振铎跟蒋复璁说："盖刘货为时髦物，思染指者不在少数。有某某古董商亦已在议价中。又袁某在此，闻有破坏意，且亦在钻营接洽中。"[2]

虽然袁同礼名义上是北平图书馆馆务负责人，因该馆的经费全由美国支持的中华教育文化基金董事会拨付，袁又是美国留学生，郑振铎认为袁氏此次前来是代表美国势力——"袁某在此，多方破坏，不知何意。连日殊为愤慨！恐其系代美之国会图书馆出力也！"[3]3月7日，"袁守和等已到沪，同来者有王某，欲来此，为美国国会图书馆购宋版书；见面时，当劝其为子孙多留些读书余地也！"[4]其实袁同礼和王重民此次到上海，是为存放在上海法租界的北平图书馆善本库图书做下一步的行动。这批五百多箱"平馆善本"，可谓"国宝中的国宝"，为了躲避华北战火，在1934年南运，一部分密藏于南京，大部分存藏于上海，南京存书在沦陷时一部分抢运至大后方。随着战争局势的变化，上海租界已非安全之地，北平图书馆计划将这批古籍与美国国会图书馆在沪所购书籍混装，偷运至美国妥善保存。

当时上海海关已被日军完全监视，要将一百零二箱、三万余册古籍从日本人眼皮底下运出上海，真是一次"瞒天过海"的大行动。为

---

[1] "致张信"，1941年2月21日，《为国家保存文化》，第160页。

[2] "致蒋信"，1941年3月19日，《为国家保存文化》，第239页。

[3] "致张信"，1941年3月15日，《为国家保存文化》，第163页。自1928年起，北平图书馆的经费全由美国支持的中华教育文化基金董事会拨付，在1941年珍珠港事件前，"日美邦交未生变化，故日寇对北图的一切均不干预"，所以该馆人员在北平、上海的活动未受大影响。邓广铭《邓广铭全集》第十卷，石家庄：河北教育出版社，2005年，第415页。

[4] "致张信"，1941年3月7日，《为国家保存文化》，第161页。

此，袁同礼从昆明冒险赶赴上海，原在美国负责协调接收图书的王重民受胡适的委托也回沪助阵，可能为了避免走漏风声，二人对外放出此行乃替美国机构收书的风声。抵沪之后，袁、王二人逐箱挑拣出最善最精的珍本以便运美，又将所有的古籍编成目录，同时还在疏通海关、美使馆各方面的关系。[1]二人面对如此艰巨的任务，哪里顾得上跟郑振铎"争购"嘉业堂藏书？而且无论是郑振铎还是袁同礼，都是肩负秘密任务在上海行动，自然也不会向对方透露己方的行动目标，再加上北平图书馆与后起的中央图书馆之间一直存在紧张的竞争关系[2]，自然加深了双方的猜忌。

郑振铎对于袁、王二人来沪的"过激反应"，恰恰说明当时上海"孤岛"上多方势力围绕古籍的决斗，正如京剧《三岔口》那样，黑暗中的打斗，分不清敌人与友人，时刻警惕，处处提防。场上任何一点风吹草动，都会让在场人有所反应，甚至导致同室操戈。

后来经过徐森玉、何炳松从中调解，这场自己人的误会得以冰释。4月7日，郑振铎让人带话给刘承幹：尽快决断，我辈不能久等，而且"我辈如购不成，恐他方亦不易购成也"[3]。4月17日，"文献保存同志会"以二十五万元秘密购下嘉业堂藏书之菁华——明刊本一千二百余种，钞校本三十余种。

---

[1] 钱存训《北平图书馆善本古籍运美迁台经过》，收入钱存训著《东西文化交流论丛》，北京：商务印书馆，2009年，第66—67页。

[2] 1940年底，徐森玉受中英庚款会委托，潜回上海参与"文献保存同志会"工作，临行前他写信给傅斯年说："且慰堂兄素与北平图书馆微有隔阂，宝若参加此事，则知己知彼，于平馆亦有裨益。"(《徐森玉全集》，柳向春编，上海：上海人民出版社，2021年，第146页）可见当时蒋复璁领导的中央图书馆与北平图书馆关系比较紧张。参见刘鹏《中央图书馆的成立与国立北平图书馆的困境及其纾解——以抗战为中心》，刘鹏著《清代藏书史论稿》，北京：知识产权出版社，2018年。

[3] "致张信"，1941年4月7日，《为国家保存文化》，第169页。

七、不知身是敌的敌人

高仓正三的两位老师——仓石武四郎、吉川幸次郎，1928—1931年留学北平之时，郑振铎还在上海，现存三人的日记及著述中，均找不到彼此认识的记载。不过仓石、吉川二氏的学长长泽规矩也，战前与郑振铎书信往来频繁。"七七事变"之前，中国的学者大多与日本同行保持互通信息与互访的友好关系，因此高仓正三想当然地认为，可以凭借吉川、仓石的老关系，再加上陈乃乾的推荐，他很快可以见到郑振铎，因此写信向吉川幸次郎打下包票："如果在郑先生那里有什么急于了解、调查的以作为参考的话，请来信教示。"同时他又抱怨在上海的日本同行完全不跟郑振铎等留守上海的文化名人建立联系："东亚同文书院的各位也没有去与上海的这些人打交道，使我多少感到遗憾。他们未必就是关紧大门不让人进、不好商量的人。"[1]

这句话显示出高仓正三的政治无知。他提到的"东亚同文书院"即日本东亚同文会于1901年设立的"书院"，1938年后蜕变为与"满铁"调查部并称的日本情报机关。1940年1月4日，郑振铎收到朋友来电话警报，称日方抓捕的文化教育界十四人名单中有他，建议他离家避难，1月8日，日本宪兵队搜查了郑振铎的庙弄寓所，结果无所获而去，当时郑振铎正好不在家。[2] 事实上，同文书院就是负责在上海组织情报搜集与从事文化间谍活动的机构，同时也负责向特务机关提供不合作的知识分子名单。大约郑振铎上的这张"黑名单"，也有同文书院的"作用"。

天真的高仓正三还以为在日本侵略中国的时势之下，中日学者仍

---

[1] 高仓正三《苏州日记》，第37页。
[2] 《郑振铎年谱》，第742、746页。

上海东亚同文书院

可以保持战前的亲密合作。事实上,"七七事变"之后,"文献保存同志会"各成员与日本学者的关系皆降到冰点。张元济与长泽规矩也在战前联系密切,张氏一方现存共有十九封信,1938年5月4日张元济致长泽第19封信,也是最后一封信,开头第一句便是,"时事至此,无可告语,故久未通讯"[1]。与陈乃乾、潘景郑不同,郑振铎刻意避免接触日本人,因为他知道两国交战,势不能念以往旧情。高仓正三似乎从未考虑过中国学者"避而不见"的原因,1941年2月10日,躺在病床上的高仓还跟友人抱怨错过了结识闻一多的良机:"原先在武汉大学任教的闻一多,现任武昌武汉政府民政厅的主任秘书,而且在去年我们去武汉时就在了。当时因不知此情,为错过了那次见面的机会而感到惋惜。"[2]

---

[1]《张元济全集》第10卷,北京:商务印书馆,2010年,第461页。
[2] 高仓正三《苏州日记》,第297页。

细读《苏州日记》就会感受到，在高仓正三"天真"的语调之下，透出历史的森森寒意——侵略者完全不把自己视作被侵略者的敌人，而且明明是侵略者，却完全没有意识到在当时局势下，哪怕是主观上出于学术意图的结识与见面，也会给被侵略者带来压迫。

既然无望拜见学术偶像，至少追寻偶像的学术道路吧。1940年的夏秋，高仓正三埋头学习苏州话，按照郑振铎的弹词戏曲目录在苏沪采购唱片和唱本。7月，他欣喜地发现郑振铎主编的四辑《文学集林》上刊载着郑氏的四篇论文，"《劫中得书记》一书写的是最近发生在上海的事，因此很感兴趣"[1]。于是又多买了一套寄给京都的吉川老师。10月底，他患上伤寒，卧床五个多月，1941年2月28日，预感时日无多的高仓向朋友交代后事，请他复算一遍研究所经费，"如还不足资料费的金额，您可从我的书架上拿出几本弹词小说等书凑足数额，反正我已打算把这些书全部捐赠给研究所了"，"我的那些弹词小说是放在进门处的书架的上层，凡是在书背上用白纸写有书名的都是弹词小说之类的书籍"，"先把书寄给京都市左京区白川东方文化研究所，则我可闭目了"。[2]交代弹词小说书籍的这几句话，是高仓正三最后的绝笔。

1941年3月13日，高仓正三病逝于苏州盘门新桥巷的苏州医院，享年二十八岁。

这一天，他慕名已久却又无缘得见的郑振铎，刚刚完成"文献保存同志会"抢救下来的三千八百多种古籍的分类编目工作，"一年以来，瘁心力于此事，他事几皆不加闻问。殆亦可告无罪矣"[3]。

这一年，郑振铎完全搁置了弹词戏曲的学术研究，书癖的他甚至

---

[1] 高仓正三《苏州日记》，第217页。
[2] 同上书，第303—304页。
[3] "致张信"，1941年3月13日，《为国家保存文化》，第162页。

忘记了为自己收书,这是他二十年来所未有的事。

高仓正三与郑振铎,未能在共同关注的学术领域切磋交流,亦未能相见于中国书店等旧书店,更未曾相见于争夺玉海堂或嘉业堂藏书的场合。从日本学人的角度来看,高仓正三对于偶像的"求之而不得",正是这个年轻学者孤身一人到异国求学"天涯孤独"的一个象征。[1]然而如果我们站在今天的"全知视角",以"后见"观之,不禁要为郑振铎与高仓正三的每一次擦肩而过,捏一把汗。

---

[1] 高仓正三《苏州日记》,第305页。

第五章 书林智斗，打通『孤岛』书路

在当时敌伪的爪牙密布之下,势不能不十分的小心秘密,慎重将事。

——郑振铎《求书日录》

1941年上半年，集聚在上海的社会游资总额达到五十七亿元，相当于国民政府1940年年底法币发行总量的三分之二以上。[1]金融情形一日数变，古董字画古书等古物的价格却一路看涨，于是这一年，上海加入古书竞购的社会游资多了起来，古董古籍一如棉纱、大米、原煤，亦成囤购对象。书价一般随着物价而变动，在美日、平渝公私机构以及游资的多方搜购之下，书价赶到物价前头去了。张芹伯的藏书在1940年4月索价五十万法币或三万美金，郑振铎还价三十万法币，被张氏坚拒；没想到之后币值一路暴跌，到1941年10月，该宗藏书以七十万法币成交，张芹伯犹觉不如去年的三十万法币值钱。[2]一些大部头古籍丛书，历来被作为书市的价格指标，《四部丛刊初编》在1940年郑振铎收购时，花了九百多元，到了1941年4月初，已飙至两千多元。反常的上涨，背后一定存在大量游资。1939年，郑振铎烦恼的是："那时购书的人是那么少！"[3]而到了1941年，他更烦恼的是购书的人那么多。他在洽购徐积余、张芹伯藏书过程中，一再遭遇这

---

[1] "孤岛"时期的上海租界是资金逃避的大本营，人口激增使各地携来的大量游资集聚于租界，寻找出路。1940年，由于欧战爆发，日美、日英关系日趋紧张，存英美资金部分回流上海，香港和南洋一带的华侨资金也纷纷流入上海，同时北方沦陷区资金也向上海逃避，导致上海游资进一步过剩，成为工商业畸形繁荣的催化剂。不少游资无所归宿，走上投机囤积的道路，使物价涨风迅速扩大。周武《二战中的上海》，上海：上海远东出版社，2015年，第76—84页。
[2] "致蒋信"，1941年10月23日，《为国家保存文化》，第263页。
[3] 郑振铎《求书日录》，《西谛书话》，第408页。

些强大游资的"阻击",感叹道:"上海游资过剩,将来大有问题。奈何,奈何!"[1]

这一年,先是古董字画价格飞涨,古董商人涌入古籍买卖,平沪凡是"吃软片的"(专营书画碑帖古籍)都大发横财。上海来青阁有一部镇店之宝——南宋余仲仁刻《礼记注》,郑振铎在1940年6月24日《第三号工作报告书》中说来青阁索价万金,"后商谈可减至六七千金之间"[2],但是来青阁"捂"着不卖,过了一年多,郑振铎开出一万二千元的新价,仍然竞购失败,他愤怒地跟张寿镛说:

> 近日连遭失败,心中至为愤懑!徐积余氏之方志恐已失去(至今无消息);刘晦之之宋本亦已被夺;前日所谈之宋余仲仁本《礼记》,来青阁亦已变卦,不欲以一万二千元出售(本来已说妥书价),盖王贾又以一万六千元欲购之也。奈何?!奈何?!终夜彷徨,深觉未能尽责,对不住国家!思之,殊觉难堪!殊觉灰心!反省:我辈失败之原因,一在对市价估计太低,每以为此种价钱,无人肯出,而不知近来市面上之书价,实在飞涨得极多极快;囤货者之流,一万二万付出,直不算一回事。而我辈则每每坚持低价,不易成交,反为囤货者造成绝好之还价机会。诚堪痛心![3]

"文献保存同志会"在这一年面对的劲敌,不再是日美机构,而是社会游资。横刀夺书的这位"劲敌"便是北平富晋书社老板——王富晋,他也是把握了游资普遍看好古籍的市场心理,才敢开出比郑振

---

[1] "致张信",1941年8月12日,《为国家保存文化》,第201页。
[2] 《第三号工作报告书》,1940年6月24日,《为国家保存文化》,第314页。
[3] "致张信",1941年8月29日,《为国家保存文化》,第204页。

铎还高出四千元的价钱。同一时间，远在天津的大藏书家周叔弢也收到上海朋友王欣夫的来信，说来青阁以"沪币二万五六千金"[1]在出售《礼记注》，周氏急驰电委托王氏以两万元买下，但不久之后王氏回报说此书已被王富晋以一万二千元买去。1942年3月，王富晋持书至天津，周叔弢以一万元津币（相当于沪币五万元）买下此书。两年之间，《礼记注》书价涨了近十倍。1941年的明版史料书涨至二三千元一部，郑振铎在9月与蒋复璁信中说，幸好"同志会"在1940年入手购置大部分文献，若至今年，为价当在三倍以上。

由于"文献保存同志会"的收购工作一直在秘密中进行，所以抗战时期发表的谢兴尧《书林逸话》、陈乃乾《上海书林梦忆录》等书业文章虽然述及此年疯狂的书市，却皆未提及"同志会"的活动。《夏承焘日记》在这一年半之间常有他和徐一帆到郑振铎家宅品鉴新收古籍的记事，三人多次探讨版本鉴定心得，郑振铎却从未透露背后的"金主"，夏承焘只知道"西谛近正思得一笔款，尽抄有之"[2]。事实上，"同志会"在1940年1月至1941年11月的不到两年时间里，购进善本珍籍达三千八百余种，其中宋元刊本三百余种，几乎与北平图书馆经营了二十多年的所藏善本相埒。

"同志会"支用经费，在全部用罄原中英庚款董事会应拨国立中央图书馆的一百二十余万元之外，1941年陆续获得行政院（教育部）追加拨款二百数十万元[3]，同年3月28日，中英庚款董事会致信蒋复璁，有意继续出资："本会意见，有价值之廉价书应迅扩大收买，以

---

[1] 周叔弢《弢翁藏书题识》自述如此，有可能"沪币二万五六千金"是指来青阁索价，一般买家会"砍价"一半，所以郑振铎的还价是一万二千元。周叔弢于1952年将《礼记注》捐赠给北京图书馆（现在的国家图书馆）。《自庄严堪善本书目》，冀淑英编，天津：天津古籍出版社，1985年，第110页。
[2] 《夏承焘集》第6册，杭州：浙江古籍出版社，1997年，第250页。
[3] 陈立夫《成败之鉴》，台北：正中书局，1994年，第298页。

免散失。"[1]这头"隐形大鲸"助推了南北书市的行情，至1941年年底，书价之昂，达于极点。北平、上海各大旧书店原来每年必出一本带有书价的待售目录，此年皆借口因纸张成本涨价而无法印行，实则恐怕将价格定死，不能随时涨价，徒滋后悔。[2]

利益越大，争夺就越激烈。郑振铎与"平贾"、敌方争书，灵活周旋于"书林"潜规则之间。又因身处上海"孤岛"复杂的斗争环境中，这场"书籍战役"，只能巧取，不可硬攻，因而更具有特殊的时代意义。[3]

一、慎重严密的搜书行动

如此大手笔的搜购行动，必须万分机密，万分谨慎。从1940年1月到次年11月，郑振铎每天在家，在各旧书店，接洽形形色色的各种人，而且他还有暨南大学教授兼图书馆馆长的公务在身，每天的忙迫、辛苦，可想而知。日伪秘探以及高仓正三等不明身份的陌生人也

---

[1]《管理中英庚款董事会笺函蒋复璁》，1941年3月28日，馆藏号：042027。据蒋祖怡《蒋复璁先生传》（台北：思行文化，2015年，第72页），这次古籍收购行动合计用款近三百万法币。

[2] 谢兴尧《书林逸话》（下），《古今》第14期，1943年1月，第27—32页。

[3] "文献保存同志会"的古籍抢救与内运工作，参见苏精《抗战时期秘密搜购沦陷区古籍始末》，《传记文学》35卷5期，1979年；苏精《近代藏书三十家》，北京：中华书局，2009年，第234—246页；沈津《郑振铎和"文献保存同志会"》，《国家图书馆》馆刊》1997年第1期；林清芬《国立中央图书馆与"文献保存同志会"》，《国家图书馆》馆刊》1998年第1期；陈福康：《郑振铎等人致中央图书馆的秘密报告》，《出版史料》2001年第1期；卢锦堂《抗战时期香港方面暨冯平山图书馆参与国立中央图书馆抢救我国东南沦陷区善本古籍初探》，《国家图书馆》馆刊》2003年第2期；顾力仁、阮静玲《国家图书馆古籍搜购与郑振铎》，《"国家图书馆"馆刊》2010年第2期；陈福康《书生报国：徐森玉与郑振铎》，《新文学史料》2012年第1期。

到各书店查访、追寻郑振铎的行踪。在行动初期,"文献保存同志会"四人很快达成默契,订立了《文献保存同志会办事细则》[1]。可以说,中国藏书史上,从未有过如此严密的图书搜购计划——

一、搜购流程:郑振铎负责与藏书家或旧书商接洽,搜访与挑选目标,对照书目以避免出现复本。进行初步鉴定估价后,郑振铎将购书目录及选中古籍的首本样册送到张寿镛处鉴定(有些把握不定再请张元济鉴定),张、郑二人商定价格,与卖家谈妥后,开列清单及价格到何炳松处开支票,付款时应由二人以上签字,拿支票到张寿镛处加盖取款图章。[2]每月结账一次,并将购进情形及编写书目做成简单工作报告,寄往重庆中央图书馆备查。蒋复璁在1940年年初赴上海启动工作之后,返回重庆坐镇主持,居中调度。香港方面的文献搜购工作则由叶恭绰[3]主持,后期叶氏还负责古籍转运等事宜。1940年11月,已经撤退到贵州安顺的故宫博物院古物馆馆长徐森玉拖着伤腿,长途跋涉至沪港两地主持转运工作。

二、整理保存流程:由郑振铎带领助手进行登记、检点、编目、装箱和运送,装箱封存时,每箱均应详列图书清单一纸。挑选具重要史料价值的孤本典籍做录副(影印、晒印、摄影)工作。

---

[1] 《为国家保存文化》,第17—18页。

[2] "同志会"制定了严密的存取制度。规定由张寿镛保管存取款的图章,现金的支取由何炳松经手。关于经费的拨付、保管和使用,"同志会"书信中有不少记载。目前唯一留存的何炳松致张寿镛的一封信,比较详细地披露了重庆的汇款银行和收到后的保管方法:重庆是通过新华银行汇拨,金额二十六万五千元,何炳松收到后分存于四家银行以保证安全,除汇款行新华外,中央银行三万,浙江兴业银行五万,上海银行五万。房鑫亮《何炳松传》,杭州:浙江人民出版社,2006年,第156—157页。

[3] 叶恭绰(1881—1968),字裕甫、玉甫、玉父、誉虎,号遐庵、遐翁,广东番禺人。清末举人,京师大学堂化学馆毕业,留学日本,1912年后任交通部总长,兼理交通银行、交通大学。1927年后,历任关税特别委员会委员、国学馆馆长等职。中华人民共和国成立后,历任中国文字改革委员会常委、中央文史馆馆长等。

光华大学创始人、校长张寿镛　　中央图书馆馆长蒋复璁

  第一步搜购工作由郑振铎与张寿镛联手，郑振铎每次收到重庆的电文或函件，必送呈何、张二人阅；"同志会"致重庆信，也是必须三人合议并合署签名。为了保密，三人之间有专人送信和送书鉴定，尤其是张、郑二人之间几乎每天均有通信，涉及支票盖章、古籍首册鉴定、洽购信息沟通、与重庆信件等事务，1941年夏天甚至频繁至一日往返二函。[1]所有往来信札及账单，在郑振铎家垒起来有一尺以上高，原来送存银行保险柜，1941年12月底，为了安全，郑振铎全部毁去。他写给张寿镛的二百八十多封信函，尽管信中常叮嘱"阅后付火"，张氏还是全部妥善保存下来，粘贴、装订成五大册。这些信件

---

[1] 刘哲民《回忆唐弢同志》(《新文学史料》第1期，1993年，第90—95页)认为郑振铎和张寿镛往来书信都是委托唐弢代为邮寄，此说似误。一是郑振铎信中已经有请张寿镛将古籍或急信随专人送回的表述，二是二人通信一般附何炳松签好的支票（需张寿镛盖章）以及请张氏鉴定的古籍首册，有时一包即有三十册，用邮局寄送支票和古籍风险过大。而且以张寿镛和何炳松二人的校长地位，并不难想象他们日常办事应该享有专人服务。

以及保存在银行保险柜的有关收据账单等原始文献，现藏于中国国家图书馆。郑振铎写给蒋复璁的三十多封信，中央图书馆与庚款会、教育部等机构的一百多份公文签呈，"文献保存同志会"的工作报告、古籍书目及沪港渝三地书信、账单，则保存于台北"国家图书馆"。

当时上海租界与外界的联系处于日方的严密监控之下，"公共租界中的政府机关如统税局，电报局，国际无线电台和新闻检查所，统统被接收了"。"邮局虽未接收，可是副局长和总巡员都换了日人，不接收也等于接收。……公开检查的事迟早要实行，内地来信的朋友们，千万请注意这点，以免受信人倒霉。"[1] "文献保存同志会"这样高频次联系重庆、香港，必定会引起敌方的关注，这就是1939年11月在商议行动聚餐会上"郁秉坚"出现的原因。郑、张信中提到"蒋电系用密码"[2]，"同志会"致重庆电文可能就是通过郁秉坚主管的秘密电台拍发的。1940年1月9日，香港《大公报》刊登一条《沪暨大教授郑振铎寓所被日宪兵搜查》消息称：

【上海九日零时五十九分发专电】沪暨南大学教授郑振铎，住静安寺路庙弄，八日有日本宪兵光顾搜查，结果无所获而去，时郑适不在寓所。[3]

此消息所指即1月8日清晨有巡捕押着青年人至郑振铎家中搜查。这一通神速的凌晨专电大有可能通过秘密电台发送。[4] 1940年4月开始，"同志会"向重庆寄出的信件，都是委托邮局的地下渠道代为邮

---

[1] 幻瓜《今日之上海》，1938年。《抗战实录之二：沦陷痛史上》，第237页。
[2] "致张信"，1941年6月24日，《为国家保存文化》，第192页。
[3] 《大公报（香港版）》1940年1月9日，第3版。
[4] 陈福康《八十年前的秘密电报》，《新民晚报》2020年10月2日，第12版。

寄，郑振铎在信中说："寄发方法甚稳妥，可不经寻常收信员手，亦不经检查，故可放心。"[1]

为确保信息安全，"同志会"的通信使用商业信札口吻，"股东"指庚款会及央图，"货色"指古籍，"店务"指购书事，"继续营业"指继续搜购。通信称呼各人用其别号，比如郑振铎称"犀"或"谛"（从其笔名"西谛"来）、张寿镛化名"子裳"（从"霓"字来）、何炳松化名"如茂"（从"松"字来），"圣翁"指徐森玉，"菊老"指张元济，"玉老"指叶恭绰，"紫阳"指朱家骅，"颍川"指陈立夫。

日方不仅监控上海"孤岛"的邮路，金融往来更是严控，因此"同志会"购书经费的安全汇存变成最为棘手的问题。大笔经费从重庆划汇容易引起日伪关注，巨额汇费也是沉重的负担。1941年2月，经费由重庆汇出十五万元，经过香港再汇到上海，竟扣了一万八千九百四十三元汇费，"可谓吃亏太大矣"！[2]庚款会为此做了多种预案，除了由香港多家银行汇寄外，还曾通过商务印书馆总经理王云五、庚款会副董事长马锡尔爵士转汇。又由于公款经常延付，"同志会"曾向重庆发送不下十个电报，催促"续股速汇，以利店务"，所幸何炳松掌控资金较为充足，往往由他垫支书款。郑振铎委托北平图书馆的赵万里在北平购书，他通过西北军阀马鸿逵开办的"敦泰永银号"汇出，意外发现到赵氏手里多了三百一十九元。这种私人银号，不仅不收取汇费，而且在汇率上还有优惠，"如由银行汇，则似不至有此项'升水'，且尚需汇费若干"[3]。之后郑振铎就通过敦泰永向北平的来薰阁、赵万里等处汇去委托购书款。

郑振铎的保密措施还包括单线联系。他请唐弢代邮寄往重庆信

---

[1]"致张信"，1940年7月21日，《为国家保存文化》，第100页。
[2]"致张信"，1941年2月10日，《为国家保存文化》，第157页。
[3]"致张信"，1940年4月16日，《为国家保存文化》，第58页。

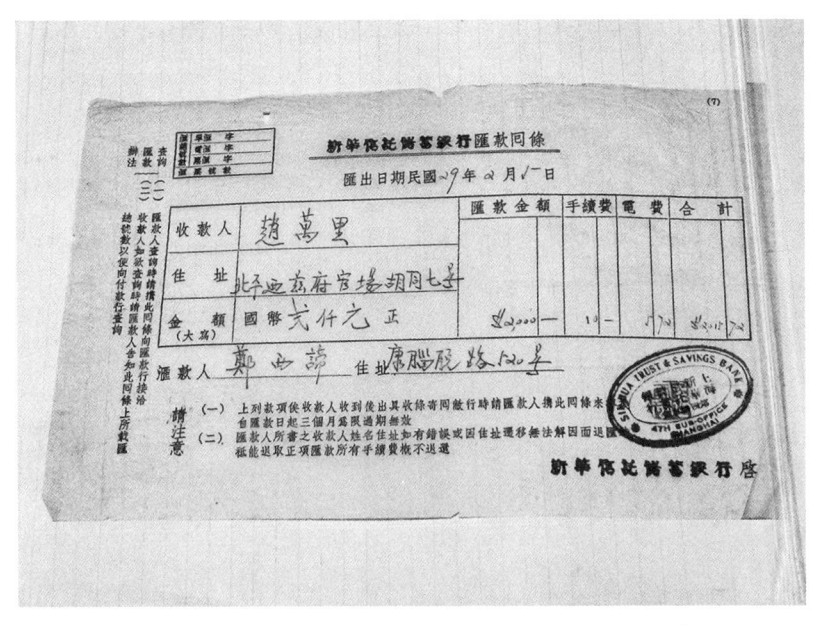

1940年2月5日，郑振铎经上海新华信托储蓄银行向北平的赵万里汇寄购书款二千元

件，但不会把唐弢的信息透露给"同志会"内的其他人，包括每天通信的张寿镛。郑振铎请香港许地山接收上海的书，许氏不知道接到的是否系重庆之书，而郑振铎事先也未将许的信息透露给同在香港的叶恭绰。[1] 郑振铎在行动期间（1941年6月）发表的《劫中得书续记》[2]，亦未提到已经进行了一年多的"同志会"抢救文献行动，整篇文章尚在呼吁有力者奋起抢救民族文献，弥漫着一种"精卫填海、中夜彷徨"的悲愤情绪。他给四川的好朋友叶圣陶写信，亦未透露这次行动。赵万里、来薰阁从北平寄来书籍，先寄到开明书店，再由王伯祥转交。

---

[1]《徐可熛函蒋复璁》，1941年7月24日，馆藏号：042176。
[2]《劫中得书续记》共载六十则古籍版本提要，大部分为"同志会"抢救之书。《文学集林》第5辑，1941年，第157—180页。

《文献保存同志会办事细则》要求搜购流程的每个环节都有两人以上的合议与盖章，每部价格在五十元以上的古籍，必须委员全体签字通过。这些细则保证了议价的透明与公正，但也造成了郑振铎所说"我辈购书，每不能当机立断，不能眼明手快"的被动局面。埋怨归埋怨，郑振铎还是尽力维护这种程序正义，他知道，为公家做事不容易。如果是自己购书，只要喜欢，不吝重价也要拿下；但为公家购书，反而"议价至酷"。

在鉴定版本价格方面，郑振铎和张元济存在一些矛盾。比如清人文集、铅印本、清道光以后人之著述、非初印本等，张元济认为价值不大、可不收，但郑认为这些"近代史料"，如果当下不收，后来搜集更难，而且价目不大，不妨广收。再比如，郑振铎在来青阁跟杨寿祺议价几个小时，最终用"甚廉"的五十八元买下《雪窦寺志略》《寓山志》两种方志，送到张元济处鉴阅，张只给了三十元，这下就让郑振铎很为难了，遂写信跟张寿镛力争，主张既然与敌争夺文献，"如还价过于峻刻，必将漏失许多重要文物"[1]。

二、与书林高手角力

虽然郑振铎早于1939年秋就在筹划为国家抢救文献，不过在行动的早期阶段，郑振铎并未进入重庆高层的"法眼"。[2] 1940年2月23日，中央研究院总干事兼史语所所长傅斯年在昆明听闻庚款会购书

---

[1] 《致张信》，1940年3月20日，《为国家保存文化》，第22页。
[2] 1940年的庚款会、教育部、中央图书馆的来往公函，基本不提郑振铎。比如中英庚款董事会1940年6月27日致中央图书馆筹备处函（馆藏号042078）称："并即聘请贵馆蒋馆长及上海士绅张咏霓、张菊生、何柏丞诸先生会同本会叶董事玉甫办理其事。"

事后，致信该会董事长朱家骅和总干事杭立武，认为此事"在进行上亦大不易"，因为很难找到堪当此任者："上海各人，市侩成性，极易上当。必其人有才、精明认真方可。"[1] 傅斯年认为蒋复璁亦难堪此任，因为他在古物鉴定上缺乏眼力而且处理事务过于枝节，但是放眼北平图书馆诸人，除了"道行高卓"的徐森玉，实在是无人可领衔担当此事。

所幸有何炳松、张寿镛的保举，郑振铎才成为这次国家行动的先锋官。事实证明，郑振铎恰恰就是傅斯年所说的兼具"有才（版本鉴定能力）、精明（商业头脑）、认真（办事态度）"的天选之材。他行走书市二十年，锤炼出一身鉴赏本领，被书贾们称为"门槛精"，既不轻易上当，且有议价能力。郑振铎与张寿镛通信中列举了许多书林恶习，以及如何不让"估人"揣摩购书意图的妙招，如果放置于民国书林江湖语境中加以解读，可谓处处暗藏心机。

"文献保存同志会"原来注重江南若干大藏书家的收藏，若旧家有散出的消息，便设法为国家收购下来，不令其流入"敌伪和他国人的手里"。"我们最初极力避免与书贾们接触。怕他们多话，也怕有什么麻烦。"[2] 1940年春，北方书林高手纷纷南下。1月10日，郑振铎在中国书店遇见"平贾"孙殿起[3]。这是一位书林前辈，编有一本被旧书业界奉为行业指南的《贩书偶记》，郑振铎说他"为书友中之翘楚"，"颇有眼光，见闻亦广"。[4] 春节过后，郑振铎在三马路又遇见好几个北平的书贾，"'平贾'辈又将南下一批。书价日贵，而我们购书者，往往出价不及彼辈，好书仍将不免漏去，不胜焦急之

---

[1] 《郑振铎年谱》，第756页。
[2] 郑振铎《求书日录》，《西谛书话》，第411页。
[3] 孙殿起（1894—1958），河北冀县人，十五岁入行，1919年与伦明（北京大学教授）合开"通学斋"书店，在贩书之余，对经手之版本逐一加以著录，撰述《贩书偶记》《琉璃厂小志》，为古旧书刊收售的行业指南。
[4] 郑振铎《求书日录》，《西谛书话》，第422页。

至！"[1]。4月，"'平贾'王晋卿在此，必有所图，殊为焦急！"[2]。北平书林有三位高手并称"书业三王"——王富晋、王晋卿、王子霖，前二位已经南下长驻上海，再加上老前辈的孙殿起，北平书业同业公会会长的陈济川，新起之秀的孙实君、孙助廉二兄弟[3]，每一位都是纵横业界，出手稳、准、狠的书林高手。"平贾"们眼明手快，人又众多，对郑振铎形成了"围攻"之势。

"平贾"来到上海，一般是向中国书店、来青阁、抱经堂之类的本地书铺采购，又因依靠背后的日美金主，资力雄厚，"平贾"的出价往往高于上海本地买家，这就给"同志会"搜购带来极大压力。籍贯福州、生于温州、在上海生活了近二十年的"上海通"郑振铎，曾在北平"阅肆"数载，深谙南北书林的潜规则，他首先采用的策略就是分化书贾，向本地供货商许以高价，"千金买马骨"，取得优先权：

> 我为了求书，不能不一一的款待他们。有的来自杭州，有的来自苏州，有的来自徽州，有的来自绍兴、宁波，有的来自平、津，最多的当然是本地的人。我有时简直来不及梳洗。我从心底里欢迎他们的帮助。就是没有铺子的掮包的书客，我也一律的招待着。我深受黄丕烈收书的方法的影响。他曾经说过，他对于书商带着书找上门的时候，即使没有自己想要的东西，也要选购几部，不使他们失望，以后自会于无意中有惊奇的发现的。这是千金买马骨的意思。我实行了

---

[1] "致张信"，1940年3月1日，《为国家保存文化》，第12页。
[2] 1926年，王文进（晋卿）在北京东南园路北设文禄堂书肆，1933年迁琉璃厂路南。王氏刻苦好学，博闻强记，深得士林人士信任，时人将其与王子霖、王富晋并称"书业三王"，撰有《文禄堂访书记》（1942年）。
[3] 孙诚温（字实君），北平修绠店主之长子，分家后于1938年在北平创设修文堂书店，1939年在上海另设分店，其弟孙助廉亦于1942年在上海设温知书店。

这方法，果然有奇效。什么样的书都有送来。[1]

上海的树仁书店送来清宫档案，郑振铎还以高于市场价的二百元，"虽似昂，而实则在望其能有好书续来也"[2]。树仁书店王老板专走藏书楼遍布的常熟一带[3]，常有善本书携沪，以前均为"平贾"所得。此次郑振铎以高价购之，该店果然之后源源不断把"鲜货"送来。

大藏书家邓邦述的苏州藏书楼——群碧楼，也是郑振铎买下的另一副"马骨"。邓邦述1939年去世后，家人以四万元将群碧楼的大部分藏书售予孙伯渊的集宝斋，小部分售予北平的景文阁、东莱阁、文殿阁。张元济曾与郑振铎同至孙伯渊处看群碧楼书，但认为开价过高，"缘收书三十年，从未见有如此昂贵者也"[4]。北平文禄堂王晋卿向孙伯渊出价五万五千元，4月7日，孙氏来催促"今日要确定回音"，何炳松、郑振铎、张寿镛三人火速合议拍板，当天以五万五千元买下孙手头的群碧楼藏书。后来北平的几家书肆也将群碧楼藏书"回流"售与"同志会"。

与"平贾"竞价，气势上压倒对方，后面的购书行动就越来越顺利，《求书日录》说：

购下群碧楼邓氏的收藏之后，他们开始骚动了。这些

---

[1] 郑振铎《求书日录》，《西谛书话》，第404页。
[2] "致张信"，1940年2月23日，《为国家保存文化》，第8—9页。
[3] 郑振铎1940年2月23日致张信中写为"树人书店"，3月15日又写为"树仁书店"，应以后者为是。郑振铎1939年《劫中得书记》所记收得《汪氏列女传》《帝京景物略》等书即购自树仁书店。《福州路文化街》记："汉口路718号，店主王树仁，苏北人。抗战前不慎失火，店中存书被焚毁，后迁移至广西路东首汉口路继续开店，不料又失火烧掉。不久王去世。"《福州路文化街》，上海市黄浦区档案局（馆）编，上海：文汇出版社，2001年，第201页。
[4] 张元济致郑振铎信，1940年3月21日，《为国家保存文化》，第23页。

家的收藏，原来都是他们"逐鹿"之目标，久思染指而未得的。在这几年中，江南藏书散出者，尚未有像这两批那么量多质精的。他们知道力不足以敌我们，特别是平贾们，也知道在江南一带已经不能再得到什么，便开始到我家里走动，不时的携来些很好、很重要的"书样"。[1]

郑振铎又委托陈济川"代我们向北平各小肆收书"，利用陈氏的会长优势，"于各肆均可任意搬取，颇省我辈访求之劳"[2]，而且来薰阁在上海设有分店，如果有不需要的书，可随时退货。北京修文堂老板孙实君及其弟修绠堂老板孙助廉，在上海、南京开办了两个温知书店，向日美机构供应沪宁一带搜罗来的大量古籍。近年有研究者购得燕京大学哈佛购书处1940年下半年至1941年上半年的购书账目，发现一年时间内修绠堂即供应图书十七笔，总值两千五百余元。[3]据当年古旧书业从业人员张金阜等回忆："日伪时期，修绠堂曾为日本临川书店和一些英美书商收购古书，获取大量佣金。"[4]郑振铎对孙氏兄弟晓以大义，又适当让利，成功令其为"同志会"办事。郑振铎先行扣下修绠堂寄北平售与"满铁"的包裹，从中截留《盟鸥堂集》等有关"抗倭"的史料书籍。修绠堂老板孙助廉早上到郑振铎寓所，下午即赴宁。[5]所谓"赴宁"，即把书送到南京的汪伪政府高官处，比如伪内政部长陈群。这便是《求书日录》所说："那时，伪满的人在购书，

---

[1] 郑振铎《求书日录》，《西谛书话》，第411页。
[2] "致张信"，1940年5月7日，《为国家保存文化》，第71页。
[3] 赵长海《新中国古旧书业（1949—2009）》，第246页。
[4] 葛鸿年、张金阜《隆福寺街的旧书业》，《北京市东城区文史资料选编》第1辑，中国人民政治协商会议北京市东城区委员会文史资料委员会编印，1988年内部出版，第164页。
[5] "致张信"，1940年4月23日，《为国家保存文化》，第61页。

敌人在购书，陈群、梁鸿志在购书，但我所要的东西决不会跑到他们那里去。我所拣剩下来的，他们才可以有机会拣选。"[1]

贩书者与买书者相互依存，又暗自角力。书贾们虽也知道民族文献的重要，然而，"商人重利，实难动以感情，责以大义也"[2]。对于商人不能过于苛刻，和书商争利，最终将把他们推向敌方。"我辈不收之书，欲收之者大有人在。"[3] 郑振铎对张寿镛说：

> 阅肆二十载，自信于坊贾情伪，知之甚谂。我辈决不至受其欺诈，亦不至浪费浪购。惟在情理中之"利润"，则不能不任彼辈沾之。盖商人重利，不利何商？但过分之索诈，则断断不能许之耳。于"公平""不欺"之间，我辈可信为十分慎审也。[4]

虽言如此，郑振铎还是处处提防书商的狡黠多诈。孙伯渊出售邓氏群碧楼，普通书据称有四万册，郑振铎仔细清点之后，只得一万六千册左右。郑振铎发现汉文渊书店送来的所谓"宋本"，其实是用明版染色后冒充，立即退还。他与张寿镛的两百八十多封通信，称得上是现代版"古书鉴定大全"，二人每天要在各书贾送阅的书里，甄别伪书、残书，分辨出背后的旧纸新钞、挖改序跋、藏印造假等等古籍造假技术。

在用千金买马骨的办法确定了购书优先权之后，针对战时旧书业的市场状况，"同志会"制定了"整批购买"的策略。中国的藏书楼收

---

[1] "致张信"，1940年8月8日，《为国家保存文化》，第107页。
[2] "致蒋信"，1940年5月21日，《为国家保存文化》，第227页。
[3] "致张信"，1940年8月8日，《为国家保存文化》，第107页。
[4] "致张信"，1940年5月14日，《为国家保存文化》，第75页。

慰堂先生：乘示及一电均已收到，中国书店金君介绍之甲骨一批已归中店（同是公家机关似不必分彼此）此册库元龟有荔靖白低签倍抄本一部共二百册又有营胜抄本一部（有抄起）册数同之者均陆宋本出嘉清抄本零值二千四百元正商洽中为未解决（书已由平寄来此间诸友均经常保持密切联络并办事细则（兄附寄一份请存查）自乙月初以来赠进各书员为奉告者（一）二月底赠进到氏玉海老（刘世珩）旧藏善本书计七十五种中有宋刊辑书一部（校印）元刊元印玉海一郎（计二百册附刻廿三种）全国内似无第二部除附刻最佳二种保以明印本起金）明刊及抄本约二十种均为元明抄本及校抄计值一万七千元（复经孙伯渊厦赠得由潘博山君介绍）（二）三月初赠进杭州胡氏书七百六十种中有清刊本三种（均不甚佳）明刊本六七十种馀均底抄本及清刊本中之极难得者且均为初印本板本多半出丁及许榜手盖其中书多半俟胡氏提媒园购得此偿以六千元你中国书店金君介绍（三）三月底赠进上元宗氏（礼旦）金石书二百二十馀种中有元刊元印考古图最佳

藏皆有专长，比如嘉业堂的明刊史料之书，最为难得，最可矜贵，这是刘承幹花了二十多年才搜齐的文化精华，在市场上绝对不可能整批出现。因此整批购买某一专藏，一是更具文化价值，二是比零买更合算，而且"平贾"往往不敢冒风险整批拿下，这恰恰是"同志会"的优势。藏书楼也愿意整批全售，因为如果善本被"掐尖"挑走了，剩下的普通本就很难售出好价格，所以多数都希望"一揽子买卖"，比如刘承幹一开始也是表态，如果"同志会"可以"全购"，那么价钱上好商量。

无论是北平还是上海，旧书店一般不会从一个货源（往往是旧家藏书楼）只进几种货，通常会批量收进大批古旧书，然后再细水长流分卖，这样就造成货品的长期囤积（业内称为"搁货"）。旧书店普遍允许买家欠账，进货则现金巨款整付，出售则零星收入且多赊账，如此造成了旧书店的"现金流"一直比较吃紧，周转不灵。因此"文献保存同志会"这种成批购买、立买立结的一次性付款方式，相比"平贾"而言是一大优势。至1941年11月，"同志会"成功洽购了刘氏嘉业堂、瞿氏铁琴铜剑楼、邓氏群碧楼、张氏韫辉斋、宗氏咫园、沈氏海日楼、刘氏远碧楼、邓氏风雨楼、赵氏旧山楼、丁氏湘素楼、张氏适园，以及武进费氏、杭州胡氏、常熟翁氏等几乎所有江南藏书故家的成批精品。

在物价一天一涨的1941年，重庆汇款时断时续，"同志会"无法坚持"立买立结"，只能采取分批付款方式，《第七号工作报告书》称：

> 现以直接向各藏家及较小之肆购买为主，且出价极力抑低，俾能维持去岁之标准，同时又不愿失去好书。对于索价较高者，常暂时保存，不与结账。竟有时能发现索价较低之第二部，而将第一部退还。[1]

---

[1]《第七号工作报告书》，1941年4月16日，《为国家保存文化》，第346页。

之前郑振铎秉持"让书贾分沾情理中之利润"的策略，在这时候收获了书贾的回报。直至1941年6月，"同志会"才结清了与北平各店的一万三千六百八十元书款，大部分是1940年冬天搁置下来的书款。虽然半年之间市场价格普遍涨了一倍，但各店还是按照1940年的价格结账，"诸贾均能深明大义，可嘉也！"[1]。结清各账目之后，由于"同志会"出价过于保守，书贾辈已不甚上门，郑振铎与书林高手们的暗斗，于1941年7月偃旗息鼓。

三、善用中间人

收书虽为雅事，但收购过程往往伴随着翻云覆雨的阳谋与阴谋。郑振铎在抗战胜利之后发表的《求书日录序》，侧重于追述"同志会""智斗平贾"的经过；他和张寿镛及蒋复璁的近四百封通信、九种工作报告书，以及1940年1月4日至23日的日记，才是全面呈现"同志会"搜购行动的历史现场材料。如果比对这些历史文献就会发现，《求书日录序》所记只是在1945年的上海环境中"可以说"的"阳谋"，更多背后的运作以及郑振铎为藏书旧家包容隐讳之苦心，尚待我们通过文献细读去"看见"。

民国时期的古旧书业，存在着诸多"潜规则"，其中一条便是"中间人"把控着买卖的成败。上海著名的旧书中间人陈乃乾在1943年所撰《上海书林梦忆录》中，揭示其规则云：

> 初闻某旧家有书出售之消息，不便径往叩询，必先觅得彼此相识之人作介绍。在既看书而未讲定价格之时，必与其家之

---

[1]《第九号工作报告书》，1941年6月3日，《为国家保存文化》，第364页。

佣仆戚友及有关系之人极力周旋酬应,或许以报酬,或陪其嫖赌吃看,或借钱供其使用,一则恐其谗言破坏,二则恐其另行招致他人争购。迨既已讲定而书未携出之时,尤须与此等人交好,防其在大部书中抽去几本,则损失颇重大也。[1]

1941年秋,当"同志会"准备洽购宝礼堂藏书时,郑振铎在致蒋复璁的信中主张必须保留潘博山的中介,"如避去此君,恐前途不免将有种种阻碍,甚至有破坏可能……此等俗情世态,有时不免要迁就些"。郑振铎充分尊重旧书买卖的"俗情世态",亦即商业习惯,尽量让中间人有利可图。玉海堂、群碧楼两家藏书都被孙伯渊所收,1938年郑振铎曾从孙氏手上购入《古今杂剧》,本来可以直接找他洽购,但是1940年1月,潘博山主动告知郑振铎这两家售书的消息,表示必力促其成,甚至专为此事赴苏州一趟。于是之后的书目转交、价格协商,均由潘博山居中联系,"书价则托博山与孙伯渊磋谈,博山说,伯渊已允减让,但必须于废历年内解决"[2]。

嘉业堂主人刘承幹与"同志会"的张元济、张寿镛都是至交好友,但二张均回避代表"同志会"前去洽购。郑振铎与刘承幹"前在商务印书馆曾经相识",在长达一年的嘉业堂洽购中,二人同样住在上海租界,双方就是不见面,只是通过嘉业堂的编目及管理员施韵秋在中间传话。在交易的最后关头,刘承幹突然将抄校本送到张元济处请其估价[3],根据近时市价和法币跌价,张氏认为"书价当可涨至原价十倍",因此刘承幹颇为之动摇,将二十万元索价抬至二十五万

---

[1] 陈乃乾《上海书林梦忆录》,原载《古今》第20期,1943年。《旧时书坊》,第85页。
[2] 郑振铎1940年1月25日记,《郑振铎日记全编》,第108页。
[3] 张、刘二人既是父执,又是相交三十多年的藏书同好,刘承幹的五弟与张元济为姻亲。张元济的估价信件,详见柳和城《书里书外:张元济与现代中国出版》,上海:上海交通大学出版社,2017年,第566页。

北平图书馆赵万里与夫人张劲先合影，摄于20世纪30年代

元。[1]郑振铎没料到自己人的菊老（张元济）居然在这时候背后砍上一刀，幸好中间人施韵秋力言争取，购书事总算尘埃落定。5月10日，郑振铎才到刘承幹府上赴宴，二人"已十余年不见矣"[2]。施韵秋因居间此桩买卖获得五千元佣金（《第八号工作报告书》称为"介绍人手续费"），为了照顾施氏与东家刘氏的情面，佣金不从卖方所获书价中扣除，而是由买方"同志会"另付。[3]

"同志会"在北平也有代理人，即北平图书馆善本部考订组组长赵万里。赵氏帮忙在北平代购《咸宾录》一书，郑振铎还没看到书，就先写到工作报告和书目中，结果"此书已为某某所强夺而去"，原来是被赵氏所在的北平图书馆收入馆中。北平图书馆与中央图书馆为一北一南的"国家图书馆"，二司之间存在微妙的竞争关系，赵万里顶着上司袁同礼的压力，秘密为对手收书，因此郑振铎给中央图书馆

---

[1]　"致张信"，1941年4月13日，《为国家保存文化》，第171页。
[2]　刘承幹1941年5月10日记，《郑振铎年谱》，第818页。
[3]　"致张信"，1941年4月12日，《为国家保存文化》，第171页。

蒋馆长的密信中一再叮嘱："乞秘之，至要！恐某君不欢也。"[1]赵万里在两年之间，为"文献保存同志会"在北平各旧书店购得精品善本不下二十批，共支出购书费三万余元。[2]

"同志会"成立初期就确定了洽购张芹伯藏书的行动目标，张寿镛曾与张芹伯面谈，对方开出三万美金，郑振铎与张芹伯素不相识，需要寻找合适的居间人。一番斟酌之后，锁定了张芹伯的侄子、"洋场阔少爷"张葱玉[3]。南浔张氏还在其祖太爷张颂贤时已在"南浔四象"之列，张颂贤有两个儿子，东号的一脉为张宝善，其儿孙在政坛、教育界、实业界大有作为，国民党"四大元老"之一的张静江即张宝善的二儿子；南号的一脉为张宝庆，其独子张石铭（钧衡）的适园藏书楼有很多宋元善本，张石铭的长子张芹伯在继承部分适园藏书基础上广收秘笈[4]，其"芹圃藏书"的宋元珍本尤为精绝。张石铭去世后，张氏南号家产分割，张葱玉因是四房独子，分得了两百多万银圆和部分"适园"旧藏。在上海滩的书画古董收藏界，多金而眼光独到的张公子，交游圈子都是跟他一样的江南富贵兼风雅世家子弟，比如吴湖帆、潘博山、李玄伯。1940年5月，张葱玉手头拮据，请孙伯渊托售九十多种善本，郑振铎一开始与孙氏洽购，但因孙氏凭空加价不少，改由中国书店居间联系张葱玉，最后以三万五千元成

---

[1] "致蒋信"，1941年7月25日，《为国家保存文化》，第249页。
[2] 详见《赵万里先生年谱长编》第202页。国家图书馆古籍馆藏《西谛购书收据》（索书号：XD11275），共一千零六十九张单据，其中部分发书单署有"郑振铎先生台照"字样，是北平、上海各书店与郑振铎直接交易的凭证，另有部分未写明呈送对象的发书单，是赵万里在北平的代购凭据。
[3] 张珩（1914—1963），字葱玉，南浔人。移居上海后开始了独立的书画收藏活动，斋号"韫辉斋"，藏有唐代张萱、周昉的多种国宝级名画。1950年接受国家文物局局长郑振铎的邀请，至北京出任该局文物处副处长兼文物出版社副社长。
[4] 张乃熊（1890—1945），字芹伯，又字芹圃，"南浔四象"之一张石铭的长子，承继其父大部分适园藏书，又多有增益，编有《芹圃善本书目》六卷。

左为张葱玉，右为张芹伯

交。[1]同年7月12日，借为赵万里接风的名义，郑振铎在家里宴请了赵万里，张葱玉在邀请之列。[2]张葱玉日记中，这是郑、张二人的最早接触，之后二人同席聚饮频繁起来[3]，郑氏评价，"葱为人殊爽直可靠"[4]。

经张葱玉居间，1940年8月郑振铎开始洽购张芹伯藏书，索五十万元，已还三十万元，芹伯尚嫌过低，不欲售，暂时搁置。[5]等到1941年8月26日，张葱玉与郑振铎透露，"大可接近"，郑振铎当天立即向重庆发出两封加急电报，请求火速汇款。10月7日，当重庆购书款尚未全款到位时，张葱玉提醒郑振铎："芹为人至为反复无常，非俟款到后面谈，立即解决不可。否则，事前多谈，彼必多犹豫，且货价亦必恍惚不定也。"[6]按照张葱玉的一步步提示，"同志会"终于在10月底签下

[1] 《第六号工作报告书》，1941年1月6日，《为国家保存文化》，第338页。
[2] 张珩《张珩文集：张葱玉日记诗稿》，上海：上海书画出版社，2011年，第146页。
[3] 陈福康《郑振铎与张珩的友谊》，《张珩与中国古代书画鉴藏国际学术研讨会论文集》，上海：上海书画出版社，2018年，第138页。
[4] "致蒋信"，1941年10月9日，《为国家保存文化》，第256页。
[5] 《第四号工作报告书》，1940年8月24日，《为国家保存文化》，第325页。
[6] "致张信"，1941年10月7日，《为国家保存文化》，第211页。

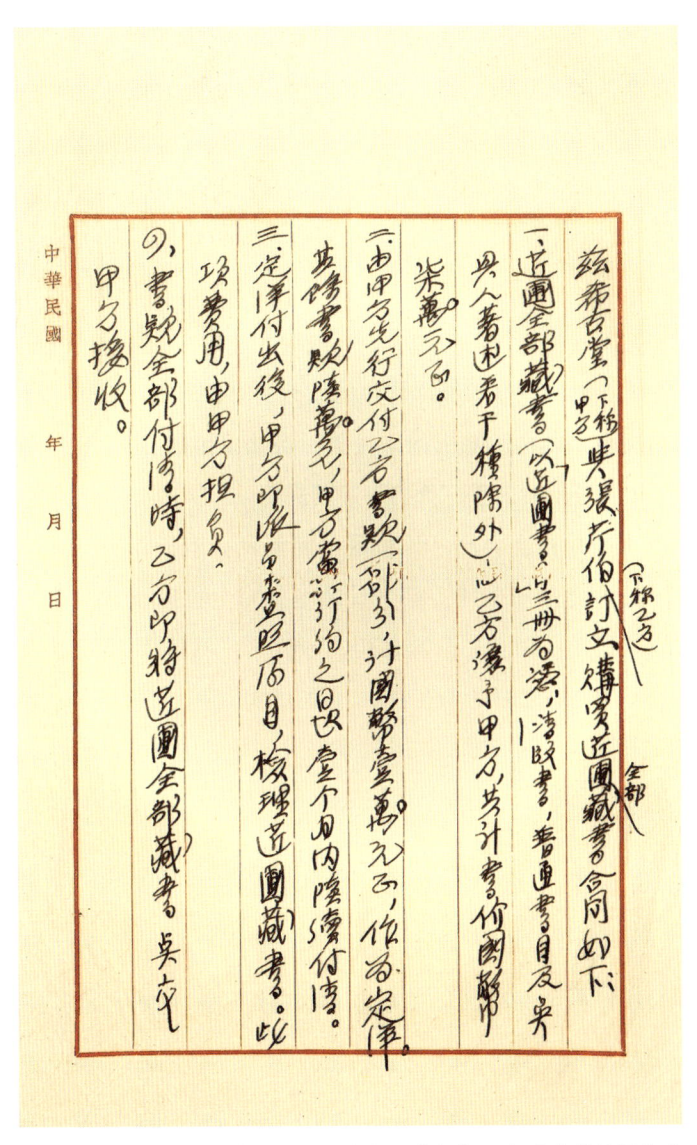

兹希古堂（下称甲方）与张芹伯订立簿贾逆圆藏书合同如下：

一、逆圆全部藏书（以逆圆书（下称乙方）全部三册为凭，清点某入著困者于填隙外）以及存于甲方，共计书价国币柒万元正。

二、由甲方先行交付乙方书款（部分），计国币壹万元正，作为定洋。其馀书款陆万元正，甲方需于订约之日壹个月内陆续付清。

三、定洋付出后，甲方即派员查照所目检理逆圆藏书。此项费用，由甲方担负。

四、书款全部付清时，乙方即将逆圆全部藏书交甲方接收。

中華民國　年　月　日

1941年10月，"文献保存同志会"化名"希古堂"，与张芹伯签署购书合同合同，并于12月5日完成所有"芹货"的点收。三天后，太平洋战争爆发，日本正式向美、英宣战，日军侵占上海租界，"孤岛"消失了。

李拔可（中介费氏书）、瞿凤起（中介宗氏书）、潘博山（中介群碧楼诸家书）、陈乃乾（中介风雨楼诸家书）、金颂清（中介袁氏书）、张葱玉（中介张芹伯书）……这些古书文物界的泰斗式人物，甘当"同志会"洽购古籍的中间人，可见"同志会"在上海深厚的人脉网络。正是有了这些可靠的中间人，郑振铎才能抢在书贾前头获得第一手货源，确保书价的合理性。常熟的大藏书家瞿凤起当时也在租界避难，他为同乡宗礼白的藏书前来接洽，虽然出价四五千元不算便宜，但是如果再经过书贾之手，价格肯定要翻倍。

藏书家都是社会名流，让售藏书的消息如若泄露出去，难免有损名声，这可能是郑振铎《求书日录序》完全不提藏书家及中间人名字的原因所在。而且在洽购之初，"同志会"首先跟藏家做君子协定，说明搜购古书之目的不在收书，而在防止古书的散失和外流。若藏家可以力保其收藏最好，如果打算出售，务必优先考虑"同志会"。1940年秋，"同志会"以两千元秘密购入瞿凤起"铁琴铜剑楼"二十种藏书，双方还约定，将来瞿氏不管出售何种藏书，必不交给书贾经手，直接送到郑振铎处。[1]

四、与旧家气焰巧作周旋

虽然有中间人相助，"同志会"与藏书家的谈判过程仍然中途屡次变更，按郑振铎的话来说，反复无常、价格变幻、恍惚迷离。这在

---

[1] 1950年1月，常熟铁琴铜剑楼将保存了五代人的藏书两千两百四十三册捐献给中央，郑振铎代表中央政府致函瞿家以表彰："此项爱护文物、信任政府之热忱，当为世人所共见而共仰。"

传统收藏界乃是常事，盖因"此种旧家，虽因中落或他故而售及藏书，而旧家之气焰，依然仍在，故其态度常在可卖与不卖、似卖与非卖之间，若不运用手腕，便无成交之望"[1]。

藏书家常常让买家竞购，先令一个买家估价、制作欲购书目，等对方辛辛苦苦做出一个包括版本年代鉴定的专业书目之后，转手拿给其他买家出价，最后那个做书目的买家就成了"冤大头"。郑振铎在洽购嘉业堂、张芹伯两家藏书时，经常警惕如此"为他人作嫁衣裳"。这也是郑振铎为何对北平图书馆副馆长袁同礼抱着如此大敌意的原因，他和徐森玉一起奋战半个多月，汰芜取精，拟出一个选定书目交给书主刘承幹，久久未能得到对方回音，"刘书迄今未有确耗，殊为着急！""颇疑有人从中作梗。（此人疑是袁某）我辈不能不着力进行也！""此事如功败悬成，实太说不过去也！"[2] 嘉业堂半年之内七次反复，郑振铎与张、蒋二人信中如此评价刘承幹：举棋不定、欲望甚奢、反复无常、言而少信、素性懦弱寡断，易为人言所惑。这些不乏意气成分的判断，反映了买卖过程中郑振铎处于被动地位的焦灼。

1941年10月，张芹伯要求一个月内七十万元须全款付到，否则合同作废。郑振铎几次写信、发电报催促重庆尽早汇款，因为在疯涨的物价与书价面前，必须怀揣现款与人商谈，商成之后，一面付款，一面收书验货，书、款两讫，以免夜长梦多。10月22日，张葱玉来报，又有关系非浅的"某方"接洽"芹书"，郑振铎十分焦虑："如'芹货'竟为某方所夺，且我辈又将为某作'嫁衣裳'矣！凡货最怕商谈接近时，有人插入竞购；不仅变化莫测，且价亦必将抬高也。"[3]

---

[1] 陈乃乾《上海书林梦忆录》，《旧时书坊》，第84页。
[2] "致张信"，1941年4月5日，《为国家保存文化》，第168页。
[3] "致张信"，1941年10月22日，《为国家保存文化》，第214页。

第五章 书林智斗，打通"孤岛"书路 219

在藏书家的旧家气焰面前，愈多谈则愈多变化，愈迟延则愈难办。郑振铎认为："持款与商，商定即解决，一面付款，一面取货，乃对付彼方最好之办法。"[1]迅速决购、签合同、付款，让对方来不及"价比三家"，再无反悔的余地。

同年9月，中央图书馆编纂屈万里致信徐森玉谈及郑振铎在上海购书事说："沪上藏家十九皆巨富，狡狯成性，不易应付。"[2]确实，从1938年洽购《古今杂剧》起，郑振铎面对的多如刘承幹、张芹伯、张葱玉、潘博山这样的巨富世家子弟，而他自己却是出身贫寒的福建人。古籍古董本身即是社会精英的一种"象征资本"，抗战时期，郑振铎与旧家气焰巧作周旋、渐占上风，在某种意义上，象征着新派知识分子凭借国家权力优势向旧式文人发起了挑战。

对付南浔刘氏、南浔张氏、苏州潘氏等等"权势通天"的世家巨族，"同志会"往往晓以民族大义，再动以私人交谊，反复游说，甚至请动朱家骅、陈立夫（二人皆为湖州人）[3]之类的高官出面。1941年9月，朱家骅给张芹伯发来具名电报，表示对同乡近况的关念，借乡谊晓以保存民族文化之大义。[4]上海"同志会"商量之后，决定等商谈有了结果再交去此电，因为担心张芹伯以为重庆方面"非购不可"，恃居奇货，又将涨价。等到10月22日，"同志会"与张芹伯订立购书合同，才当面交与朱家骅的电报，"彼甚为高兴，此事之能终

---

[1]　"致蒋信"，1941年10月9日，《为国家保存文化》，第256页。
[2]　《屈万里函徐森玉》，1941年9月3日，馆藏号：042154。
[3]　朱家骅与陈果夫、陈立夫兄弟是湖州同乡，孙中山先生的革命经费绝大部分都是由以张静江为主的湖州丝商筹集和捐赠的，而南浔丝商是后来成为民国财政支柱的江浙财团的中坚力量之一，也是蒋介石在财政上的主要支力量。
[4]　朱家骅十六岁时在上海结识同乡大佬张静江，跟随其参加辛亥革命，张静江还资助他留学德国，回国后又一手提携跃入仕途。张静江是张芹伯的堂叔，也是南浔张氏在政坛的利益代表。

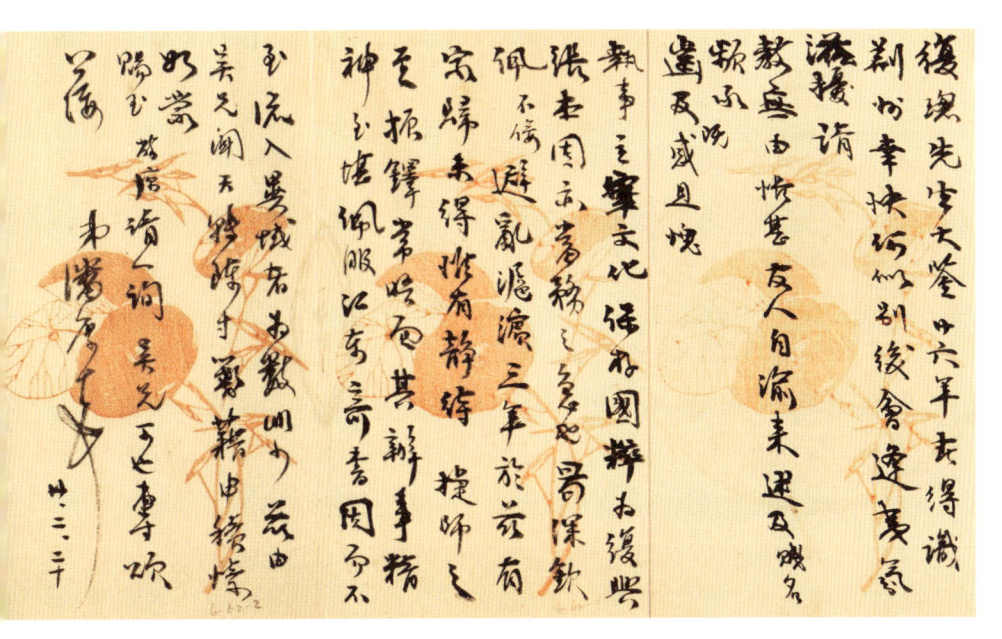

潘博山致信重庆的蒋复璁，1941年2月20日

于成功，此电当与有力焉"[1]。

在1941年上海"孤岛"多方角力的特殊环境下，不仅"同志会"在出手洽购时有所忌惮，藏书旧家也是思虑多端——既想把心血藏书售出理想价钱，又想在大后方的重庆"央图"那里留下人情，还要防着日伪势力前来讹诈索书。因此一封来自重庆要人的亲笔信，无疑是一纸保证书，说不定抗战胜利后可"保平安"。1941年2月20日，潘博山通过友人致函重庆的蒋复璁：

> 复璁先生大鉴：廿六年春得识荆州……友人自渝来，述及贱名，频承齿及，既感且愧。执事主案文化，保存国粹，为复兴张本，固亦当务之急也，曷深钦佩。不佞避乱沪滨，

---

[1] "致蒋信"，1941年10月23日，《为国家保存文化》，第264页。朱氏电报实际上并未发挥有力作用，但可作为日后张氏家族为重庆出力的保状，从郑振铎这句表述亦可见其"情商"之高。

第五章 书林智斗，打通"孤岛"书路 221

三年于兹，有家归未得，惟有静待捷师之至。振铎常晤面，其办事精神，至堪佩服。江东奇书因而不至流入异域者，为数非少。[1]

潘博山这函雅笺，看似表扬蒋馆长带领郑振铎保存文化之举，实则内藏玄机。同年2月，潘明训宝礼堂有意出售宋本，潘博山被授权作为中间人，同时他自己家族的苏州滂喜斋亦有若干藏书有意让售。[2]潘博山此信其实是在试探底细，询问郑氏是否代表重庆前来洽购。作为秘密搜购行动的主事人，蒋复璁在3月26日如此函复：

此间文化事业幸赖各方重视，略具规模，惟材轻任重，时虞陨越，谬蒙藤饰，感悚交集。承示郑兄近况，曷胜慰念，谨此奉候起居，并乞时赐教言为荷。[3]

蒋氏既未承认，亦未否认，分寸拿捏极为恰当。因为如果承认郑振铎为己方办事，万一潘博山拿着此信到日伪那里去邀功举报呢？但如果否认的话，那么郑振铎接下来就很难替"央图"前去洽购了。

潘博山虽出于苏州诗书人家，却很有经商才能，他不仅振兴了祖传二百多年的酱园店生意，还在苏州合伙办电气公司，可惜抗战初期皆毁于日本人的炮火之下，1938年他移居上海创设通惠银号，承担着

[1] 《潘博山函蒋复璁》，1941年2月20日，馆藏号：040151。
[2] 1941年3月3日《徐可熛函蒋复璁》(馆藏号：042172)，"函内附郑振铎原信云：宝礼堂宋本书百种，有意脱手索价五十万元"。但郑振铎此信不见此档，亦未见《为国家保存文化》收入。又，1941年3月7日《蒋复璁函徐可熛稿》(馆藏号：042171)，蒋复璁回复："南海潘氏宝礼堂藏宋本一百余集，以五十万元脱手，但此款从何筹？上海有吴县潘氏滂喜斋藏书出售，亦郑振铎来信提及。陈立夫无意愿购买，故此批书请朱家骅另筹办法。"
[3] 《蒋复璁函潘博山稿》，1941年3月26日，馆藏号：040066。

一族老小二十多口人的生活。书画的买进卖出固然是文人常态，然而他为玉海堂、群碧楼、宝礼堂等旧家藏书让售充当居间人，未必纯粹出于友情帮助。1941年7月，潘博山向"同志会"出售家藏的彩绘本《金石昆虫草木状》[1]，开价达二万元，"价虽昂，却不能不忍痛收下，盖潘已向海外接洽（索美金二百元），故不能不先下手为强也"。另一本《大元一统志》，潘博山开口索价两万元，郑振铎跟蒋复璁说，潘氏此举"诚难问其居心，实存敲诈，大为不该"。相比于诸如郭石麒、陈济川等书商，郑振铎认为类似潘博山这样：

"儒"而实"商"者，则反为大可畏惧。[2]

此言道出了郑振铎长期与潘博山一类人打交道的刻骨体验。1943年5月6日，四十岁的潘博山因肺疾去世，第二天，郑振铎听闻噩耗，为之惊骇。他在日记中说："博山体素健，正壮年有为，不意其竟去此浊世也。谈版本者又弱一个矣。"[3]虽然郑振铎在那四年中对这位强大的对家产生过不满与私下的苛评，在公开文字中，他还是采用了另一副笔墨以记奠亡者。1945年11月发表的《求书目录》记潘博山："他说，意在不任中国古籍流失国外耳。保存文献，人同此心。博山为我辈中人，故尤具热忱。"[4]

---

[1] 1941年6月30日，"同志会"开出的支票中（《为国家保存文化》，第194页），列有"潘博山二万元"，即购买此书之款。《金石昆虫草木状》源出自明代内府之《本草图谱》，内有文徵明的重孙女文俶彩绘的1300多幅图，具有中药研究及艺术欣赏双重价值，现为台北"国家图书馆"的镇馆之宝之一。
[2] "致蒋信"，1941年7月25日，《为国家保存文化》，第249、251页。
[3] 1943年5月7日日记。7月10日，郑振铎赴潘博山葬礼，送赙仪五十元。《郑振铎日记全编》，第152、171页。
[4] 郑振铎《求书目录》，《西谛书话》，第424页。

抗战时期徐森玉为了保护文物内迁而千里奔波，途中曾跌断股骨，图为昆明康复时所摄

五、一切看在书之面上

郑振铎在洽购张承幹和张芹伯这两位南浔世家的藏书时，常常感到"愤懑之极"。按照他豪爽明亮的作风，至为反感世家子弟虚与委蛇的做派："芹方如此反复无常，言而无信，照我辈性情，早当绝之，不与再谈。"[1] 每次他想到放手时，就念及徐森玉"一切看在书之面上"这句话，则又勉强支持下去。[2]

---

[1]"致张信"，1941年10月8日，《为国家保存文化》，第212页。
[2]《郑振铎函徐森玉》，1941年11月13日，馆藏号：041112。

一切看在书之面上。这里所谓之"书",不仅在于"文献",更有出于涵养民族文化、促进学术研究的"学术公心"。考虑到出资方的中央图书馆当时尚处于"筹备"阶段,郑振铎为此开列了建立一所国家图书馆的购书规划。在这个规划里,除了要有宋元珍本作为皇冠上的明珠,更要有构筑一个国家文献基本库藏的普通本和基本史料,"以放大眼光广搜群籍为宜",尽可能扩大访购面,用同样的经费购入更多的书籍。郑振铎迥异于传统藏书家的地方,恰恰就是在这里。他认为替国家买书乃是为了建造一座比较完备的图书馆,而不是恢复一座古代的藏书楼:

> 我辈收书,不重外表,不重古董,亦不在饰架壮观,惟以实用及保存文化为主。[1]

"不重外表",即以书的本身内容来决定取舍,而不像大藏书家陶湘,专门收集开花纸,也不像天津的周叔弢,对图籍有"五好"(版刻好,纸墨、印刷好、题跋好、收藏印章好、装潢好)。不重古董,则指不必如传统藏家那样以宋版元刻、黄跋顾校为搜求目标。[2]郑振铎认为,"图书馆的收藏是为了大众的及各种专家们的。但收藏家却只是追求于个人的癖好之后"[3]。

注重实用及保存文化的购书标准,来自郑振铎多年以来身跨学术界与藏书界的切身经历。他在《记一九三三年间的古籍发现》中,针

---

[1] "致张信",1940年6月29日,《为国家保存文化》,第96页。
[2] 1940年6月《第三号工作报告》订定五个购书目标,以搜购史料方志和"四库"未收书为中心。后期郑振铎注意到所购书中宋元本较少,遂加强了这类书的选购。1941年1月《第六号工作报告》调整为以孤本及罕见本、未刊稿本、清廷禁毁书为中心。
[3] 郑振铎《求书日录》,《西谛书话》,第407页。

对学者不愿公布家藏善本的学界风气评论道：

> 我明明知道上海及其他各地友人们得有某书某书，而他们却皆讳莫如深，秘不相闻，即使闻之，亦不愿传布出去。学问到现在，盖还是"私产"！[1]

如何推动善本古籍成为"学术公器"呢？郑振铎认为首先是公共图书馆的藏书要做到应有尽有，并且完全向公众开放。但是当时中国相对落后的公共图书馆事业显然还做不到这一点，之前他在小说《书之幸运》里就假借主人公仲清之口，发泄过类似的不满：

> 借么？向哪里去借？那么大的一个上海，哪里有一座图书馆给公众使用？有几家私人的藏书室，非极熟的人却不能进去看，更不用说借出来了。况且他们又有什么书？简直是不完不备的。我也去看过几家了，我所要的书，他们几乎全都没有。怎么不要自己去买呢！唉！在中国研究什么学问，几乎全都是机会使他们成功的。寒士无书可读，要成一个博览者真是难于登天呢！[2]

为了研究古代文化，郑振铎耗费大量资财购买俗文学书籍。但这次在为国家收书过程中，他完全为国家、民族之文化着想，无私嗜，无偏心，更不局促于自己擅长的一门一部，务求购书兼"广大"与"精微"，偏重古籍的学术价值，而不是文物价值。"文献保存同志会"

---

[1] 郑振铎《记一九三三年间的古籍发现》，《郑振铎文集》第6卷，北京：人民文学出版社，1985年，第465页。
[2] 郑振铎《书之幸运》，《郑振铎全集》第1卷，第21页。

所收集的古籍门类齐整，实用书、史料书最为精善，而且又包括了铁琴铜剑楼、旧山楼、韫辉斋、嘉业堂、适园、滂喜斋等几乎所有江南藏书家的精品。书贾追求利益最大化，必然是分散销售；而学者希望古籍完整地被保存在公家图书馆，得以借阅，这样才能实现学问作为公产。为了这一事业，郑振铎暂时放下了自己的学术工作，他说："为国家建立一比较完备之图书馆，则于后来之学者至为有利；其功能与劳绩似有过于自行著书立说也。"[1]

六、许地山的义举

当四五万册世世代代隐匿于私家藏书楼的古籍，被"文献保存同志会"聚集于"孤岛"上之时，郑振铎所冒的风险，可谓天下第一号。1940年5月，"同志会"谋划将书籍外运。之前中央图书馆与上海邮局早有协议，直接寄重庆的央图书籍可以按照教科书办理[2]，郑振铎写信问蒋复璁，"应与邮局中何人接洽，并应如何寄法"[3]。6月，郑振铎先试着采用蒋氏在上海邮局的秘密关系，邮寄了重庆急需的两部《清会典》，但在实际操作中发现，上海寄内地困难极多，只好转寄到香港九龙福华街的中央图书馆驻港代表高廷梓。"虽手续较繁，费用较巨，但较为稳妥。"[4]

1940年6月起，日军对陪都重庆实施"疲劳轰炸"，造成重大伤亡。日机空投的燃烧弹使清华大学图书馆存于重庆北碚的两百九十七箱图书淹没在火海中，一万余册图书仅烬余三千余册。在连日轰炸之

---

[1] "致张信"，1940年8月12日，《为国家保存文化》，第109页。
[2] 《蒋复璁函郑振铎稿》，1940年5月7日，馆藏号：042021。
[3] "致蒋信"，1940年5月21日，《为国家保存文化》，第226页。
[4] 《第三号工作报告书》，1940年6月24日，《为国家保存文化》，第309页。

下，中央图书馆一时未能找到重庆存放古籍的安全地点，蒋复璁回信"因现时路线或发生问题"[1]，要求暂缓古籍运港及内运。"同志会"综合各方情报，尤其是鉴于北平图书馆存沪善本至今安全的现状，判断认为"此间现尚安谧，且存放地点甚妥"，因地点"均在美兵防区"[2]，暂将上等善本存储于德商科发药房货栈。

1940年9月27日，日本与德国、意大利签订军事同盟，加入了轴心国的阵营，日本与英美关系日趋紧张，"孤岛"随时可能"陆沉"。在上海四面孤立的恶劣环境下，当务之急是尽快将古籍运出上海。10月16日，"同志会"认为"现在此间环境日非，无人能担保'安全'。书能运出，自以即行运出为宜"[3]。当时在香港的庚款会董事叶恭绰建议："沪购古籍运入内地，不如运美较省时且省费，惟出口似有顾虑，须请沪上诸君熟思审处。"[4]日本军舰已经包围上海，古籍运美如果采用外交途径，手续上极为麻烦，必须由央图与美国使馆接洽妥当，用美国驻上海大使馆的"外交文件"名义运出，才能绕过上海的海关出海。如果采用伪装包装的民用邮寄方式，一是上海至美国的邮资过高，二是风险过大。因此，上海直运美国的方案在1940年年底即被放弃，再加上中央图书馆希望在陪都重庆巩固"唯一的国家图书馆"之地位，直至1941年9月，该馆仍坚持古籍内运至重庆的主张。

综合考虑之下，上海、香港、重庆三地皆认可无论终点为重庆还是美国，古籍先须运至香港。自全面抗战爆发以后，香港一直作为内地物资补给线的中转站，通过港穗线、滇越线、滇缅线，将物资输送内地。随着日军进一步侵犯，原来的滇越铁路、公路被日军切断，滇

---

[1]《蒋复璁函文献保存同志会稿》，1940年6月28日，馆藏号：061060。
[2] "致蒋信"，1940年7月20日，《为国家保存文化》，第229页。
[3] "致张信"，1940年10月16日，《为国家保存文化》，第127—128页。
[4]《管理中英庚款董事会事务所笺函蒋复璁》，1940年12月13日，馆藏号：041043。

1939—1941年，大量从内地寄港的善本书寄存于香港大学冯平山图书馆之内

缅路成为中国唯一的国际交通线。古籍内迁的路线越拉越长，操作难度也越来越大。来到1941年春，存沪古籍如果想运到重庆，少量精品尚可通过航空方式，上海—香港—桂林—重庆。通过航运的精品古籍共有两批。一是1941年7月24日，徐森玉自沪返黔道经香港，即随身携带两大箱可称为国宝的古籍，如宋刊本《礼记》《后汉书》《文选集注》《本草图谱》《中兴馆阁录》等，共八十二部五百零二册，在海关任职的其弟徐鹿君帮忙疏通海关，登船赴港。徐森玉抵港后，将书重新分装八包，于7月31日送交欧亚航空公司运书，因重庆连日遭轰炸，滞留在桂林，到8月9日航运抵渝。这些国宝曾在重庆举办了一次展览会，轰动一时。第二批于1941年11月托西南联大李宝堂教授携带两只书箱，共装书五十一部六百一十九册，当面交香港大学马鉴；12月香港沦陷，这批来不及航运的精品书由马鉴携带其中四部到重庆，尚余四十七部在港。

航运的费用过于昂贵，"同志会"也在尝试托人陆运携带。1941年4月，"同志会"委托丁衣仁（蒋复璁的北大同学，时将赴重庆就中央图书馆职）、陈颂虞二人押运一部分书由福建转赴重庆，安全起见，只带上了金石类普通应用书。1941年4月16日《第七号工作报告书》说，收到二人从香港来函，由于携带不便，此二书箱已暂行存港，不能随身运上。[1] 6月之后，闽海忽又封锁，从海陆路托人捎运到香港再运重庆，已经基本不可能。上海"同志会"抢救下来的古籍多达几万册，内运只能采用大批货运方式，即"上海—香港—仰光、腊戌（滇缅公路）—昆明—重庆"。

1941年春夏，重庆的中央图书馆和香港庚款会小组以及上海"同

---

[1]《第七号工作报告书》，1941年4月16日。此部分内容未收入《为国家保存文化》第343页，本书据台北"国家图书馆"档案039089补。

志会",反复讨论古籍运港方案(光是现存信件即有三十六封),却迟迟未能拍板付诸行动。郑振铎实在等不下去了,"势非自运不可",他准备利用自己的沪港人脉,自力办理运书一事,"自运颇有把握,且较安稳"[1]。当时驻上海的国民党中统、军统等大批人员皆为朱家骅、陈立夫的亲信[2],但重庆方面并未指令动用该系的力量来抢运古籍。郑振铎为什么如此有把握"自运"呢?那是因为他之前就成功地将自家藏书秘运至香港。他在1939年12月发表的《劫中得书记序》中透露,本年度他以一己之力抢救了八九百种沦落之图籍:

> 每念此间非藏书福地。故前后所得,皆寄庋港地某君所。随得随寄,未知何日再得展读。[3]

1956年上海古典文学出版社结集出版《劫中得书记》,出于某种避讳,将"港地某君所"改为"某地某君所",后来的《郑振铎文集》皆沿用此版,这样就遗失了郑振铎在1939年留下的密码。这位为郑振铎保管书籍的"港地某君",就是学生时代的好友——许地山[4]。二人在1919年既已熟识,次年一起主办《新社会》旬刊,一同发起"文

---

[1] "致张信",1941年7月9日,《为国家保存文化》,第196页。
[2] 朱家骅、陈立夫在上海都有亲信从事国民党的地下活动,国民党中央组织部副部长吴开先于1939年8月底抵达上海,重整国民党系统在上海的敌后工作,吴是朱家骅的亲信。1940年,陈立夫派亲信吴绍澍回到上海重建"三青团"。参见杨天石《吴开先与上海统一委员会的敌后抗日工作——读台湾所藏朱家骅档案》,《追寻历史的印迹:杨天石解读海外秘档》,重庆:重庆出版社,2016年,第150—170页。
[3] 《〈劫中得书记〉序》,《文学集林》第2辑,1939年12月,第41页。
[4] 许地山(1893—1941),名赞堃,笔名"落华生",生于台南,1917年入燕京大学学习,1930—1935年任燕京大学教授,1935年赴香港大学任中国文学教授,次年任港大中文学院主任,老舍《敬悼许地山先生》(1941年12月《文学月刊》第3卷2、3期合刊号)说:"在抗战中,许多文艺写家在香港工作,他们有看到他的机会,他就成为大家的老大哥。"

学研究会"，许地山的名作《命命鸟》也是经郑振铎编辑发表在革新后的《小说月报》第1期上的，郑振铎翻译泰戈尔诗集则是因为许地山的推荐。1925年，许地山赴英国攻读牛津大学文学硕士学位，1927年回国任燕京大学文学教授，1931年郑振铎也到燕京大学教书，二人共事了四年多，后来相继离开燕大，许地山到香港大学任中文学院教授。每次郑振铎只要有所托请，许地山都不怕麻烦一一做到。1926年，郑振铎请许地山到大英博物馆帮找敦煌卷子里的俗文学资料，因为阅览室不准人携带纸笔入内，无从抄录，他就在借阅时拼命默记着，出室后默写一段，然后再进去强记一段……如此这般帮郑振铎抄齐了十几篇英藏敦煌变文。[1]

关于1939年许地山帮忙保管古籍的文献记载，除了郑振铎《劫中得书记序》，还有就是许地山的同事、香港大学冯平山图书馆馆长陈君葆在1958年的回忆：

> 我认识了郑振铎先生，可以说是1939年便开始了，虽然一直到十二年后我们才第一次在北京握手。抗日军兴后，敌人逐渐践踏到户庭里边来，有心人大家对于中国的文化产品，公私两方面的瑰宝，总不免怒为而忧，悚然而惧。那时候，有一个人，在一段相当长的期间内，不断地把许多中国书用包裹一包一包，从上海寄到香港大学冯平山图书馆来转给许地山先生，包裹外面寄件人仅写个"郑"字，这人便是郑振铎。[2]

---

[1] 李镜池《吾师许地山先生》，《宇宙风》第112期，1941年9月，第83—87页。
[2] 陈君葆《悼念郑振铎先生》，原载香港《乡土》杂志1958年第2卷第22期。陈君葆《陈君葆全集·文集》下册，刘秀莲、谢荣滚主编，广州：广东人民出版社，2018年，第647页。

正是因为有1939年成功寄港的经验，1941年6月，郑振铎才敢"自作主张"采用自己的方式，将三千多部古籍分装成邮包，一包包地邮往香港大学冯平山图书馆。许地山在1941年8月4日因心脏病猝然去世，郑振铎写于1945年的《悼许地山先生》一文提到许地山的义举：

> 他在香港，我个人也受过他不少帮助。我为国家买了很多的善本书，为了上海不安全，便寄到香港去；曾经和别的人商量过，他们都不肯负这责任，不肯收受，但和地山一通信，他却立刻答应了下来。所以，三千多部的元明本书，抄校本书，都是寄到港大图书馆，由他收下的。这些书，是国家的无价之宝，虽然在日本人陷香港时曾被他们全部取走，而现在又在日本发现，全部要取回来，但那时如果仍放在上海，其命运恐怕要更劣于此。——也许要散失了，被抢得无影无踪了。这种勇敢负责的行为，保存民族文化的功绩，不仅我个人感激他而已！[1]

当时中央图书馆、庚款会、教育部在香港均设有办事处，郑振铎所云"他们都不肯负这责任，不肯收受"，说的就是1941年7月之前的混乱状况：大家都认为古籍必须加紧运港，可是当需要定夺具体行动方案的时候，没有一个人勇于担责。中英庚款董事会总干事杭立武在6月12日专电驻上海的副董事长马锡尔爵士（信件称"马爵士"），请英方设法将存沪图书代为运滇缅线。[2]马锡尔贵为上海英国商会会

---
[1] 郑振铎《悼许地山先生》，《许地山研究集》，周俟松、杜汝淼编，南京：南京大学出版社，1989年，第409—410页。
[2]《杭立武函蒋复璁》，1941年6月13日，馆藏号：041052。

1940年10月香港大学中文学院师生合影：左一陈君葆，左二马鉴，左五许地山

长[1]，与何炳松面谈时，表示对于古籍运港事无能为力。"运货事，马氏处乞无所成，似仍以自力办理为妥速。"[2]这时候，与重庆政府没有干系的许地山，只是因为朋友来托，便慨然允诺，担下了这个天大的责任。

那么，又是哪位能人有本事把两千多个邮包顺利地运出上海呢？

---

[1] 马锡尔（Sir R. Calder - Marshall），英国商人，上海祥兴洋行（Calder-Marshall and Co.）总经理，1928—1945年任上海英国商会会长。1931年管理中英庚款董事会成立，马氏被推为四个英国董事之一，并兼任副董事长。
[2] "致蒋信"，1941年7月25日，《为国家保存文化》，第249页。

七、瞒天过海，打通书路

唐弢便是这次运书行动中的"帐前一小卒"[1]。来自浙江镇海的贫苦子弟唐弢，十七岁考入上海邮局任邮务佐，业余从事写作。1935年之后，唐弢利用邮局工作的便利，帮助地下党和文艺界进步人士逃避邮件检查，他在参加复社版《鲁迅全集》编校工作时，认识了郑振铎，当时二人关系不算密切。1939年对于唐弢来说是悲惨黑色的一年，他在八个月内，接连失去了四位亲人（母亲、妻子和两个儿子），悲痛的唐弢一人抚养着唯一活着的孩子。郑振铎1939年日记记载，10月19日写信给唐弢，约他周日到家里来，22日晚上，"唐来"。此次见面，郑振铎送给唐弢一套笺谱[2]，有可能托请书籍运港，也有可能另有他事。

唐弢1940年升职为上海邮局甲等邮务员，1941年5月22日，郑振铎致唐弢信中问："不日将有'航快'数件内寄，不知先生能代为寄出否？"到了6月5日，郑振铎又写信给唐弢说："以后，每星期可有一二封奉上，不知方便否？如有不方便处，务恳不必客气，径行退还敝处可也。我辈知交，相知在心，决不愿使兄为难。如尚便利，则亦不客气的拜托一切了。"[3]陈福康根据信中极恳切的商量的口气判断，"这完全是初次托唐弢办事"[4]。

此前与重庆的邮件通信，通过何炳松、蒋复璁的渠道。但1941年

---

[1] 唐弢（1913—1992），字端毅，浙江镇海人，1933年起发表散文、杂文，1950年起担任华东军政委员会文化部文物处副处长、上海市文化局副局长。1959年，何其芳根据郑振铎的遗愿，调唐弢入京，任中国社会科学院文学研究所研究员。
[2] 郑振铎1939年10月19日致唐弢信。见《抢救祖国文献的珍贵记录：郑振铎先生书信集》，刘哲民、陈正文编，上海：学林出版社，1992年，第294页。
[3] 《抢救祖国文献的珍贵记录：郑振铎先生书信集》，第295页。
[4] 《为国家保存文化》，第14页。

唐弢

5月下旬开始,"同志会"与重庆的通信频次加密,在以往的呈报情况信函之外,尚需寄呈二百多页的善本书目录,以及在上海刚刚印刷的《玄览堂丛书》印样散叶,同时寄发五六函厚厚的航空快信(后来采用唐弢建议,改以"航平"),最多的时候一天寄出十二函(内有两种书的散叶)。如前所述,在上海"孤岛",寄发邮件是受到日方监控的,像郑振铎这种一天发送几封寄重庆同样地址的加厚信件,尤其危险。郑振铎在信中小心翼翼地以知交之情相托,正是因为唐弢所冒风险甚大。晚年唐弢回忆这段经历说:

> 上海成为"孤岛"之后,从编印《鲁迅全集》开始,我们的过从多了起来。他写《民族文话》,编《明季史料丛书》,借用上层爱国人士的财力,和日本人争夺孤本珍籍。他购入的书目,印行的史料,分成散页,封入函套,自1941

236　暗斗:一个书生的文化抗战

年6月起,由我设法躲过日本驻邮局检查的耳目,陆续寄往内地。或径寄,或由香港转递。根据现在能够查到的材料:十月六次,共四十函,十一月十一次,共六十一函。半年之内,经我的手寄往内地的散叶和目录,不下两百五十函。其中哪些是书目,哪些是丛书散叶,甚至连印的什么丛书,我也没问过,一点都说不上来。记得丛书种类很多。[1]

"购入的书目"指的是郑振铎整理的上海"文献保存同志会"所购古籍四卷手抄"善本书目"(截至1941年5月),"印行的史料"则系《玄览堂丛书》印样[2]。郑振铎没跟唐弢交代信件具体内容,唐弢也没问,就这样往内地寄送了两百五十函信件。9月起,除了寄重庆信件,郑振铎又来拜托唐弢代寄香港函件(即古籍"存港书目"),唐弢上门收取函件与邮资,代购邮票后设法混在已检查的邮件中寄出。[3]

唐弢只是帮忙邮寄"同志会"邮往渝港的信函。上海三千多部、约两万三千册最精善的古籍是通过包裹货运的方式邮寄到香港的,共运出二千七百多个邮包。如此强大货运能力的背后,一定有一个团队。

根据"同志会"信件,6月2日郑振铎和张寿镛说:"现拟寄邮包二百五十七件至港暂存(皆刘物),已由何先生在运费项下开出一千元应用。"[4]可见一次就寄走了二百五十七个邮包。6月6日和12日,追加另两批邮包,支出运费两千五百元。第一批邮包不到两个星期就顺

---

[1] 唐弢《作家需要知识》,《郑振铎纪念集》,第339页。
[2] 《玄览堂丛书》是"同志会"挑选具有史料价值的明刊古籍,在上海影印出版,至1941年12月,已出版14种,每种仅印二百部。
[3] 从1941年9月22日开始,郑振铎共八次请唐弢代寄香港函件。郑振铎请唐弢代寄的最后一封信件日期署为1941年12月4日。《抢救祖国文献的珍贵记录:郑振铎先生书信集》,第311页。
[4] "致张信",1941年6月2日,《为国家保存文化》,第186页。

利抵达香港大学的许地山处，6月19日，许地山已经来函报第一批邮包的平安。[1]

兵贵神速，从6月2日到22日的短短二十天，上海一共寄出一千七百一十个邮包（分五批），将"同志会"所购嘉业堂藏书（信中称"刘书""公是货"）全部抢运至香港。这次行动其实是"先斩后奏"，6月26日，上海同志会（何、张、郑加上徐森玉）才向重庆发出加密电报，汇报嘉业堂书已运港的近况，并请央图速派专员赴港负责接收督运事宜。[2] 7月10日，蒋复璁向庚款董事会秘书长徐可熛发函说，"接沪电，知刘氏书已运港，或交高廷梓收，或交叶玉甫收"[3]。但是香港的央图、庚款办事处均表示尚未收到书：

> 昨叶恭绰来电谓郑振铎等人尚未与他接洽，现已有书在许地山处，但许地山亦不知是否即系运渝者，只有候郑振铎、徐森玉到再办。[4]

已经收到一千多个邮包的许地山，到7月24日还没搞清楚这些邮包属于哪个单位的，他只知道是老朋友郑振铎寄来的上海书。庚款会和央图向上海发来三个电报追问此事，郑振铎不以为然地说：

> 蒋、朱所急者为运货一举，实则我辈已办得颇有条理矣。再有半月，《善目》中物，必可全部运毕，殊可慰也！[5]

---

[1]"致张信"，1941年6月19日，《为国家保存文化》，第190页。
[2]《文献保存同志会电报蒋复璁》（抄件），1941年6月26日，馆藏号：040124。
[3]《蒋复璁函徐可熛稿》，1941年7月10日，馆藏号：040122。
[4]《徐可熛函蒋复璁》，1941年7月24日，馆藏号：042176。
[5]"致张信"，1941年7月25日，《为国家保存文化》，第198页。

在如此高效的"自运"面前，蒋馆长不得不承认"马公（按：即马锡尔）不甚负责，余书请照'公是书'办法续运，普通货可暂缓运"[1]。7月25日，其他善本书亦陆续起运，8月上旬，全部运毕"善本书目"（甲类）书。等到徐森玉7月28日到港，才联系上许地山，叶恭绰所带领的庚款会人员着手拆装入箱。8月4日，郑振铎致张寿镛信中说："运输事，自信办理尚甚妥善。数日内即可全部告竣矣（普通书不在内）。"[2] 此日，远在香港的许地山因心脏病突发猝然辞世，古籍保管转由港大教授马鉴（季明）和陈君葆接手。[3] 这两位学者也是属于友情帮忙，叶恭绰向中英庚款会总部汇报说："冯平山图书馆之寄放，尚系友朋互助性质，绝无责任可言。如时局再加紧张，或恐不能继续。"[4] 8月7日，徐森玉在香港，见到郑振铎寄到第七批书共六百二十包。[5]

多亏了上海"同志会"的先斩后奏、当机立断。1941年7月25日，日本侵略越南，掐住了南海航线的中心点，美国总统罗斯福发出不再对日本绥靖的暗示，美英两国宣布冻结日本及中国沦陷区资金，南太平洋区域已经临到了大战的前夜。[6] 7月28日，郑振铎跟张寿镛说："时局大变，幸货已多半运出。"[7] 这两个月的瞒天过海特别行动，是在谁的协力之下完成的呢？《求书日录》说：

> 明刊本、抄校本等，凡三千二百余部，为我们二年来心力所瘁者，也都已陆续地从邮局寄到香港大学，由亡友许地

---

［1］《蒋复璁函文献保存同志会稿》，1941年7月22日，馆藏号：041121。
［2］"致张信"，1941年8月4日，《为国家保存文化》，第199页。
［3］1936年2月，燕京大学国文系主任马鉴应香港大学的邀请，南下和许地山合作，共同改革港大的中文教学。
［4］《叶恭绰函管理中英庚款董事会》（抄件），1941年12月4日，馆藏号：044006。
［5］徐森玉《徐森玉全集》，第261页。
［6］《社评：远东危局的新阶段》，《申报（香港版）》1941年7月28日，第4版。
［7］"致张信"，1941年7月28日，《为国家保存文化》，第198页。

山先生负责收下，再行装箱设法运到美国，暂行庋藏。这个打包邮寄的工作，整整地费了我们近两个月的时间。

郑振铎在公开发表的文章中并未具体提到"我们"是谁，而在他写给蒋复璁密信中，还是提到了一些细节：

> 月来督理包扎极为忙碌，且时须自己下手，实无余力及此也（按：指编写善本目录）。但商人辈明大义者多，得其助力不浅，大可庆幸！货运事，时时由彼辈帮助，妥稳无比，衷怀实感之！[1]

大批量的古籍包扎、货运、邮寄，全靠商人朋友帮助。这些"明大义"的商人，其实就是中国书店的书贾们。郭成美《嘉兴回族金氏三代人考略》提供了一个具体证据："金颂清、金祖同父子派书店的行家对这批图书进行整理，分甲、乙两类，登记编目和包装，最后由中国书店出面寄往香港大学冯平山图书馆许地山先生收。据当时经办人之一杨金华回忆，共寄去2790余件，全是我国非常珍贵的图书文献。"[2] 两千七百九十余件邮包，这个数字与台北"国家图书馆"2021年之后才公开的"同志会"信件所提到各批总和两千七百二十包十分相近[3]，应该是来自经办人杨金华的统计，较为可信。

---

[1] "致蒋信"，1941年7月25日，《为国家保存文化》，第251页。
[2] 郭成美《嘉兴回族金氏三代人考略》，《回族研究》第1期，1992年，第90—92页。
[3] 1941年8月19日《徐森玉函蒋复璁》（馆藏号：040163）称："由邮寄到之书共2720包，目录迄未收到"。9月初《蒋复璁函徐森玉稿》（馆藏号：042060）称："西谛兄已将存港书目寄到，共2720包，数目相符。"此二函皆未收入《抢救祖国文献的珍贵记录：郑振铎先生书信集》《为国家保存文化》等公开出版物。但是根据《陈君葆日记全集》（第2卷，香港：商务印书馆，2004年，第26页）（转下页）

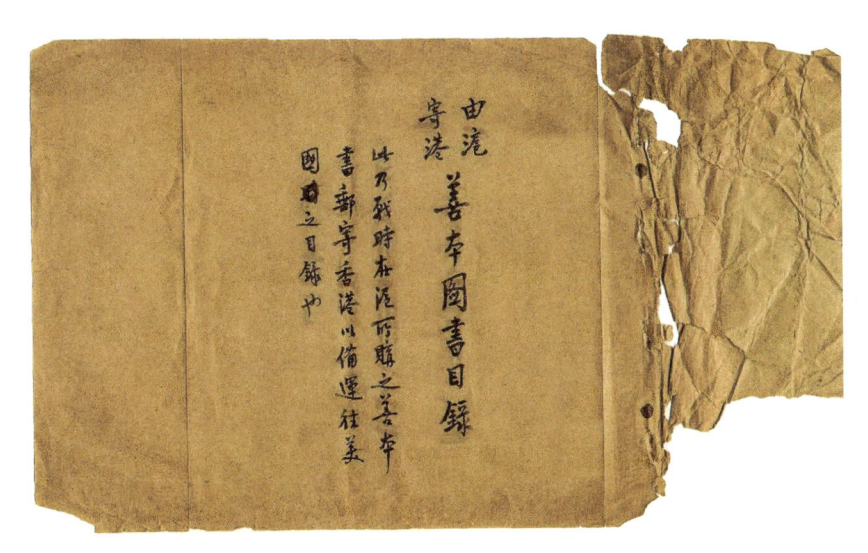

1941年由沪寄港善本图书目录的封面

  这位杨金华,和郭石麒一样,都是中国书店的店伙,据上海来薰阁书店的高震川回忆,那两年郑振铎抢救的大量珍本古籍,"其中有些书就是杨金华、郭石麒两人经手供应的"[1]。1941年4月,中国书店的老板金颂清辞世[2],店务仍由郭、杨二人主持,撑至1942年歇业,后在郑振铎资助下,郭石麒与杨金华在汉口路693号合伙开设了汉学书店。抗战时期,在印书出版方面郑振铎不宜公开出面,于是多由杨金华出面联系,他从1939年开始就为《中国版画史图录》出版而四处奔走,郑振铎在编例中特别鸣谢:"印刷奔走皆赖中国书店杨金华先生之力。"[3] "同志会"从1941年4月开始影印《玄览堂丛书》,也是

(接上页)1941年9月3日记载,徐森玉专门到香港请陈君葆、马鉴等人吃饭,"他这次请客,大概为的是中央图书馆的一批书。这书由郑振铎寄来,计到了的已有三千二百包,此外未到的还有六百多包"。陈君葆所说的三千八百多包,与重庆中央图书馆的两千七百二十包,数量相差甚远,姑存疑,伺后考。

[1] 高震川《上海书肆回忆录》,《旧时书坊》,第69页。
[2] "致张信",1941年4月12日:"中国书店主人金颂清已故世。"《为国家保存文化》,第171页。
[3] 郑振铎《中国古代木刻画史略》,上海:上海书店出版社,2006年,第242页。

由杨金华负责印制的，此年6月24日，郑振铎致张寿镛信中说："印刷事宜，则已托中国书店杨金华君办理一切。此人亦极为慎密可靠也。"[1]

正是出于对中国书店长期以来合作关系的信任，郑振铎把丛书的印制与古籍的包扎邮运，都托付给了"极为慎密可靠"的书商杨金华。放眼"孤岛"时期的上海，也只有中国书店具备如此强大的货运能力。中国书店是外地书商到上海搜书的集散地和中转站（详见本书第四章），时人谓该店可用"生意兴隆通四海，财源茂盛达三江"来形容，郑振铎在给蒋复璁信中曾提到中国书店的货运能力："弟自前年中，目睹'平贾'辈在此钻营故家藏书，捆载而北，尝有一日而付邮至千包以上者。"[2]"他们往往以中国书店为集中的地点。一包包的邮件，堆得像小山阜似的。"[3]

中国书店还有一项为外埠客人订购书籍并邮寄上门的业务。高仓正三在苏州时，常请中国书店在上海买书后寄至苏州，书款和邮费采用记账、年底结算的方式。京都大学的吉川幸次郎教授早在高仓正三到达中国之前，即在上海亚东图书馆、中国书店等处邮购了一批书，寄放在"满铁"上海支所的渡边幸三处，高仓到上海之后，"马上请他通过中国书店给您邮去"。吉川幸次郎因在准备元杂剧的博士论文，需要郑振铎的《西谛目录》一书，高仓正三请中国书店代购并邮寄至日本，他在1939年12月19日信中说："请允许我通过上海的中国书店给您邮去以略表薄意。"[4]这本《西谛目录》就是郑振铎1937年8月自刊的《西谛所藏善本戏曲目录》，中国书店代售此书不带"抗日"原

---

[1] "致张信"，1941年6月24日，《为国家保存文化》，第192页。
[2] "致蒋信"，1941年2月26日，《为国家保存文化》，第199页。
[3] 郑振铎《求书目录》，《西谛书话》，第409页。
[4] 高仓正三1939年11月14日、12月19日致吉川幸次郎信。《苏州日记》，第38、67页。

上海邮政总局

跋的蓝印本。中国书店还经销日本珂罗版印的书籍画册，同大阪博文堂、东京文求堂有业务往来，该店的外埠邮寄业务远至北平、日本，自然应该也包括香港。

  虽然1941年6月的上海租界已经岌岌可危，但是作为上海书市集散地的中国书店却照样熙熙攘攘，每天向各地发送几千件邮包。最热闹的地方也是最安全的地方。正是在中国书店，三千二百余部善本古籍，被包扎成两千七百九十余件邮包，在两个月的时间内，从敌伪的眼皮底下，瞒天过海，陆续运抵香港。

1941年，上海"孤岛"上，同样等待抢运出沪的还有另一批国宝——北平图书馆近三千种善本古籍。由于北平图书馆主要由中美庚款会资助，抢运目的地很早就明确为美国国会图书馆。此年2月，袁同礼、王重民在上海多方活动，确定的抢运方案是以上海的美国领事馆名义，通过海关交商船运送，但美领馆只试运了两箱便以责任太重为由，拒绝再继续。第二个方案是美国派遣军舰到沪接运，但当时日军已包围租界，古籍无法通过外滩到达军舰。正当一筹莫展之时，钱存训（北平图书馆驻上海办事处职员）妻子的同学到访，闲谈中提到其兄张某在海关任外勤检查员，于是钱存训托其帮忙，对方答应值班时可把书箱送到海关，由他担任检查，如保守秘密，可能不会引起日方注意。于是北平图书馆遂将余存的一百箱书化整为零，分成十批，每批约十箱，用"中国书报社"的名义开具发票报关，作为代美国图书馆购买的新书。发单上开列的都是《四部丛刊》《四部备要》等大部头新书，送到海关后，箱子并不开启，即刻签字放行，交商船运送。[1]这项行动比郑振铎等人的抢运晚了四个月，1941年10月方开始，最后一批善本在美国货轮停航前的12月5日装运出口，12月8日，珍珠港事变爆发，日美正式宣战。

北平图书馆与中央图书馆的古籍抢运行动，有着相似的"神转折"。无论是上海英国商会会长马锡尔爵士还是美国领事馆，以及主事的重庆香港官员，面对日伪势力和重大的责任，都选择了临阵退缩。这时候，挺身而出，凭借一腔孤勇打通书路的，反而是郑振铎、钱存训、许地山、唐弢、马鉴、陈君葆等布衣书生，以及杨金华（中国书店）、张某（上海海关）等等无名小卒。于是，民间力量穿越了政治铁幕，铺就了一条隐秘的"孤岛书路"。

---

[1] 钱存训《北平图书馆善本古籍运美迁台经过》，第68页。

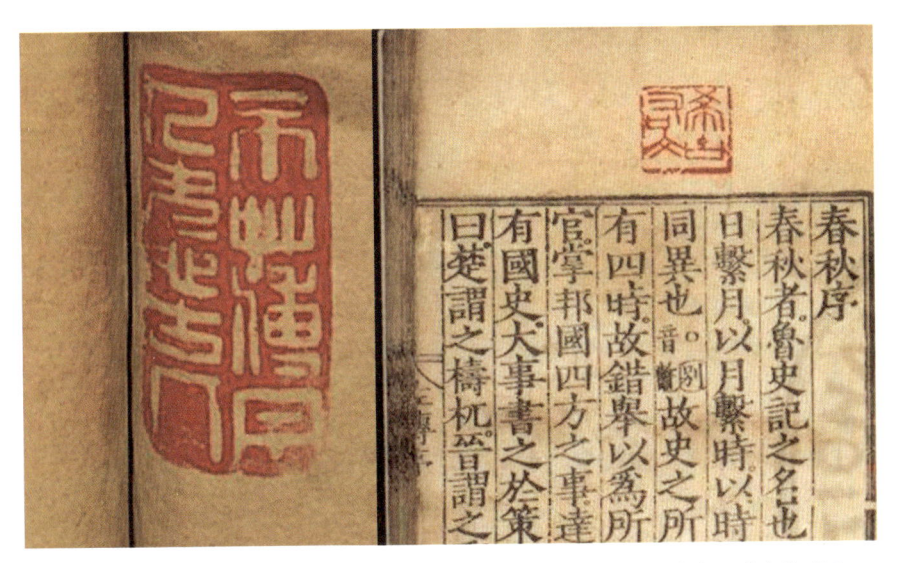

所有上海"同志会"抢运至香港的古籍,卷首盖"希古右文"朱文方印,卷末盖"不薄今人爱古人"白文长方印

八、三万多册古籍错失船期

  香港只是一个中转站,并非保藏古籍的理想地点,地气潮湿加上白蚁太多,必须尽快运出。1941年6月19日,上海第一批邮包平安到达香港的时候,尚未确定下一站方向,"将来究竟运渝或运美,须待蒋君之通知,才可决定办法"[1]。中央图书馆请示教育部之后,确定用货运方式经滇缅公路再转泸州—白沙的方案,承运的国营机构新绥公司表示,自港包运至泸州交货两个月可到。7月18日,庚款会香港办事处接到预警,"仰光两星期后或有问题,嘱电沪、港赶运"[2]。7月31日,日军攻占西贡(今胡志明市)港,将自越南进攻云南,日军飞机日夜轰炸滇缅公路,企图截断这条中国唯一的国际物资交通线。从上海护送精品善本抵达香港的徐森玉,并不赞成古籍经滇缅公路内运的

[1] "致张信",1941年6月19日,《为国家保存文化》,第190页。
[2] 《徐可燸函蒋复璁》,1941年7月18日,馆藏号:041063。

方案：一是这一路湿热天气不利于古籍运输，且香港出港口和入缅甸边境均须检查，手续繁复，滇缅路货积如山，运货往往逾期不到；二是此大宗货包约含古籍五六千种，必须用结实木箱，内以铅皮护之，但是对于脆弱的古纸来说，仍是极大的伤害。[1]上海的"文献保存同志会"亦认为内运困难，最好托驻美大使胡适向美国国会图书馆商量"借藏"。[2]

在此之前，有一个文物抢运美国的成功案例。西北科学考察团发掘的一万多枚"居延汉简"，原存于北京大学，北平沦陷时未及运出，1938年，由徐森玉、沈仲章自北平经天津、青岛、上海秘密抢运到香港，经许地山联系，以傅斯年及徐、沈三人名义托存在香港大学。1940年，本来计划经滇越线将汉简运往昆明，经叶恭绰和徐森玉向胡适请托，8月从香港启运，10月中旬顺利运到美国，由驻美大使胡适转存国会图书馆，代为保管，俟战后再运回。[3]有鉴于居延汉简的运美经验，1941年6月，在香港的叶恭绰力主运美"最为妥适"，徐森玉也认为运美国比运昆明"便捷且省费"，10月9日，上海"同志会"向重庆发送加密电报，同时致信蒋复璁说："以运美为最上策。盖因内运困难殊多，且道路多阻，又恐旷日持久，变生莫测，不如运美之简捷可靠。"[4]此时，古籍运美的方案渐占上风，然而又面临一个新问题。

因先前"同志会"身处"孤岛"，为安全计，不敢盖"央图"名义的馆藏章，只是在每本书加盖两个暗记：卷首钤以"希古右文"朱文方印，卷末盖以"不薄今人爱古人"白文长方印。有些善本加盖

---

[1]《徐森玉函蒋复璁》，1941年8月19日，馆藏号：040163。
[2] "致蒋信"，1941年9月11日，《为国家保存文化》，第253页。
[3] 徐文堪《先父徐森玉二三事》，《文史资料选辑》第40辑，中国人民政治协商会议全国委员会文史资料研究委员会编，北京：中国文史出版社，2000年，第58—59页。
[4]《文献保存同志会函蒋复璁、徐森玉》，1941年10月9日，馆藏号：039076。

"玄览中区"朱文牙章。原先方案是运回重庆中央图书馆本馆，所以截至9月份，无论是上海运来还是香港本地采购的古籍均未盖馆章，装箱时亦只有简单书名的目录。

书籍运美，等于出国移交他人之手，为将来辨识起见，必须明确"物主"归属。教育部长陈立夫特地交代蒋复璁，所有图书必须每本加盖中央图书馆的藏书章，每箱应附上包含版本信息的详细书目。[1]这两项工作分头进行，郑振铎在上海赶编一个"详目"，分寄港、渝存档，然而尚需一个多月才能编成，而这时已经是10月中旬，太平洋战争一触即发。10月17日，郑振铎去信重庆，强调："此刻时局将急转直下，运美货以立运为宜，似不必待详目到后再运出，不妨先运为要！"[2]

详目未必急需，盖章因有部长命令必须执行。本来香港叶恭绰带领两个小组已经完成核对、登录、装箱工作，在新命令下，再度将木箱打开，连同港购各书，赶办在每部书加盖章印，并于每箱盖印之后请高廷梓检对（高廷梓时兼国民党驻港澳总支部的书记长，是朱家骅亲信）。"国立中央图书馆考藏"馆章只有一个，10月14日从重庆托人带到香港，就算夜以继日地赶工，盖完所有书也需要三个月。此外，在港所购古籍大部分由中英庚款会支付，庚款会也需要逐册盖"管理中英庚款董事会保存文献之章"，留加印记。10月15日，叶恭绰发电请示重庆的朱家骅和蒋复璁，请中央图书馆授权，紧急在香港代加刻五个藏章，务求一个月内完成盖章工作。朱家骅代表庚款会在10月29日复函蒋复璁表示可以进行[3]，中央图书馆同时请示教育部，迟至11月4日才回复香港，说"奉陈（立夫）部长面嘱，应盖信

---

[1]《蒋复璁函叶恭绰稿》，1941年10月14日，馆藏号：041072。
[2]《文献保存同志会函蒋复璁》，1941年10月17日，馆藏号：039108。
[3]《朱家骅函蒋复璁》，1941年10月29日，馆藏号：041080。

叶恭绰

章，以资郑重"[1]。

等到三万多册古籍[2]盖章、装箱完毕，已是11月下旬。本订24日运美，而当时日美开战在即，船运时时改变，初延至28日装运，继又延至12月6日。12月4日，叶恭绰致函中英庚款董事会说：

---

[1]《蒋复璁函叶恭绰稿》，1941年11月4日，馆藏号：040222。1939年年底，朱、陈二人合议力主在上海抢救文献，但至1941年年底二人关系已趋紧张，因朱家骅在组织部长任期内扩充势力，形成"新C.C.系"，与陈立夫及"老C.C.系"矛盾激化。参见广少奎《陈立夫与朱家骅的派系斗争》，《重振与衰变：南京国民政府教育部研究》，济南：山东教育出版社，2008年，第76—87页。
[2] 1941年10月15日，中央图书馆馆长蒋复璁呈教育部报告，"现在存港善本有三千余种，约三万册"。《教育部密呈》，《中华民国史档案资料汇编》第5辑第2编，中国第二历史档案馆编，南京：江苏古籍出版社，1999年，第593页。

248　暗斗：一个书生的文化抗战

此船不运，则须待明年，万一海上有事，即无从运出矣。目下港沪直航已停，他线亦难预料，如不丛生盖章一节，此刻早已运出。可见凡事不宜过于深求也。此刻港地风声鹤唳，万一运不出时，并无妥善地方可以保管，亦无人能负此责任。[1]

叶恭绰抱怨多出"盖章"一节拖延了三个月，导致古籍无从运出香港。12月6日这天，全部书箱都运到码头了，原计划搭载古籍的"格兰特总统号"（President Grant）邮轮在香港停靠时间很短，只有两三个小时，临时发现舱位过挤，来不及装载一百一十一箱古籍，于是只好拉回香港大学，留待明年再运。未料两天后，日军发动进攻香港的战役，英日双方激战十八天，12月25日，香港沦陷。12月28日，日军宪兵队在冯平山图书馆发现准备寄美国的一百一十一箱古籍，1942年2月上旬，日军23军调查班劫走了包括中央图书馆古籍在内的各单位图书。[2]

九、"孤岛"陆沉，书踪成谜

太平洋战争爆发后，日军于1941年12月8日攻入上海租界，"孤岛"消失了。在上海租界的所有专科以上学校中，暨南大学是第一所被日军侵入并进行大规模搜查的学校。8日清晨，校长何炳松召集郑

---

[1]《叶恭绰函管理中英庚款董事会》（抄件），1941年12月4日，馆藏号：044006。因之后爆发太平洋战争，重庆的庚会总部迟至1942年3月24日方收到此函。

[2] 1946年5月14日，《外交部致北平图书馆说明日本战犯掠夺图书经过情况》，《北京图书馆史资料汇编（1909—1949）》下册，北京图书馆业务研究委员会编，北京：书目文献出版社，1992年，第841页。

振铎等人召开紧急校务会议，宣布课照常进行，但只要看到一个日本兵或一面日本旗经过校门时，便立即停课，关闭学校，以示对侵略者暴行的严正抗议。郑振铎在1945年《最后一课》一文中，记下了定格于上午10时30分的"最后一课"。这也是他教书生涯的"最后一课"。从此，他告别了讲台，由于种种原因，此后未能再有机会重返大学任教。"文献保存同志会"的工作转入隐蔽待机。暨南大学师生于1942年4月到达福建建阳，何炳松继续执掌校务并受命筹组国立东南联合大学。郑振铎没有随迁内地，因为书，让他留了下来。

11月底，"同志会"以七十万元购入了张芹伯藏书，其中最珍贵的两箱宋元本（一百零一种带有黄丕烈校跋）放在郑振铎家中，在12月5日刚刚整理就绪。上海沦陷，郑振铎首先想到需要转移家中藏书（包括公家书以及自家藏书）。"一二·八"后的一个星期内，他每天都在设法搬运家里的书。一部分运藏到设法租得之同弄堂的一个医生家里；重要的宋元刊本和抄校本以及所有的账册、书目，分别寄藏到相对安全的张乾若[1]和王伯祥处；比较不重要的账目、书目，则寄藏于陈济川的来薰阁书店；又有一小部分古书寄藏在张芹伯和张葱玉叔侄处：

> 整整忙碌了七八天，动员我家里的全体的人，连孩子们也在内，还有几位书店里的伙友们，他们无时无刻不在忙碌地搬着运着。为了避免注意，不敢用搬场车子，只是一大包袱、一大包袱的运走。因此，搬运的时间更加拖长。我则无时无刻，不在担心着，生怕中途发生了什么阻碍。直等到那

---

[1] 张国淦（1876—1959），字乾若，光绪举人，1904年授予内阁中书，曾任北洋政府内务次长、教育总长，后脱离政界，寓居上海从事史地研究。

几个运送的人平安的归来了，方才放下心头上的一块石。这样，战战兢兢地好容易把家里的书运空，方才无牵无挂地离开了家。[1]

中央图书馆托存在上海的古籍尚有三万多本，万一被敌伪发现，势必前功尽弃。何炳松从12月起忙于主持暨南大学迁校事务；六十七岁的张寿镛则在12月解散光华大学，以防被日伪接收，次月开办格致理商学社；七十五岁的张元济自1940年大手术之后已不再参加"同志会"活动——上海同志会四人之中，只有郑振铎有能力留下来，承担守护古籍的重担。12月12日，郑振铎留下了一封厚厚的"遗嘱"交托给王伯祥，可能是为了这批古籍准备万一的预案，王伯祥回忆说："他预先写好了一通厚厚的信，密封着交给我，敦托我替他保存，如果一旦有事，就拆看料理。我当时默契是遗嘱，怀着极难过的心情代他严藏着。这一密封，直到1950年我搬家来北京后才当面交还了他。其中究竟写些什么话，至今是个谜。"[2]

许广平在12月15日被日本宪兵逮捕，敌人严刑逼问她关于复社的事情，她吃尽了苦，不吐露丝毫的消息。[3]之前留居在上海的文化人，尤其是复社、"星二会"的成员，还普遍怀有"日本人对鲁迅先生也很尊重，绝不会对你怎么样的"的希望。[4]许广平遭难预示着日寇对中国文化界开始凶残地镇压。接到许广平被捕消息后，复社的主要负责人郑振铎"不能不走"，他在12月16日"只随身携带着一包换洗的贴身衣衫和牙刷毛巾，茫茫的在街上走着"。"我没有确定的计

---

[1] 郑振铎《求书日录》，《西谛书话》，第415页。
[2] 王伯祥《悼念铎兄》，第78页。又见《王伯祥日记》1941年12月12日记事。
[3] 郑振铎《记几个遭难的朋友们》，《蛰居散记》，第59页。
[4] 景宋（许广平）《遭难前后》，上海：上海出版公司，1948年，第6页。

划，我没有可住的地方，我没有敷余的款子。我所有的款子只有一万元不到，而搬书已耗去二千多。"[1]之前帮助抢运书籍的"书友"杨金华，在这时候仍然为郑振铎奔走。张葱玉日记1941年12月24日写道："金华来，代振铎借款三千元。"[2]

香港沦陷时，叶恭绰等人在仓皇逃难之中，未能及时将古籍仍然寄存港大的消息传递给重庆。1942年1月13日，蒋复璁致杭立武问："叶玉老有无消息？'格兰特总统号'不知如何曾有讯息？此时可否电胡大使询问？"[3]3月，胡适回复重庆，一直未见古籍抵达，而原定载运古籍的"格兰特总统号"也存在各种传闻，或传于马尼拉海域被日军击沉，或云已经安全驶出日军控制海域但中途又被拦截。郑振铎直到1945年9月仍未听到运美古籍的确切消息，所以他在《求书日录》中说："至今还未寻找到它们的踪迹，存亡莫卜，所在不明。这是我最为疚心的事，也是我最为抱憾、不安的事！""难道果真完全毁失了，沉没了么？还是依然无恙的保存在某一个地点！但愿不沉失于海洋中！"

[1] 郑振铎《求书日录》，《西谛书话》，第415页。
[2] 《张珩文集：张葱玉日记诗稿》，第210页。
[3] 《蒋复璁函杭立武稿》，1942年1月13日，馆藏号：042157。

第六章
虎窟之旁，人海藏身

大地黑暗,圭月孤悬,蛰居斗室,一灯如豆。披卷吟赏,斗酒自劳,人间何世,斯处何地,均姑不闻问矣。

——郑振铎跋《芥子园画传三集》

全面抗战前四年（1937年7月—1941年12月），暨南大学坚持在上海租界办学，郑振铎"不走"的理由是充分的；全面抗战后四年（1941年12月—1945年8月），大部分暨大教授跟随学校迁往建阳，身为暨大人文象征的郑振铎，却留居在上海，失业，开书店，放弃了学术研究和文学创作，没有任何稿费收入[1]，承受着朋友的误解与责怪。远在四川的叶圣陶说："当时在内地的许多朋友都为他的安全担心，甚至责怪他舍不得离开上海，哪知他在这个艰难的时期，站到自己认为应该站的岗位上，正在做这样一桩默默无闻而意义极其重大的工作。"[2]

> 前四年，我耗心力于罗致、访求文献，后四年——"一二·八"以后——我尽力于保全、整理那些已经得到的文献。我不能把这事告诉别人。[3]

1941年"一二·八"将郑振铎的抗战八年分成了截然不同的前后四年。"文献保存同志会"的搜购与保全，是抗战时期郑振铎保守的绝大秘密，尤其是后四年，除了与他一起保护古籍的徐森玉等少数几位亲友，其他人一无所知。他甚至在1943年至1945年的私人日记

---

[1] 此四年郑振铎唯一发表的文章是悼念短文《悼伍光建先生》，载《中学生杂志》（桂林开明书店复刊号）第67期，1943年。
[2] 叶圣陶《〈西谛书话〉序》，《西谛书话》，第2页。
[3] 郑振铎《求书日录》，《西谛书话》，第404页。

（生前未发表）中亦无一字记录。[1]"前四年"可称作"进击的郑振铎"的生命高光时期，文献记载无论是郑振铎自述还是档案资料，均较为丰富，以往学界亦着重研究此段。"后四年"则是郑振铎的蛰居时期，历史文献相对匮乏，郑振铎自己在1945年胜利之后因对国民党当局失望而对他困守上海保全文献的这四年略而不谈，原来计划在《大公报》连载的《求书日录》（根据1940—1941年的两年日记摘录）亦只登了一篇长序和三十五天日记即戛然而止。[2]《求书日录》后未再见郑振铎提及，亦未收入1956年上海古典文学出版社《劫中得书记》一书中，吴晓铃1983年将郑振铎生前书籍相关文字合辑为《西谛书话》，由北京三联书店出版，这才首次收入《求书日录》。有些郑振铎生前好友也是通过《西谛书话》才得知这段历史，比如叶圣陶《〈西谛书话〉序》说："现在看了这部集子里的《求书日录》，才知道他为抢救文化遗产，阻止珍本外流，简直拼上了性命。"

由于时代以及文献分散的原因，学界对于"后四年"郑振铎的认知仍停留在抽象的轮廓。近年陆续公开的档案资料可以帮助我们更好地调整焦距，从而清晰回望郑振铎在"后四年"的恐惧和匮乏的双重压迫之下，在极端环境中的困守。这是真正意义上的"一个人的抗战"。

一、珍籍守护人

1941年12月26日，日本宪兵队图谋"对租界残存的敌性机关加

---

[1] 中国国家图书馆保存郑振铎1943年2月2日至8月6日日记，1944年的全年日记，以及1945年6月1日至10月19日日记，均为生前未发表的私人日记，现已收入陈福康整理《郑振铎日记全编》中，本书引用以此本为准。
[2] 《大公报》从1945年11月1日起连载《求书日录》，至12月24日停登。

以最后一击"[1]，封存了上海所有的印刷所、书店，一一查点没收。一个月时间内，"五大书局被没收的书籍已达一千九百多万册，各书局几乎被席卷一空，许多器械器具、印刷用纸、墨水等大量印刷材料被征用，各工厂完全停工"[2]。这次行动持续了八个月，由日本宪兵队、陆海军警务队、伪警察署联合执行，扩大到上海各学校之后，东亚同文书院大学的学生加入查抄执行，他们所抄没的书籍一律运往制纸工厂化为纸浆。[3]这时候，身负近三万册珍籍保全任务的郑振铎，面对的敌人，不再是"孤岛"时期的汪伪或租界巡捕房，而是老练凶残的日本宪兵队。"一个善良的居民，随时都可以发生危险，平时有私仇或亲朋中有落水的固不必说，走路随时会遇袭搜查，假使有些风吹草动，马路断绝交通，更容易被架进捕房。"[4]

抢运到香港的古籍，其实只是"文献保存同志会"截至1941年6月搜购所得的甲类善本部分；留存上海的还有11月才购入的一千一百余部张芹伯藏书、乙类大约一万一千余册古籍、近代文献（报告书中称为"普通本"）及未清理完毕的文献。存沪图书目前尚无文献记载具体数量，但肯定远远超过运港的三千多部古籍，我们估计约三万册。《求书日录》只是笼统地提了一句："此地此时还保存着不少的足以骄傲的东西，还有无数的精品、善本乃至清代刊本、近代文献。"存沪古籍中，以七十万重金所购张芹伯书最为精善，还来不及抢运出沪。1941年12月中旬，蒋复璁写信给徐森玉说："芹伯书虽已购得，

---

[1]「敵性書籍を押収，上海租界最後の粛清」，『外交時報』第101卷第2期，第158頁，1942年1月。

[2]《小川爱次郎关于恢复中国出版界的研究报告（1942年3月）》，《日本侵略上海史料汇编》（中），上海：上海人民出版社，2015年，第762页。

[3]鞘谷純一「太平洋戦争下・上海租界における日本軍接収図書」，大阪市立大學『情報学』第7卷第1號，2010年。

[4]徐铸成《陷区进出记之四》，《大公报（桂林版）》1943年10月18日，第2版。

統計簡表：

（一）宋刊本　三十五部　四百零三冊
（二）元刊本　六十四部　九百八十七冊
（三）明刊本　一千二百餘部　一万三千二百餘冊
（四）未刊稿本　五十部　三百餘冊
（五）鈔校本　八百部　三千八百餘冊

以上甲類善本共二千一百五十餘部，一萬八千六百餘冊

（六）普通明刊本　一百餘部　二千餘冊
（七）清刊精本　八百餘部　九千餘冊

以上乙類善本共一千餘部，二萬一千餘冊

「甲」「乙」兩類善本書共三千餘部，二萬九千餘冊

普通書未及清理完竣，暫不能將部數冊數統計表編就，待後再行補報。

1941年10月底上海"文献保存同志会"所购书籍统计简表。表中未计入新购的张芹伯藏书

但未运出，实所恐惧。惟西谛心细，或能特为护持也。"[1]

郑振铎确实当得起蒋复璁的这个评价。他从来不会把一批书放在一个地方，在搜购过程中，"书今午可运来一批，当即行转送某某等处分别储藏"[2]。1941年4月19日致张寿镛信说"分藏四处，当可放心"[3]。其中的科发药房、民房王宅，均办了十五万元保险，王宅房租一个月为一百五十元。另有一处应该也是民宅，信中有"李君处房租""胶州路房租"等语。有段时间，一些善本皮藏于南京路的科发药房堆栈楼上，"因为怕不谨慎，又搬了回来。后来科发堆栈果被封闭，幸未受池鱼之殃"[4]。

四个秘密分藏点之中，保藏最大量古籍的，也是最隐蔽的，甚至郑振铎自己都从未在公开的文章和战时日记中透露的，便是位于公共租界赫德路53号（今常德路418号）的觉园法宝馆。觉园的前身是"南园"，原是南洋兄弟烟草公司总经理简照南的私人花园，1926年捐给佛教净业社，改名觉园。这个佛门净地早与古籍"结缘"，因为驻锡觉园的大和尚——范成[5]，曾遍访陕西、山西古寺收集古佛经，并在山西广胜寺发现了金刻藏经，就是今天的国宝"赵城金藏"。郑振铎《记一九三三年的古籍发现》特别褒扬这个文献大发现："在这一年中，最有关系的最重要的发现，当推山西赵城县广胜寺《金

---

[1]《蒋复璁函徐森玉稿》，1941年12月，馆藏号：040084。此信回复徐森玉12月4日信函，徐森玉又于17日回复此信，因此其写信时间约于12月10日左右。

[2]"致张信"，1941年4月17日，《为国家保存文化》，第173页。

[3]"致张信"，1941年4月19日，《为国家保存文化》，第173页。

[4] 郑振铎《求书日录》，《西谛书话》，第412页。

[5] 范成（1884—1958），南通西方寺住持，抗战爆发后，在觉园办难民收容所，组队前往嘉兴、太湖等战地掩埋残骸，1940年，范成与印光法师在觉园成立了上海佛教同仁会，主要从事慈善救济。赵志毅、杭继宗《积极保护佛教文化遗产的范成法师》，《江苏文史资料选辑》第38辑，南京：江苏文史资料编辑部，1990年，第169—174页。

刻藏经》的宝库的被打开。这是八、九月间的事，发见者为范成法师。他为了影印宋碛砂版《藏经》事，足迹遍历山、陕诸省，搜求遗缺，以补《碛砂藏》之不足。他以宗教家的超人的精力与忍耐，从事于此。"[1] 范成法师与居士叶恭绰等人成立了"上海影印宋版藏经会"，在1935年影印出版五百部《碛砂藏》，后来范成驻锡觉园的佛教净业社，在觉园内兴建"法宝馆"，用于储藏佛经文物。

"同志会"先借得法宝馆二楼作为抄写书目的办公室，郑振铎原先认为此地与僧人杂居，且无可关锁之门，极不方便，亦极不谨慎，故只可作为办公之用，决不能作储藏之用，且绝对放不下四五十箱之书。[2] 后来发现下层一大房间适合作为书库，可容一百多大箱子，1940年6月，经过香港的叶恭绰写信跟范成法师争取，最终借下了法宝馆两个大房间。当时觉园内还设有慈善社和难民收容所，日常举行募捐、施粥等慈善事业，虽然人来人往，反而可以掩护物资进出不易招人注目。郑振铎与张寿镛信中几次提到，一百余箱书用卡车拉到法宝馆，在那里点收，再分藏他处。法宝馆内藏着的都是线装古籍，不知内情的人以为是佛经，其实是"同志会"搜购的善本古籍。

觉园之内还住着一位郑振铎的挚友，也是复社及"星二会"的成员——赵朴初[3]。1927年秋，赵朴初在表舅关䌹之（上海佛教净业社社长，也是同意出借法宝馆的"关先生"[4]）的安排下入住觉园智

---

[1] 郑振铎《记一九三三年的古籍发现》，《郑振铎文集》第6卷，第436页。觉园所在地现为上海佛教居士林，法宝馆现改建为静安区政府食堂。
[2] "致张信"，1940年3月24日，《为国家保存文化》，第26页。
[3] 赵朴初（1907—2000），安徽太湖县人，早年从事佛教和社会救济工作，新中国成立后，历任华东军政委员会民政部副部长，中国佛教协会副会长、会长等职。赵朴初在1958年《云淡秋空悼郑振铎同志》悼词中有"廿年往事如潮，风雨夜盘餐见邀"，所ое就是复社、"星二会"的聚餐会。
[4] "致张信"，1940年6月9日，《为国家保存文化》，第90页。

上海觉园，法宝馆建筑已被拆除

照堂，从此开启了他的居士生活。其间，赵朴初积极投身抗日救亡运动，通过当时在上海的中共地下党组织为新四军采购大量军需物资和医药用品，觉园也是"星二会"、复社等爱国进步人士的一处重要聚会活动场所。赵朴初就住在觉园内，郑振铎托他代为关照藏书。抗战胜利后跟随郑振铎在法宝馆整理古籍的吴岩回忆当时场景：

> 有假山连绵重叠，池水一泓，水中有亭翼然，一端有九曲石板桥与陆地相连。日本投降后，西谛师领我们进入园内时已经叫"觉园"了，一进园门便是佛教净业社的佛殿，佛殿楼上为居士宿舍，当年赵朴初居士就住在楼上。西谛师领我们直奔湖心亭，坐下，隔水眺望一个长方形的新式洋楼，先生说："那便是'法宝馆'。同志会抢救下来的善本书，就藏在那里！"

赵朴初抗战时期居住于觉园

（法宝馆）与净业社办事处成了对门居，以资掩护。西谛先生于危难中保卫民族文化，虎口夺牙，抢救古书，托庇于佛光普照，挺到了日本投降，总算是"楚弓楚得"。现在到了叫他的朋友和学生来整理后交给国家了。他的心里是欢喜的。[1]

觉园法宝馆的佛教气息瞒过了日伪的耳目，大批珍籍在这所"古籍方舟"上安然渡险。

除了觉园，在"后四年"中，郑振铎与徐森玉四处设法把古籍分散藏匿，比如曾借来薰阁书店、开明书店分藏部分古籍，后来有一个时候，庙弄那位托管部分藏书的医生有了危险，郑振铎不能不把藏在那里的几十只木箱全都搬到徐森玉的女婿王辛迪家里去。王辛迪是清华大学外文系毕业生，英国留学回国之后任教于暨南大学，因儿子病重未随校迁建阳，和郑振铎一样留沪失业。他转入金城银行担任秘书，时常在霞飞路中南新村的家中接待离家独居的郑振铎，小楼顶层藏匿着中央图书馆的几十箱古籍，直至抗战胜利。[2] 在沦陷的上海，在房租高腾的租界，保存这么多古籍是承担很大风险和经济损失的，他们却毫不犹豫地伸出援手：

---

[1] 吴岩《沧桑今已变——纪念西谛师百年诞辰》，《郑振铎纪念集》，第470页。
[2] 辛笛《忆西谛》，《郑振铎纪念集》，第177页。

上海全面沦陷时期，王辛迪在中南新村（淮海中路1670弄）的洋房顶楼秘密存放着郑振铎托管的珍贵古籍

在这悠久的四个年头里，我见到、听到多少可惊可愕可喜可怖的事。我所最觉得可骄傲者，便是到处都是温热的友情的款待，许多友人们，有的向来不曾见过面的，都是那么热忱的招呼着，爱护着，担当着很大的干系；有的代为庋藏许多的图书，占据了那么多可宝贵的房间，而且还担当着那末大的风险。……他们都是那么恳挚地帮助着我，几乎是带着"侠义"之气概。如果没有他们的有力的帮助，我也许便已冻馁而死，我所要保全的许许多多的书也许便都要出危险，发生问题。[1]

---

[1] 郑振铎《求书日录》，《西谛书话》，第417—418页。

郑振铎将《求书日录》奉献给他们，"作为一个患难中的纪念"。

二、北平图书馆存沪图书被劫

"一二·八"之后，上海与重庆的联系中断。1942年1月12日和26日，郑振铎化名"犀"，冒险给重庆蒋复璁发去两封隐语信，第一封说"全家大小，均甚安吉，堪释远念。港地亲友，因消息隔绝，毫无音讯，最为挂念不安……弟在此，已失业家居"。第二封云：

> 此间一切安宁，家中大小自蒫公以下均极健吉，堪释远念。家中用度，因生活高涨，甚为浩大，但尚可勉强维持现状耳。现所念念不释者，惟港地亲友之情况耳。公是一家是否平安无恙，尤为牵肠……一家离散至此，存亡莫卜，终夜彷徨，卧不安枕……差幸此间买卖虽极萧条，而经济尚可周转，大哥等精神亦甚佳，便中乞转告留兄等，免其挂念。

这封伪装成"家书"的工作报告，重点在向中央图书馆报告存沪古籍的平安。因张芹伯又字"蒫圃"，信中"蒫公"即指张氏藏书，正是蒋复璁"实所恐惧"失去的珍籍；"家中大小自蒫公以下均极健吉"当指郑振铎守护的上海古籍仍安全，而"公是一家"暗指运港的嘉业堂等善本书，现在这些书存亡未卜，所以郑振铎感叹"一家离散至此"。"大哥等精神亦甚佳"则为"同志会"的张寿镛等人向重庆的朱家骅（留兄）报平安。

此时，秘藏于上海的另一批国家珍宝——北平图书馆南迁善本，正处于危险之中。北平图书馆古籍南迁和故宫文物南迁全程都是徐森玉经办的，除了抢运寄美的一百零二箱，上海余下还有三百多箱的中

1942年1月26日,郑振铎化名"犀",冒险给重庆蒋复璁发去的隐语信

西图书。徐森玉在1941年秋离沪之前，曾将其中的四十九箱敦煌写经移藏于公共租界美商货栈，租界沦陷后，日军没收英美名下的企业工场，存沪的平馆珍本大劫难逃。徐森玉也参与了"同志会"搜购文献行动，他对中央图书馆这批珍籍颇为放心，因为有郑振铎的守护，"上海存书庋藏甚密，或不致为寇伪觊觎及之也"。1941年1月2日，伪华北政务委员会教育总署接收北平图书馆在北平馆务，周作人兼任该馆馆长，重庆彻底失去了该馆的管辖权。徐森玉认为"势将殃及沪存之书"，欲避此难，"惟有照西谛兄分藏办法，将此三百数十箱分移多处民房中密藏"[1]。他为此特向教育部请缨，秘密潜赴上海营救古籍。郑振铎在1月26日也写了一封隐语信托蒋复璁转致徐森玉，劝阻"圣翁"高龄跋涉千里来沪：

此间亲友安吉如恒，尊寓大小亦极为平安。敝处自莅翁以下亦均托庇健安，堪以告慰。守君一家亦尚好，惟以守不在家，妇孺辈未免乏人照料耳。闻北寓已由启君代为料理，其长公子则已远行，情形亦尚好。先生与守为四十年老友，自不免挂念，古道热肠，令人感泣！今世但有锦上添花，不闻雪中送炭，先生之情谊，守君家中人闻之，五中感激！惟究竟途程多阻，尚恳保重身体，勿急急来此为要！[2]

"守君"指北平图书馆，"以守不在家"意指该馆负责人袁守和不在上海（按：袁氏当时从香港脱险正往重庆途中），"妇孺辈未免乏人照料"指该馆存沪图书保管堪忧。"启君"（周作人又名启明）代为料理北寓，而"长公子远行"暗指平馆古籍的甲库善本书已妥运美国，

---

[1]《徐森玉函蒋复璁》，1941年12月17日，馆藏号：042064。
[2]《郑振铎函徐森玉》，1942年1月26日，馆藏号：039110。

情形尚好。

徐森玉风雪兼程穿越贵州、重庆、湖南等地，跋涉三个多月才到达上海。此时存于美商货栈之平馆书已被日伪封存，暂时未被发现；其他书籍尽快在郑振铎等人帮助下，化整为零，分散转移到新的地点。此年6月，上海各报刊登了一则由葡萄牙里斯本转发的德国海通社电报，称美国国会图书馆宣布北平图书馆的善本书籍一百零二箱已全部到达华盛顿，即将开始摄制缩微书影云云。这则消息引起了日本对华经济、政治统治的中央机关——兴亚院的注意，伪北京图书馆意识到，原来南迁的平馆善本并未迁往重庆，应该仍藏身在上海某处，周作人遂派秘书处主任王钟麟（古鲁）偕同华北兴亚院专员到沪查访。王氏调动了上海的日本大使馆、日本特务机关、伪教育署、宪兵队等各种力量四处搜查，清查南运书目，1942年9月，在一处民房及科学社明复图书馆查获中文善本一百三十六箱，西文贵重书一百四十二箱，分批运返北平。[1]

在1942年的时代背景之下，北平图书馆存沪图书的"回运"，对于重庆国民政府来说是"被劫"，伪北平图书馆则大肆宣传此次"回运奇功"，夸耀云："如此则北京图书馆恢复往日旧观。"[2]北平伪政权利用所谓的"珍籍还都"以示传承文化，提高政权威信，麻痹国人的抗日意识。所幸北平图书馆的唐代敦煌写经及一些古籍善本仍秘存于上海，未被敌伪发现，在徐森玉、钱存训等人的守护下，一直保存至抗战胜利。

---

[1] 王钟麟《国立北京图书馆南运书籍回馆志略》，《国立华北编译馆馆刊》第2卷第1期，1943年，第115—120页；「北京図書館南遷圖書の再歸」，日本図書館協会『図書館雑誌』第4號，1943年，第247页；邱五芳《抗战期间国图善本迁移始末》，《图书与情报》第2期，2003年，第72—75页。

[2] 朱君毅「北京だより——公共圖書館の近狀」，『図書館雑誌』第5號，1943年，第337页。

三、经营书店，开明同人相濡以沫

1941年12月16日，郑振铎只身离家，在上海耆老张国淦的帮助下，隐居在汶林路（今宛平路）的小房子里。1942年1月，为了调控物资与米价，上海当局实行"计口授粮"配给制，着手调查户口，挨家挨户登记。[1]日伪政权还强制上海市民一律申请市民证和随带防疫证，随时查验，违反者会被严重处罚。有个稳定的职业才能应付户口登记，没有市民证就买不到米、油、煤等生存必需品，郑振铎从一家文具店弄到了一个职员凭证，化名"陈敬夫"（一说"陈思训"），每天不能不挟皮包出外闲逛，以表示有工作。"到哪里去呢？无非几家古书肆。"[2]"孤岛"时期他常自责过于热衷"阅肆"，何曾想日后还有不得不"阅肆"的时候。有时遇上封锁，无法回到居所，就住在来薰阁书店的阁楼里。1943年春节初一至初五，各肆皆休息，无处可去的郑振铎感叹"无可阅肆矣"[3]。

为了避免连累家人，郑振铎在后四年中"和'庙弄'的家不相往来"，1942年10月他的祖母故世，方才匆匆回家一趟，又匆匆地走了。平时妻儿要到他蛰居的地方才能相聚。郑振铎之前从未试过自己做饭，独居之后，起初靠罐头食物度过，后来买不起了，方才不得不自己摸索着学会了生火、烧饭、煮菜，经常是每天只做一餐，冬天时常买些烘山芋充饥。为此他写一副对联：

买书忙，鉴别忙，忙里偷闲，喝杯茶去。

---

[1]《沪市区暨租界准备计口授粮，现正着手清查户口》，《民国日报（南京新报版）》1942年1月20日，第2版。
[2]《〈劫中得书记〉新序》，《西谛书话》，第206页。
[3] 1943年2月5日至9日，《郑振铎日记全编》，第134页。

劫中苦，思家苦，苦中作乐，煮碗菜来。[1]

郑振铎的暨大同事李健吾在1941年12月也失业了。他有腿病不能随暨大内迁，儿女幼小，上海又举目无亲。这时，黄金荣的孙子黄伟出面组织荣伟剧团，李健吾遂正式下海，四年之间改编了好多戏，《秋》是话剧走向商业化的第一炮，响不响不去管他；但是从此以后，话剧投入商人怀抱，拒绝和敌伪当道合作了"。他在写给内地的友人书信中说：

> 尽量在可能的条件之下弄两个干净钱来过最低的生活。良心叫我这样做，我便这样做。书不教了，学问不谈了，完全成了一个不学无术之人。面不露了，除去和搞戏的朋友们往来。文章不发表了，除非是托人带到内地在桂林和重庆发表，除非是我相信得过的柯灵兄编辑的刊物。朋友，你们在大后方的斗士有政府做靠山，即使帮不了你们多少生活上的忙；我们流落在沦陷区的人总以为你们头头是道。但是，我们最后也找到了靠山，那些值得感谢的不谈政治的商人。我们有一技之长，他们利用我们这一技之长来做生意，商业自然而然形成我们的掩护，我们可以苟全性命于乱世了。
>
> 那年春梢，周作人托人带话给我，留在上海没有出路，还是回到北平来做北大一个主任罢。我写了一封信给那人，说我做李龟年了，唐朝有过这个先例，如今李姓添一个也不算怎么辱没。[2]

---

[1] 程俊英《回忆郑公二三事》，《郑振铎纪念集》，第382页。
[2] 李健吾《与友人书》，《上海文化》第6期，1946年7月1日，后收入《李健吾文集·散文卷》，第215—216页。

在孤立无援的沦陷区里，适应商业规则，"尽量在可能的条件之下弄两个干净钱来过最低的生活"，困守上海的知识分子，主动变身为"当代李龟年"[1]。

郑振铎1939年8月14日的日记曾说："开一旧书店，颇可获利，惜无资本也。"这个愿望在1943年3月实现了。郑振铎和老朋友耿济之合伙在善钟路（今常熟路）开了一家只有一间门面的小书店，名叫"蕴华阁"（郑振铎妻子高君箴之字"蕴华"），一半卖旧书，一半卖文具。[2]耿济之曾是驻苏联的外交官，欧战爆发后辗转回国，因患有严重的心脏病，不能远行，家中有十几口人，经济负担重，在上海只能以翻译和写稿谋生。蕴华阁表面上以购销古书、旧书为主，实际上成了二人与一些改名易姓的朋友们碰头谈天的地方，店头也寄卖王伯祥、陈乃乾等朋友的旧书。耿济之当时正在翻译《高尔基全集》，他改名为"耿孟邕"，宪兵队曾到他家里去查问翻译俄国文学的耿济之，被他技巧地对付过去了。耿济之在蕴华阁靠近门口的窗户下放了一张写字台，每天一边照看书店，一边写作，还能随时观察门外的动静。如果看到郑振铎等熟人来了，立即起身迎进；如果看到来的是一个不三不四的陌生人，立即从后门走掉，免遭麻烦。[3]

上海全面沦陷时期，书市的大买家——燕京大学、大同书店解散停闭，中央图书馆等内地机关则资金见绌，旧书业遂一蹶不振。"今春（按：1942年）以来，凡'吃软片'同志，又莫不疾首蹙额，成散

---

[1] 李龟年原是唐玄宗时期的宫廷乐师，安史之乱时不愿为安禄山政权服务，流落江南，靠卖艺为生。

[2] 钱福芝《回忆"孤岛"时期的耿济之》，《社会科学》第2期，1981年，第119—121页。关于开店时间，耿济之的妻子钱福芝回忆为1942年年底，但《王伯祥日记》1943年1月20日记"济之将开书铺，带卖文具"。郑振铎1943年3月1日记："上午，赴肆，今日开幕也。"盖指此日蕴华阁开张。

[3] 马栋臣《古书店从事记》，《旧时书坊》，第369—370页。

淡闲人矣。"[1] 蕴华阁却在这样惨淡的市道中开张了。开业第一天收入约五六百元，郑振铎以为"如每日如此情形，则前途殊可乐观也"[2]。但后来蝇头余利越来越微，勉强维持不到两年便关张了。从前的大学教授，而今转为小商人，郑振铎感叹："四处奔波，无非为利，此从未经过之境界也，殊以为苦！"[3] 他仍没有放弃文献搜访，利用蕴华阁作为旧书买卖的掩护，搜购了八百多种清人文集。[4] 但因此也招惹来一些流言，内山书店老板看到他所购之书，颇以为怪。[5]

在蕴华阁里，郑振铎和耿济之、周予同等十来个朋友谋划编写中国第一本大百科全书[6]，由新新公司经理萧宗俊（"星二会"、"星六会"成员）出面，集合十位在经济上与日伪没有往来的商人，组织一个"中国百科全书刊行会"，先集稿，等到抗战胜利后再补充出版。周予同回忆："不幸这计划终于由于经费问题而中途夭折。当时有一位纱布厂商打算一手承担，但我们因为不明了人家财富的背景，终于慎重地婉辞了。"[7]

郑振铎与当时留在上海的朋友们达成默契，搁笔辞稿，杜门谢客。复旦大学的赵景深曾说："我个人就抱了三不主义，就是：'一不写稿，二不演讲，三不教书。'其实书是可以教的，在上海的私立大

---

[1] 谢兴尧《书林逸话》（上），《古今》第12期，1942年，第7页。
[2] 1943年3月1日，《郑振铎日记全编》，第136页。
[3] 1943年3月16日，《郑振铎日记全编》，第140页。
[4] 郑振铎《清代文集目录序》，《西谛书话》，第367页。
[5] 1943年5月21日，《郑振铎日记全编》，第158页："偕周（予同）、王（伯祥）、章（锡琛）同至金陵酒家午餐。周言：外间对予购书，颇有流言。章言：内山（完造）见予所购之书，亦颇以为怪。"
[6] 郑振铎《耿济之先生遗稿（序）》，《文艺复兴》第3卷第3期，1947年。陈梦熊、董德兴《译林前辈耿济之》，《翻译家耿济之》，徐伟志编，北京：人民文学出版社，2016年，第166页。
[7] 周予同《悼济之先生》，载《文艺复兴》第3卷第3期，1947年。

学,日军和伪方仍无法统制。当时闭门著书的大有人在,有的为了生活问题,大半都到开明书店当编辑去了,因为有一个时期开明书店在桂林的生意很好,可以能够尽量地维持一般文人的生活。"[1]在这四年中,沉默也是一种抵抗。

恰恰在"沉默"的海上文坛,从香港归来的张爱玲,1943年发表小说《沉香屑·第一炉香》一举成名,后来又在上海最畅销的文艺杂志《万象》和《杂志》上发表数篇小说,转眼间红遍上海。一些左翼人士通过《万象》主编柯灵婉言相劝张爱玲不要急于发表作品,"因为环境特殊,清浊难分,犯不着在万牲园里跳交际舞。那时卖力地为她鼓掌拉场子的,就很有些背景不干不净的报章杂志,兴趣不在文学而在于替自己撑场面"。柯灵在1984年的《遥寄张爱玲》一文说:

> 上海沦陷后,文学界还有少数可尊敬的前辈滞留隐居,他们大都欣喜地发现了张爱玲,而张爱玲本人自然无从察觉这一点。郑振铎隐姓埋名,典衣节食,正肆力于抢购祖国典籍,用个人有限的力量,挽救"史流他邦文归海外"的大劫。他要我劝说张爱玲,不要到处发表作品,并具体建议:她写了文章,可以交给开明书店保存,由开明付给稿费,等河清海晏再印行。[2]

但张爱玲却很直率地回绝了柯灵和郑振铎的善意——"呵,出名要趁早呀!来得太晚的话,快乐也不那么痛快。"[3]

---

[1] 赵景深《抗战八年间的上海文坛》,《文坛旧忆》,太原:三晋出版社,2015年,第127页。

[2] 柯灵《遥寄张爱玲》,《柯灵文集》第1卷,上海:文汇出版社,2007年,第356页。

[3] 张爱玲《〈传奇〉再版序》,1944年,《张爱玲文集》第4卷,合肥:安徽文艺出版社,1992年,第135页。

为什么郑振铎建议张爱玲把文稿暂时交给开明书店？正如赵景深所说，开明书店在上海全面沦陷时期，成了上海知识分子的"庇护所"。柯灵也说："那时开明编辑方面的负责人叶圣陶已举家西迁重庆，夏丏尊和章锡琛老板留守上海，店里延揽了一批文化界耆宿，名为编辑，实际在那里韬光养晦，躲雨避风。"[1] 未能随暨大内迁的周予同、王统照，由章锡琛、王伯祥二人之邀，开始任开明书店编辑。原来在燕京大学文学院当教授的郭绍虞，在日军封闭燕大之后，拒绝伪北大的邀请，回到上海加入开明。当了二十几年单干户的陈乃乾，从1943年8月起也在开明书店工作。再加上徐调孚、周振甫、顾均正，二十年前的朴社少年、开明同人，又重聚在一起，抱团取暖。周予同的儿子生急病，开明同人凑了八百元送周家急用。从《王伯祥日记》《郑振铎日记》所见，他们每天中午合伙吃饭，"诸友相对叹穷诉苦"，苦中作乐，找郑振铎瓷婚、遥祝叶圣陶五十大寿等各种理由聚饮遣闷。之前开明同人有一雅号"九老会"（指章锡琛、夏丏尊、叶圣陶、周予同、王伯祥、郑振铎、顾均正、徐调孚、王统照），全面抗战时期，只有叶圣陶远在四川，其余"八老"准备了特别贺礼寄到四川庆祝叶圣陶五十大寿。

蛰居中的郑振铎与重庆的秘密通信，经由开明书店的徐调孚转发；重庆汇来的上海珍籍保管费（1943年度共十五万元），汇至开明书店号收账。[2] 郑振铎从开明书店创立起就是书店董事，1943年7月的年度开明股东会之后，他取得股息两百五十九元。当时在上海，开明书店的股份已经大大缩水，但仍算是一笔急用款。今存三张相关的开明书店"转股单"可见，1944年2月，郑振铎在时不时卖藏书度日的情况下，为了接济更加拮据的老友夏丏尊、耿济之，还从他们手里

---

[1] 柯灵《遥寄张爱玲》，第356页。
[2] 《郑振铎函蒋复璁》，1943年7月18日，馆藏号：039064。《徐森玉函蒋复璁》，1943年8月6日，馆藏号：042013。

各买进了近两千元股票。[1]

依托着开明书店，以郑振铎为中心，上海沦陷时期的文艺界形成了一个"沉默的抵抗"圈子，对立面则是参加"大东亚共荣圈"签名的文人圈。杨绛晚年回忆道：

"孤岛"时期，有个敌我界线。凡是不参加"大东亚共荣圈"的是"我们"，参与者是亲敌的。……有一次，我们夫妇参加一个有关文艺的会，程（陈）西禾很紧张地找到了我们住处，告诉我们今天开会是要签名的，签名就是加入"共荣圈"，我说"我们就是不签名"。……另一个圈子是郑振铎为中心的，他和傅雷都很好客。[2]

郑振铎的困守，正如他在悼念"星二会"成员胡咏骐文章中所说："他稳定的站在危难、艰苦、恐怖、纷扰的环境中，像一个巨人似的；在他的巨影之下，许多人赖以安定，不惧。"[3]

四、上海书难与"废纸"劫

1942年，日军对上海的文化统制手腕加强了。7月21日，上海市日本宪兵队发出通告，勒令全体市民缴送所谓的"反动书报""敌性书籍"。如果未在期限内上缴相关图书，之后日本宪兵将随时通过保

---

[1] 陈福康《郑振铎的"开明书店合立转股单"》，《出版史料》第1期，2009年，第76—78页。

[2] 杨绛2008年5月20日复孔海珠信。孔海珠《孔另境传》，北京：华文出版社，2020年，第132页。

[3] 郑振铎《悼胡咏骐先生》，《蛰居散记》，第8页。

甲组织、挨户按家搜索检查,"若有发见该物件时、须使其人负担责任、并依情而严重处罚之、不得因借口不知而宽免其责任"[1]。由于害怕宪兵队随时闯入搜查,为避免滋生祸端,上海市民纷纷把家中所藏书籍,尤其是英语俄语书籍、报刊、书信等有可能招祸的纸本,统统烧毁。郑振铎为了避免不必要的麻烦,也只得硬起心肠烧书,《烧书记》记录当时情景:

> 我们听到要按家搜查的消息,听到为了一二本书报而逮捕人的消息,还听到无数的可怖的怪事、奇事、惨事。
>
> 许多人心里都很着急起来,特别是有"书"的人家。他们怕因"书"惹祸,却又舍不得割爱,又不敢卖出去——卖出去也没有人敢要。有好几个友人,天天对书发愁。
>
> 我那时正忙于烧毁往来有关的信件,有关的记载,和许多报纸、杂志及抗日的书籍——连地图也在内。
>
> 我硬了心肠在烧。自己在壁炉里生了火,一包包,一本本,撕碎了,扔进去,眼看它们烧成了灰,一蓬蓬的黑烟从烟道里冒出来,烧焦了的纸片、飞扬到四邻,连天井里也有了不少。
>
> 心头像什么梗塞着,说不出的难过。但为了特殊的原因,我不能不如此小心。[2]

郑振铎此处说"为了特殊的原因",大概就是他肩负着三万多册存沪珍籍的保全任务。为了避免麻烦,许多人索性把所有只要是有字

---

[1] 《日宪兵队限缴有关书报》,《申报(上海版)》1942年7月22日,第5版。
[2] 郑振铎《烧书记》,《西谛书话》,第391页。

的全都烧了。甚至连包东西的报纸也会被追究责任,于是"旧报纸连包东西的资格也被取消了"。

被焚毁的同时,上海书籍还面临着一场"废纸"劫。上海家家烧书、撕书,报刊书籍成批地当作废纸卖掉。炮火兵燹固然可惧,却未必处处皆遭劫。在日本恐怖统治下,人人自我审查,户户烧书卖书避难,再加上商人追求废纸收购的利益,于是之前从炮火中幸存下来的,禁毁未焚于火的,统统一举而尽之。

在席卷全上海的废纸劫中,就连以书为根本的旧书店也放弃正业,汲汲于收购废纸破书,论担称斤地售与制纸商。这些旧书店最初将本店的难销或残缺之书以及巨帙的廉值书,打包卖给纸商为制纸原料,后来发展到搜刮沪杭、沪宁铁路周围甚至北平、天津二市的书籍——以前用来搜购旧书的"书路",现在变成了"废纸"之路。1942年年底,中国书店歇业,留下一批底货共五千余册,被来青阁收购之后,正想以四千元卖给纸商。郑振铎及时拦截下来,发现里头有七八百种古籍佳本,像这样的古籍被付之大熔炉中,"诚可谓丧心病狂之至者矣"![1]郑振铎不忍见此书劫,用一家十口人的数月口粮(六千元)买下了这批书,从这批险些化为纸浆的古籍中挑选几种好版本送给朋友,其他的交与汉学书店的杨金华放在店里出售。然而全市那么多旧书店都在把古籍捆载出售"废纸",郑振铎一个人又怎么抢救得来呢?他只有哀叹"目击心伤,挽救无力"[2]。

在这场文化浩劫之中,毁灭最严重的是当代书籍报刊,因为上面可能含有重庆政府(当时是汪伪政府的对立政权)的信息或者一些抗日言论。郑振铎在抢救古籍,唐弢则把钱都花在跟废纸收购站成批购

[1] 1943年4月17日,《郑振铎日记全编》,第147页。
[2] 郑振铎《"废纸"劫》,《西谛书跋》,第47页。

1951年出版的《蛰居散记》　　　　1954年，日本岩波书店日文版
《蛰居散记》

买当代杂志报纸上："别人卖书，我偏买书。"[1]为了躲过日伪挨户的审查，他把书包好以后，分别藏在煤球缸中、米缸里以及床底下、屋子角落等隐蔽的地方。

郑振铎记录1942年上海这一场文化浩劫的两篇随笔《烧书记》《"废纸"劫》，在1945年《周报》刊载之后，收录于1951年出版的《蛰居散记》。日本战败后，美国牵头的驻日盟军总司令部（GHQ）曾在日本施行类似日军在上海的焚书行动，没收图书馆和一般民众家里的违禁出版物，将之送往垃圾场焚烧。[2]1954年，日本岩波书店将《蛰居散记》翻译出版，书名为『書物を燒くの記：日本占領下の上海知識人』。相比于中文原版略显"岁月安好"的书名，日文版书名更为"金刚怒目"，特别拈出《烧书记》作为上海沦陷时期"地狱相"的象

---

[1] 唐弢《买书》，《晦庵书话》，北京：生活·读书·新知三联书店，2007年，第468页。
[2] 1946年至1951年之间，日本政府执行GHQ发布的《没收宣传用刊行物》，又称为"焚书命令"。参见西尾幹二『GHQ焚書図書開封』，東京：徳間書店，2008年。

征。译者安藤彦太郎（早稻田大学教授）、斋藤秋男（北海道大学助教授）在译者序中说："我们现在开始体验到了'占领下'的生活。上海已经进入新中国阶段，反而是东京呈现出了那时候上海的样相。""在我们自己体验'占领下'生活的同时，感受到对于中国人的'沦陷区'生活相关资料的挖掘是十分不充分的，因此，我们将郑振铎这本沦陷区上海的学者/知识人生活记录翻译出来，以填补这个领域的空白。"[1]

书籍的苦难，也是全人类的苦难；文化的浩劫，也是全人类的浩劫。郑振铎所记录的日军占领下的上海知识人"不屈的意志"与"清醒的生活"，成为美军占领下的日本知识人的精神支援。

五、未出深林不敢歌

在汶林路隐居一年之后，郑振铎转移到居尔典路，也就是今天的高邮路5弄25号。他向妻子的亲戚高真常（即"章民表叔"）借了朝东和朝南的两个小房间，一个做卧室，一个做书室。这里是租界新开发的西式住宅区，靠近郊区，四周都是菜地，正适合蛰居。然而才过了两个月，周佛海买下了262号的洋房别墅，因为周是湖南人，房子就改名"湖南别墅"，门前的居尔典路也改名为"湖南路"。周佛海是汪伪政府的第三号人物，搬来之前，特务、警察多次调查附近居民的情况，郑振铎均机警应对。1943年4月15日，郑振铎日记写到，"游邻居周某氏园，深有所感"[2]。周佛海搬来后，府上人来人往，笙歌达旦，让郑振铎难以安睡，而且他的窗口正对着周家的厨房，喷出的大

---

[1] 鄭振鐸『書物を燒くの記：日本占領下の上海知識人』，安藤彦太郎、斎藤秋男 訳，東京：岩波書店，1954年，第1頁。
[2]《郑振铎日记全编》，第147页。

上海徐汇区高邮路5弄25号，郑振铎在1942—1945年的蛰居寓所，现在是各家居民住宅

周佛海在抗战后期购入的湖南别墅

量油烟使得他无法开窗。[1]

在如此环境中,郑振铎仍能沉着应对,安心读书。他将"文献保存同志会"所购最珍贵的宋元版古籍放在蜇居小屋里,时不时展卷研读。一个日丽风和的初冬午后,他打开南宋临安陈宅书籍铺刊刻的唐人诗集《张司业诗集》,读至书中《樵客吟》"共知路旁多虎窟,未出深林不敢歇"句,"却憬然悟此身乃仍在虎窟中也"[2]。唐弢、柯灵等朋友偶尔到"虎窟"旁探望郑振铎,唐弢说:"他的新居的确很僻静,进去时转弯抹角,要绕过许多平房和菜园。这是个普通里弄,我找到号码,直奔二楼。屋子里堆满书籍,中间放着个煤球炉,炉火融融,西谛高卷着袖口在烧菜。虎口虽险,谁又禁得了我们此时的一点欢乐呢?于是两个人又像往常一样快谈起来。"[3]

就这样,郑振铎潜居在虎窟之旁,直到抗战胜利。

继逮捕许广平之后,日本宪兵队对上海爱国进步人士实施了大规模搜捕,将他们囚禁在贝当路(今衡山路)的宪兵司令部——这个沪人谈虎色变的"贝公馆"。柯灵被捕到贝公馆,当晚上了三次老虎凳,连日受刑,逼迫他说出有联系的友人姓名。孔另境被捕后,敌宪鞭打他,逼他拿着凳子不停地走,直至力竭昏倒。李健吾描述他所遭受的贝公馆酷刑"灌水":先请他吃奶油蛋糕,吃饱以后,就把自来水开足水龙头,对着他嘴里灌水,直灌到七窍流水,昏厥过去。

贝公馆里专门负责审问文化界人士和英美人的日本军曹,名叫萩原大旭,入伍前是京都净土宗知恩院的僧侣,曾在佛教学报上发表论

---

[1] 郑振铎《我的邻居们》一文记叙了与周佛海做邻居的经历。《蜇居散记》,第81—84页。

[2] 《西谛书跋》,第233页。这部《张司业诗集》今藏台北"国家图书馆",上有张芹伯藏书印"菦圃收藏"以及抗战胜利后入库书所署"国立中央图书馆收藏"印,说明此书1942—1945年一直秘藏于上海郑振铎处。

[3] 唐弢《忆西谛》,《郑振铎纪念集》,第66页。

文。[1]李健吾事隔多年提笔写到这个日本宪兵的名字，手不由自主就颤抖起来，说他清癯的容貌，"尊严冷静如一尊石像，如地狱放出的一个魔鬼，把人性和脆弱永远关在皮肉以外"。此人擅长攻心战术，又是个有学问的僧人，文本阅读能力强，常常从被捕人的笔记日记、文学作品的细微处找出"物证"。柯灵《狱中诗记》所云"萩原手执一卷，絮絮胁诱"[2]，说的就是萩原试图从柯灵《市楼独唱》诗注中解析出和延安的关系，胁诱柯灵坦白。李健吾《萩原大旭》记录了萩原行刑的全过程：

> 他的推敲入微有时候超过我的分析的头脑，过后才明白他是有意在愚弄我，试探我。这个绍兴师爷似的人物，完全是一个冷血动物，两眼闪闪发光，活像一条对着青蛙的长蛇，不动，以一种内在的吸力摄取着囚犯的心灵。
>
> 萩原大旭来上海将近六年了。他什么也懂，一个日本人的一知半解的懂法。他和看守我的几个宪兵不很相似，他把这种职业看做一种愉快的任务。他不叹气，他不牢骚，他在分别的时候以平静的口吻告诉我希特勒死了，自杀了。他不属于人世。有谁愿意知道这个日本宪兵的来历吗？我说出来请不要诧异：他在战争以前当和尚，他原是一个和尚出身，我的天，我明白他怎样养成这副喜怒莫测的出世的音容了。[3]

---

[1] 萩原大旭「聖善を觀る：法然上人の善觀」，『文藝摩訶衍』第8卷，京都：佛教專門學校出版部，1937年。
[2] 柯灵《狱中诗记》，《柯灵文集》第4卷，第313页。杨绛《客气的日本人》一文提及她曾到宪兵司令部接受萩原氏的审问，因巧妙应对而安然无事，后来她和李健吾说到此事——"我说，大概我碰到的是个很客气的日本人，他叫萩原大旭。李先生瞪着眼说：'萩原大旭？他！客气！灌我水的，就是他！'"杨绛《杂忆与杂写》，北京：生活·读书·新知三联书店，2015年，第46页。
[3] 李健吾《萩原大旭》，《李健吾文集·散文卷》，第289页。

在连番灌水酷刑之后，萩原大旭问李健吾有什么遗嘱留给他的妻子和孩子们，垂死边缘的李健吾只说出了一句话："告诉他们我是好人。"郑振铎《记几个遭难的朋友们》曾说，他周围遭难被囚、幸而不死的朋友非常的多。"有一天，在一位朋友的宴会上，在座的人，十个之中，有八个遭过难，受过敌伪的酷刑毒打的。只有我和另外一个朋友是幸免入狱受苦的人。"[1]开明书店总经理章雪村、总编夏丏尊被捕，日本宪兵问夏丏尊："你有见到郑某某吗？"夏答以"好久好久不见到他了"——"其实，在那时期，我们差不多天天见到的。他是那么爱护着他的朋友！"[2]

在最为黑暗的抗战最后四年中，郑振铎得以躲过牢狱之灾，首先是因为遭难的朋友们的爱护，他们宁愿自己吃尽了苦，却绝对地不肯攀引出自己的同伴们；其次是由于他在长期的高压环境之下练就了一身"反侦察"功夫。郑振铎易姓改名，日常换了一身长衫中装，深恐敌伪跟踪出事，"有时，似觉得有人在后面跟着，简直不敢回过头去。有时，在电车或公共汽车上，有人注意着时，我也会连忙地在一个不相干的站头上跳了下去"[3]。他在开明书店遇到东京大学教授盐谷温的女婿辛岛骁，"嘱肆伙不声言，乃得不交一语而去"[4]。吴晗是郑振铎在清华大学教过的学生，据他回忆，战时在上海停留了个把月，郑振铎谆谆告诫他行踪一定要严守秘密，切不可以在公开场合露面：

> 有一次，他陪我买一支自来水笔，铺子里问要不要刻名字，我说要，提笔刚写了"吴"字上半的"口"字，西谛先

---

[1] 郑振铎《记几个遭难的朋友》，《蛰居散记》，第58页。
[2] 郑振铎《悼夏丏尊先生》，《郑振铎全集》第3卷，第564页。
[3] 郑振铎《求书日录》，《西谛书话》，第417页。
[4] 《郑振铎日记全编》，第164页。

生立刻抢笔过去，代我写了"辰伯"二字，还白了我一眼，意思是怪我太粗心了。[1]

"共知路旁多虎窟，未出深林不敢歇。"1943年11月重庆《中外春秋》一则报道《郑振铎在四马路赛跑》颇可说明他的沉着警惕：

> 宁方敌伪慕郑振铎之名，亟思绑为什么文化工作的主委，特派樊逆仲云到沪寻觅。樊逆过去与郑相识，素知郑振铎有书癖，常常在四马路一带旧书铺，购买遗弃的孤本与珍本。一天晚上，樊逆在旗盘街转弯的弄堂口，遇见郑正在出神地翻阅旧书，樊连连拍其背脊，郑仍不理，樊又拍了几下，郑才微转其首，刮目相看，知是樊逆仲云，不作一声，立即拔步狂奔，樊逆亦不与语，只是跟踪追赶，像在四马路举行远距离赛跑似的。郑氏终于逸去，樊逆大呼懊丧不止。[2]

这位摸透郑振铎的生活规律、熟悉其长相的樊仲云，才不是什么普普通通的汪伪特务。他曾与郑振铎共事于商务印书馆编译所，也是"文学研究会"成员。1927年郑振铎在流亡欧洲的船上写作的《回过头去——献给上海的诸友》提到"易羞善怒若小女子的仲云"，便是他。樊仲云在1927年前后曾加入中国共产党，出任黄埔军校武汉分校政治教官，1934年之后转任复旦大学、光华大学等校教授，主讲国际政治。1938年7月下旬，郑振铎为暨南大学招生事，在香港住了一个月，因为教育部驻港办事处附设在蔚蓝书店里，他在书店里几次遇

---

[1] 吴晗《忆西谛先生》，《郑振铎纪念集》，第122页。
[2] 重庆《中外春秋》第1卷第3期，1943年11月，第14页。

到在这里办公的林柏生、梅思平、朱朴、樊仲云几个人。"他们天天在蔚蓝书店会面,没有什么公可办,便群居终日,言不及义。发发牢骚,骂骂人,成了习惯。他们都是自命为郁郁不得志的人物,仿佛国家亏待了他们什么的。虽然他们各有'使命'在香港,但好像都未能满其所欲。"[1]1939年,这几个蔚蓝书店的文人,纷纷就任汪伪政府高官,樊仲云出任南京伪教育部政务次长、兼伪中央大学校长,1943年6月因涉嫌贪污而被罢免下台。[2]被革去官职后,樊仲云只保留伪亚联文会理事之类的虚衔。由此则报道来看,他还抱着绑架郑振铎以立功的企图,却因长跑耐力不如"猎物"而失败。[3]

郑振铎虽然是一介布衣书生,却一直是汪伪政府急欲笼络收买的对象。尤其是太平洋战争爆发之后,日本帝国主义对上海实行了政治经济的全面军事管制,同时试图通过奴化的文化政策,对沦陷区民众进行精神意识的控制。1943年6月10日汪伪政府发表《战时文化宣传政策基本纲要》,确立"动员文化宣传之总力,担负大东亚战争中文化战思想战之任务"的基本方针,强化各文化机构的宣传行动。这时候日本对中国的文化宣传,已经由"作战第一"改变为"掌握民心""新文化建设"。如果能将上海爱国进步人士的核心人物郑振铎"转化"为汪伪文化工作的主委,那么在这一场文化战中,汪伪无疑可得一城。这正是旧相识樊仲云出马的原因。

1943年秋天,发生在上海四马路上的这一幕赛跑,颇具历史隐

---

[1] 郑振铎《汉奸是怎样造成的》,《蛰居散记》,第24页。
[2] 朱守芸《南京中央大学的驱樊运动》,《钟山风雨》第3期,2008年,第55—56页。蔡登山《政论家樊仲云的人间蒸发》,《叛国者与"亲日"文人》,台北:独立作家,2015年,第371—387页。
[3] 樊仲云在抗战胜利后因"汉奸嫌疑"被上海高等法院提起公诉,但他早早逃到了香港,后于香港创办《新社会》杂志,1963—1966年,樊仲云作为"国际问题专家",常在《世界周报》《现代》等日本报刊发表政治观察文章。

郑振铎与樊仲云展开长距离赛跑的上海四马路

喻——两位二十多年前一同致力于社会改良的进步青年，如今一位为了立功恢复伪职，一位为了保存国家文献而隐居潜伏，在上海的书店街道上，你追我赶，展开生死赛跑。

第七章
难中相守的战时情缘

一灯荧荧,四无人声,相视而笑,不言而喻。但愿以此为始相扶助,以终此生耳。

——郑振铎《长乐郑氏汇印传奇》题赠手书

幸亏找到了小石。这一年的夏天特别热，整个夏天我以面包和凉开水作为午餐；等太阳下去，才就从那蛰居小楼的蒸烤中溜出来，嘘一口气，兜着圈子，走冷僻的路到他家里，用我们的话，"吃一顿正式的饭"。

　　小石是一个顽皮的学生，在教室里发问最多，先生们一不小心，就要受窘。但这次在忧患中遇见，他却变得那么沉默寡言了。既不问我为什么不到内地去，也不问我在上海有什么任务，当然不问我为什么不住在庙弄，绝对不问我如今住在什么地方。

　　我突然的找到他了，突然每晚到他家里吃饭了，然而这仿佛是平常不过的事，早已如此，一点不突然。

　　这一段别具画面感的文字，是郑振铎《秋夜吟》的开头。此文描写1942年至1945年上海全面沦陷时期，郑振铎"蛰居于一小楼上，杜绝人事往来"的隐匿生活。[1]学生小石，是文中的主角。文章描述了乱世中貌似平淡的日常生活：每晚吃一顿正式的饭，饭后舒舒坦坦地出去走风凉："我们一边走着，一边谈性灵，谈人类的命运，争辩月之美是圆时还是缺时，是微云轻抹还是万里无垠……"[2]

---

[1]　郑振铎《自序》，《蛰居散记》，第2页。
[2]　郑振铎《秋夜吟》，《蛰居散记》，第86页。

小石，并非"他"，而是"她"。对照陈福康整理《郑振铎日记全编》可以发现，小石就是徐微，郑振铎在暨南大学指导的学生。徐微原名徐淑娟，因父亲在东北交通银行供职，五岁从江苏常熟迁居东北，在哈尔滨女中读书时，与萧红同一个班级并成为好友。[1]徐微1932年考入复旦大学中文系，参加左翼作家联盟，翌年加入中国共产党，同年因参加进步学生运动被逮捕关押，后经地下党解救出狱。1938年，徐微转到暨南大学文学院续学，在校期间与周一萍（中共地下党员）、吴岩等人创办了学生抗日文艺刊物《文艺》[2]，以"舒岱""舒昂"的笔名发表诗歌小说。1939年，时任文学院院长的郑振铎成为徐微的毕业指导老师，"可是郑先生的家里经常高朋满座，他的夫人高先生也不大见得着，所以我们觉得拘束，不愿多去打扰"[3]。

徐微眼中的院长郑振铎，"昂昂七尺之躯，束缚在不知哪一年置的紧巴的'西服'内，系着根聊备一格的领带，此外，不无有点官腔"。在路上撞见时，"以那种北京的教授特有的绅士气派敦促：Miss徐，我很不好意思问起你的论文"。被院长亲自催促之后，徐微只好借了书来东抄西抄写论文，总算拿到毕业证书。1940年春天，徐微被一本香港出版的进步宣传读物《我们的檄书》诬陷为"上海的汪派"，她写好了自辩的公开信，请郑振铎帮忙发表，可是"先生不甚着意，仿佛这只是一场笔墨官司"。这一记由"自己人"打来的闷棍，让徐微对"进步文艺"深感失望——"真是不要搞政治了，不可以搞政治

---

[1] 萧军的小说《涓涓》的女主角涓涓就是以徐微为原型来写的，小说中的"莹妮"则是萧红。参见李丹、应守岩《萧红知友忆萧红——徐微老师采访录》，《百年诞辰忆萧红》，彭放、晓川主编，哈尔滨：北方文艺出版社，2011年，第31页。
[2] 《文艺》1938年6月创刊，1939年6月停刊，共出十六期，一度是"孤岛"上唯一的抗日文艺刊物。
[3] 舒岱《一个笔名的消失——"孤岛"〈文艺〉回忆》，《上海"孤岛"文学回忆录》下册，第319页。

了,不许搞政治了。舒岱从此没有了。"[1]

一、记得去年今日么?

"记得去年今日么?"[2]

二人重逢时,已是1943年3月17日。郑振铎这一天的日记首次提及:"一时半许,至张宅。晤徐、罗二生。谈至近七时始散。"张宅,就是位于金神父路的张耀翔家[3],上海全面沦陷后,郑振铎离家独居,常到张宅吃晚饭。在张宅遇到的暨大学生"徐"就是徐微,"罗"是徐的同学罗仲京,即《秋夜吟》里一起散步的"后楼的小姐L"。

徐微1934年在哈尔滨与徐姓医生结婚,1943年春天,二十八岁的徐微一个人留在上海,似乎正在找工作。郑振铎日记写到,重逢十天后,因为留心帮她找工作,约在大同餐馆见面,"谈甚畅,饭后,偕至寓,谈至四时,送其归"。徐微表示,家里人希望她从事她特别不想做的某项工作,然而她最终也没有接受郑振铎介绍的"国文教员"一职。从郑日记推测,徐微在4月中旬找到了一份"办事处"的工作,她的子女在2015年汇编的自印本《徐微纪念文集》透露,徐微当时在"全国商业统制总会"(简称"商统会")做职员。商统会是南京汪伪政权为掠夺物资而建立的行政机构,1943年3月在上海设立总会,下设米粮、油等专门委员会。商统会的工作比较清闲,"会里职员除写写例行公文、编编统制会刊,就无公可办",办公费每月有大

---

[1] 等到1982年,"孤岛"文艺的研究者采访徐微,才为她解开这个五十多年前的心结。《我们的檄书》可能是国民党假借上海的中共地下党之名,发表的所谓"讨汪檄书"。
[2] 1944年3月17日,《郑振铎日记全编》,第188页。
[3] 张耀翔,暨南大学教授兼教育系主任、教务长,其妻程俊英为暨大文学院教授,郑振铎初恋王世瑛在北京女子高等师范学校的同班同学。

暨南大学就读时期的徐微

量节余,"会里一大群男女职员,整天谑浪笑乐"[1]。

徐微早于1933年加入中国共产党,这次重返上海,适逢新成立的商统会在招聘职员,如此巧合,恰恰说明这份待遇优厚且掌握物资命脉的好工作,并非蛰居中的郑振铎安排的,而是地下党组织运作的结果。这也是为什么徐微突然变得沉默寡言,《秋夜吟》说她"既不问我为什么不到内地去,也不问我在上海有什么任务,当然不问我为什么不住在庙弄,绝对不问我如今住在什么地方",这是因为地下工作的纪律要求,她也要避免被郑振铎问到同样的问题。

《徐微纪念文集》中说,徐微以商统会职员的身份做掩护,"保持着与苏北新四军的联系,输送进步青年到根据地去"[2]。作为党外人士的郑振铎似乎并未知情,在他眼里,只有乱世隐居的岁月静好。4

---

[1] 金湛庐《记汪伪全国商业统制总会》,《文史资料存稿选编：日伪政权》,全国政协文史资料委员会编,北京：中国文史出版社,2002年,第891—892页。
[2] 《徐微纪念文集》,徐飞、徐鸣编,2015年自印本,第2页。

郑振铎与徐微的散步路线图

月中旬，二人见面变得频繁起来，日记常见"微来，谈甚久"。郑振铎借住居尔典路五弄，徐微租住的公寓位于徐家汇路打浦桥附近，相距不到四公里。正如《秋夜吟》描写的那样，郑振铎常在徐微处共进晚餐，饭后"步月"遛马路，沿徐家汇路、高恩路、潘馨路而至霞飞路，"随心所欲的向西散步，走了很多很多的路，沿途各吃一杯冰淇淋。微风徐来，灯影朦胧，殊为幽静爽隽"。

二、黑暗深海中，相互照亮

暨大时期的徐微本是一个顽皮活泼的学生，很得老师们的喜爱。吴岩《紫云英——方光焘先生二三事》回忆："方先生尽管一再说徐微'调皮'，还是很喜欢这个相当能干、老练而又锋芒毕露的学生的。"[1] 但是此时难中重相逢，二人已不再是三年前的模样。郑振铎发

---

[1] 吴岩《紫云英——方光焘先生二三事》,《衢州文史资料》第6辑，中国人民政治协商会议浙江省衢州市委员会文史资料研究委员会编，杭州：浙江人民出版社，1989年，第242页。

现徐微"情绪殊郁郁","回忆使微陷入急躁之境","常觉烦躁难过，似有心理的病源在内也"。

郑振铎也不复当年院长教授的意气风发。他没有跟随暨大内迁大后方，这意味着失业，而还要负责全家十口人的生存，为了糊口，只能时时卖书易米。他是"抗敌救亡协会"的主要负责人，被日方列入抓捕名单，不得不改名换姓，扮成一名古书商人，"每天早上，装作有工作的人上班，提着皮包出门，薄暮归来，包里总装有古书，似乎每天均有所得"[1]。这样的无业隐匿生活已经有一年多，与徐微重逢时，郑振铎正处于人生低谷。1943年3月28日记："这一星期，一无所为，不知何故，心绪殊乱。"4月25日记："这一星期又是空过，未着一字，心里殊为愧恨。如此因循下去，如何是了！"[2]

徐微的到来，或许让郑振铎找回一丝大学教授的存在感。《秋夜吟》写道："在吃过晚饭之后，什么版画，元曲，变文，老庄哲学，都拿来乱谈一顿，自己听听很像是在上文学史之类，有点可笑。"日记中说，徐微在"听课"之余偶发议论，"表现微的天真与气概来"。四年前的徐微对郑振铎只有敬与畏，此番难中重逢，她的天真与气概，驱散了老师心中的阴霾，郑振铎欣喜地发现这位旧日门生并非顽劣不可教，"微之见解均甚可喜，且甚相同"[3]。

郑振铎与上海名媛高君箴（商务印书馆元老高梦旦的幼女）结婚已届二十年，长女郑小箴十六岁，"母女间因琐故，喋喋不休，极为可厌，殊觉不痛快"[4]。一如十来年前《书之幸运》描写的夫妻状态，丈夫还是书痴，妻子仍是麻将迷。妻子偶尔住到郑振铎蛰居的小屋，

---

[1] 程俊英《怀念郑振铎先生》，《郑振铎纪念集》，第434页。
[2] 《郑振铎日记全编》，第142、149页。
[3] 1943年6月29日记，《郑振铎日记全编》，第167页。
[4] 1943年7月21日记，《郑振铎日记全编》，第176页。

仍在组局手谈，郑日记常有"箴犹在手谈未已，直至一时许始散"之类的记录。1943年7月8日，"送微归时，恰正十时，已甚倦，即乘车归，箴尚在作手谈也"。刚在徐微处纵谈古今的郑振铎，归家发现太太仍在桌上酣战，其落差感可想而知。7月16日晚上11点，郑振铎到李拔可宅门口等妻子牌局散场，等了好久不见人，他先行回寓，妻子打牌至12点半才回，"颇感不高兴，盖候人者总觉得时间之长也"。

上海沦陷时期，市区经常长时间停电，郑振铎与徐微或是月下相谈，或是"仅燃双烛，谈笑甚欢"。1943年6月29日，照例又是秉烛闲谈：

> 予云：如今不仅没有功名心，连事业心也不大有了。……微很鼓励予工作。然如此不定心，又如何能工作下去呢？如此的心灰意懒，又如何能起劲呢？凡一事完成后，便觉得索然矣。微则凡做一事均中途弃去，似更为彻底也。在双烛微光中，畅谈至近十时。如此谈话之人，似亦不易得也。[1]

以前被郑振铎多次敲打的学生，这时反而成为老师的鞭策者，虽然现实中徐微才是中途而弃者。郑振铎1944年日记改称徐微为"舒"或"岱"，夏秋日记几乎每天都提到"盘桓"，甚至"一日未见，幻想多端"。4月7日，"与舒谈，云：'从来没有这样的粘着过。'九时半归"。

1944年12月21日是郑振铎四十六岁生日，前一天，徐微为他点红烛暖寿，郑日记写道："很感动！谈至近九时，归。年将半百，所成何事，检讨半生，很自悔惧也！"生日当天，"贺客仅舒一人，倍

---

[1]《郑振铎日记全编》，第167页。

珍视之"。此年的阳历年末,"点了红烛守岁。至午夜,始互道吉祥语而别。舒云:'幸福是自己的手造成的。'夜月明甚,人声寂寂,闻狮吼"。徐微的这句新年祝语,在郑振铎听来,有如佛陀说法的"狮子吼",觉醒梦中人。

上海全面沦陷的三年间,"时时刻刻都在恐怖中,时时刻刻都在敌人的魔手的巨影里生活着"[1]。恰恰在战争的劫难中,在人生的至暗时刻,遇见了知己,"忘却追捕、躲避、恐怖、愤怒"[2]。郑振铎的蛰居日记,除了记录他与徐微在难中"盘桓相守"的日常细节,还记录了每晚的月光、梦境。因为身处黑暗,所以月光格外耀眼;因为现实颠倒,所以梦境反显真实。四十六岁的郑振铎,二十九岁的徐微,犹如生活在深海的小鱼,若不燃烧自己,以微光照亮彼此,四周便只是漆黑一片。

三、漫长余生的零回应

郑振铎与徐微的密切交往,从1943年持续至1946年夏天。此后,徐微随丈夫赴青岛卫生局工作,1947年,又随夫转到杭州。1948年1月,郑振铎赴杭州与徐微相会三天,因事前未向家里报备,导致"其家庭已报警局,请求查访其下落"[3]。1949年之后,郑振铎在北京工作,徐微随夫在杭州、嘉兴工作,二人一直保持鸿雁往还,直至1958年郑振铎出国遭遇空难意外去世。

有意思的是,今天我们能够看到关于二人关系的讲述,全部出自

---

[1] 郑振铎《求书日录》,《西谛书话》,第404页。
[2] 郑振铎《秋夜吟》,《蛰居散记》,第86页。
[3] 金小明《从郑振铎"失踪之谜"和"湖畔夜饮"说到他与徐微的交往》,《书边小集》,上海:文汇出版社,2019年,第96—97页。

郑振铎的单方面记载。郑振铎《秋夜吟》发表于1946年7月1日《文汇报》，后收入1951年出版的《蛰居散记》，因为做了艺术加工，又将小石写成"他"，读者很难发觉作者压在纸背的别样深情。涉及徐微的郑振铎蛰居日记，经陈福康整理，刊于《出版史料》《新文学史料》上，1998年、2006年二度结集公开出版。这些日记征得郑先生家属同意，对"作者未刊日记中一些不宜或不必公开的内容"，"作了很节制的删节"，完整地保留了二人的交往细节。这大概说明，在以郑振铎为主体的历史叙事中，这一段情缘不仅无损郑公的形象，反而是丰富其为人坦荡、有情有义形象的史料。

我们读1943年之后的郑振铎日记，可以见到徐微身影在在皆是，郑振铎甚至为了她"失踪"三天，惊动了上海警局与《正言报》《益世报》等多家报纸。徐微生于四月初八浴佛节，1948年二人分开之后，每逢浴佛节，郑振铎日记总会记上一笔，1948年此日记："与佛同生日者，远在他方，仅能遥祝其健康耳！"[1]1957年的浴佛节，身为国家文物局局长的郑振铎恰好在敦煌莫高窟考察，特地叮嘱下属准备面条（"嘱他们须备面吃"），"十二时半，吃面为午餐，并喝啤酒，为与佛生日人祝寿也"[2]。别人以为吃面为佛祝寿，其实他并非佛教徒，吃面又是一种暗暗的深情。

徐微对这段感情究竟怎样回应？郑振铎日记中，从未记录徐微的"情话"。1945年7月31日，徐微在病中问郑振铎："宁生病乎？宁高朋满座乎？"然后自答："宁生病。"言下之意是宁愿他因她生病而留下——这似乎是日记中她最为直白的情话了。日记中的徐微，常带着病容闹脾气，郑振铎在宽慰她的同时，自己也处于惕惕不安的状态：

---

[1] 1948年5月16日记，《郑振铎日记全编》，第368页。
[2] 1957年5月7日记，《郑振铎日记全编》，第515页。

"盘桓终日,似犹未足。此境可恋,而又可怕。"1945年6月3日,"盘桓终日,无话不谈,但总似避免了一个要点不谈。情绪紧要,但有时总觉得凄惶、惆怅"。同年10月11日,"至舒处,谈颇畅。为之生火烧饭,但不能在那里晚餐,颇苦。舒亦不甚高兴"。——这时已经是抗战胜利后,郑振铎回到庙弄家中居住,不方便在外晚餐。

徐微于2012年逝世,享年九十八岁,相比郑振铎,她度过了"漫长的余生"。不知徐微是否读过80年代之后公开的郑振铎日记,在1985年她所写回忆文章《一个笔名的消失——"孤岛"〈文艺〉回忆》中,她只是简单提及暨南大学时期的师生交往。《徐微纪念文集》也只有一句提及这段交往:"是老师郑振铎先生的得力助手。"[1]

作为学术助手,是"公"的一面,这是双方所承认的。1983年,复旦大学教授赵景深在《〈蕴华集〉序》中说,上海沦陷时郑振铎所住的"秘密的去处,这地方要弯弯曲曲地转好几个弯才能找到。他住在楼上的一个房间。复旦大学有个女同学徐微,是一位高才生,学问很好,做他的助手"[2]。1987年,上海社科院的陈梦熊访问徐微,提及二人关系:"她与郑公的师生关系,有异于别的弟子,尤其在'孤岛'陆沉后的一段黑暗年月里。""她是郑公其时手下唯一的助手,她也自称为'听令一卒'。"[3]

"从来没有这样的粘着过",则是"私"的一面,这样的表述只在郑振铎日记中出现。考虑到徐微的零回应,私的一面,会不会是郑振铎单方面的一厢情愿甚至幻想呢?前后长达十五年的密切交往中,郑振铎给徐微写过上百封信件。光是1945年秋天一个半月的短暂分开,

---

[1] 《徐微纪念文集》,第2页。
[2] 赵景深《〈蕴华集〉序》,《蕴华集》,福州:海峡文艺出版社,1985年,第2页。
[3] 陈梦熊《郑振铎持赠徐微的〈李长吉文集〉题跋》,《文幕与文墓》,南京:东南大学出版社,2004年,第277页。

郑振铎就给徐微写了十七封信，可是只接到五封回信。郑振铎日记详记双方来往信件的数目，可见对此甚为在意。1957年全年，时任文化部副部长、文物局局长的郑振铎至少给徐微写过三十七封信，可是只收到四封回信。1987年，陈梦熊问及手头是否还有郑公的遗物和墨迹，徐微说，经过"文革"，信件已片纸无存。时过境迁，已难寻觅见证二人"难中相守"的物件。

四、题跋中的古典浪漫

蛰居时期郑振铎极少写作学术文章，他生活中心是"阅肆"，到书店访求古籍，同时，"我也曾陆续的整理了不少的古书，写了好些跋尾。我并没有十分浪费这四年的蛰居的时间"[1]。那些手书于古籍上的题跋，往往将此时、此人、此情、此景等历史信息定格其中，是郑振铎学术人生的独特载体。因此，若要寻觅郑徐情缘的见证物，在当事人日记之外，还有一个途径，就是郑振铎的书籍题跋。

1958年郑振铎因公殉职之后，家属遵照其遗志，将全部藏书捐献国家，北京图书馆（今中国国家图书馆）设立"西谛书库"，专室储之。笔者近年多次到西谛书库查访与徐微相关的书籍，一无所得。反倒是在东北师范大学图书馆，找到一部郑振铎持赠徐微的《长乐郑氏汇印传奇》。此书是郑振铎自费印行的十二册戏曲合集，第一册扉页上，有他写给徐微的二百八十五字毛笔朱书。任职该馆的刘奉文先生曾撰《郑振铎题记一则》[2]加以介绍，但将题记时间释为1934年。是年二人尚未相识，题记的内容遂变得无从解读。《长乐郑氏汇

---

[1] 郑振铎《求书日录》，《西谛书话》，第417页。
[2] 刘奉文《郑振铎题记一则》，《读书》第9期，1990年，第76页。

印传奇》序署"民国二十三年七月七日",事实上此书影印出版时间是1944年,为迷惑敌伪而故意提前十年。郑振铎自序开头即言:"天时不正,河山如墨,泥泞载道,跬步不得,计唯闭户读书以自遣耳。"[1]所言明显写于上海沦陷时期,而且他的日记亦曾屡次提及出版过程:1943年3月起意,1944年5月找到张叔平出资赞助,7月8日,"写《传奇序》,携序,拟请舒书之,商正不少";9月装帧成册。"舒",就是徐微。

《长乐郑氏汇印传奇》的编印过程,恰好与二人情感进展同步,而在这篇手写题跋中,郑振铎也对一年半的感情历程进行了回顾。他先交代自己"杜门读书,久绝人世间",仅与三数老友有所往还,其中"微君时能针予过、中予失,过从尤密"——说明二人在智识上的相互吸引。该书编成之后,"微君乃欣然有同心,为署签,为写序言,即今墨版者是也"。——这条信息非常关键,也就是说,现在我们看到的印本序言是由郑振铎撰写、徐微手书。

郑振铎一向提倡"书法非艺术",朱自清1933年日记记载梁宗岱宴客,"振铎在席上力说书法非艺术,众皆不谓然"[2]。在这篇给徐微的题词中,郑振铎也说:"予不善书,尤恶世之以书家相标榜者。"郑振铎素来不以书法为意,抗战时期他编印的书籍,序言一般都是铅字印刷,这次请人署签书名和手写序言,可谓破天荒。若以书家的标准来评价,徐微书法并不出彩,郑振铎也在题词中自我分析情有独钟的心理动因:"然观微君书,则亦未尝不爱好之,殆心有所感,意有所注,遂处处有同嗜欤?"

《长乐郑氏汇印传奇》限印一百部,后来一直没有重版,今天已

---

[1] 郑振铎《西谛书跋》,第587页。
[2] 《朱自清全集》第9卷,南京:江苏教育出版社,1998年,第215页。

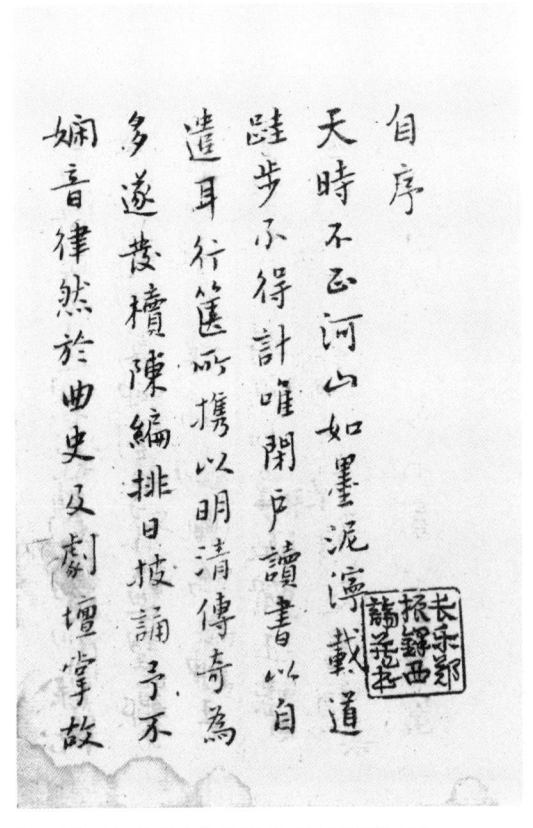

《长乐郑氏汇印传奇》徐微手书的郑振铎自序

如元明版古籍一般珍贵。这么一部限量版,书名与序言竟然是郑振铎与徐微"珠联璧合"的结晶。二人借用传统文人的互题互跋方式,为这段难中情缘留下一抹古典浪漫。

东北师范大学图书馆收藏的郑振铎持赠本是一百部之外的"特制赠送本"第一部;第二部特制本现藏国家图书馆,原赠予赞助此书出版的张叔平,扉页有郑振铎手写题词,落款时间与徐微本一样。赠徐微本的题词末云:

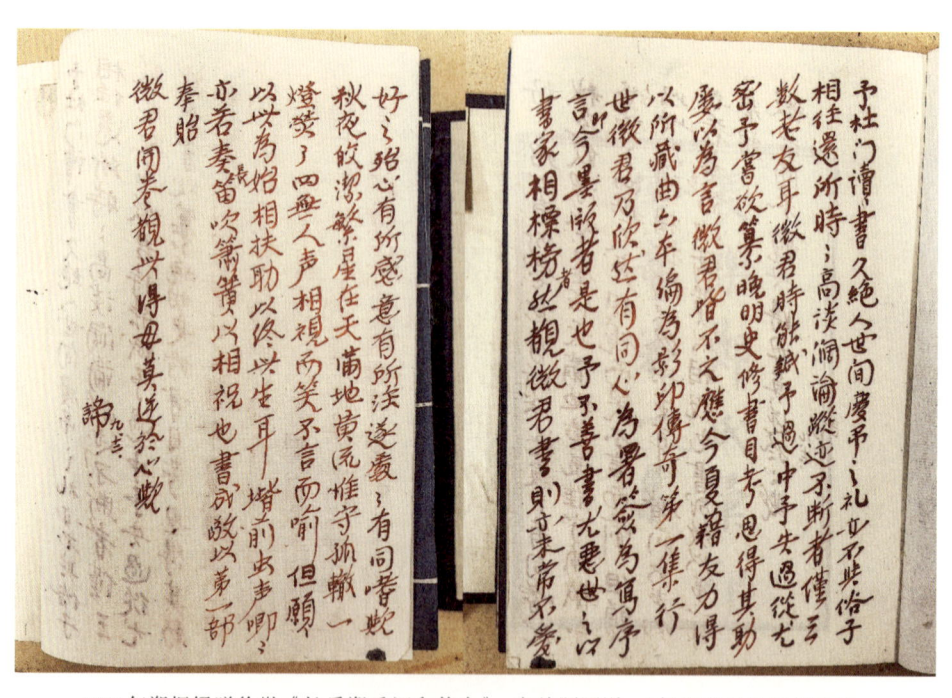

1944年郑振铎赠徐微《长乐郑氏汇印传奇》，书首题词说："但愿以此为始相扶助，以终此生耳。"此本现藏存东北师范大学

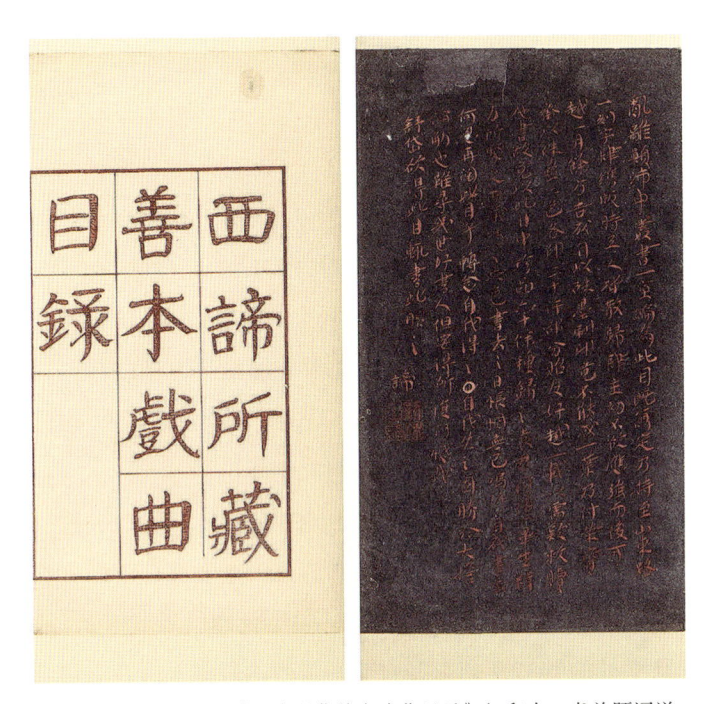

1944年郑振铎赠徐微《西谛所藏善本戏曲目录》红印本，书首题词说："难寻几世好书人，但要得所，复何憾哉！"

秋夜皎洁，繁星在天，满地黄流，惟守孤辙。一灯荧荧，四无人声，相视而笑，不言而喻。但愿以此为始相扶助，以终此生耳。阶前虫声唧唧，亦若奏长笛、吹箫篥以相祝也。书成，敬以第一部奉贻微君，开卷睹此，得毋莫逆于心欤？[1]

对照郑振铎日记，1944年8月22日，徐微决定回常熟老家一趟，郑振铎"无计可留，只有怅然而已"。9月2日，徐微终于回到上海，之后两人每晚见面。郑振铎手写赠词的9月12日，"谈至十时半，话仍未完，然不能不别矣"。此时正是秋天，繁星在天，虫声唧唧，《秋夜吟》也有类似描写："秋虫的声音到处都是。"一灯荧荧，四无人声，难中相守的两个人，相视而笑，莫逆于心，达成了乱世知己之间的约定，"但愿以此为始相扶助，以终此生耳"。

这部郑振铎持赠本，犹如岩浆冷却的花岗石，落在长春的东北师大图书馆一角，无声地诉说着郑徐感情火山迸发那一夜的翻涌滚烫。根据校方购书记录，此书早于20世纪50年代即已入藏该馆。另一部曾藏于徐微处的1937年郑振铎自刻的《西谛所藏善本戏曲目录》，扉页有郑振铎二百多字的亲笔题跋，末云："舒岱欲得此目，辄书此贻之。"此书近年二度出现于拍卖会上，书中另钤过藏者"海虞沈传甲经眼"印章。海虞即常熟，也是徐微的家乡，沈传甲解放初在常熟开设旧书铺，1958年转入文管会从事文物工作，现藏南京图书馆的《季芝昌日记》也是沈氏早年藏品。[2]

这两本有着郑振铎手迹的持赠品，很可能早在郑振铎去世之前，已经从徐微手中散出。一本流落常熟，一本漂泊关外，郑振铎赠书时

---

[1] 郑振铎题词，东北师范大学图书馆藏《长乐郑氏汇印传奇》。
[2] 张剑《中国近代日记文献研究的现状与未来》，《国学学刊》第4期，2018年，第121—131页。

希望徐微"开卷睹此,莫逆于心",终究是落空了。

五、男性凝视与女性沉默

郑振铎与徐微的十五年相知,类似顾颉刚与谭惕吾的五十年情缘。谭惕吾曾任第五届全国妇联副主席,终身未嫁,从未接受过顾颉刚的追求,读者只是通过顾氏日记,才知道这段长达五十年的单相思。与"顾谭故事"不同的是,郑、徐二人至少曾经相伴相守,度过三年患难。徐微在1946年之后从事卫生教育工作,相夫教子,1970年在嘉兴卫生学校退休,与丈夫相伴终老。战时情缘在她九十八年的人生叙事中一片空白,连患难中受赠的郑振铎手迹本也早早散出。

无论是谭惕吾还是徐微,读者都是从男方的私人记述中窥见她们的"被恋者"身影,近年公开的梅贻琦日记中的恋人"珊"(杨净珊)[1],亦是如此。男方的日记为我们展开了一幅情深意长的隐秘影像,而来自女方的资料则完全缺席,这就形成了某种"男性凝视"(male gaze):女性处于被表述、被观看、被欲望化的视域中,她们的沉默被视为女性的德行。

假如徐微也有一本像丁玲《莎菲女士的日记》那样的自我言说,她的形象,将完全不同于郑振铎日记中富于女性气质的多愁善感的"微",而是潜伏于敌伪物资部门,秘密输送青年到红色根据地,同时又辅助郑振铎抢救文献的有学问、有胆识的地下工作者。或许徐微遵守组织纪律从未向郑振铎透露自己的真实身份,又或许郑振铎为了保护她,日记中只字不提徐微的工作情况,但偶尔有她不打招呼消失一

---

[1] 关于梅、杨情事,可参见谭苦盦《"还剩旧时月色在潇湘"——梅贻琦日记之"珊"》,《掌故》第6集,徐俊主编,北京:中华书局,2020年,第232—253页。

两天,让他空等的记载。假如郑振铎知道徐微地下党员的真实身份,或许不会因为徐的突然消失而惆怅。

郑振铎恰恰是最早走出男性凝视、率先研究女性文学的先行者。他将出自女性作家之手的《天雨花》《笔生花》《再生缘》等弹词纳入研究视野,1927年在中国学界首次提倡"妇女的文学"学术概念,指出这些弹词"一面出于女作家之手,一面亦为妇女所最喜读,真是by the women,for the women 及 of the women 之书"[1]。郑振铎敏锐地指出,女性弹词普遍的"女扮男装"叙事模式,其实揭示了女性在男权社会里无法摆脱的困境:

> 每一部出于妇女之手的弹词,写的总是女扮男装,考中状元,做了宰相,为国家建大勋、立大功。可悲的是,当她们将男装脱下,露出本来面目的时候,她们的幻梦却不得不被打得粉碎。她们始终只是家庭里的一个囚徒。连左仪贞那样了不起的女英雄,那样个性极强的人物,却也不得不放下了她的事业,成为人之妻,家庭之主妇,当她的真面目不能掩藏了的时候。[2]

这段评论写于1934年,其实是针对五四时代的觉悟女子从笼里冲出来之后的普遍困境有感而发的。郑振铎的初恋王世瑛,是五四第一代女作家,也是中国第一代女大学生,在北京女子高等师范学校就读期间还曾担任学校的学生自治会主席,她在投身新文化运动之时,结识了在北京铁路管理学校读书的福建同乡郑振铎。王家是福建有名

---

[1] 郑振铎《西谛所藏弹词目录》,《郑振铎文集》第6卷,第248页。
[2] 郑振铎《三十年来中国文学新资料发现记》,《郑振铎文集》第6卷,第481页。

王世瑛与丈夫张君劢

的世家，王世瑛父亲时任教育部主事，嫌弃郑振铎家世不好，竭力反对这段恋情，王世瑛也缺乏反抗礼教的勇气，两人最终劳燕分飞。与王世瑛同为女高师"四公子"之一的庐隐，以王世瑛、陈定秀、程俊英等同窗好友为原型创作了小说《海滨故人》，记录了五个五四知识女性在人生道路上探求、彷徨以及最终逃避、屈服的思想轨迹，小说中也櫽栝了郑王二人令人遗憾的爱情故事。1925年，王世瑛与年长其十三岁的张君劢结婚，婚后回归家庭，停止了文学创作，1945年3月，因难产，于重庆去世，享年四十六岁。[1]

---

[1] 蔡登山《海滨有故人——记王世瑛与郑振铎的初恋情缘》，《消失的虹影——王世瑛文集》，台北：秀威资讯科技股份有限公司，2006年，第11—37页。

徐微虽然不是五四一代，依然面临与上一代同样的女性困境。抗战时期的徐微，好比《再生缘》中女扮男装的孟丽君，一人闯荡上海执行秘密任务，为郑振铎带来"安全的感觉"[1]。1946年之后，她回归到人之妻的社会角色，回复郑振铎的来信也渐趋冷淡，漫长余生中，亦绝口不提难中相守的这份战时情缘。我们很难判断这是女性对待感情的成熟态度使然，还是传统社会"性别规训"潜移默化的结果。1945年，郑振铎告诉徐微，他的初恋王世瑛刚刚谢世，想写悼念诗，"一点也写不出什么"。徐微说："做悼亡诗者，再娶愈速。能写什么，感情便已过去了。"[2] 1981年，徐微回答为什么不写回忆录的原因时说："有些知己往事，感受很深，不去写它，它却时时浮现在眼前，光景常新；一动笔了，形象就好像要逃掉一些。"[3]

顾颉刚与谭惕吾，郑振铎与徐微，梅贻琦与杨净珊……在这些不无令人唏嘘的"绝恋"背后，男性视角的诉说，女性视角的沉默，对比强烈的两极，折射着20世纪中国社会性别关系的一个侧面。

---

[1] 郑振铎《秋夜吟》，《蛰居散记》，第85页。
[2] 1943年7月2日记，《郑振铎日记全编》，第168—169页。
[3] 李丹、应守岩《萧红知友忆萧红——徐微老师采访录》，第32页。

第八章 慷慨好义的「叔平先生」

可怜，惟有"书"堪卖耳。曾力劝其"退"，惜不能听，在"乱世"颇有应付之才，在胜利后，则失其作用矣。

——郑振铎日记

1944年，郑振铎在外蛰居的第三个年头。

这一年，他出售了三批藏书以换米，但就在如此"奇窘"之中，还有能力影印出版《明季史料丛书》（二十种十册）以及《长乐郑氏汇印传奇》第一集（六种十二册）。支持郑振铎出版事业的友人，便是1940年之后频繁出现于日记中的圣泽园主人"叔平""张君"，《求书日录》中"带着侠义之气概"的"张叔平先生"。1944年9月，郑振铎在送给这位张君的"特制赠送本"扉页上手书两页热情洋溢的赠语，感谢"叔平先生古道热肠"。可是，如此珍贵的赠送本，如今却藏在中国国家图书馆的"西谛书库"。难道张叔平并未收下这份礼物？蹊跷的是，1948年5月之后，这位张叔平再未出现于郑振铎的所有日记中，后来纪念郑氏的友人文章亦无一处提及此君。

这位在郑振铎生命低谷出现的侠义之士，在嘉业堂主人刘承幹口中，却是"声气甚广""有恃无恐"的恶霸。他将1940年"文献保存同志会"无力购下的嘉业堂宋元善本囊括一尽，且有能耐将六年来深陷南浔日军管控的嘉业堂藏书运至上海，但后来刘、张各不相让，终成买卖纠纷，双方搬出周佛海、褚民谊、罗君强等汪伪高官"斗法"，未分胜负。此事风波迭起，延至抗战胜利后，经过顾毓琇、杭立武、蒋复璁等出面调解，方告平息。而张叔平在获得嘉业堂藏书之后并未深藏书斋，转手分批卖出，从而导致嘉业堂旧藏书流散于浙江大学图书馆、香港大学冯平山图书馆、澳门何东图书馆、美国加州大学东亚图书馆，这些书上还盖有"张叔平"朱文方印[1]。

在1944年沦陷的上海区，这么一位各方面都"兜得转"的厉害角色，一定不是一介书生或者一名商人。如果我们顺着郑振铎、刘承幹日记的线索，向历史档案深处探寻，这时候，一个"三面间谍"的灰色身影，便渐渐浮现。

一、张子羽：晚清重臣张百熙的公子

张叔平当然是一个化名，此人真名张振鋆（1897—1970），子羽、任庵、稺潜、忍安皆其字，晚号"蜷厂"。他的父亲是清光绪年间的一品大员张百熙[2]，官拜邮传部大臣，是京师大学堂（北京大学前身）创办人，有"中国大学之父"美称。张子羽为张百熙侧室杨氏所生，由正室赵氏抚养。1907年，张百熙病逝，终年六十岁，各界人士捐银七千两，本商议铸"文达公"铜像立于京师大学堂。但张百熙身后萧条，次子张子羽方十岁，上下尚有未成年的姊妹弟弟三人，于是众议

---

[1] 嘉业堂藏书聚散研究论文，涉及张叔平购书事的有：周子美《嘉业堂藏书聚散考》，《文献》第2期，1982年，第220—224页；王茜《嘉业堂藏书聚散考》，复旦大学博士论文，2005年；吴格《吴兴刘氏嘉业堂藏书聚散考略》，《书目季刊》第37卷第4号，2004年，第17—44页；朱小燕《嘉业堂藏书之聚散考略》，《图书馆》第4期，2010年，第138—139页；冯国栋、张敬霞《浙江大学图书馆藏〈嘉兴藏〉初探》，《浙江大学学报（人文社会科学版）》第3期，2020年，第223—230页；张凯、梁诗敏《浙大购置嘉业堂藏书史事考》，《浙江大学学报（人文社会科学版）》第9期，2022年，第36页。以上诸文对张叔平其人其事皆略略带过，未及深入。刘承幹在1946年以后写有《壬午让书纪事》稿本，详述与张叔平自1942年秋至1946年冬的书事纠纷，但书中对于张叔平身份介绍亦比较简略。

[2] 张百熙（1847—1907），字埜秋，一作冶秋。湖南长沙人，清同治十三年（1874）进士。光绪末年为士望所重，任工部尚书、吏部尚书、管学大臣、户部尚书、邮传部尚书等职。张百熙有三子：长子张振镛（父亲过世后补江苏道员）、次子张振鋆（即张叔平）、幼子张振锽。

312　暗斗：一个书生的文化抗战

1940年之后频繁出现于郑振铎日记中的张叔平（照片摄于三十岁时）

将此款赠其遗属为生活之资，暂时储存于北京一家钱庄生利息，不久这家钱庄倒闭，款亦被干没。[1]张氏全家不得不南归长沙故里，张子羽就读于父执胡元倓开办的明德学堂，并于民国四年（1915）考入北京大学文科。[2]

湖南势力在晚清民国的军政界声势颇壮，张百熙是湖南长沙人，其生前对乡人扶植有加，所以张子羽在父亲故旧袍泽的庇荫之下，北大毕业之后，即投笔从戎。1940年2月15日，教育界元老胡元倓为介绍张子羽往上海，致浙江兴业银行董事长叶景葵函云："冶秋先生（按：即张百熙）世兄子羽亦在明德肄业，少年多病，未能负笈西洋，近十年来在军官学校工作，弟曾介绍于陈果夫，颇得蒋先

---

[1] 喻血轮《绮情楼杂记》，北京：中国长安出版社，2011年，第11页。
[2] 《名诗人张叔平逝世》，《香港工商日报》1970年5月20日，第6版。

生青睐。"[1]此函可与台北"国史馆"《军事委员会委员长侍从室》卷宗[2]作一对读,则知张子羽1928年任南京中央军校政训处秘书,经陈果夫引荐,曾在蒋介石军事委员会侍从室任职,是陈布雷属下。[3]张子羽晚年在香港作有多首旧体诗赠予这段时期的同僚,比如《赠萧化之兄》云"幕府当时两少年,重逢今日渐华颠"[4],萧赞育(字化之)是湖南邵阳人,黄埔军校第一期学员,被世人称为蒋介石的"十三太保"。再如《赠王新衡》云"裘马当时亦少年,春明群从忆从前"[5],王新衡1932年任军事委员会政训研究班第一期政治指导员,抗战时期在香港担任军统华南区区长。张子羽的妹夫为沈遵晦[6],抗战时期任成都中央军校政治部少将副主任兼政治总教官、中央组织部秘书。

张子羽的正室郭若璘,是湖南出身的晚清重臣郭嵩焘的侄女、郭崑焘[7]的小女儿。郭氏婚后一直与张子羽的母亲住在杭州,1940年病逝于杭州。长子张孝直1923年出生,空军军官学校第十六期航空班毕业,抗战初期在武昌入伍。张孝直《怀念父亲》一文回忆自小"几乎成年

---

[1] 1940年2月15日,胡元倓致叶景葵函,《叶景葵年谱长编》下册,第966页。胡元倓(1872—1940),湖南湘潭人,1903年创办长沙明德学堂,辛亥元勋黄兴为该校教员,并在明德学堂创立华兴会,宋教仁、陈天华等革命志士也都曾在此学习。1938年明德毁于长沙大火后迁往四川。1940年11月,胡元倓病逝于重庆。

[2] 参见台北"国史馆"《军事委员会委员长侍从室》卷宗中的系列一"张煦(张羽)",典藏号:129-010000-2148。

[3] 1932年,国民政府重组军事委员会,蒋介石任委员长,次年,将经常跟随之参谋、秘书、副官及侍卫人员等,组成了侍从室。1936年1月,正式成立军事委员会委员长侍从室。

[4] 张叔平《蜷厂遗稿》,香港:新亚洲文化基金有限公司,1998年,第200页。

[5] 同上书,第212页。

[6] 郑振铎1947年10月28日记,"即至锦江,晤叔平及其妹与妹丈沈遵晦,谈了许久。"《郑振铎日记全编》,第308页。

[7] 郭崑焘(1823—1882),湖南湘阴人,郭嵩焘之弟。曾国藩东征、左宗棠援浙时都倚重郭崑焘。其女郭若璘最晚于1882年出生,而张子羽出生于1897年,女方年长男方十几岁,有可能系双方父母生前定下的联姻。

累月难见父亲的面","他生前做过些什么也从未向我们透露过"[1]。张子羽的行踪飘忽不定,目前较为清晰的文献是他在1946年为汉奸周佛海暗通重庆一事出庭做证时,对"抗战前做何工作"问题的回答:

> 抗战前在何应钦将军部下工作,抗战后在杭州。自杭州沦陷逃往香港,二十八年化名来上海(化名张叔平,原名子羽),二十九年到重庆,后来又到上海与唐蟒联络,从事地下工作。三十三年我就已知道周佛海与中央及军统局的关系了,但我不是军统局的人员。[2]

《西南日报》记者旁听此次审问,记录的信息更为完全:

> 第二个证人张叔平(子羽),湖南长沙人,与周佛海在军校先后同事,是顾祝同将军的亲信人物,也曾帮助张治中工作,也与军统局有过历史关系,是戴故局长雨农的朋友。他于民国二十八年回上海,是因为家庭关系而得蒋主席批准的,回沪后系第三战区驻沪联络专员。在三十年秋天,周佛海曾有书面意见呈交主席,由他亲自送交顾祝同转递,此意见就说明如何配合反攻,均有案可稽,并得主席批准。[3]

1937年"七七事变"后,国民党政府将全国划为五个战区,上海属第三战区。"第三战区司令长官顾祝同驻沪联络专员张叔平",这就是1939年出现在郑振铎面前的张君。《求书日录》记1940年1月4日

---

[1] 张叔平《蜷厂遗稿》,第251页。
[2] 《审讯汪伪汉奸笔录》,南京市档案馆编,南京:凤凰出版社,2004年,第156页。
[3] 马平《大成殿审周佛海》(下),《西南日报》1946年10月30日,第4版。

傍晚6时：

> 蔚南来电话，说某方对他和我有不利意。我一笑置之。但过了一会，柏丞先生也以电话通知此事，嘱防之。事情似乎相当的严重。即向张君查问，他也说有此事；列名黑单里的凡十四名，皆文化教育界中人（此十四人皆为文化界救亡协会之负责人）。予势不能不避其锋。七时，赴某宅，即借宿一宵。[1]

"蔚南"即徐蔚南，上海"孤岛"时期常与共产党驻沪人员接洽[2]；"柏丞"即暨南大学校长何炳松。郑振铎收到这两位朋友的提醒电话后仍不放心，又请张君再查问，张君反馈的信息清晰确凿，这才让郑振铎下定决心出门避难。这位掌握准确敌方信息的"张君"就是张子羽，当时他刚从香港化名到上海，为重庆做"策反"周佛海的地下工作。周佛海在1927年"四一二"反革命政变后，投靠蒋介石，任南京中央军校主任政治教官、政治部主任，蒋介石侍从室二处副主任，于1938年随汪精卫叛国投敌。张子羽与周佛海是湖南老乡，二人既有乡谊，更有同僚关系，在重庆看来，这是一颗绝佳的棋子。

张子羽自述1940年到上海之后，先与唐蟒联络。唐蟒是清末自立军首领唐才常之子，北伐战争时期担任湘军系的国民革命军第六军参谋长，1939年加入了汪伪政府，任伪和平建国军第三集团军总司令，驻扎上海。张子羽与唐蟒、周佛海皆为湖南同乡，初回上海，张大概是通过唐蟒关系见到了昔日同僚周佛海，从此经常出入周公馆。《周

---

[1] 郑振铎《求书日录》，《西谛书话》，第419页。
[2] 邵盈午《南社人物吟评》下册，北京：团结出版社，2022年，第601页。

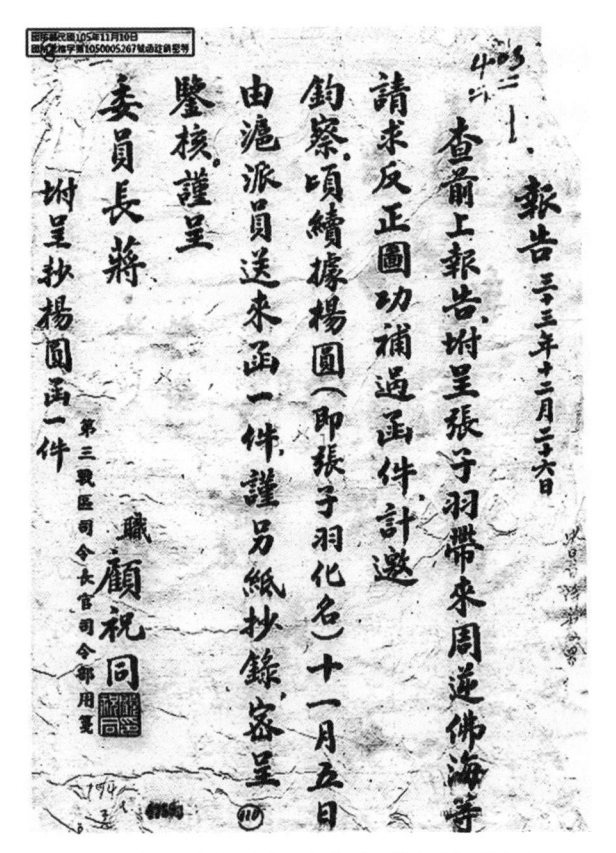

第三战区司令顾祝同向重庆呈交张子羽带来的周佛海密函

佛海日记》记录1941年12月4日，张子羽应周佛海之约，与之会晤："与张纵谈国际形势、中国前途与宁渝相处之道，约两小时。"[1]

抗战前顾祝同任国民党江苏省政府主席时，周佛海任教育厅长，两人关系密切，因而张子羽的身份是顾祝同派来接近周佛海的联络员。通过周佛海的关系，张子羽与汪伪政府的日本军事顾问——影佐祯昭、川本芳太郎，亦有交往。周之友（周佛海之子，后加入中共）《周佛海浮沉录》记：

---

[1]《周佛海日记全编》下编，北京：中国文联出版社，2003年，第616页。蔡德金《周佛海》，石家庄：河北人民出版社，1997年，第351页。

张子羽就告诉过我,他几次见过川本,并说:"前有影佐,后有川本,这都是支持你父亲的实力派人物。"当时,张子羽以第三战区驻沪办事处主任名义,在上海担任搜集日伪情报的工作。他深入虎穴,周旋于日伪群魔之间,不仅和川本等日本人维持了"良好"的关系,也深得周佛海的重视与信任。[1]

二、任庵:华克之、袁殊、关露的隐秘战线同盟

张子羽自述中提及1940年他曾在重庆逗留,后来回沪与唐蟒联络,重新立足上海滩。这个信息,正好可与湖南教育界元老胡元倓于此年2月15日写给叶景葵的介绍信相对证,信中云:"兹因国事奔走来沪,夙仰我公,特为介绍,可以弱弟视之。借呈相片一纸,乞哂存。"[2] 那么从1940年1月4日在上海帮郑振铎打听内幕消息,至2月15日在重庆取得胡元倓的介绍信,中间的一个月,张子羽因何事千里赴渝?这就要切换到张子羽的另一个身份——任庵。

张子羽在国民党党部时期认识了比他小五岁的华晥[3],二人结为知交,张子羽赠予小兄弟"克之"的名字,华克之则称张子羽的字"任庵"。1935年11月,华克之与王亚樵、孙凤鸣等人策划刺杀蒋介石、汪精卫,即"晨光社刺汪案",华克之遭到通缉,随后奔赴延安,1939年经周恩来介绍加入中国共产党,成为中共隐蔽战线上的重要领

---

[1] 周之友《周佛海浮沉录》,《湖南文史资料》第37辑,长沙:湖南文史杂志社,1990年,第172页。
[2] 《叶景葵年谱长编》下册,第966页。
[3] 华克之(1902—1998),原名华晥,化名胡云卿,别名张建良,江苏省宝应县人。早年加入国民党,曾任国民党南京市党部委员兼青年部长,1927年从事反蒋活动,长期从事地下工作。1950年后,任国家安全部情报研究室顾问、内政部副部长。

导人潘汉年在香港和上海工作的得力助手。1939年冬，华克之潜回上海建立中共驻沪情报据点，重新联系任庵，委托任庵向重庆的军统头子戴笠送一封信。原来，潘汉年手下有位特科情报人员名叫袁殊（原名袁学易），先后在早稻田大学、日本大学留学，与日本领事馆副领事岩井英一关系不错。上海沦为"孤岛"后，袁殊以军统少将的名义留了下来，1939年因军统上海区区长王天木叛变，被汪伪"76号"逮捕，后因岩井英一的干预而获释。[1]为了进一步获得"岩井公馆"的信任，在潘汉年的指示下，1939年11月，袁殊易名为"严军光"，出任了公开的汉奸组织"兴亚建国运动本部"的主任干事。如此一来，"叛徒"袁殊就成了军统"锄奸"的对象，为了避免军统方面误会，潘汉年通过华克之请任庵把袁殊的亲笔信送到重庆，亲手交给戴笠，表示持续为抗战效力的初衷。[2]

张子羽与戴笠也是旧识，而且又是国民党第三战区的联络人，正是完成这个秘密任务的合适人选。台北"国史馆"今藏戴笠批示密电，应系张子羽所带袁殊信函的回音。戴笠批示："此人有热情、有办法，弟确知其不至为汉奸。闻其家眷尚住公共租界，刘健同志颇知其情形，能否派刘健侦查其活动情形。"[3]被戴笠指派侦查袁殊情况的刘健，也是湖南人，时任上海军统情报组第二组组长。[4]刘健查实之

---

[1] 冯晓蔚《一个与狼共舞14年蒙冤20年的谍海健将袁殊》，《档案天地》第2期，2013年，第29—34页。

[2] 简奕《华克之》，《中共党史人物传：精选本9·隐蔽战线卷》，中国中共党史人物研究会编，北京：中共党史出版社，2010年，第77页。

[3] 《戴笠电燕骥关于袁殊被逆方捕后由敌领岩井英一保释现在敌领馆工作其不至为汉奸闻其家眷尚住公共租界能否派刘健侦查其活动情形具报》，台北"国史馆"藏《戴笠史料》，典藏号：144-010106-0004-020。原件未标识时间，笔者推测应为1940年1—2月之间。

[4] 樊绍烈《76号特务实录》，哈尔滨：北方文艺出版社，2013年，第194页。

《申报》1941年8月5日，第10版《声明》栏

后，任庵成功地将戴笠勉励袁殊的亲笔信带回上海，从而使袁殊安心地背负起"汉奸"恶名。袁殊很快升任汪伪中央宣传部副部长、"清乡政治工作团"团长，周旋于日伪与军统之间，为潘汉年搜集情报。

袁殊是公开担任伪职的地下工作者，相关的新闻报道比较多，而张子羽化名"张叔平"潜入上海，是以战时上海的新闻报纸难觅其名。1941年8月5日，上海《申报》的《声明》栏突然出现一则署名为"梅魂"的寻人启事：

> 张子羽先生，本月三日晚匆匆一面，不便谈话，现急欲与君晤面，详谈一切。盼打电话三七一三六约地会谈，不胜感激之至。梅魂

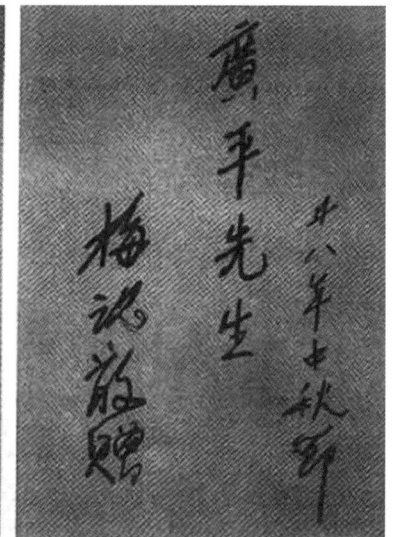

关露送给许广平留念的照片，署名"梅魂"

  这条神秘的启事，可能是"梅魂"冒险与张子羽接头的暗号。[1]
  梅魂就是关露。这位上海著名左翼女作家、诗人，早于1932年加入中国共产党，"八一三"事变后，受党组织之命，在沪以教师的身份从事地下活动。周海婴回忆，上海"孤岛"时期，关露常到家探望许广平，周海婴还在家中相册发现一张照片，背面上有"广平先生、梅魂敬赠"字样，落款的日期是"廿八年中秋"。他持此照片去请教关露的中共地下党上级领导梅益，梅益毫不犹豫地回答："不错，这人正是关露。"[2]
  1939年冬，关露受组织之命，利用和日伪特工总部头目李士群的关系，打入汪伪特工总部"76号"卧底，试图策反李士群。1941年底，

---

[1]《申报》1941年8月5日，第10版，《声明》栏。
[2] 周海婴《鲁迅与我七十年》，第196—197页。

第八章　慷慨好义的"叔平先生"　321

这项策反工作由潘汉年找别人接替，关露则奉命撤出。[1]——这条关露地下活动的信息，恰可连上1941年8月5日梅魂在上海《申报》的寻人启事。

革命时期，为了安全起见，中共地下党在上海的情报人员一般都是单线联系，彼此之间没有横向关系。华克之、袁殊、关露各自的单线联系人是香港的潘汉年，而张子羽（任庵）是党外人士，公开身份是国民党第三战区联络员张叔平，在上海已经站稳脚跟，与周佛海、唐蟒等汪伪高官多有往还。因此，"梅魂"很有可能利用这么一条登在"报屁股"的启事，试图通过张子羽联系上华克之这一条线，以便交接策反"76号"的地下工作。

华克之、袁殊应该顺利接替了关露的工作。1942年1月，得知许广平被沪西日本宪兵队逮捕，袁殊利用"清乡"工作之便向李士群进言，将许广平引渡至"76号"特工总部，同时迅速通知鲁迅生前好友内山完造，由内山出面保释[2]。1941年5月开始的"清乡运动"有一个工作条例："凡属中国抗日人员，被俘者一律交政工团处理。"[3]袁殊利用这一条例，营救、保护了许多抗日人士，其中便包括了许广平。

另一厢，任庵在第三战区和重庆军统处的身份是负责秘密联络周佛海的张子羽，他利用这一层身份的掩护，暗中为潘汉年搜集日伪

---

[1] 丁言昭《"春天里来百花香"——记关露》，《20世纪上海文史资料文库第7辑·影剧娱乐》，上海：上海书店，1999年，第339—340页。

[2] 时萌《袁殊营救许广平》，《鲁迅研究月刊》第10期，1996年，第67—68页。陈子善《袁殊与上海沦陷区文学》，《梅川书舍札记》，长沙：岳麓书社，2011年，第1—19页。

[3] 张学群《放眼亭畔话往事——袁殊同志打入汪伪四年自叙》，《苏州史志资料选编》第3辑，中国人民政治协商会议苏州市委员会文史资料研究委员会编，第24、29页。

和重庆的情报。1986年，华克之在《风雨话当年》回忆道："我的知交任庵正是周佛海和某司令长官早就相识而且双方都信得过的党外人士。潘汉年说：我们最欣赏任庵的，'是他对祖国、对人民的忠心耿耿'。"[1] 1942年7月10日，周佛海先后接见张子羽及中统情报人员陈宝骅，嘱两人秋凉赴渝一行。8月16日，《周佛海日记》载："约张子羽来，请其赴渝，与果夫、立夫、布雷联络，并带无线电呼号密号，以便联络，促成全面和平。张允一行，动身前再晤谈。"[2]

张子羽并未执行周佛海所托赴渝的任务，却在周处获得设秘密电台"与渝直接通电"的默许。利用这层关系，张子羽和华克之成功营救了电影《永不消失的电波》里主人公李侠的原型——李白。1942年初，中共江苏省委委派李白到上海参与建立秘密电台，负责与延安中共中央、中央军委的秘密通信。1942年9月，日本电台侦测人员破获了这个秘密电台，在福厦里路一间小阁楼上将李白逮捕，押送到日本宪兵队。华克之找到任庵，请其设法营救。任庵找了个机会向周佛海提起，自己有部与重庆联络的电台，报务员在一次发报时被日本人发现抓走，请周佛海设法搭救。他还利用周佛海好拉老乡关系的心理，告之李白也是湖南人，目前身戴重孝云云。由于周佛海的母亲、岳父等几个亲人被戴笠扣押在贵州息烽，周佛海认为此事可向重庆示好，遂向日本上海特务机关长熊谷和日本宪兵总部通话，要求照顾，还指定一名机要秘书同日方持续联络，直到1943年6月李白出狱为止。重获自由的李白转入华克之所属的线条工作，电波又流畅地从李白的指尖下转送到延安。"任庵作为那位司令长官的驻沪代表所接触到的一些机

---

[1] 中共上海市委党史研究室编《潘汉年在上海》，上海：上海人民出版社，1995年，第137页。
[2] 《周佛海日记全编》下编，第637页。

要情报，也都由中共地下组织交给李白发向延安。"[1]

三、张叔平：鲸吞嘉业堂藏书

1940年的重庆之行，张子羽在完成潘汉年交托任务的同时，还获得父执胡元倓亲笔所写"兹因国事奔走来沪"的推荐信，通过上海收藏界的老前辈叶景葵（叶与郑振铎的交往详见本书第三章第五节），以及父亲的门生张国淦（乾若），从此踏足上海文人雅士圈子。在这个圈子活动，"文达公（张百熙谥号）之子"固然是一张名片，但要称得上名门世家子弟，还须得家藏万卷书，于是张子羽着手建设他在上海的"圣泽园"藏书室。[2]

1941年春，"文献保存同志会"曾用二十五万元洽购了嘉业堂藏书的明刊本，对于外界普遍推崇的嘉业堂宋元珍本，郑振铎当时判断其中的断烂伪冒本过多，不值十万元，于是作罢。[3]转到1942年5月，刘承幹放出一个嘉业堂待售书目，包含七百余种明版书。南京的梁鸿志（汪伪政府监察院长）见到书目之后，觉得这些郑振铎的"余沥"居然索价翻倍，有点不值，他致函上海的李佩秋到刘承幹处探听内幕[4]，似乎未见下文。10月19日，郑振铎、施韵秋（1941年文献会洽购嘉业堂的中间人）拜访刘府，称有人愿出价二百万购买嘉业堂藏书："买方为张叔平，名振鋆，一字子羽，长沙人，文达公百熙之幼子，声气甚广，南浔之书可由渠请领'搬出证'，日军方面彼可接洽，

---

[1] 《中共党史人物传：精选本9·隐蔽战线卷》，第81页。
[2] 张百熙去世时张叔平年仅十岁，且为次子，他似未继承其父的藏书，李肖聃《退思轩诗集》说："(张百熙)乃家私被劫于叛兵，而子复戕于奸盗，名卿身后，群叹式微，藏书亦散落殆尽矣。"《李肖聃集》，长沙：岳麓书社，2008年，第605页。
[3] "致张信"，1940年12月27日，《为国家保存文化》，第144页。
[4] 详见《郑振铎年谱》，第869页。

不致有阻云云。"[1]

一见买家如此来头,再加上之前有过和郑振铎的交易,刘承幹爽快应承下来。两天之后,张叔平拿着定金上门签合同,由郑振铎、施韵秋做中证人。刘承幹对买方评价颇高——"其人甚俊爽,不愧文达公之子也"[2]。合同上写明,张叔平以中储券两百万元购买嘉业堂包括宋元刊本至普通本共十三万二千册,半个月内分批交书,分批付款;存于南浔的书籍由张氏向日方办妥手续后,于一个月内搬至上海交货。到11月8日,刘承幹交付了三批宋元明刊本,张叔平共付一百四十万元支票,每张支票都不是"即期支票",延后一周付款。当时上海物价一日数变,到了12月中旬,刘承幹认为他所交付嘉业堂藏书精华在当前狂涨物价下已抵两百万元,且张叔平迟迟未见推动南浔运书,遂去信要求解除合同。而张叔平复信主张他所付一百四十万元尚未收到合同规定相应书籍的一半,且南浔运书正在努力疏通日方、并非主观不作为。刘方主张跟随物价更新书价、而不是以书籍册数为付款比例,张方则坚持按照合同必须交出相应册数,双方争执不下。12月28日,张叔平计划在虹口百老汇大厦开"茶会",遍邀各方友好与刘承幹当场理论,但被郑振铎力阻。[3]百老汇大厦(今上海大厦)从1939年起就是日本侵华的据点之一,日本宪兵队特别高等警察课(特高课)就设在其中,兴亚院等日本文化特务机构也设在楼内,张叔平挑这么一个地点,其用意可想而知。

张叔平在嘉业堂这边使用三张延期付款的支票取得宋元珍本,另一边立即倒手卖给亿中银行董事长朱鸿仪,初议售价为中储券

---

[1]《壬午让书纪事》,《历史文献》第8辑,刘承幹述、吴格整理,上海:上海古籍出版社,2004年,第242页。
[2]《刘承幹日记》,转引自《郑振铎年谱》,第877页。
[3]《壬午让书纪事》,第247页。

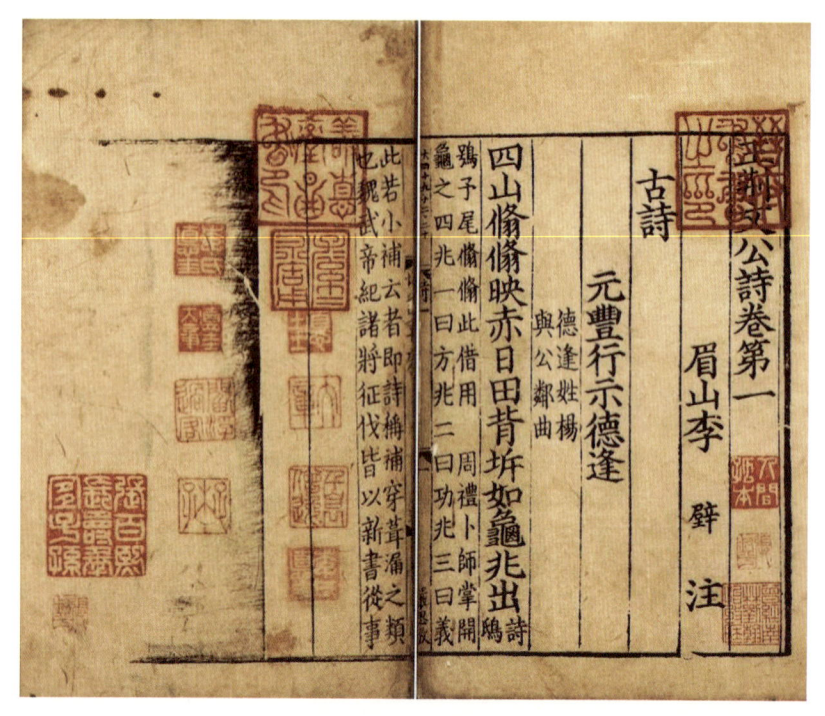

钤有张叔平及其父亲张百熙藏书印的宋本《王荆文公诗注》，原为嘉业堂藏书

三百二十万元——买空卖空，这么一转手，凭空多出一百八十万元。循例，张处首批书籍交付后，朱鸿仪先付给一百六十万元，他请张元济、叶景葵、徐森玉帮忙鉴别第一批书，张元济直言相告，此批书籍皆非精品。于是朱鸿仪决意退书，而张叔平坚决不肯还款，还说可以调换其他精品，但朱氏害怕再受其骗，坚持毋须多换、只要退款，张叔平仍坚持将书送来，而且改口说新送之书应该追加九十万元。往来磋商，最后朱鸿仪不得已又多付了四十万元，结束交易。

张元济不愧是老行尊，张叔平的确将嘉业堂最好的宋元本藏于手中，并且还邀请沪上名士一同品评这些新获珍本。其中有一部宋刻《王荆文公诗注》，徐森玉十三年前曾于北平大藏书家傅增湘举行的"藏园祭书会"上见过此书，1942年冬至这天，"叔平先生新获此书见示，翻口至再，如故友重逢，且动余今昔之感也"。这部勾起徐森玉今昔沧桑之感的宋版善本，从北平流转入嘉业堂，现在又转到张叔平手中，后来又作为礼物赠予谢承炳（1946年任江苏省第三区行政督察专员兼保安司令）[1]。两年前，徐森玉与郑振铎一起制定"同志会"收购嘉业堂书计划，考虑到宋元本精品不多而且索价过高，最后未购下宋元本。如今看到张叔平夸示的宋元本，徐森玉有点后悔当初过于谨慎，"至今思之，令人短气"。而且他发现张叔平只是以一小部分嘉业堂书转鬻于朱鸿仪，即已得大利，相比之下，刘承幹的开价过低，将来双方恐怕会有讼事。[2]

郑振铎大概意识到嘉业堂书事之"水深"，1943年1月29日，他去函刘承幹，声明退出"中间人"地位[3]，此后不再过问刘、张二人的交易。这时候，刘、张双方争执焦点在于南浔嘉业堂书的归属。刘承幹发现张叔平悄悄设下了一个圈套：张叔平声称日本人只认识他，必须把南浔的嘉业堂藏书说成是张氏的物权，才能领到"搬出证"。[4] 1943年秋天，张叔平已向各方面疏通，即将进行南浔搬书；刘承幹毕竟是南浔大户，亦具函请浙江省省长下令封禁保护南浔存书，次年又托到南京汪伪外交部长褚民谊，于是张、刘双方在南浔运书上再度僵持对峙。

五年前，东亚同文书院与上海"满铁"支所等日方机构都没有能力搬出的南浔书（详见本书第四章第六节），为何张叔平这么一个第三战区联络员却能"从空伸出拿云手"呢？刘承幹没有想明白、《壬午让书纪事》没有说清楚的"历史缝隙"，恰恰是张叔平的另两个身份——张子羽、任庵——所造成的。前者让他有了周佛海、唐蟒两座

---

[1] 1991年谢承炳将宋本《王荆文公诗注》捐赠给台北故宫博物院，现存于该馆。该书卷首钤有"嘉业堂藏善本""张叔平""张百熙长寿年宜子孙"等印，并有1942年冬至日徐森玉手书题记。
[2] 《徐森玉函蒋复璁》，1943年8月6日，馆藏号：042013。
[3] 《壬午让书纪事》，第247页。
[4] 同上书，第249页。

汪伪政府靠山，唐蟒在1944年7月给浙江省府发电报，要求保护张叔平所有之南浔嘉业堂藏书；后者则让他可以通过汪伪"清乡"运动的实际负责人袁殊获得搬出南浔藏书的物资通行证。[1]

1945年初夏，世界战局渐趋明朗，周佛海加紧通过张子羽联络第三战区顾祝同以及重庆的戴笠，暗中表衷心。政治身价水涨船高的"张叔平"重新发起对嘉业堂藏书的进攻。5月26日，汪伪上海保安司令部参谋处长余世杰带领伪警十余人封存了朱鸿仪家书籍，扣押朱氏六天，加以威逼利诱，最终令朱氏"自愿"解除契约，书籍由张叔平取回，并由张付与朱四百万的代管金。[2] 1942年朱鸿仪所付两百万当时值黄金三百两，而到1945年，张叔平所付四百万元，只值黄金四两，朱坚决不收这笔钱。张叔平取回朱鸿仪"代管"的嘉业堂书，转手即送了几十箱书给熊剑东（上海税警总团团长）做礼物。

7月11日，余世杰及其手下闯入刘承幹家中，将其所有书箱、书柜贴上保安司令部封条，19日，将全部刘氏书搬到一个工场封存。刘承幹在29日具呈周佛海（时兼伪上海特别市市长、保安司令）请求秉公彻查、发还书籍，因周氏不在，由秘书长罗群强代理。刘承幹又再呈请浙江省长丁默邨主持公道，结果发现罗、丁二人都是湖南人，且与张叔平皆有来往。

四、1944年的多面张公子

郑振铎在1944年可谓穷困潦倒。他在12月1日致信赵万里，谈

---

[1] 袁殊利用汪伪"清乡"运动营救新四军被俘人员的事迹，详见胡肇枫、冯月华、吴民《剑胆琴心：红色情报员袁殊传奇》，成都：四川人民出版社，1999年，第230—240页。

[2] 《壬午让书纪事》，第256页。

近况说:"弟售书为活,已近二年,精神上已经麻木不仁。"此年物价,米价二万六七千元,煤球每担二千余元,一家人用度需要六七万元,"深夜思之,往往失眠"[1]。这两年间他编写了四个目录,都是为了售书。《售书记》自述"差不多天天都在打'书'的主意,天天在忙于编目。假如天还不亮的话,我的出售书目又要从事编写了"[2]。1944年的书价比三年前涨了约十倍,普通一本标点书也要卖到二三十元,士声在此年2月的一篇《谈跑旧书店》随笔中说:"现在旧书店里没有像样的书,破落户的藏书,数年来已被搜一空,黑市场上也收不到东西,因之生意格外清淡。现在废纸已卖到三十元一斤,有些书店把销不去的书,作废纸出卖,一本厚厚的洋装书,如有二斤重的话,也要卖六七十元,氯氮平片一般旧书的价格不会便宜。"[3]

物价高昂,书价亦高,但是很少有私人愿意出资购买古籍,因为囤书不如囤物资;而等着售书来换米的人家尤其多,于是上海书市就出现了"有价无市"的惨淡局面。人散我收,正在扩充圣泽园书藏的张叔平出手阔绰,颇有"逆市而上"的气势,俨然沪上书林一大豪客。1月8日,郑振铎计划售让一批图书,整理了一卷《纫秋山馆行箧书目》,所谓"行箧书",意思是他搬往居尔典路匿居处随身带的一批书。郑振铎先是把书目、样书送至张叔平宅,奔忙了十余天,仍未有结果,感叹"可见购固不易,售亦甚难也",还在惴惴于"不知能成功否"。2月7日,谈妥价钱,第二天送第一批书至张处,四天后取得张叔平的第一批书款,至2月24日,共取回张处三批书款,具体金额未详。[4] 同

---

[1] 《赵万里年谱长编》,第234页。
[2] 郑振铎《售书记》,《西谛书话》,第399页。
[3] 士声《谈跑旧书店》,《民国日报(南京新报版)》1944年2月22日,第4版。
[4] 这批书共两百三十二种,主要为《四库全书》未收及存目的明刊本。《郑振铎日记全编》,第181—185页。陈福康《关于郑振铎卖书的一件事》,《新文学史料》第4期,2009年,第86—91页。

年8月8日，郑振铎又计划再出让一批清人文集，于是编了一卷《清代文集目录》，曾与张叔平接洽，后来卖给金城银行董事长周作民。郑振铎送书到周作民的秘书处，自嘲"大似一书贾也"[1]。1945年4月，郑振铎整理了另一批《纫秋山馆书目》书籍内的，以三百万卖给中华书局。[2]

张叔平先是在年初购买郑振铎的藏书，年中又两次赞助其出版。5月，郑振铎冒雨涉泥前来与他商量影印家藏孤本传奇之事，7月获得张氏资助纸款约一万五千元，7月20日的郑振铎日记说，"至张宅，传奇已订好样子，颇佳"。两个月就出版一大套《长乐郑氏汇印传奇》，可谓神速。9月，张叔平赞助郑振铎出版《明季史料丛书》，"圣泽园"作为出版方。两种丛书的牌记、题词、郑振铎《序》等，均有意写为"中华民国二十三年""共和甲戌"，乃是为了迷惑敌伪。9月12日，郑振铎在《长乐郑氏汇印传奇》"特制赠送本"第二部上题词：

> 叔平先生古道热肠，助人救世，日不暇给。此书之得于乱离之代，印成问世，全借叔平先生之力，固不仅予一人私衷感之也。夫古书之亡佚者多矣！……但有有力者能为古人之著述化身千百，其承前启后之功固不在学人专家之下也。叔平先生愿力弘伟，继此必复将有所刊布也欤！[3]

---

[1] 这批清人文集是郑振铎蛰居三年间搜集所得，共八百三十六种。见《郑振铎日记全编》，第223页。

[2] 郑振铎在隐居时期化名"纫秋居士"，这本书目托人送到中华书局总经理舒新城洽购时并未明言物主为谁，但舒氏"由其字迹辨出"为西谛所藏，觉得三百万的索价"论价不算贵"，最后中华书局图书馆按价收购，共九百一十种、五千四百多册。舒新城1945年4月11日、16日、18日记，《舒新城日记》第20册，上海：上海辞书出版社，2013年，第149、156、157页。

[3] 《长乐郑氏汇印传奇》，中国国家图书馆藏本，索书号：XD6018。

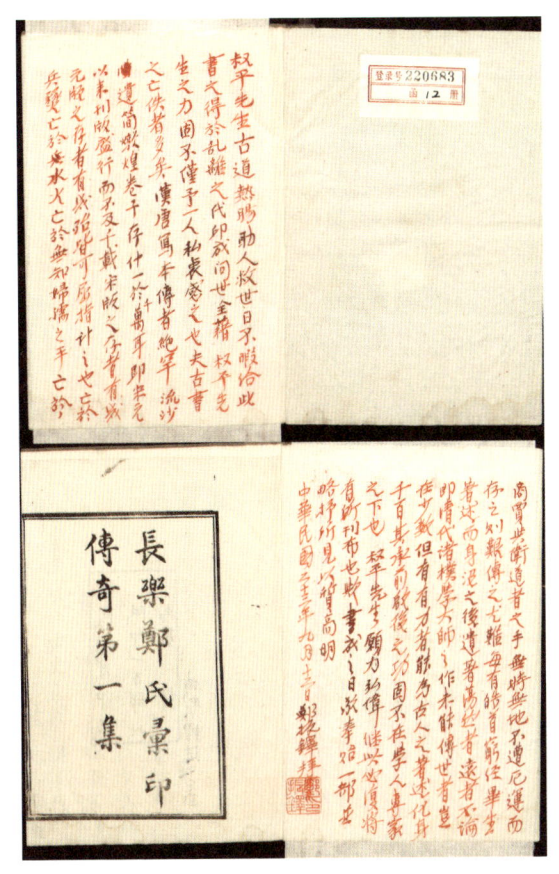

郑振铎题赠张叔平的《长乐郑氏汇印传奇》，现存中国国家图书馆"西谛书库"

叔平先生的"古道热肠"还有一事。《玉茗堂批评异梦记》原为沈氏粹芬阁所藏，1938年散出，郑振铎困于资力，略犹豫即被北平书贾所攫。"六七年来，犹往来梦寐中，未能去怀。"1944年冬，此书惊现北平修文堂出售书目中，郑振铎力促修文堂寄到上海，对方索价三万三千元，当时他囊空如洗，无力购下。未料不到一个月，这本书就出现在"友人张叔平先生"的案头。张叔平表示说我有就是你有，而且我可以为你买下（"予有即君有，且为君得之可也"），但郑振铎不愿意夺人所好，于是对此不再置问。不久后，张叔平按三万三千元买下此书，见郑振铎深喜之，乃慨然赠贻。大喜过望的郑振铎在该书

第八章　慷慨好义的"叔平先生"　331

题词说:"叔平慷慨好义,乐成人之美,生平所为多类此。此举虽细事,然予实深感之。"[1]

热心文化事业,乐成人之美,助人救世,日不暇给……这位被郑振铎以最热烈的言辞称赞的张叔平,真正"日不暇给"的事业,并非购书,而是代表第三战区与周佛海、罗君强等等汉奸做交易,以换取日军撤退后接管上海的捷径。周佛海的儿子周之友回忆:

> 周与重庆勾结的另外一个重要关系是张子羽。张代表顾祝同驻在上海。抗战前顾任国民党江苏省政府主席时,周任教育厅长,两人关系很深。周积极参与敌占区与国民党三战区之间的物资交换工作,接待三战区派往上海之军事人员。1945年初,当周计划将上海搞为"不设防城市"时,顾也来电望周积极进行。因为三战区靠近沪杭地区,本来设想顾将接管沪杭,因此周、顾都寄很大希望于对方。张子羽就多次向我表示这样的意见:将来最快进入上海的定是顾祝同,因此你父亲大有作为。[2]

1944年11月,张子羽赴屯溪,将周佛海、叶蓬、罗君强三人请求"将功补过"的信件交给顾祝同,由顾向重庆报功。顾祝同在呈给蒋介石的信中如此介绍张子羽:

> 张籍隶湖南,曾在中央军校任政治教官多年,职过去亦与之相识。据称:因其母年逾古稀,在沪卧病,于廿九年

---

[1] 《玉茗堂批评异梦记》,郑振铎此条书话写于1945年5月,后收入《西谛书话》,第466页。

[2] 周之友《周佛海浮沉录》,第181页。

春,由渝赴沪,虽与周罗两逆私交甚厚,但在沪数年,并未受诱惑,担任任何伪职。连日接谈多次,……接谈之间,职细察张子羽之为人,尚有骨气。[1]

张子羽这次呈交重庆的信函,基本确定了"周、叶、罗三人动用伪军力量配合国军反攻"的合谋。顾祝同令张子羽携信件至沪,表示重庆接纳三人的"反正",由张子羽负责联络跟进。

同一时期,张子羽的另一重身份"任庵"也没有闲着。任庵将掌握的情报转给华克之,由之前他成功营救的李白向延安发送电报,据称:

> 蒋介石曾通过战区司令长官,肯定周佛海照顾国民党被俘军官,收编、改编、整编伪军的"功劳"。而任庵在替双方传递消息的同时,也把这些内幕源源不绝由华克之传送到延安。特别在抗战胜利前的十个月中,华克之通过任庵和他自己在周佛海公馆的活动,几乎完全掌握了周佛海的活动。[2]

1945年初春,任庵接到顾祝同转给周佛海的一份绝密指示:蒋介石委任周为"平沪保安副总司令",命令他收编、整编在上海各地的伪军,以备反共。华克之迅速将情报发往延安,中共中央很快在报上曝光此消息,从而使蒋、日、汪暗中勾结的内幕大白于天下,使蒋介石在政治上十分被动。

有了周佛海充当保护伞,以张子羽在上海的活动能量,帮助郑振

---

[1]《顾祝同呈蒋中正与张子羽接谈多次要点及其携周佛海叶蓬罗君强信函各一件》,1944年11月22日,台北"国史馆"藏《日本投降(三)》,典藏号:002-080103-00066-001。

[2]《中共党史人物传:精选本9·隐蔽战线卷》,第79页。

铎出版几套古籍不过是手到擒来的小事。在潘汉年领导的中共秘密战线这边，有些华克之等人不方便露面的事情，也委托张子羽去办理。继完成与关露接头的任务之后，1944年夏天，张子羽又被委托到静安寺大华商场的木简书屋，去接触一位其他线条的同志——范纪曼（本名范贤才）。当时范纪曼与上级领导刘鹤孔（本名李一鸣）一同被捕，后由陈恭澍（原军统上海区区长，被捕后为日方"梅机关"服务）保释，靠经营木简书屋为掩护，为陈恭澍提供情报。经过张子羽的观察和报告，潘汉年认为范纪曼关系是清楚的，可以恢复联系，于是通过张子羽，范纪曼和地下党员张纪恩重新建立了组织关系。[1]

1944年，张子羽戴着多副面具，在上海滩大舞台上长袖善舞，底下的"观众"是否明了面具背后的真身呢？隐居于周佛海"虎窟"之旁的郑振铎又是否了解张叔平其实正是虎窟的常客？至少在1945年9月之前的郑振铎日记中，我们读不出他对张叔平其他身份有所了解。这或许是他"劫中有所讳"，或许也是性格使然。唐弢《忆西谛》评价郑振铎的识人眼光说："和西谛相处，我有一条这样的经验：凡是西谛认为坏人的，我能够立刻相信他确是坏人；凡是西谛认为好人的，自然我也希望他真是好人，但有时却不免要侧着头再来一番仔细的思索了，因为他是习惯于道长而不说短的。"[2]

但周佛海是了解张子羽的红色背景的。周之友《周佛海浮沉录》说："张子羽虽然是顾祝同的驻沪代表，住在上海，而实际上是潘汉年领导下的中共情报人员。周佛海虽然不能详细知道内中情况，但张与潘汉年有联系，这一点他是知道的。在日本帝国主义投降时，周佛海最大的忧虑，是怕新四军解放上海。他曾向张子羽探悉，中共对上

---

[1] 杜之祥《无名英雄范纪曼传奇》，《红岩春秋》第2期，2005年，第29—37页。
[2] 唐弢《忆西谛》，《郑振铎纪念集》，第65页。

海的对策是不进入上海,这使他感到放心,可以完整地把上海交给蒋介石了。"[1]周佛海在抗战胜利后的公审中被判处死刑,经一再申述,改为无期徒刑。1947年年底,张子羽到南京老虎桥监狱探视周佛海,告诉周,潘汉年希望周将自己的一些重要关系交出来,好替共产党做点有益的工作,但被周拒绝了。[2]

五、接收大员与毛公鼎

1945年8月11日,上海市面流传着"日本已经屈伏了"的消息,中午,青天白日旗已满街飘扬,这天郑振铎日记说:"又闻接收的人已来,明晨正规军可到。"[3]一直驻在上海的张叔平,属于"从地下钻出来"的接收大员,时人称作"土行孙",抢尽第一波"接收敌产"的红利。他在8月13日先是接收报馆《革新日报》,又让伪上海市政府秘书长罗君强出面,查封伪南京兴业银行上海分行经理金雄白在福开森路的住宅。金雄白和张叔平时常在周佛海家中遇见,"也偶尔彼此胡聊,不料他也向我首先下手了,我与他一向客气"[4]。在沦陷时期相识甚至相熟的人们,一旦局面变动,立即反面,互相倾轧。金雄白未料到张叔平翻脸如此之快,"迫我搞我的又多是平素很熟的人"。张叔平查封房子之后还不满足,让人传话要求金雄白交出财产,金遂请周佛海论理,但周跟他说:"莫要以为张叔平一副书生模样,这儿年他以第三战区的名义,不知用了我多少钱。这次我与他一起去南京,

---

[1] 周之友《周佛海浮沉录》,第181页。
[2] 同上书,第202页。
[3] 1945年8月11日,《郑振铎日记全编》,第244页。
[4] 朱子家(金雄白)《汪政权的开场与收场》第3册,香港:春秋杂志工作社,1960年,第63页。

已清楚知道他玩的是什么一套把戏，我已上够了当，你不必理他。"[1]

上海沦陷时期，大量的"中统""军统"人员潜伏在"地下"，一俟日本宣布投降，率先冲出来争夺敌产伪产。第三战区作为接收上海的正规军，直至9月10日才发布启事称：本部已请张叔平、徐明诚、陶建芳等在沪合组委员会。[2] 9月20日公布的第三战区驻沪工作人员联合委员会名单上，有"联络处处长张子羽"[3]。张叔平至此恢复张子羽的本名。

在"接收"运动中，嘉业堂购书纠纷再起风波。1945年7月，张叔平已将刘宅所有的书拉至一处工场封存[4]，抗战胜利后，刘承幹以为张的后台周佛海倒了，事情会有转机，9月23日，他呈请新市长钱大钧彻究发还书籍。10月17日，刘氏在家宴请中央图书馆馆长蒋复璁等人，得知张叔平（刘承幹一直称其张叔平）正在密谋将刘氏书献给第三战区图书馆。10月19日，上海警察总局局长口谕发还刘氏书，刘家人正从工场搬回半数书籍的时候，前来阻止的张叔平出示"第三战区驻沪联络处处长张子羽"名片，指称刘承幹是汉奸，所有书籍皆卖与日本人，又宣称自己"是蒋主席派在上海秘密工作兼代政府买书者，不忍见中国国粹文化流入异域，故出而干涉"[5]。警察总局临时改变办法，已搬回刘宅的书籍由警察局封存，尚在工场者搬往江宁区警察分局暂管。之后两个月，双方各自找关系，均调解无效。延至1946年1月，蒋复璁、顾毓琇、徐森玉三人到刘宅调解，称张叔平已表态

---

[1] 朱子家《汪政权的开场与收场》，第67—68页。

[2] 《第三战区驻沪工作人员联合委员会成立布告》，《申报》1945年9月10日，第1版。

[3] 《第三战区驻沪工作人员联合委员会、司令长官司令部驻沪联络处布告（联字第一号）》，《申报》1945年9月20日，第2版。

[4] 1945年8月12日，郑振铎至张凤举处，"闻叔平书事，颇为不满"。此指张叔平购嘉业堂藏书事。《郑振铎日记全编》，第244页。

[5] 《壬午让书纪事》，第258页。

将1942年所买嘉业堂书捐助政府（即中央图书馆），与刘氏合同内未交之书（包括南浔存书），现由政府出款收买；其余合同以外之书，无条件发还刘氏。刘承幹认为张叔平有勾结周佛海"劫书"之嫌疑，徐森玉说情宽慰道："姑念他年幼无知。"刘承幹答："年将五十，尚谓年轻乎？"[1]（按：张时年四十八岁）

这场持续四年的嘉业堂售让风波，最终还是由五年前的老主顾——中央图书馆出面解决。刘承幹眼中"巧取豪夺"的张叔平，为何会给蒋复璁、徐森玉这么大的人情？或者说，在上海各机关抢夺敌产工作中，与军统、第三战区相比而言更为弱势的"教育部京沪区接收专员"蒋复璁，为何能够成功摆平势在必得的处长张子羽？这就牵涉到张叔平与"国之重宝"毛公鼎的战后接收问题。

清道光年间，陕西岐山县出土了一件铭文长达五百字的西周青铜器，名为"毛公鼎"，这件宝物经历了陈介祺、端方的收藏，于1927年前后被叶恭绰购入，秘藏于上海。1937年上海沦陷，叶氏转赴香港，未能带走毛公鼎和大部分文物藏品。留守上海的小妾潘氏意欲侵吞家产，向租界提起诉讼，叶恭绰急电远在昆明西南联大任教的侄子叶公超返沪主持家事。1941年2月，叶公超途经香港，叶恭绰托他带去重庆汇给"文献保存同志会"的银行票，2月11日，郑振铎与潜回上海的叶公超见面，取回香港汇票，并将收据交叶氏带回香港[2]，不久后，即传来叶公超因为潘氏的密告而被日本宪兵队逮捕的消息。日军上门查抄时，先搜出叶公超随身携带的两支手枪，目标转移到手枪上，即以间谍罪逮捕叶，未及搜查毛公鼎。[3] 叶公超在牢里遭受近两个月的

---

[1]《壬午让书纪事》，第266页。

[2] "致张信"，1941年2月11日，《为国家保存文化》，第157页。叶公超早年丧父，在叔父叶恭绰的监护下长大，1927年曾任暨南大学外文系主任兼图书馆长。

[3] 叶公超被捕时，手头应该还保留着上海"文献保存同志会"的收据，但郑振铎等人的"同志会"信件并无透露其被捕及营救信息。

审讯酷刑，暗地里通知家人请铸工伪造了一件毛公鼎，在上海经营房地产业的族兄叶子刚多方买通关系，借献出假鼎，成功营救叶公超出狱。叶子刚因运作营救用款过多，不得不将毛公鼎真身押给银行。[1]

香港沦陷后，叶恭绰及其家人颠簸桂、港等地，于1942年9月25日飞沪。汪精卫要求陈公博到上海多次力劝叶恭绰出山，被其婉拒。但因返沪后病困窘迫，叶恭绰陆续变卖住宅、古墨及藏书，租屋而居，以卖字卖文为生。据叶子刚所说："家叔返沪后，将他多年来收集的明朝宣德炉等二百余件文物，经张子羽（张系当时国民党第三战区我党地下工作人员）介绍，售予巨商陈咏仁。家叔得款后，才将毛公鼎从银行赎出。"等到1944年，戴笠闻讯强索，叶恭绰"终以按原价伪币转让"[2]。——叶子刚的说法有些无法自圆之处，比如戴笠人在重庆，似难至上海强索，既然有能力强索，又何须以原价购买。但是叶子刚提到了巨商陈咏仁、第三战区的张子羽，确为毛公鼎转手的关键人物。

历史上曾经收藏过重宝毛公鼎的藏家，一般都会聘请拓工制作全形拓的三维立体拓片，以分赠友好。近年海内外的文物拍卖会上曾出现多件毛公鼎全形拓，上面钤盖着"陈氏咏仁利仁于胜利还都年献呈国府""陈氏所藏""陈咏仁伯陶书""陈利仁"等印章，记录的就是商人陈咏仁在抗战后期收藏毛公鼎、并于胜利后献呈国家的历史。其中一幅全形拓还有张子羽的手书题跋：

---

[1] 《蒋复璁先生传》（第81页）云："（叶公超）出狱后，还冒险地将毛公鼎带往香港奉还其叔。香港沦陷后，叶恭绰又携毛公鼎复返上海。"笔者认为此节有虚构。因1942年香港沦陷后，叶恭绰乘坐飞机到桂林，无法再乘飞机转重庆，遂于此年9月返回香港，再乘飞机至上海隐居。毛公鼎重达三十四公斤七两，再加上保存的箱子，六十二岁的叶恭绰随身携带飞行于桂、港、沪三地，不大现实。叶恭绰的侄子叶子刚是营救叶公超的主事人，他晚年回忆文章所云"因资金困难故将毛公鼎抵押给银行"一说，较可取信。详见叶子刚《毛公鼎几经沧桑话统一》，《紫禁城》第2期，1986年，第3—4页。

[2] 叶子刚《毛公鼎几经沧桑话统一》，第4页。

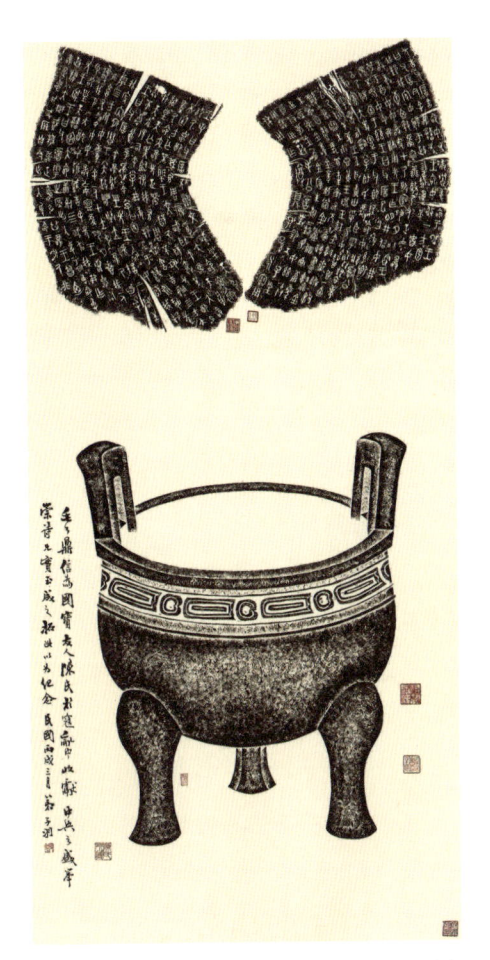

毛公鼎全形拓片局部，左侧为张子羽手书题跋

毛公鼎信为国宝，友人陈氏于寇乱中收献中央之盛举，崇诗兄实玉成之，拓此以为纪念。民国丙戌三月，弟子羽[1]

张子羽题跋时间为"民国丙戌三月"（即1946年4月），同时期亦有多家报纸报道陈咏仁献鼎一事，以《民国日报》的《毛公鼎颠沛备尝，卒获完璧，将移交中央博物馆保管》一文所述最为详尽：

---

[1] 参见东方大观2016春季拍卖会《旧拓毛公鼎并铭文张子羽题跋》。1945年，陈咏仁聘请著名拓工王秀仁制作毛公鼎全形拓两百份，分赠亲友，这是其中一份。

第八章　慷慨好义的"叔平先生"　339

越年，此鼎忽发现于上海，为陕人陈克勤所买，其弟以鼎重逾常，谓中有黄金，欲加溶解。事为张振鋆所知，张固关心陷区文物之保存，与叶恭绰、徐鸿宝、郑振铎等均交厚，为慎重计，商之陈克勤，不使溶毁，许为觅受主，俾得巨值，而举鼎求证于叶、徐。叶见为原物，不胜感动。适张友陈咏仁偕友陈敏之两氏过访，陈自悉鼎事颠末后，自任收购，并请托陈第三战区顾长官祝同，许为及时呈献国府，永为宝藏，遂经张氏转报备案，乃于三十三年由陈氏斥巨资正式购得。此鼎终能于敌伪严重威力下，完好保存，实属难得。敌军投降后，叶恭绰、徐鸿宝、郑振铎，及沈兼士、张国淦诸名宿，曾为此物之经乱未失、幸得陈氏保全、足堪请奖，联名电呈国府，备述经过，亦敦请各方有力人士注意宣扬，以为人民爱护文物之标范。闻蒋主席深切关怀，已连电各方查询此物所在，有移交中央博物馆陈列保管说。[1]

这篇报道连接起了多个历史文献的断裂处。

首先，张子羽的毛公鼎全形拓手书题跋是有现实背景的，1942—1943年之间，毛公鼎险些被无知商人熔毁，幸得"张振鋆"（即张子羽的本名）拯救。

其次，张子羽与徐鸿宝（即徐森玉）、郑振铎二人"交厚"，这一点我们在上一节已有论述，张子羽与毛公鼎原藏家叶恭绰的交情其实比这两位更有渊源，因为当年张子羽之父张百熙当主考官时，将叶恭绰取为童子试第一名，后来主政邮传部，又录取叶为部员。1907年张

---

[1]《毛公鼎颠沛备尝，卒获完璧，将移交中央博物馆保管》，《民国日报》1946年4月5日，第3版。

百熙去世时，叶恭绰的挽联云："痛师门沉寂，邈若山河，公自有千秋，所悲十载皈依，无路相从重拜手。"[1] 1942—1946年，张、叶二人均活跃于上海文化圈，大概叶恭绰对于恩师之子有所照拂，而张子羽为叶氏斡旋毛公鼎的保存呈献，跟他赞助郑振铎印书一样，亦为可作谈资的逸事。

第三，张子羽设法找到商人陈咏仁（字伯陶，江苏江阴人）花巨资购下之后，在1944年曾通过第三战区呈献重庆政府"转报备案"。陈咏仁与弟弟陈利仁经营五金器材和机械设备，进出口生意涉及为日军采购军工物资和军需材料。抗战后期，一些汪伪汉奸包括和日伪有生意来往的商人眼见日军有溃败之相，大都想方设法与重庆方面建立关系，以期在抗战结束时留一条后路，这大概是陈氏重金购买毛公鼎捐赠国家，并特地通过第三战区"转报备案"的动机。[2] 抗战胜利后，叶恭绰与郑振铎等上海名宿联名电呈国府，亦曾提及1944年毛公鼎经第三战区备案一节。

新闻报道最后一句"已连电各方查询此物所在"，意思是截至1946年4月，官方正在追查毛公鼎之所在。而同时期张子羽手书毛公鼎拓片题跋的"崇诗兄实玉成之"等语，恰恰暗示"崇诗兄"是毛公鼎收献国家的推动者。此人就是国民党军统局上海办事处主任、少将李崇诗，他和张子羽一样，都是第一批从地下冒出来的上海"接收大员"。抗战胜利后，蒋介石命令军统局的戴笠全权负责逮捕汉奸，查抄逆产。汉奸商人陈咏仁的财产自然在查抄之列，张子羽虽然代表第三战区也在接收敌产，但他还是晚了一步，陈咏仁所藏毛公鼎早在1945

---

[1] 郑重《叶恭绰传：仰止亭畔落梅花》，上海：文汇出版社，2023年，第19—20页。
[2] 据何公慰《爱国实业家陈咏仁》（《传承乡邦文化，建设美好江阴：江阴市暨阳名贤研究院成立十五周年纪念文集》，江阴市暨阳名贤研究院编，2012年，第193页）所述，1944年，陈咏仁的弟弟陈利仁赴江西的第三战区司令部，一面公开劳军，一面和顾祝同密谈捐赠毛公鼎事宜。

年8月就被军统人员抢先"劫收",置放于杜美路(今东湖路)的军统上海办事处内。10月底,中央政府的逆产处理局才告成立,军统仗着在上海多年经营特务小组,迟迟不肯将查扣的逆产移交给处理局。[1]

叶恭绰、张子羽原来与陈咏仁兄弟约定,毛公鼎献呈国家,但抗战一胜利,陈氏兄弟逃往香港,名下财产以及毛公鼎被军统充公,下落不明。作为毛公鼎前物主的叶恭绰,这时候就成为追查国宝下落的发起人。台北"国史馆"现存九份涉及毛公鼎的卷宗,此前尚未被学界留意。其中六宗涉及1945年10月18日,叶恭绰、张国淦、沈兼士、徐森玉、郑振铎五人联名电请将毛公鼎交中央博物馆保存并嘉奖陈咏仁,以开捐赠文物之风气。电文称:

> 战后散失兵间,几为寇掠,幸赖商人陈咏仁不避危忌,设法收藏,掩护颇艰,至今完好。闻已请顾长官墨三及时献呈中央,久经备案。伏查此器足称国宝,恭绰等久曾鉴定,经乱未失,实属幸事。拟请特予发交中央博物馆保存,以昭郑重。[2]

本来毛公鼎属于商人陈咏仁的"伪产",对口接收单位应该是上海市逆产处理局,而不是教育部。但是叶恭绰等人巧妙地以"文化名宿为保存国宝请愿"的名义,请求中央"发交"教育部下属的中央博物馆保存,并且请求嘉奖保存国宝的商人陈咏仁。联名五人之中,沈兼士(1887—1947)是著名的训诂学者,叶、徐、郑三人均与张子羽

---

[1] 蒋子怡《蒋复璁先生传》第81页称:"此事亦为军统前立法委员王新衡所知,他和戴笠私通联络后,决定放了陈咏仁了事,且由戴笠秘密接收毛公鼎,并未如实向政府报告。"
[2]《教育部毛公鼎器经乱未失至今完好交中央博物馆保存并请嘉奖陈咏仁》,1945年12月29日,台北"国史馆",典藏号:001-097140-00001-002。

頃准葉恭綽等請轉呈

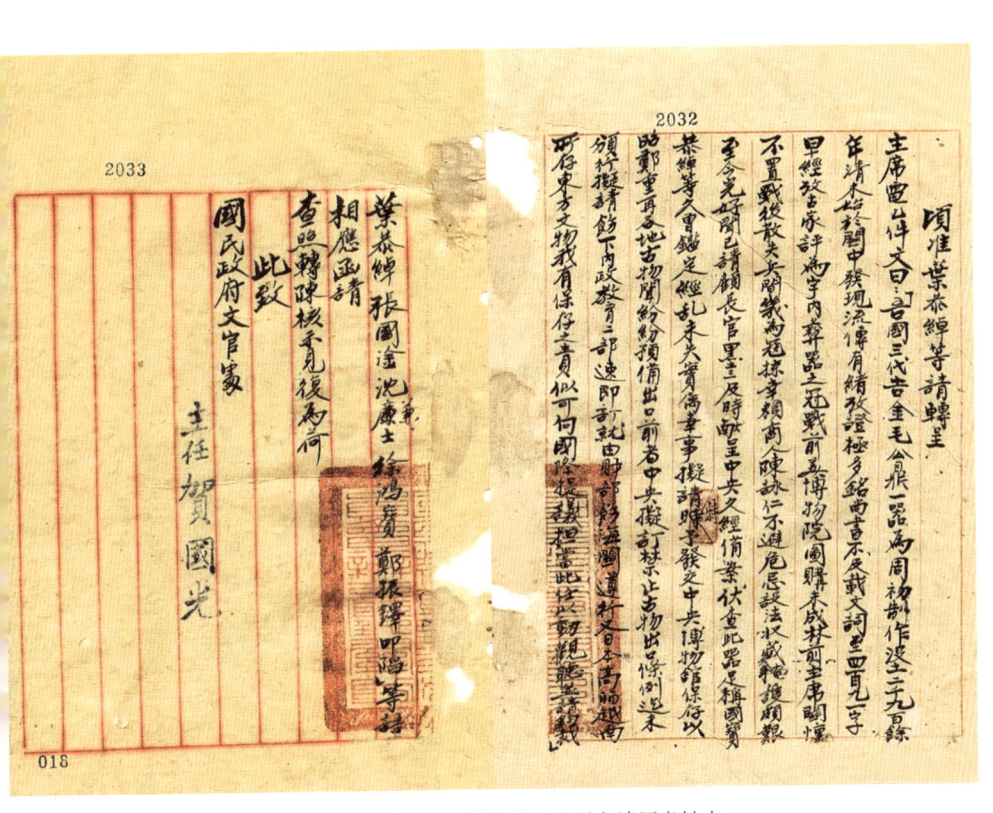

主席鈞鑒竊以吾國三代吉金毛公鼎一器為周初制作凡二百九十餘字靖金始於關中發現流傳有緒改證極多銘辭博物院圖購未成於前主席詢懂早經放告庥評為字內奇器是冠戰前有博誌前主席詢懂不置戰後散失所戴為近探求頗有陳詠仁不避危忌設法收戰輸誠顧貺至今未聞已請館長官里三反時獻呈中夫久經備案伏查此器足穗寶助鄭重再斥公重物開紛紛擬由財部移交中央博物館保存以頒行擬請飭下內政教育二部速即就由財部移交中央博物館保存以所存東方文物我有保存責任似可函國際機關聯絡亦寬

2032

葉恭綽 張國淦 沈兼士 徐鴻寶 鄭振鐸叩呈等謹
相應函請
查照轉陳核示見復為荷
此致
國民政府文官處

主任 賀國光

2033

叶恭绰、张国淦、沈兼士、徐森玉、郑振铎五人联名请愿书钞本

私交不错，张国淦和叶恭绰俱为张子羽父亲的门生，郑振铎在五人之中无论资历还是专业均与毛公鼎交涉较浅。但我们知道，在联名公开信中，末位署名者往往才是张罗事情的人，因此这个五人组合可能是郑振铎与蒋复璁、张子羽商量的结果。

"教育部京沪区接收专员"蒋复璁在接收上海各学校及文化单位过程中，处处受军统的刁难，有时约好时间却扑了个空，有时甚至进不了接收单位（因各单位由军统掌控），即使允许能进入接收，却也看不见真正要的物品，只是一些无关紧要的东西。经过调查，蒋复璁发现毛公鼎已被戴笠部下非法接收，遂与张子羽、郑振铎商量，以叶恭绰等五人名义向上请愿（实为"检举"）。[1] 蒋复璁和张子羽都是公职人员，并非学者，不适合在电文上具名，但日后蒋复璁却因"从戴笠手中收回毛公鼎"而闻名，他在多个场合自述如何从军统手中"夺鼎"。因蒋、郑在1949年之后各自为主，而毛公鼎又被运往海峡对岸，故郑振铎在此次联名的作用，反而未被后人留意。但是当时的九份卷宗、新闻报道以及郑振铎日记，还是留下了蛛丝马迹。

五人中，只有沈兼士不是上海文化人，他原在北京大学、辅仁大学当教授，1941年秘密出走重庆，抗战胜利后，被国民政府任命为教育部平津区特派员（蒋复璁则为京沪区特派员），负责接收北平天津的敌伪文化教育机关。当时沈兼士从重庆出发，在上海逗留几天，出现于郑振铎1945年9月21—25日之间的日记中，五人的联名发电大概在这几天拟定。9月21日，郑振铎随着蒋复璁接收敌产自然科学研

---

[1] 蒋子怡《蒋复璁先生传》第82页将此事表述为："蒋复璁多次向军统局追讨无效后，遂向上检举，直到蒋中正以亲笔手谕勒令戴笠交出，才确保了毛公鼎收归国有。"这个表述与蒋复璁生前口述及文章一样，均未提及叶恭绰等人联名请愿事。我们认为五人联名被隐去的原因，当与叶、徐、张、郑四人在1949年均选择留在大陆（沈兼士逝世于1947年）有关。

究所，再至第三战区司令部见张子羽，之后晤沈兼士诸人；9月22日晚，在张凤举家晚餐，在座有蒋复璁、沈兼士、徐森玉、郑振铎等人；9月24日、25日，郑振铎两次见到沈兼士。[1]

叶恭绰、郑振铎等五人联名的这封电文，力陈毛公鼎作为国之重器，国家复兴之"祯祥"，精准地打动了当政者。电文经由教育部部长朱家骅呈请军事委员会，蒋介石批示之后，又令行政院核办[2]，于是才有了《民国日报》所说"蒋主席深切关怀，已连电各方查询此物所在"。有了这支"尚方宝剑"，教育部接收专员蒋复璁才能前往戴笠处"接收"，这就到了张子羽手书题跋上的那位"崇诗兄"发挥作用的时候。李崇诗是戴笠的亲信，抗战胜利之后负责上海军统办事处的逆产移交、接收、保管。[3]正当蒋复璁手持行政院批文、屡次造访军统索还毛公鼎无功而返之际，戴笠在1946年3月17日遇空难身死，军统群龙无首，李崇诗成了上海军统的话事人。

通过张子羽与李崇诗的私人关系（"崇诗兄实玉成之"），再加上4月20日行政院院长宋子文签署要求核行毛公鼎发交中央博物馆保存的批文[4]，蒋复璁在杜美路找到了这只重器。据军统局总务处处长沈醉回忆："其中有一个西周时代最有名的毛公鼎，军统特务们只当做一件普通铜器；直到清查时，看见列举的清单第一项第一件便是毛公

---

[1] 1945年9月21—25日，《郑振铎日记全编》，第251页。

[2] 1945年12月29日，教育部部长朱家骅为蒋介石所拟回复叶恭绰并转张、沈、徐、郑诸先生的电稿称："已交行政院转有关各部核办矣。该鼎现存何处，还希查复，以便饬由国立中央博物馆筹备洽运保存。"台北"国史馆"，典藏号：001-097140-00001-002。

[3] 傅锡宝《战后上海敌伪逆产接收查扣保管处理内幕》，《上海文史资料选辑第80辑·文史集粹》，中国人民政治协商会议上海市委员会文史资料委员会编，1996年，第168—170页。

[4] 《明代洪武钞票、毛公鼎交中央博物馆保存》，《国民政府》，台北"国史馆"，典藏号：001-097141-00003-009。

鼎，才知道是件贵重物品。但仓库中遍寻无着，以后才在军统杜美路办事处三楼办公室里发现一个化字纸用的香炉，便是这件稀世之珍的古物。"[1]教育部追索成功之后，依照郑振铎等五人电文之请，陈咏仁因献鼎有功，1946年5月，获国民政府明令嘉奖。[2]

接收毛公鼎与售让嘉业堂藏书，是1944—1946年张子羽、蒋复璁、郑振铎、徐森玉四人共同相关的文化事业。1946年1月，经蒋复璁居中调停，张子羽与刘承幹的购书纠纷落定，然而此年的年底，张子羽并未遵守捐书与中央图书馆的承诺，反而由蒋复璁以中央图书馆馆长的名义，致函与浙江大学联系售书："张叔平藏嘉业堂书四千余种，内有明本四百余种……合用大约六七千万可以购得。"[3]浙江大学的相关档案显示，1947年2月初，浙江大学选派夏定域前去与张叔平、蒋复璁、郑振铎三人面洽购书事宜，最终谈定六千五百万元的价格。郑振铎1947年的记事亦与此事相关。1月5日这天，李玄伯、徐森玉、蒋复璁、张葱玉等人聚餐，"子羽匆匆来，匆匆去，谈笑甚欢"。1月16日："慰堂来谈，子羽书以六千五百万成交，惟不知何日可付款耳。"2月25日记："森老来，为叔平忙定价事。"[4]蒋复璁（慰堂）为张叔平牵线讲价，徐森玉（森老）则帮张叔平定价，郑振铎也参与其中。张其昀（浙江大学文学院院长）在《国立浙江大学新收刘氏嘉业堂旧藏书目录》前言中详述此事：

---

[1] 沈醉《沈醉回忆作品全集》第1卷，沈美娟主编，北京：九洲图书出版社，1998年，第475—476页。沙孟海《戴笠劫夺毛公鼎记忆》，《浙江文史资料选辑》第28辑，杭州：浙江人民出版社，1984年，第43—44页。
[2] 1946年5月1日，《明令嘉奖陈咏仁保存毛公鼎》。毛公鼎1947年之后庋藏于南京的中央博物院，1949年迁台，现藏于台北故宫博物院。
[3] 《中央图书馆馆长函》，浙江大学档案馆藏，转引自张凯、梁诗敏《浙大购置嘉业堂藏书史事考》，《浙江大学学报（人文社会科学版）》第9期，2022年，第36页。
[4] 《郑振铎日记全编》，第258、259、266页。

> 吴兴刘氏嘉业堂藏书之丰，驰誉海内外。遭时变故，颇多散出。其精善者，乃为长沙张氏圣泽园所有。今年春，本大学经蒋慰堂、徐森玉、郑西谛三先生之洽商介，从张氏获得明刻本五百余种，并圣泽园自藏书籍，为数二万四千余册。本大学藏书原未赅备，屡经播迁，益多散失，今得此巨帙，良可欣慰。[1]

正是由于张子羽在蒋复璁接收毛公鼎一事上帮了大忙，蒋、徐、郑三人力促张子羽将那批颇有争议的嘉业堂藏书售与浙江大学，大概背后也有"还人情"的因素。

六、亡命香港，与影星张织云共天年

抗战胜利后的"张子羽"与"张叔平"合为一身，忙于接收伪产和出售藏书，那么中共隐蔽战线上的"任庵"呢？前面提到1944年他曾帮"脱线"的范纪曼恢复组织关系，1947年夏末，在张子羽运作下，范纪曼（改名为"范贤本"）进入国防部二厅，担任驻沪国际组少将代理专员，利用职务之便，为延安搜集情报。华克之（1945年后改名"张建良"）与张子羽说服了日本战犯，把上海日军遗留下来的TNT炸药五卡车、机枪一百九十余挺，偷偷运出上海，输送给新四军。军火送走后，华克之就离开上海去香港。军统很快察觉此事后，便封锁上海的机场、车站、码头等交通出口，下令追捕张子羽归案。范纪曼名下有一家"太平洋渔业公司"，他穿上少将制服，亲自用军牌车将张

---

[1]《国立浙江大学新收刘氏嘉业堂旧藏书目录》，国立浙江大学图书馆编，《浙江学报》第2期，1947年，第113页。

图右为张子羽住所：霞飞路愉园5号（今淮海中路1350弄）

子羽送到国民党要人常住的复兴岛，乘渔船出海，先到韩国，再转香港，安然脱险。[1]

因向新四军输送军火而亡命天涯——这是张子羽在红色革命史留下的最后印迹。台北"国家档案馆"保存的当时国防部《张子羽等通缉案》卷宗显示，张子羽遭通缉时间为1948年4月，与范纪曼口述史所云时间相同，通缉原因是"附日"，内文称："国民政府依国防部保密局检举，函请国防部转饬军法局侦审涉案，之前第三战区驻沪联络处处长，因该处长未到案而由该部发布通缉。"[2]

临走前，张子羽委托范纪曼照料霞飞路愉园5号洋房（今淮海中路1350弄），那是他1941年购入的独立花园小楼。不久后，这栋洋楼果然面临被查封的危险，范纪曼以国防部少将专员的身份据理力争，说明因工作需要，此楼早被他的国际情报组征用，而且还拿出张子羽

---

[1] 黄圭彬、庄佩琳《范贤本："虽九死而犹未悔"》，《南京大学共产党人：1922年9月—1949年4月》，南京：南京大学出版社，2002年，第128页。

[2] "国防部"《张子羽等通缉案》，1948年3月15日—1949年1月12日，台北"国家档案馆"，档号：A305000000C/0037/1536/11231717。

签字画押的字据作为凭证。这座洋楼被保护下来，直到1949年5月上海解放，范纪曼才将房子交给人民政府。[1]现在该宅作为上海市优秀历史建筑，门前贴着一块"潘汉年旧居"的铭牌，牌上写道："抗战后期至1947年，此宅曾经是潘汉年领导的中共上海地下党的一个秘密据点。日寇一投降，这里门前即挂起国民党第三战区司令部上海办事处的招牌，实际上由潘汉年领导的中共地下机关。"那么，张子羽潜逃至香港之后，是否与1946年9月至1949年4月一直在香港活动的潘汉年取得联系呢？书阙有间，这个历史文献的断裂处，目前尚无文献可供连接。

张叔平经营了八年的"圣泽园"，号称藏书四十万卷，其中多有善本，他仓促出逃之际，不大可能带着大量书籍辗转多地。黄裳曾在上海三马路的文海书店见到大批的张叔平藏书出售，他在1949年5月7日写道："嘉业堂书于劫中散出，先有部分归朱嘉宾（按：即朱鸿仪），后张叔平更巧取豪夺以去，后张以事遁香港，不敢归，其书则由三马路新张之文海书店售出，余买得多种。"[2]1948年5月15日，张叔平出逃一个多月后，郑振铎记："士保送叔平书目来，心中别有所感，颇不痛快！"士保即文海书店的韩世保，郑振铎从他送来的张叔平藏书在售书目中，发现不少书籍还是1944年自己售与张叔平的那一批书，因此心里很不愉快。郑振铎1948年5月17日这天的日记说：

> 士保送叔平所藏善本来，颇有所感。此君好大喜功，但颇有"卖空买空"之处。可怜，惟有"书"堪卖耳。曾力劝其"退"，惜不能听，在"乱世"颇有应付之才，在胜利后，

---

[1] 顾振辉《凌霜傲雪岿然立：上海戏剧学院民国校史考略》，上海：上海交通大学出版社，2015年，第338页。

[2] 1949年5月7日《天顺日录辨诬》题识，黄裳《来燕榭书跋——书林一枝》，《读书》第5期，2004年，第69页。

则失其作用矣。故作事非"踏实"不可，一弄玄虚，便入魔道矣。[1]

乱世之才，卖空买空。张叔平毕竟还是一介书生，郑振铎感叹其"可怜，惟有'书'堪卖耳"。韩世保将张叔平托售书籍之中的郑振铎原藏书，送了一部分回来。这就解释了郑振铎《长乐郑氏汇印传奇》的"特制赠送本"为何至今仍保存在西谛书库，因为张叔平亡命天涯时，并未随身携带这套书。1948年冬天，郑振铎接受中共地下党的安排，即将绕道香港、北上出席中国人民政治协商会议，据他后来回忆："党派了人来也要我走。我决心动身到香港去，党告诉我说：你不是欠了不少债么？我们替你还罢。这时，正在解放战争之际，一分钱都是很可宝贵的，我怎么忍心接受党的这笔钱呢？结果是卖掉了几部书作路费而上船。"[2]郑振铎这次卖掉的古籍有几种是从张叔平处取回的《纫秋山馆行箧书目》之书，仍售与文海书店，后为四川商人李文衡所得。[3]

1949年春，黄裳曾在文海书店的阁楼上见到这一批张叔平藏书，夹杂着郑振铎取回之后又请文海书店代售之书："所余如明钞《说郛》《国朝典故》等皆不恶，而翁方纲《四库提要》稿尤为巨观。"[4]就是这套翁方纲纂《四库提要》稿本，张叔平在1953年将之与其他十几种嘉业堂藏书，一并售与葡萄牙籍学者白乐嘉（Jose Maria Braga），后转售与澳门何东图书馆，现在是澳门最重要的善本，2010年入选《国家珍贵古籍名录》。由此可推想，张叔平1948年出逃至香港之后，曾托人把上海藏书潜运至香港，而代办者很有可能就是文海书店。这一

---

[1]《郑振铎日记全编》，第368页。
[2] 郑振铎《把一切献给党》，《光明日报》1957年8月28日，第3版。
[3] 袁佳红《郑振铎〈纫秋山馆行箧书目〉著录珍籍聚散考》，《新世纪图书馆》第12期，2014年，第48—51页。
[4] 黄裳《来燕榭书跋——书林一枝》，第70页。

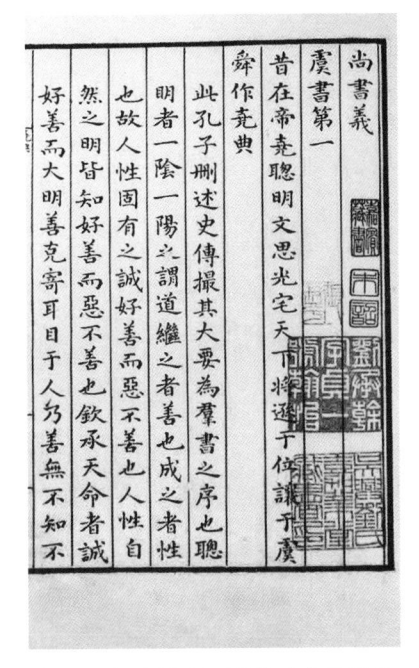

香港冯平山图书馆现藏的嘉业堂藏书，大部分书首钤有"张叔平""朱嘉宾"藏书印，证明这批书是张叔平逃亡后，托人从上海偷运至港的

批潜运香港的古籍，除澳门图书馆，目前有迹可查的还有：1. 香港冯平山图书馆在1953年购买的一百二十种嘉业堂藏书，皆为价值极高的宋元精椠和稿钞校本，大部分书首钤有"张叔平""朱嘉宾"印。[1] 2. 徐森玉的长子、任职香港银行界的徐伯郊，在1956年前后出让给北京图书馆（现中国国家图书馆）二十九种古籍，其有二十一种书为从张叔平手中流出的嘉业堂旧藏[2]。这两批书皆是朱鸿仪（嘉宾）从张叔平处所购、复被张氏所夺的嘉业堂藏书（详见本章第三节）。从这些古籍的版本与册数规模来推测，张叔平在潜逃香港之后，曾经将最具

———————
[1]《纸墨润香：香港大学冯平山图书馆藏嘉业堂明清稿钞校本展》，2017年。
[2] 袁媛《作为工作方法的书目——1950年代文化部文物局在港抢救文物工作所涉古籍书目考》，《文献》第3期，2022年，第176—191页。

价值的精善古籍（大部分为嘉业堂藏书）整批运至香港，获利不菲。

郑振铎感叹张氏"可怜，惟有'书'堪卖耳"，大概还是存着一份惺惺相惜。平心而论，在当时兵荒马乱的局势之中，天涯亡命之徒尚能托人取回如此多珍籍，售出以渡难关，已算幸运。亦可见在乱世中，善本古籍因其运输的方便与隐蔽，其价值堪比黄金。

张叔平育有子女八人，似无一人跟随其赴港。抵港后，他主要活跃于旧体诗人圈子，与曾克端、王韶生、张剑芬等港台文化名宿多有唱和。1974年，张叔平生前好友将其旧体诗结集为《蜷厂遗稿》自印本，1998年，《蜷厂遗稿》由范止安[1]名下的新亚洲文化基金会重新出版，请国民党元老陈立夫题签书名。此书所收诗作很少涉及大陆旧友，全系赠予杭立武、袁守谦、王新衡等港台旧友之诗，多抒"天涯浪迹人"之感喟。《晓角》诗云"晓角惊残梦，流莺报好春。心悬同命感，身是未归人。室小家遥隔，时迁岁已新。十年甘濩落，无计避风尘"[2]。书中有首《同织云沙田茂柏山居》云："世外安知岁月迁，是中人可共天年。修木万绿滋幽想，古磴繁英断俗缘。故国山川成梦寐，上言钟磬落云烟。凭君一话成清赏，微雨催归夕照边。"[3]

诗中与张叔平"共天年"的"织云"，就是1926年上海票选出来的中国历史上第一位"电影皇后"张织云，她曾红遍中国，随着无声片时代的走远而渐渐沉寂，在抗战前期沦落香港，一度困顿至连生活都发生问题。唐郎《张织云病逝经过》称，"在1950年春，她因环境所迫，乃第三度在香港再嫁，其夫亦张姓，此次结婚，因彼已美人迟

---

[1] 范子安即汪伪三十四师副师长范杰，据其为张叔平所作的《蜷厂遗稿》"感言"中所述，他与张叔平相知于抗日战争时期的上海，1948年在香港重续前缘，患难与共。
[2] 张叔平《蜷厂遗稿》，第213页。
[3] 同上书，第198页。

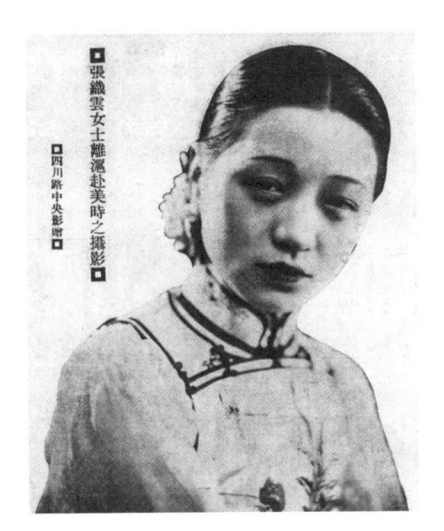

中国历史上第一位"电影皇后"张织云

暮，浪漫个性已稍敛迹，与张君尚能相安，乃夫唱妇随一个时期。"[1]张织云1963年11月在香港去世时，临终前陪伴她的是她登记在册的丈夫——张叔平，抵港后化名"张永明"。1954年《华侨日报》有条报道称："老牌电影明星张织云大前天和一个中年男子到高等法院婚姻注册登记结婚。他们在登记簿上写的姓名是：女的张织云，四十八岁，寡妇；男的张永明，五十二岁，鳏夫，商人，住址都是九龙金马伦道。"[2]从这篇报道来看，二人可能在1950年即在九龙金马伦道同居，1954年方才正式登记，张叔平把年龄改小了五岁。

《蛣厂遗稿》称张叔平在1954年后曾任澳门华侨大学图书馆长，并设香港世界之友社及东方图书馆。由友人曾克端所写序来看，张叔平晚景似颇清苦，主要依靠出售藏书与写书法谋生，偶尔需要旧友资助。据说当年香港一些报刊举办征文、书法比赛之类的活动，常以获

---

[1] 唐郎《张织云病逝经过》，《香港工商晚报》1964年7月12日，第6版。
[2] 《张织云嫁张永明》，《华侨日报》1954年1月1日，第8版。

张子羽晚年在香港以书法谋生　　　　　　　张子羽诗集《蜷厂遗稿》

张叔平书法条幅为一等奖而号召。[1]1970年5月19日，张叔平因心脏病逝世，《香港工商日报》刊载《名诗人张叔平逝世》评价他："诗、文、书法，并为时重，历任军政要职，居官廉洁勤慎。抗战期间，奉命策划敌后工作，多所建树，而对于抢救中国历史文物，尤为当局嘉尚……骨灰将与其已故夫人张织云女士合葬于九龙志莲胜苑永供。"[2]

张叔平显宦的世家出身，深广的政军人脉关系，使他在风云多变的大时代里纵横捭阖，恣意穿梭于多个身份之间。卖空买空，左右互搏，令底下的观众眼花缭乱，说到底还是没有立身之本。正如郑振铎所云："作事非'踏实'不可，一弄玄虚，便入魔道矣。"

---

[1] 张叔平的次子张孝权（1921—2003），1980年往香港定居，后以"林洵""张文达"的笔名为多家报刊撰文，是香港著名的专栏作家、散文家、时评家。见柳扶风《香港最痛恨汉奸的老作家，祖父是中国大学之父，父亲是陈布雷部下》，原文网址：https://kknews.cc/history/pjap8r8.html（访问于2024年12月1日）。
[2]《名诗人张叔平逝世》，《香港工商日报》1970年5月20日，第6版。

354　暗斗：一个书生的文化抗战

第九章 追索被劫古籍，楚弓楚得

民族精神所寄托之物，绝对的应该妥筹善策，不能听任其再有罹劫之虞。日夜思维，总觉得对于已集中之国家民族的精神所寄之物，必须策其万全！中心至感痛苦。

——郑振铎致友人信

1945年春,失业第四年的郑振铎把旧藏的明清刊本和《四部丛书》等大部头,卖得干干净净,也只能维持一家人的最低生活。正当他想再卖出一批版画古籍而恋恋不舍的时候,"天亮了"。9月初,中央图书馆馆长蒋复璁抵沪主持教育部的接收工作,成立教育部上海区清点接收封存文物委员会,力邀叶恭绰、徐森玉、何炳松、郑振铎等人参与。郑振铎写信跟赵万里说:"此事颇为无聊。但久已失业,且售书之款早已用罄,有了此事,亦勉强可救数月之穷困也。"[1]他首先率队接收了汉奸陈群的泽存文库共计十七万余册,之后陆续接收伪上海大学法学院、台湾银行、日人高木等处藏书。

抗战胜利了,可是四年前"文献保存同志会"抢救到香港的那批古籍,下落仍然不明。这批善本被日军掠至日本的消息,重庆方面是通过1942年6月抵达后方的港大教授马鉴、陈寅恪的报告而获知的,但身处上海沦陷区的郑振铎并未得知此噩耗,"经了好几次的打听、访问,依然毫无踪影",一直到1945年11月1日在《大公报》连载《求书日录》时,他还一再为其存亡莫卜而抱憾、不安。

事实上,日本侵华时期,日军对中国文物图书的掠夺,带有较大的隐蔽性,不仅是当时身在其中的当事人未能获知清晰信息,今天的

---

[1] 郑振铎1945年9月14日信,《赵万里先生年谱长编》,第241页。1946年8月,内迁福建的暨南大学返回上海复校,由李寿雍接任校长,但郑振铎未收到该校的复聘邀请。

第九章　追索被劫古籍,楚弓楚得　357

研究者也面临同样的困难。[1]学界关于1942年至1947年中国古籍"被劫—发现—索还"历史过程之研究，多以收入《中华民国史档案资料汇编》的《教育部密呈》、台北"中央研究院"近史所藏《"外交部"档案》中的《要求日本归还图籍》，以及收入《北京图书馆馆史资料汇编》的《外交部致北平图书馆说明日本战犯掠夺图书经过情况》[2]作为基本史料。然而这三种史料其实属于"第三手材料"，是中华民国外交部、教育部根据赴日代表团从日方那里获得的情况说明再汇编而成的。为了隐瞒战时罪行，日方提供的信息本身就有一定的倾向性与欺骗性；中国赴日代表团在复杂的工作环境中开展工作量浩大的追索工作，其报告也可能存在混乱与失实。因此我们有必要追溯史料的源头，即相关的侵华日军、帝国图书馆和战后接管日本的盟军总部等机构的记录档案。

中国被掠古籍被劫往日本后，存放于东京上野的帝国图书馆（现日本国立国会图书馆）。1943年，"日本近代文献学第一人"的长泽规矩也曾负责整理此批古籍，晚年他写有一篇回忆文章略及此事[3]，日本学者对于战时掠夺中国图书之相关研究，多引述长泽此文[4]，甚至认为"这一良心的证词对日本国内之后的研究方向造成的影响是显

---

[1] 相关研究综述可参孟国祥《关于"抗战时期中国文化损失"研究的回顾与思考》，《江汉大学学报（社会科学版）》第4期，2005年，第16—19页；赵建民《日寇占港期间劫掠冯平山图书馆之始末》，《日本侵华史研究》第3期，2010年，第37—45页；马密坤、李刚、吴建华《日本对华图书文献劫掠史研究综述》，《中国图书馆学报》第2期，2015年，第95—108页。

[2] 《外交部致北平图书馆说明日本战犯掠夺图书经过情况》，《北京图书馆史资料汇编》，第841页。

[3] 長澤規矩也「古書・図書館と私」，『古書のはなし』，東京：富山房，1976年，第170—173頁。

[4] 以长泽规矩也1976年的回忆为证词的研究主要有：松本剛『略奪した文化—戰爭と図書』，東京：岩波書店，1993年；王一帆、李易宁《长泽规矩也整理归还中国古籍考》，《图书馆理论与实践》第2期，2015年，第57—61页。

见的"[1]。但长泽本人在提及中国文献时，只字不提这段经历的具体过程。因此我们需要寻找其他当事人的证词，才能还原中国古籍在日本的曲折经历。

一、从香港到东京：古籍被掠经过

上海"文献保存会同志会"邮寄到香港大学的古籍，原本由许地山负责接收保存，但许地山于1941年8月4日不幸去世，这项工作就由港大文学院教授马鉴、冯平山图书馆馆长陈君葆二人承担。日军侵港之后，马鉴逃出香港，而陈君葆被迫留任图书馆，见证了日本陆军23军（即"波部队"）第38师团调查班掠夺中国文献的全过程。日本侵华时期，每一个师团均配备"兵要地志资料班"，专门负责掠夺和整理占领区的文物文献。[2]1941年12月25日，驻港英军向日军投降，12月28日，日本商人竹藤峰治带领日军宪兵队侵入香港大学冯平山图书馆，发现这里有贴着"寄华盛顿中国驻美大使馆胡适博士收"字样的一百一十一个木箱，遂向资料班报告，之后，日军少佐宫本博（兵要地志资料班的调查班长）[3]、大尉肥田木近，前来处理。由于箱子的寄件人是"中英文化协会香港分会秘书陈君葆"，遂怀疑陈君葆交通"敌人"，1942年1月9日上午，日军宪兵队长平川对陈氏进行了长时间的盘问，诬陷说这批中央图书馆存港图书是从故宫博物院盗运

---

[1] 金丸裕一「曲論の系譜——南京事件期における図書掠奪問題の検証」,『立命館言語文化研究』第14卷，第2期，2002年。
[2] 沈克尼《侵华日军兵要地志揭秘——100年来日本对中国的战场调查》，北京：生活・读书・新知三联书店，2021年。
[3] 宫本博原在广州南支派遣军司令部的兵要地志资料班任职，太平洋战事爆发时，调往香港担任搜掠图籍，1942年3月又调回广州军部特务机关任职。他也参与了日军对中山大学、岭南大学、两广地质调查所等机构的图书掠夺。

香港大学冯平山图书馆。1942年1月，日军宪兵队在这里劫走中央图书馆暂存的三万四千九百七十册古籍

出来的宝物，打算卖给美国。陈君葆妙为解答，不透露具体信息，直至第二天才被释放。[1]1月底，陈君葆眼睁睁看着那一百一十一箱古籍被搬离香港大学。到底搬到哪里？在当时的条件下，根本无法查究。

根据马鉴1942年6月到达重庆后写给蒋复璁的信，中央图书馆的存港图书，除了被日军掠走的一百一十一箱，还有1941年11月底托李宝堂带港的两箱以及未能来得及航运的一箱，这三箱古籍多属精本，"现书存冯平山图书馆陈君葆处，并未遗失，陈氏深明大义，可为内运"[2]。1942年2月7日，肥田木近命陈君葆主持馆务，并将冯平山图书馆更名为"香港图书馆"。为了保全秘藏于手中的三箱央图古籍，以及为日后追查被劫古籍下落保留证据，陈君葆只好答应留任，

---

[1] 谢荣滚《赤子情深——陈君葆传》，广州：广东人民出版社，2012年，第119页。
[2]《蒋复璁笺呈（密）教育部部长陈立夫稿》，1942年6月，馆藏号：188001。

在追索中国被劫古籍过程中发挥关键作用的香港冯平山图书馆馆长陈君葆

他在4月27日的日记中自陈心迹：

> 如果有人问说是事不干己，何用乎如此勇往直前，则我亦不自解何以这样，不过慷慨赴义。我从来处事便是这样的态度，冯平山图书馆的事本来我可以置之不理的，但为着中央图书馆的一批书，为着要顾全别人，我竟动于一"义"字而不顾一切了。[1]

1942年3月，日本陆军23军将在香港掠夺的全部书籍启运日本。作为"掠夺文献"的经手人，宫本博、肥田木近二人的证词十分重要。1946年，盟军总部责令"第一复员省"（即战前的陆军省）全面追查陆军军人在战时掠夺财产行为，已经复员回到宫崎县、神奈川县

---

[1]《陈君葆日记全集》第2卷，第73页。

第九章　追索被劫古籍，楚弓楚得

的宫本博、肥田木近，接受军方的问询并手书写下回答，这些档案现藏日本防卫省防卫研究所图书馆，档案号为"中央终战处理866"。2018年2月，笔者到防卫研究所图书馆查阅档案，通过仔细阅读23军相关人员的书面报告，发现这些军事档案可以补充更多关于中国古籍在香港被劫经过的细节。宫本博回忆了第一次见到中国古籍的具体情形，当时全部古籍还存放在为船运特制的内衬铅皮、外围铁带的二重包装大木箱中，军部决定原封不动运往日本，木箱上改写为寄"东京参谋本部—极秘"。同批发往东京的还有北平图书馆、中华教育文化基金、岭南大学、两广地质调查所等单位寄存在香港大学的图籍。

为了逃避战败后的责任追究，文部省、帝国图书馆在1945年秋天曾经销毁大量档案记录，因此我们很难觅见中国古籍在1942年抵达日本至1945年8月日本投降之间的第一手档案资料。2001年，日本图书馆协会在编撰《国立国会图书馆五十年史（资料编）》之时，将战时帝国图书馆资料编成系年体概要。根据此书所载《卤獲図書整理依頼ノ件》等内部文件，以及参与中国古籍整理的馆员在战后撰写的回忆录，我们可以梳理出古籍从"香港—日本文部省—日本帝国图书馆"转运的时间线。

1942年3月之后，日军从香港劫走的两百箱、近五万册图籍陆续抵达东京，11月26日，陆军参谋总部将包括中央图书馆古籍在内的这批"虏获图书"作为战利品，转交文部省。1943年7月24日，文部省把这些图书运到帝国图书馆。据统计，当时东京帝国图书馆接收的日军从亚洲各地掠夺图书达到九万五千册。[1]为了尽快了解"虏获图书"的性质与价值，8月23日，文部省发文要求帝国图书馆先行整理

---

[1] 住谷雄幸「占領軍による押収公文書・接収資料のゆくえ」，『図書館雑誌』第83卷，第8期，1989年。

一百三十四箱古籍，并于10月中旬提交三份图书目录。[1]面对如此数量庞大且版本复杂的中国古籍，日本图书馆的从业人员完全不具备相应的业务能力，帝国图书馆负责馆务的司书官冈田温，从出版业、古书业界紧急招募了一些临时馆员，又邀请赋闲在家的高中及大学时期同窗好友长泽规矩也出山主持整理事务。1944年的1月25日，这批1941年年底由中国学者封存起来的古籍，在帝国图书馆的地下室被开箱了。

二、长泽规矩也与郑振铎的隔空较量

冈田温为何邀请长泽规矩也出山整理中国古籍呢？这要从这位"知中派"学者的中国经历开始讲起。从1927年到1932年的六年中，长泽规矩也得到日本外务省文化事业部的资助，先后七次前来中国，调查书业行情，以专家的眼光和超越个人的财力，为静嘉堂文库、东方文化学院、大仓洋行等机构大批购买中国珍籍善本。[2]在华期间，长泽与马廉、傅惜华、孙楷第等学者交好，也与日后"文献保存同志会"的各专家多有交流。1928年长泽一时不能判定文澜阁散出《四库全书》零本的真伪，专门请教时任北平图书馆主任的版本专家徐森玉。[3]1928年张元济赴日本访书时，均由长泽陪同至静嘉堂文库观书，此后的九年之间，长泽受张元济之托，在日本代办借书、摄照等事宜，并时通消息。[4]

---

[1] 1943年8月23日「鹵獲図書整理依頼ノ件」,『国立国会図書館五十年史（資料編）』CD—ROM，東京：日本図書館協会，2001年。
[2] 钱婉约《近代日本学人中国访书述论》,《日本学人中国访书记》，第19页。
[3] 長澤規矩也「わが蒐書の歴史の一斑」,『長澤規矩也著作目録』第6卷，東京：汲古書店，1984年，第175頁。
[4] 二人通信载《张元济全集》第3卷、第10卷。

第九章　追索被劫古籍，楚弓楚得　363

在交好的中国学者之中，长泽与郑振铎可谓"惺惺相惜"。二人的研究皆以小说戏曲见长，重视文献版本。郑振铎《插图本中国文学史》出版以后，学界臧否不一，长泽却给予了高度评价，认为"就戏曲小说的材料搜集之功，王国维、鲁迅之后，非郑氏莫属。王国维看待戏曲仍然没有脱离儒家之见，郑氏则完全脱离儒家的旧套，完全从文学史的角度来论述"[1]。二人在藏书上亦引为同好，郑振铎从1921年开始"集小说、戏曲于举世不为之日"[2]，而长泽个人的收书目标恰恰也在"本邦前辈未蹈的明末戏曲小说"[3]。1931年郑振铎辑印《清人杂剧》初集时，长泽曾将所藏孤本《续离骚》杂剧之原本，从日本邮寄过来借予影印，郑振铎称，"高谊盛情，最所心感"[4]。

1932年夏天，长泽规矩也随同"国联"李顿调查团的日本参事官伊藤述史访华，他说："这次旅行完全改变了我的生活……一路上完全无知的我，全拜他人所赐，瞬间就走完了从入学到毕业的全过程，我开始理解文学作品中所描写的人生冷暖。"[5]这是长泽最后一次中国之旅，具体遇见了什么事，终生未再提及。黄仕忠曾猜测长泽"没有再往中国，其性格中易冷易热的一面，或许起了重要的作用"[6]。然而细究伊藤述史在侵华战争中担当的角色，长泽的态度转换变得意味深长。

---

[1]《书志学》第1卷第2号，1933年3月。长泽与郑振铎进行学术对话的论文还有：1.《参考书解题》，《书志学》第7卷第1号，1936年；2.《戏曲小说的书志学的考察》，《汉学会杂志》第4卷第2号，1936年；3.《支那文学史研究法私说》，《汉学会杂志》第7卷第1号，1939年；4.《〈三言〉书名版本续考》，《书志学》第13卷第3号，1939年。

[2] 郑振铎《纫秋山馆书目》，《西谛书跋》，第78页。

[3] 长泽规矩也在《中国通俗小说书目》书评中的自述。《书志学》第1卷第3号，1933年4月。

[4] 郑振铎《清人杂剧初集》例言，《中国古典戏曲序跋汇编》，济南：齐鲁书社，1989年，第537页。

[5]「収書遍歴（十三）」,『長澤規矩也著作目録』第6卷，第275页。

[6] 黄仕忠《长泽规矩也中国访书考记》,《南方都市报》2010年3月18日。

1933年身穿中国长褂的长泽规矩也

伊藤述史（1885—1960）曾任日本驻华沙公使、国际联盟副秘书长，1940年担任日本内阁情报局总裁。1932—1937年，长泽在他主编的《书志学》期刊的杂报栏，屡次提到自己作为伊藤汉学顾问的身份，对伊藤这种"遍阅所有欧洲人的东亚研究"的"外交界罕见的学者"官员表示敬佩。长泽到底为伊藤提供了怎样的对华参考，由于长泽本人对此讳莫如深，我们无从得知，他的朋友们均将此次经历作为长泽的"经世之才"之证明，又为此事未能广为人知而深感遗憾。[1]

伊藤述史在1937年9月被任命为驻上海"特命全权公使"，正是他负责了对"南京大屠杀"真相进行系列新闻歪曲。1938年3月，日本政府为了平息国际社会对于南京大屠杀的谴责，将指挥官松井石

---

[1] 山岸德平「序言」,『長澤先生古稀記念図書学論集』,東京：三省堂,1973年,第2頁。

根、外交官伊藤述史等四十名相关人员召回国内。一直以"伊藤公使秘书"身份为荣的长泽规矩也，在同年5月《书志学》"编辑后记"中特别声明："我们现在已经没有这层关系，只是纯粹止于学问上的交流。"[1]1939年7月，长泽再次发表同一声明。[2]伊藤述史在战后被解除公职，长泽1965年的文章提及最后一次中国之行时，甚至以"I先生"来隐指伊藤。[3]如此急于划清界限，只能说明其中大有蹊跷。1980年，在长泽的葬礼上，丧仪委员长川濑一马曾将这段经历加以表彰："先生更是学者之中难得一见的拥有突出的处世之才，比如他曾担任国联的伊藤述史公使之助手，这是为国家做出大贡献的重要工作，为此耽误了他的宋元版本研究。"[4]

1944年元月，长泽规矩也再次为国出山，他日后回忆道：

> 战时，中华民国计划疏散到美国的古书，运到香港的冯平山图书馆，被旧日本军接收，送到东京来。陆军参谋总部开始发愁如何处理这批书，于是转到文部省。文部省也发愁，于是又转给帝国图书馆。可是帝国图书馆也发愁没有人手整理，当时冈田部长是我的同窗，他就委托我负责整理事务，所以从1944年1月25日开始，我就从叶山住所到帝国图书馆之间通勤，早上7点5分到达馆中的地下室，执笔写作书目的解题。……这样的日子一直到战败，美军接收了帝国图书馆的馆藏图书。[5]

---

[1]『書誌学』第10卷第6號，1938年5月。
[2]「長澤規矩也敬白」,『書誌学』第13卷第1號，1939年1月。
[3] 長澤規矩也「収書遍歴（五）」,『大安』第11卷第11期，1965年。
[4] 川瀬一馬「式辞」,『書誌学』新28號，"長澤規矩也博士追悼號"，1981年。
[5] 長澤規矩也『古書のはなし』，第171—172頁。

一百一十一箱中央图书馆古籍运到帝国图书馆之时，馆员对于这些特大木箱十分好奇，因为木箱上还贴着"寄华盛顿中国驻美大使馆胡大使收"的封条。箱内古籍的价值，一般馆员都不甚了了，觉得中方应该早已将珍贵古籍抢运内地完毕，运到日本的不过是中方来不及抢运的乙部罢了。文部省下令整理也只是为了日后检索方便，因此只要求目录列出作者、书名的基本信息即可。然而长泽规矩也认为这批古籍价值殊高，通过冈田温一再向文部省要求延长交付目录的时间期限，获得同意之后，长泽把整理目标调整为写出一本详述行款、各卷纸叶数、纸张样式、补配情况、刻工姓名、藏书题识、藏书印记的版本解题。如此一再延误，比文部省要求的提交目录时间晚了整整一年，到1944年8月，长泽等人才算完成经部、史部六百四十七种古籍的解题目录，还有近三千种古籍来不及整理，日本就战败了。

1944年长泽为帝国图书馆撰写800多页的经史古籍解题，在战后被束之高阁，直至1970年汲古书院才将之影印出版，题为《静盦汉籍解题长编》。在没有任何购书信息可参考的情况下，长泽以其二十多年目验古本的老辣眼光，一眼看穿这批古籍的非凡来历——海日楼、嘉业堂、群碧楼等等。有别于中国一般书目以《千顷堂书目》《四库书目》作为参考，《静盦汉籍解题长编》的三种参考书皆为近代藏书家的版本目录——"缪记"（缪荃孙《艺风堂藏书记》），"刘影"（刘承幹《嘉业堂善本书影》），"邓新目"（邓邦述《寒瘦山房鬻存善本书录》）。晚清民初的文献大家缪荃孙的艺风堂宋元善本多被嘉业堂收购，《嘉业堂善本书影》正是郑振铎向刘承幹购书的主要依据，《寒瘦山房鬻存善本书录》即邓氏群碧楼1928年之后的新书目，郑振铎称之为《寒瘦目》，曾按《寒瘦目》"细加剔除，共选存五十种"[1]。也就是

---

[1] "致张信"，1940年4月3日，《为国家保存文化》，第32页。

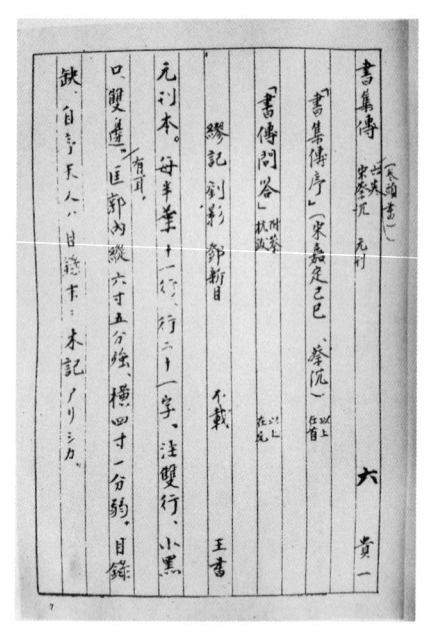

长泽规矩也《静盦汉籍解题长编》手稿

说,仅仅依据这三种书目,长泽就摸到了郑振铎的主要购书来源。

最强大的敌人也是最理解你的人。郑振铎抢救的这一批文献,正是经过长泽规矩也的整理及介绍,才获得日本学界及官方的重视。

郑振铎在上海抢救文献时,抱着"史不亡则其民族亦终不可亡"的爱国激情,注重抢救史部书籍,就是为了避免敌人载之东归,"足以控制我民族史料及文献于千百世"。他极力主张买下嘉业堂藏书,也是由于嘉业堂藏明人史料书为其精华所聚。1944年秋天,郑振铎在《明季史料丛书》序言中指出:

> 亡人国者必亡其史。史亡而后,子孙忘其所自出,昧其已往之光荣,虽世世为奴为婢而不恤。……若夫有史之民族,则终不可亡。盖史不能亡者也!史不亡,则其民族亦终不可亡矣![1]

---

[1] 转引自《郑振铎年谱》1944年9月19日条,第976页。

写下这段话之时，他尚未得知自己耗费心血抢救的江南文献此刻正在敌国被展出。郑振铎曾经自责说："我们瘁心劳力从事于搜集、访求、抢救的结果，难道便是集合在一处，便于敌人的劫夺与烧毁么？一念及此，便捶心痛恨，自怨多事。"[1]他未曾料到，这批古籍落到了与他旗鼓相当的敌人手里，其结果不是烧毁，而是成为文化战争的胜利象征。

在东京，长泽规矩也经过一年的版本研究，发现此批中国古籍最具价值的是以钞本为主的明代史籍，于是他向官方汇报应该大力宣传这些战利品，特地让冈田温去说服帝国图书馆的馆长。1944年8月，在盟军日夜空袭的紧张形势下，帝国图书馆举办了一场面向东洋史研究者的非公开"明代史料展观会"，之后又举办了"明代资料恳谈会"，参观展览的学者就这些中国古籍畅谈明代史新研究的可能性。[2]可以说，郑振铎所担心的"史在他邦，文归海外"，一部分已经在东京发生了。

三、日方试图隐匿中国善本

1943年10月至1944年8月，为了躲避美军飞机轰炸，帝国图书馆向三百公里之外的长野县立图书馆疏散了全馆价值最高的十三万三千册贵重图书。明代史料展观会之后不久，已经完成整理的两万册中国被劫善本也在疏散目录之中。1945年3月，整批图书又从长野转移到饭山女子高中的体操场。8月下旬，帝国图书馆十三万三千册贵重书籍运回到东京上野，而其中的两万册中国善本为

---

[1] 郑振铎《求书日录》，《西谛书话》，第413页。
[2] 『上野図書館沿革史料集』，国立国会图书館内部资料，1970年，第49页。这次"明代史料展观会"没有印制展览目录，笔者搜寻日本东洋史学者的战时记录，未能找到参观者的名录。

"二战"后期美军轰炸东京,日本图书馆均组织大规模的图书疏散,图为2013年反映东京日比谷图书馆图书疏散行动的纪录片

了避开美军和中方的侦察,又再一次被发往外地,这一次是藏到伊势原市高部屋村原村长小泽家的地窖里。

本来迁出这么大批量的书籍,帝国图书馆应该留下文书记载。但是1978年,国立国会图书馆为了编纂馆史,特地调查了前后档案,也没能找到直接的记录,只能从财务支出的会计账簿推测,疏散到伊势原的古籍约计二万册。可以肯定的是,这批不是帝国图书馆本来的藏书,应当是战后从军方移交帝国图书馆的"虏获图书",为此,帝国图书馆支付给伊势原当地共六百多个箱子的送货费。[1]

中国被劫善本在日本经历了两次颠簸,第二次颠簸的倡议者正是长泽规矩也。虽然长泽直至晚年始终没有透露自己在这次藏匿古籍行

---

[1] 佐野昭「帝国図書館蔵书疎開始末記」,『国立国会図書館月報』第7期,1980年。

动中的"主事者"角色，但是他的老同学、1946年之后担任帝国图书馆馆长的冈田温曾经留下证言道：

> 长泽先生忠告我们说："进驻军一来就要把书拿走呢！就像以前我们在中国所做的事情一样。到现在为止，帝国图书馆的书都是疏散到长野，这件事肯定会被美军间谍发现，他们一定知道这些书都在长野！"长泽先生说，要把书都运回来！
>
> 战争一结束，我们先把这批书从长野取回东京，然后将这些书进行再一次疏散。这一次，是疏散到伊势原。那是长泽先生介绍的大山（按：即神奈川伊势原市的大山）山麓的一家寺院，我们非常辛苦地把贵重书又运过去，这是这批书的第二次疏散。[1]

这一幕关键的历史场景，在1978年冈田温喜寿座谈会上，与长泽共事的多位帝国图书馆馆员以不同的讲述方式提到，正是长泽发起了中国善本的第二次"疏散"。[2] 除此之外，日本图书馆界的权威期刊《图书馆杂志》刊载的多篇战时帝国图书馆书籍回忆录[3]，也有相似的叙事。这些集体回忆相对于长泽个人的单一叙事来说，应当更为接近历史真实。文部省采纳了这一次"疏散"（隐匿）方案，长泽提议的伊势原寺院方案被认为场地不甚理想而遭否决，最后选定了寺院西北约五公里的高部屋村。1945年8月下旬，这两万册刚被接回东京的中

---

[1] 『岡田先生を囲んで——岡田温先生喜寿記念』，岡田温先生喜寿記念会編，1979年，第38頁。
[2] 石黒崇吉、丸山昭二郎、木原薫子在冈田温喜寿座谈会上的对话。『岡田先生を囲んで——岡田温先生喜寿記念』，第39頁。
[3] 岡田温「終戦前後の帝国図書館」，『図書館雑誌』，第8期，1965年。

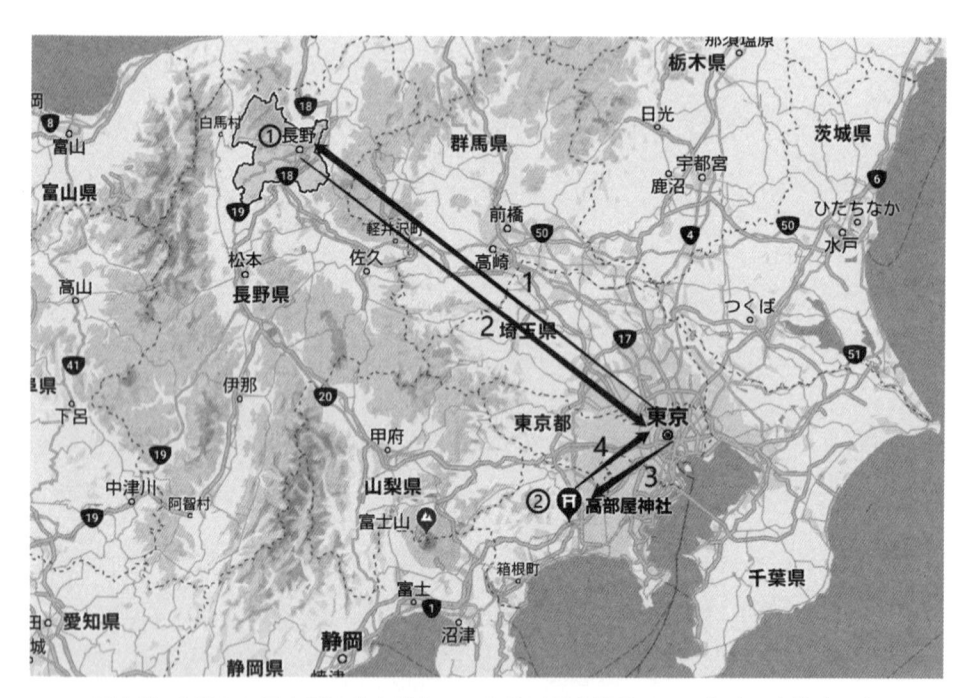

图中第1个箭头表示中国被劫古籍在1944年被运到长野县，1945年秋日本战败，古籍运回东京（第2个箭头），由于长泽规矩也的提议，古籍又被运到神奈川县的高部屋村藏匿起来（第3个箭头），直至1946年3月被发现后运返东京（第4个箭头）

国善本，再一次被发往外地，藏进高部屋村原村长小泽家的地窖里。

长泽以其专业眼光，从三万多册被劫善本中挑出两万册藏到乡下，企图逃过盟军的追查。被他挑剩留下的一万多册善本，则被归入"乙部图书"，1944年12月之后移至比邻帝国图书馆的帝京博物馆地下室。正是这些被视为次要的古籍，由于日方没有采取隐匿措施，才令盟军有了追讨的线索。这要从1942年在香港与中央图书馆古籍同批被劫的英军少校博萨尔（Charles Ralph Boxer）所藏图书说起。

博萨尔既是军官，也是长期从事中国历史文物研究的汉学家，在1941年12月的香港保卫战中，他被日军俘虏，家中藏书也被抢劫一空。日本投降之后，博萨尔立即写信向陈君葆询问其藏书下落，陈君葆"坚信博萨尔的书应当与中央图书馆那一百一十一箱珍稀古籍一起，存在于日本某处"[1]，遂建议博萨尔向日本文部省负责接收香港图书的关口教授和田中教授询问。1946年1月10日，博萨尔以英国派驻远东委员会的官员身份抵达东京，他从文部省获得线索后急赴上野帝国图书馆，1月21日，果然在该馆地下室找到他的六百二十七册藏书，同时发现"自香港移来的中国政府的书籍"[2]。博萨尔立即通知在东京的中国代表团，这是中方得知被劫善本下落的第一条线索。[3]长泽后来提道："中华民国驻日代表团的团员根据英国人的通报，来信询问我整理的接收图书，并且派人来到馆中察看。"[4]指的正是博萨尔此次发现。

---

[1] Chan Kwan Po, "Books in the University Libraries during the War". 1946年6月19日，联合国最高司令部民间财产管理局档案（下称GHQ/SCAP文件），Box No.4219/16，文件名：Hong Kong Books — British。

[2] 《陈君葆日记全集》第2卷，第448页。

[3] 在"中央图书馆"的馆史叙事中，1946年2月访日的上海市教育局长顾毓琇变成这批古籍的"发现者"与"寻回者"，相关辨析可参黄文德、唐申蓉、陈丽玲《抗战时期央图留港遭日劫掠图书寻获过程之探讨》，《"国家图书馆"馆刊》第1期，2017年。

[4] 長澤規矩也『古書のはなし』，第172页。

根据博萨尔提供的线索，中国驻日军事代表团在2月23日查明中央图书馆约三万册现存东京上野图书馆，致电国内云："一部分目录业经该馆专家整理编目，一部分图书为避免轰炸运往外埠，尚未搬回，大约二月底三月初可运回东京"。[1] 3月15日，外交部驻香港特派员办事处专员刘增华致电教育部，称"在上野公园帝国图书馆查得，该馆所保管者约二万五千册，因空袭疏散在伊势原者约一万册"[2]。中方掌握的情报有两处不准确：一是实为日方故意藏匿而疏散，却被叙述为"因空袭疏散"；二是日方统计疏散在外的贵重善本应为二万册，但中方却记为一万册。

1946年4月8日，李济、张凤举（1940年年初为"文献保存同志会"列名成员，后因故未实际与事）二人作为盟国对日委员会中国代表顾问，赴帝国图书馆交涉中国被劫善本一事。4月18日，张凤举在写给徐森玉和郑振铎的信中提及在东京见到三人共同的老朋友："长泽君久别重逢，说话亦颇坦白。"[3] 所谓"坦白"，大概就是长泽晚年自述的："我和冈田馆长一起到位于麻布的驻日代表团，生来有脾气的我，大言壮语地说：'如果不是保管在上野，放在香港的话，一定早就化为灰烬了，你们大概应该感谢我们吧！'"[4]

中国驻日军事代表团在东京发现的被积压在地下室房间的中国古籍，其实是"乙部图书"，它们已被长期暴露于外并且受损严重。长

---

[1] 外交部亚东司电教育部，东字第172号，1946年2月23日。《要求日本归还图籍（一）》，台北"中央研究院"近史所藏《"外交部"档案》，档案号：11-29-01-027。参见黄文德、唐申蓉、陈丽玲《抗战时期央图留港遭日劫掠图书寻获过程之探讨》，《国家图书馆》馆刊》第1期，2017年。

[2] 1946年3月28日《外交部办理追还在香港被日劫取中央图书馆善本书籍经过致教育部代电》，《中华民国史档案资料汇编》第5辑第3编，第467—468页。

[3] 《张凤举致徐森玉、郑振铎》，《现代作家书信集珍》，上海：汉语大词典出版社，1999年，第206页。

[4] 長澤規矩也『古書のはなし』，第172页。

泽晚年回忆道："中国人批评帝国图书馆把图书放置到地下室的做法，村尾副馆长赶紧说明我正在整理这些图书，谁知中国人竟然熟悉我的名字，态度为之一转。究竟为什么呢，后来北京的旧知张凤举来到叶山探访我的时候，才知道原因。"[1]张凤举曾留学京都帝国大学，与长泽是相识二十多年的老朋友，根据2012年新公开的张凤举日记，1946年4—6月之间，张凤举与长泽至少有五次见面。当时中方要求帝国图书馆在一个月内编成善本详细目录，由长泽实际负责编目，长泽整理文献的高效与负责态度，大概消弭了张氏心中的"敌我界限"，他不仅赠送美国甜点感谢长泽的劳动，还照搬日方的叙事，告诉徐森玉、郑振铎："该馆于东京被轰炸前，曾将其中精华抽出，运往长野、山形两县储藏。又将其次要者运往伊势原地方。而主持其事者，即长泽规矩也君。"[2]他所不知道的是，长泽主张疏散图书的目的是想瞒匿这批善本。

四、被劫文物的追索举证过程

1945年11月7日，叶恭绰从《大公报》上读到郑振铎《求书日录》，"不胜感触，故贡近况，以备参考"，致信郑振铎，告知在港书籍其实已被劫至日本，并请求郑振铎尽快整理书籍目录："运美各书之目录，当时编制匆促，不及查注版本等等。弟拟向尊处补查补注，以为向日本索回之据。"[3]叶恭绰信中所云目录，是1940年初郑振铎在抢救图书之时即已"分别甲乙，并在目录上详注版本及作者"[4]的

---

[1] 長澤規矩也『古書のはなし』，第172页。张凤举1946年4月8日的日记可以对证："日方原托编目之人长泽规矩也系旧相识，今日来到。"
[2] 《张凤举致徐森玉、郑振铎》，《现代作家书信集珍》，第205页。
[3] 石光明、谢冬荣《王伯祥、叶恭绰致郑振铎函札》，《文献》第2期，2011年，第105—107页。
[4] "致张信"，1940年3月20日，《为国家保存文化》，第21页。

善本目录，后来郑振铎按照四部分类载为四卷书目，"善本部分已详加批注版本并录题跋"[1]。上海全部古籍均经郑振铎之手购入，故善本目录系郑振铎一人之手抄写，他人皆"未甚详悉"[2]。1941年寄到香港的七批书，每一批皆有相应的邮包目录，即"存港书目，诸留备查考"[3]，"寄港书的书目，厚厚的两册"[4]。事实上，无论是香港的中英庚款委员会，还是南京的中央图书馆，以及东京的帝国图书馆，被劫至日本的三万多册善本，只有郑振铎一人掌握着最全的目录。因此这份天地间独一份的目录，就成为能否向日方追讨成功的关键。

1946年3月，中国政府派遣以朱世明为团长的驻日代表团，赴日寻访追索被掠至日本的中国物资。任职于南京中央图书馆的屈万里为此致函郑振铎："本馆前邮寄香港之图书，已在日本发现。兹因朱世明先生东渡，拟请其携带香港装箱目录，就便查勘，以备收回。查该项目录，尚有三十余箱未能钞毕。兹谨托杨全经先生赴沪，继续赶钞。"[5]此信专门介绍中央图书馆专员杨全经至郑振铎处，复抄一份寄港图书目录。3月31日，驻日代表团第四组副组长张凤举带着这一份"香港装箱目录"来到东京。

1945年日本投降之后，战胜国在东京设立了以美国为中心的"盟军最高司令官总司令部"，简称"盟总"，英语缩写GHQ（General Head Quarters）或SCAP（Supreme Commander of the Allied Powers）。1946年4月根据盟总《调查与集合劫取物资命令》，设置"终战联络中央事务局政治部特殊财产课"，目的在于调查在日本的盟国被劫资产。中国驻

---

[1] "致蒋信"，1940年5月21日，《为国家保存文化》，第227页。
[2] "致张信"，1941年6月28日，《为国家保存文化》，第194页。
[3] "致蒋信"，1941年9月11日，《为国家保存文化》，第253页。
[4] 郑振铎《求书目录》，《西谛书话》，第414页。
[5] 1946年3月20日信，《屈万里书信集·纪念文集》，山东省图书馆、鱼台县政协编，济南：齐鲁书社，2002年，第197页。

日代表团追索中国被劫资产,以及日方归还掠夺资产,均须通过"终战联络中央事务局"的指挥与管理。[1]中国驻日代表团经济组组长吴半农说:"赔偿国和受偿国之间,除交接赔偿物资的最后一刹那外,平时彼此不能直接接触,一切事务都要依赖盟总为唯一的联系渠道。"[2]

中国代表团追索被劫文物的过程充满艰辛,首先是被盟总的苛刻条款所掣肘。盟总主张依照国际法原则处理损失财产的归还问题,要求中日双方各列出目录清单,尤其是对被劫方的中国,举证必须列出确切证据与具体说明。据与张凤举同期赴日的王世襄回忆:"联合国(按:此说不准确,当为'盟总')关于要求赔偿文物的条款规定写明,要求偿还的文物必须经证明确为抗战期间被劫夺或盗窃的,要求列举损失文物的名称、制作年代、形状、尺寸、重量等,最好附有照片;对被劫夺文物要求列出原有人、原在何处、何时被劫夺等;如被日军劫夺,要求说出番号等,这样才算材料完整,联合国才能督促日本政府去追查其下落。"[3]根据这些条款,中国政府从1945年10月起在全国范围内推行公私被劫物资损失登记及办理申请归还手续,但据《申报》的一篇《战时被劫物资申请者寥寥,市府仍继续办理中》[4]报

---

[1] 这一时期与中国古籍相关的盟总档案,目前存放于日本国立国会图书馆的宪政资料室,笔者主要调查了其中的"民间财产管理局档案"(Office of Civil Property Custodian)。《Hong Kong Books》(CPC 18173)、《Books at Ueno》(CPC 18181)、《Chinese Classics》(CPC 18165)三份档案,清晰记载了日军从香港掠夺的中国古籍目录、暂存日本的现状以及盟总追查的手续过程。

[2] 吴半农《有关日本赔偿归还工作的一些史实》,《文史资料选辑》第72辑,中国人民政治协商会议全国委员会文史资料研究委员会编,北京:文史资料出版社,1980年,第222页。

[3] 王世襄《锦灰不成堆:王世襄自选集》,北京:生活・读书・新知三联书店,2007年,第77页。王世襄原任国立北平博物院古物馆科长,1946年经教育部借调赴日本,以文化专员的身份调查中国被劫文物。

[4] 《战时被劫物资申请者寥寥,市府仍继续办理中》,《申报》1946年12月17日,第4版。

道可见，申报者极少。经过多次动员，"所收各方登记损失函件，多乏具体说明与确切证件，以致调查交涉时，诸多困难，望申请者特别注意"[1]。至1947年2月盟总结束追索被劫物资为止，"因盟军总部规定甚严，而国内对于被劫证件，多不具备，交涉每感困难"[2]。

中国代表团"曾多次向盟总有关部门解释：战争时期在敌人淫威下取得被劫证件或调配劫夺人的姓名或机关名、部队番号都不可能，即使当时持有证件，因战争历时八年，人民颠沛流离，也多遗失，如必株守验查物证的办法，就难免不切实际。"在这样多方条件的限制之下，"我国在战时损失的书籍不下三百万册，但归还的总共只有十五万八千八百七十三册。其中除中央图书馆一部分善本书先后两次空运、船运回国外，其余多是普通书籍，估计共值十八万余美元"[3]。

从日本追还的劫物之中，以中央图书馆的善本古籍最为珍贵。正如上文所述，日方不是没有动过歪主意，但是中方在举证方面恰恰拥有了所有的有利因素：

一是在证明日军劫掠过程以及机关名、部队番号上面，香港冯平山图书馆馆长陈君葆立了大功，他在日本侵港之后被迫留任图书馆，目睹这批古籍被日本23军调查班搬离香港的全过程。日本战败之后，陈君葆立即向教育部通报他掌握日军"宫本博少佐、肥田木近中尉"劫掠经过[4]，并与香港的英海军情报当局两次提审被拘留在日俘集中营的竹藤峰治，但竹藤坚不吐实。1946年6月，陈君葆通过港英政府

---

[1]《日本劫夺我国文物，麦帅总部令交还，申请发还须提具体明证》，《申报》1946年5月20日，第2版。

[2]《教部文物委会本月办理结束，杭立武报告两年来工作》，《民国日报》1947年4月26日，第2版。

[3] 吴半农《有关日本赔偿归还工作的一些史实》，《文史资料选辑》第72辑，第248页。

[4]《陈君葆日记全集》第2卷，第42页。

向驻东京盟军司令部提交一份英文详细说明。[1]盟总对宫本博、肥田木近二人进行提审,到1947年12月5日才提出正式报告。

二是详细列举损失文物的名称、制作年代、形状等方面,1941年底,叶恭绰带领的香港庚款小组赶在装箱之前,在每本古籍上加盖"国立中央图书馆考藏"和"管理中英庚款董事会保存文献之章"。在当时因为盖章拖延了三个月,才导致错过船期,古籍滞留香港,被日军劫去。四年后,盖章又变成了有利证据,蒋复璁甚至说,"战后在日觅得,全赖盖章识别"[2],印章虽然是最直观的证据,可是中方不可能逐本查勘帝国图书馆的五十万藏书,还是需要一份"清单书目"。因此郑振铎提供的这一份记载着善本的版本、题跋等具体信息的"香港装箱目录",就成了中国代表团追索劫物的铁证。

一份详细的书目是对日追讨劫物最直接也最有效的依据。1946年1月21日,英国博萨尔在帝国图书馆发现自家被劫之藏书,当时他随身带着自己的藏书目录,而日方也有一份经长泽规矩也整理的"Boxer文库目录",两份书目一对照,再一一对证实物,日方无可抵赖。才过了四天,1月25日,博萨尔就成功地将藏书运出上野。[3]

中央图书馆古籍在装箱时应该附有目录,1942年6月马鉴在重庆向教育部的报告中称:"敌军占领后,以箱面写有寄致胡大使字样,致被没收运日。幸书多盖章且有目录,俟胜利之后可以按目索还。"[4]原第23军调查班长宫本博在回答盟军总部关于香港掠夺书籍的相关问询时说:"1942年3月,这批书运出香港时,是有一份目录

---

[1] Chan Kwan Po, "Books in the University Libraries during the War".
[2] 《我在抗战期间的工作》,第973页。
[3] 「英軍ボクサー少佐にボクサー文庫(627冊)を返還」,『国立国会図書館五十年史(資料編)』.
[4] 《蒋复璁笺呈(密)教育部部长陈立夫稿》,1942年6月,馆藏号:188001。

第九章　追索被劫古籍,楚弓楚得　379

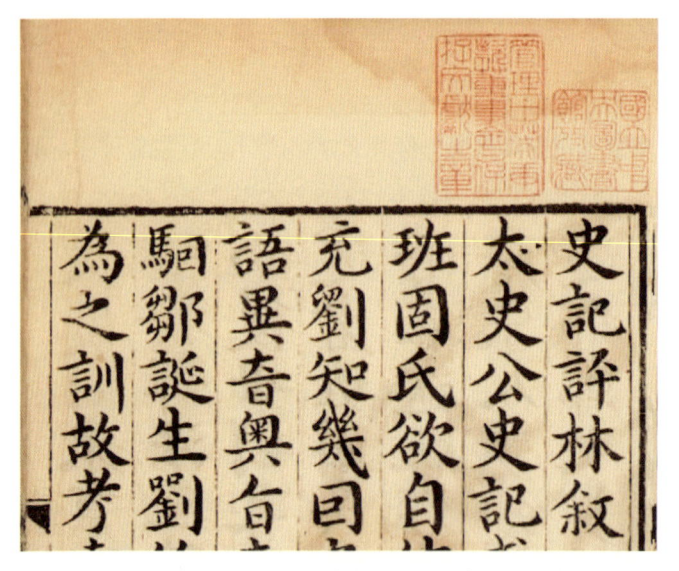

大部分中国被劫古籍钤有"国立中央图书馆考藏"和"管理中英庚款董事会保存文献之章"两枚印章

的。目录由陈君葆和大泷荣一（按：'满铁'东亚经济调查局驻香港的图书专员）两个人共同制作。"[1]然而从陆军参谋部转到文部省、最后转到帝国图书馆之时，这份香港书目已经消失了。在这样的情况下，或者是中国再提供一份香港书目原件，或者是委托日方重新整理一份。按照长泽规矩也的说法，"当时与驻日代表团的约定是，原来完全没有目录的接收本，先做出一本简略目录出来，然后跟图书一起返还中国"[2]。

另据张凤举信中说道："惟长泽君声明，据彼所闻，书离香港前似有纷失。"[3]将日本疏散（藏匿）图书产生的问题，归咎于离开香港之时已出现纷失，这一点极难查证，不失为一种狡猾的解释。以长泽发起中国善本的第二次"疏散"及其瞒匿意图，日本单方面临时整

---

[1]《第一复员省"战中军人掠夺财产"调查记录》，1947年12月，日本防卫省防卫研究所图书馆藏，档案号：中央终战处理866。
[2] 長澤規矩也『古書のはなし』，第172页。
[3]《张凤举致徐森玉、郑振铎》，《现代作家书信集珍》，第205页。

1943—1947年堆放中国被劫古籍的东京帝国图书馆，现为日本国立国会图书馆的分馆——国际儿童图书馆

理的书目大概很难达到中方所希望的如实与准确。所幸，中方还有郑振铎整理的原始装箱书目，为追索行动提供了明晰的清单、有力的证据，挫败了日方隐藏部分图书的企图，保证了这批珍贵文献的完整回归。1946年6月，先有第一批共十箱古籍精品空运回国，但仍有一百箱古籍滞留堆放在东京上野。此年初冬，被称为日本"波伏娃"的进步女作家宫本百合子，在帝国图书馆里看到这批来自中国的大木箱，她在次年发表的《图书馆》一文中写道：

> 当我再去那里时，我发现长长的走廊入口处堆放着许多木箱。那是又深又长的长方形大箱子，层层堆放着，我能感觉到箱子里面书的重量。今年夏天，当我去骏河台的杂志纪念馆（按：即日本战时国策调查研究机构"东亚研究所"）时，我发现大楼内一间闲置办公室的地板上，也层层堆放着

第九章　追索被劫古籍，楚弓楚得

这样的木箱。听说书箱里的书籍漂洋过海从日本寄到了美国。上野图书馆走廊里堆放的木箱的形状给我留下了那样的印象。[1]

宫本百合子这段平平无奇的叙述，无意中透露了中国古籍在日本战败后的可悲境遇。已经明确归还中国的一百零七箱古籍，暂放于上野的国立图书馆，被随意摆放，乏人看守。由于盟总规定追索劫物的战胜国必须自费、自己组织运输回国，中国代表团至1947年年初才筹措到经费，雇人将古籍搬运至横须贺港口。1947年2月8日，伊兰胜利号轮船装载着中央图书馆被劫的107箱书籍，由专员王世襄押运抵达上海。[2] 船到上海时，郑振铎指定由谢辰生、孙家晋和中央图书馆潘先生到码头迎接。至此，中央图书馆被劫夺的三万四千九百七十册古籍全部退还完毕。[3]

五、系于国运兴衰的古籍命运

清末民初以来，中国的私家藏书大量流失海外，而近邻日本以其经济优势和军事强权，对中国的文献典籍劫掠最多。1907年江南四大藏书楼之一的皕宋楼被日本静嘉堂文库一揽子买下，1929年日本东方文化学院收购浙江东海藏书楼共四万册书，长泽规矩也到中国的七次访书，正是在这样的背景下展开的。由于长泽出手阔绰，北平的旧书店往往将最具版本价值的宋元刊本售予长泽，他因此成为珍本带出中国的重要盯

---

[1] 宫本百合子「図書館」,『文芸』3月號，1947年。
[2] 《日劫我善本书籍第二批已运抵京》,《民国日报》1947年2月13日，第4版。
[3] Memo for IJG, GHQ/SCAP 文件, Box No.4219/8, 文件名：Chinese Classics。

防对象，被民国图书馆界密切注意起来。[1]1930年夏天，长泽到杭州、南京、苏州等地访书时，浙江省民政厅发文通告全省，"日本人长泽规矩也来浙游历，通饬保护并注意有无夹带军火及测绘地图等"[2]。北平图书馆派出访书专员赵万里一路盯防，总是捷足先登提前购买。就算处在如此严密防范下，长泽还是买到了世界仅有五本的金陵小字本《本草纲目》，以及《千金方》和两种文澜阁本《四库全书》，尤其后者还是早经徐森玉之眼、被徐氏错过的"南三阁本"。[3]为了防范这位古籍猎人，中国学者在长泽抵达北京之前，连冷门的戏曲钞本也都尽量搜空，然而长泽还是得手了数百种曲本，自称"都是在监视者眼皮底下做的，我感到得意"[4]。可以说，拥有雄厚财力和高超鉴赏力的长泽在中国访书，与中国学者"斗法"，保持着不俗的战绩。

1932年之后，虽然长泽不再踏足中国，然而东京学界凡有到中国访书的学人，出发前必到长泽处请教中国淘书秘笈。[5]"七七事变"之后，长泽时刻关注嘉业堂、北平图书馆等藏书动向，也跟踪记录着郑振铎、张元济等中国同行的动态。郑振铎坚持留在上海"孤岛"的动机，许多中国同行都不了解，但长泽是清楚的。他在1940年读到了郑振铎记录1937年至1939年个人收书经历的《劫中得书记》时，还羡慕地评论郑氏"所得书皆为珍本"[6]；他所不知道的是，在此文发表之后，郑振铎转入"以国家的力量抢救许许多多的民族文献"的秘密工作。

---

[1]『収書遍歴（十）』，第258頁。
[2]《浙江省民政厅训令》，《浙江民政日刊》第177号，1930年8月4日。
[3]『収書遍歴（十）』，第258頁。
[4] 長澤規矩也『わが蒐書の歴史の一斑』，第175、260頁。
[5] 薄井恭一「長澤先生」，『書誌学』新28号，1981年。
[6] 長澤規矩也「事変後の民国雑誌二三を読む」，『書誌学』第16卷第2号，1940年2月。

郑振铎与长泽规矩也同为两国著名的爱书家与藏书家，在战争之中，二人的行为大相径庭。为了给国家收书，向以"书痴"闻名的郑振铎甚至忘记了为自己收书："我的不收书，恐怕是二十年来所未有的事。但因为有大的目标在前，我便把'小我'完全忘得干干净净。"[1]"我辈爱护民族文献，视同性命。千辛万苦，自所不辞。"[2]古籍寄存香港之时，郑振铎多次向中央图书馆写信请求尽快运出香港，因港地潮湿多白蚁，不利于古籍保存，"中多孤本精椠，若有疏虞，百身莫赎"[3]。后来在香港装箱启运美国之前，所有古籍都用油皮纸包裹以防止水浸，然后放入铅板二重包装的大木箱中。

这批被郑振铎视为宝物的古籍被劫至东京之后，却被长泽为首的日本专家"粗暴对待"——其中两万册的善本古籍一年之内经历了四趟长途搬运的颠簸，另外一万多册没有被长泽列入藏匿名单、留存在上野的中国古籍，却被帝国图书馆囤压在地下室里。1946年4月11日，中国驻日代表团向盟军总部提交一份英文备忘录，描述这一大批古籍"被积压在一个潮湿而封闭的地下室房间内，它们已被长期暴露于外并且受损严重"[4]。

晚清以来中国古籍东流，一方面是以日方强国的经济实力作为坚实后盾，另一方面也是因为中国政府没有能力守住家业，听任古籍外流。在郑振铎和"文献保存同志会"的呼吁与努力下，古籍外流的趋势得到了部分遏制。但是，毕竟国力有限，可供调用的资金不足，日伪、汉奸及美国的一些单位和个人却能一掷千金进行掠夺性抢购。作

---

[1] 郑振铎《求书日录》,《西谛书话》, 第412页。
[2] "致张信", 1940年3月27日, 第27页。
[3] "致蒋信", 1941年9月11日, 第253页。
[4] 中国军事代表团联络处Return of Rare Chinese Classics, 1946年4月11日, GHQ/SCAP文件, Box No. 4219/8, 文件名：Chinese Classics。同年4月8日,《张凤举日记》亦记："(古籍)发见各书于地下室中, 多为水渍污损。"

为攫取中国古籍的"常胜将军",长泽规矩也虽未亲身参加沦陷区的图书掠夺,却在日本处理中国被掠图书过程中充当了"主事者"的角色。长泽特别看重这批文献,他在受命整理这批劫获古籍时,表现出罕见的积极,冈田温说:"当长泽君从结实的木箱里一本本地取出善本时,他的眼睛炯炯放光,他废寝忘食地为我们整理图书。"[1] 对于长泽主动要求举办"明代史料展观会"以向日本东洋史学界推荐这批中国古籍的举动,冈田温认为:"恐怕他已经预见了日本的学者不可能再有机会见到这些贵重的资料吧。"[2]

对中国古籍一如既往的"占有欲",使长泽很难接受日本战败之后古籍必须返还中国的现实,他主动为帝国图书馆出谋划策,企图藏匿这批稀世珍本。在老朋友张凤举面前,也对自己的行为颇多狡词辩护。当日本宣告战败之后,"这些善本全部返还中国,长泽君表现出来十分的垂头丧气,让旁人看着可怜他"[3]。与长泽有着六十多年交情的泷川政次郎回忆说:"日本战败后的长泽君,整个人全变了。他年轻时对中国文化的憧憬已经褪色,回归到一个完全日本趣味的日本人。"[4] 不仅如此,长泽将他战前和战时收购的中国古籍全部出售,先将有插图的珍本高价卖给村口书店,1951年、1961年又将所藏戏曲小说出售给东京大学东洋文化研究所,据悉花费研究所两个年度的科学研究费。[5]

回顾郑振铎与长泽规矩也之间的这场文献争夺战,其胜负结局,虽然与两人的性格、才华、志向和处事方式密切相关,但最终还是系于国家命运。当日本国力强盛时,日本人一掷千金,用尽手段巧取豪

---

[1] 冈田温「畏友長澤規矩也君を悼む」,『図書館雜誌』,第2期,1981年。
[2] 冈田温「長澤規矩也君を偲んで」,『書誌学』新28號,1981年。
[3] 同上注。
[4] 瀧川政次郎「長澤規矩也君を悼む」,『書誌学』新28號,1981年。
[5] 黄仕忠《长泽规矩也中国访书考记》,《南方都市报》2010年3月18日。

晚年的长泽规矩也在家中书斋

夺。而当国家强大之后，书籍的流向亦相应改变。2013年，北京大学斥资一亿多元人民币购买日本大仓集古馆藏书，首次大量回购海外的中国典籍。所谓大仓集古馆，正是1928—1932年长泽规矩也在北京期间为之鉴定和收购古籍的"大仓洋行"。

六、拖延古籍迁台

抗战后四年，隐姓埋名的郑振铎致力于保存上海"文献保存同志会"购存的书籍，这批书籍虽然数量规模略少于日本归来的被劫图书，但是也达到近三万册。重庆方面对此颇为重视。1945年8月，朱家骅（1944年11月接替陈立夫任教育部长）对蒋复璁说："你为中央图书馆采购的善本图书都放在上海，第一先要去清理，所以我将京沪区的接收交给你办。"[1] 蒋复璁遂被任命为教育部京沪区接收专员，乘坐抗战胜利后第一架重庆到上海的飞机，第一批抵达上海办理接收。将复璁

---

[1] 蒋复璁《国立中央图书馆创办的经过与未来的展望》，《珍帚斋文集》第2卷，第952页。

一到上海,"就去察看在战时所收购的珍本图书"[1],要求郑振铎编一份完全目录。8月27日,郑振铎来到秘藏这批古籍的法宝馆,带领王以中、徐微、孙家晋(吴岩)三人,开始动手整理图书、编写目录,集中装箱之后运到南京的中央图书馆。据郑振铎1946年3月25日致赵万里信中提到,至此时编目进行了一半左右,"同志会"在上海所购"普通书"达到一万部以上,此外从同文书院及他处接收敌产图书,也有近一百万册。[2]这一大批书籍都放在法宝馆等待整理,再运到南京。

抗战胜利后的上海,一边是国民党接收大员的"劫收"乱象丛生,一边是国民党对上海实行新闻文化"搜剿",郑振铎主编的《民主》和经常撰稿的《周报》都曾遭受到当局的搜扣。1945年12月17日,许广平、巴金、姚蓬子、李健吾等六十多位进步作家在上海成立中华全国文艺协会上海分会,会上推举郑振铎为主席,通过要求政府尽速开放言论自由等三个提案,对当局形成了强大的舆论压力。[3]这个民主进步组织是由中共党员夏衍到上海发动的,而国民党当局早于此年9月即截获郑振铎与身在香港的潘汉年联系的情报,台北"国史馆"保存的1945年9月30日汤恩伯密电蒋介石的电文称:

> 上海方面,潘汉年近在沪图恢复文总会,郑振铎已被煽惑。申哿(按:即9月20日)前后有所集议并决定,闻其内容系为取消特务及集会言论自由等。[4]

---

[1] 蒋复璁《我与中央图书馆》,《珍帚斋文集》第2卷,第885页。
[2] 《赵万里年谱长编》,第247—248页。
[3] 《文协沪分会昨日成立,要求言论自由检举附逆文人》,《申报》1945年12月18日,第5版。
[4] 《抗命祸国苛扰殃民——抗战时期(十一)》,《蒋中正总统文物》,台北"国史馆",典藏号:002-090300-00212-331。按:台北"国史馆"藏郑振铎相关档案共九个,主题可分二类:一是联名发电保存毛公鼎,见本书第八章;(转下页)

第九章 追索被劫古籍,楚弓楚得 387

同一时间，李健吾被清华同窗吴绍澍聘任为国民党上海市宣传部编审科长，吴是上海市政治特派员，即所谓"接收大员"里面最高级别的官员，郑振铎日记有8月26日"途遇吴绍澍，略谈即别"的记录。[1]李健吾在任科长时期也接到类似的密电，这促使他认清国民党的反动面目：

> 九月一日，我正式踏进那座富丽堂皇的大楼，乱哄哄不像办公，忽然半个多月以后，我偶尔看到重庆一通密电，大意是防止共产党人员从重庆来到上海活动。当时报上正在宣传统一战线，眼看毛主席就要飞到重庆，而事实上却密令各地防止共产党活动！我生平顶顶恨的就是阴谋、捣鬼，自己本来不是国民党，何苦夹在里头瞎闹，夜阑人静，我深深地为自己的糊涂痛心，回到"明哲保身"的小市民身份，混到九月三十那天走掉。[2]

李健吾在退出市党部之后，和郑振铎等人创办了进步杂志《文艺复兴》，并且顶着风险，和郑振铎一起为成立中国共产党领导下的中华全国文艺协会上海分会而奔走。到了1947年，郑振铎已经对国民党深深失望，他和孙家晋说，"前一个时期我们都太天真了"。根据郑振铎日记的记录，抗战胜利后的第一年，他一周有两至三次到法宝馆"理书"，之后渐渐见疏，最后一次到法宝馆的时间是1948年3月22日。1948年11月6日，淮海战役打响，南京陷入混乱状态，国民党当

（接上页）二是参加民主活动及联系中共。这些档案此前尚未被学界所留意，本书系首次披露。

[1]《郑振铎日记全编》，第246页。
[2] 李健吾《我学习自我批评》，《光明日报》1950年5月31日，《李健吾文集·散文卷》，第320页。

局蓄谋将中央图书馆、故宫博物院、北平图书馆等文博单位所藏古物古书渡海迁台,郑振铎"耿耿不寐,殊为焦虑",11月17日,他写信给蒋复璁,试图说服他中止文物迁台:

> 敝意不妨选最精者装箱,存放安全之地。或即设法运沪存放亦可。众意,此间似比较的安全些。且为经济中心,一般人均注意于"物资",对于古物,却不大留意,故反可以安全些。不知兄意以为如何。最好能和故宫及中央博物馆采取同一步骤,以自己不作独异的主张为宜。闻中央研究院古物,孟真先生(按:即傅斯年)并不想动,亦不装箱,自亦有其理由。此时,但求安全,应动与否,必须有详密之策划。搬动到远处,尤为不妥。……如决运上海,有数地亦可存放。弟日夜思维,总觉得对于已集中之国家民族的精神所寄之物,必须策其万全!中心至感痛苦。[1]

郑振铎站在人民立场,认为文物不应该因为政治鼎革而受颠簸搬动,文物安全高于政治需求,他主动提出古籍可以运沪存放,希望借此避免文物播迁渡海。同年12月7日,赵万里致函郑振铎,商谈设法拖延文物迁台计划说:"中央图书馆及故宫存寄之文物,如真的运台或美,后果严重,不堪设想,其祸视嬴政焚书,殆有过之。"[2] 徐森玉也反对文物迁台,在12月13日致台静农信中说:"衮衮诸公,妄以台湾为极乐国,欲将建业文房诸宝悉数运台,牵率

---

[1] 此信未被台北"国家图书馆"收入档案,其原件留存大陆,影印本见《香书轩秘藏名人书翰》下册,赵一生、王翼奇编,杭州:浙江古籍出版社,2005年,第872—873页。
[2] 《赵万里年谱长编》,第286页。

1947年，徐森玉（左四）郑振铎（左五）等在南京中央博物馆的合影

老夫留京十日，厕陪末议；期期以为不可，未见采纳，昨托病回沪。"[1] 12月初，国民党当局由行政院下令，强制南京各单位紧急启动文物迁台。12月7日，中央图书馆第一批古籍由军舰运载，从南京直运台湾，截至次年6月，共运出六百四十四箱、十二万一千多册古籍。迁台皆为南京的中央图书馆本馆所藏书，而上海的法宝馆还存着战时所购的一万多册古籍、战后从日本追回的书籍以及教育部在上海接收日伪单位个人的藏书。

郑振铎在1947年初似乎已预感到某种历史变革，他的助手孙家晋回忆：

---

[1] 徐森玉《汉石经斋文存》（下），徐文堪编，北京：海豚出版社，2010年，第229—230页。又，陈福康著《郑振铎传》第519页提到徐森玉受命鉴定故宫博物院文物迁台等级时，"有意不将某些重要文物标为一级，终于机智地保留下来一些珍品"。

我们四个人重新又整天在"法宝馆"。可工作放慢了，书也不再往南京装运了。南京有意见。可古书发出强烈的年深月久的气息，透露出历史的要求。"楚弓楚得"，这批善本书究竟应该归谁？我们默默地理着书，相视而笑。谁也明白自己心里在想什么，谁也明白对方是知道自己心里正在想什么。后来，以中先生和徐微（按：徐微于1947年春离开上海）先后走了。"法宝馆"只剩下我和西谛师两人了，西谛师忙于印《中国版画史图录》和《韫辉斋藏唐宋以来名画集》，渐渐地也并不天天来法宝馆了。(19)48年岁尾的一天，他和我感慨地环顾全室的书城（大概已运走了三分之一光景），他亲手关紧窗子，准备好亲笔签名的封条，亲自锁上铁门，贴上封条，然后把钥匙郑重其事地交给我："拜托了！"我感到了钥匙上残留的他的体温，时局紧张，我更感觉那个钥匙的沉重的分量。[1]

　　郑振铎在1949年2月秘密绕道香港进入解放区，临行前与孙家晋谈话，叮嘱他看好法宝馆里的古籍。不久之后，徐森玉带中共地下工作人员章文彩、李芳馥与孙家晋见面，勉励他保管藏书说："人民会感谢你们的。"[2] 1949年冬天，董必武率领的华东区工作团到达上海，文教组组长便是郑振铎，孙家晋到上海大厦，把法宝馆的钥匙亲手交还郑振铎。[3]

　　郑振铎1949年这次"楚弓楚得"行动，在书籍史上留下了一个

---

[1] 吴岩《沧桑今已变》，《郑振铎纪念集》，第471页。
[2] 《香烟缭绕话觉园》，《郑振铎》，第286页。
[3] 谢辰生《纪念西谛先生》，《新中国捐献文物精品全集·郑振铎卷》下，中国文物学会主编，北京：文津出版社，2015年，第234页。

第九章　追索被劫古籍，楚弓楚得　　391

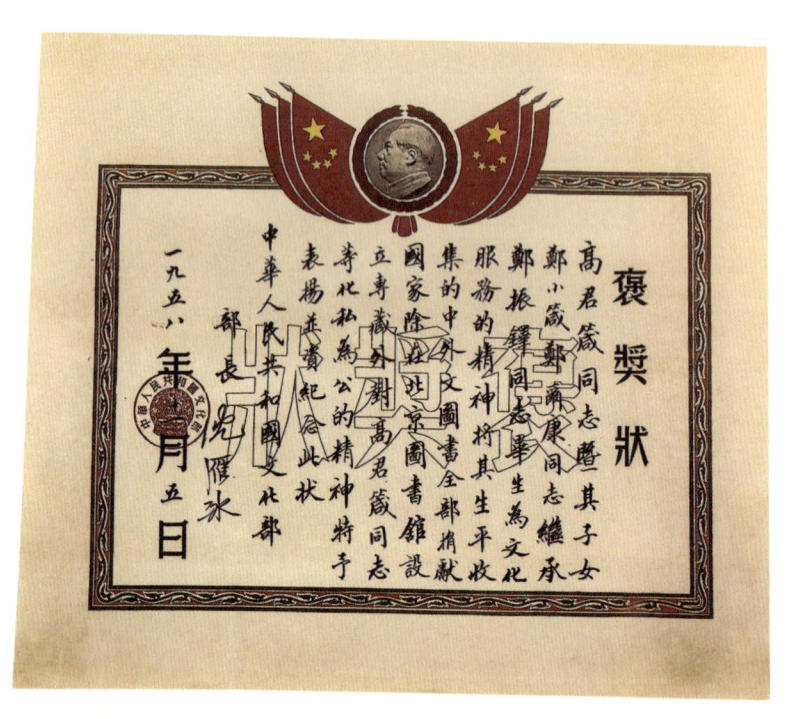

遗属将郑振铎生前所有藏书捐赠给国家，图为1958年的褒奖状

巨大的谜团。因为中央图书馆存沪图书远远不止1940—1941年"文献保存同志会"抢救的图书，另外还有相当一批战后从日本索还的古籍，以及接收日伪单位藏书。1947年到上海港口去接收日本归还中央图书馆古籍的谢辰生，撰写《中国大百科全书：文物博物馆》的"郑振铎"条目说："1948年，他把曾被日本侵略军从香港劫夺而由中国驻日代表团追回的一大批珍贵图书秘密转移，指定孙家晋等人负责保管，故意拖延、推迟运往南京的时间，直到上海解放后交由中央工作团接收，使这批珍贵图书得以保存下来。"[1]这部分图书的数量有多少？目前我们只见到一份相关档案，即1948年6月孙家晋向蒋复璁报告"自日本追回书籍第一批（五箱）刻已清点造册"[2]，蒋复璁函复说书暂行存沪，俟全部接收日本追回书籍完竣，再行运南京[3]。孙家晋所说到1948年底"大概已运走了三分之一光景"，是指"文献保存同志会"的那批还是指中央图书馆所有存在法宝馆的图书？我们以为可能是后者，然而无从得知具体数量。

三分之二的法宝馆古籍是靠着"拖"字诀保存在大陆的，而有些国宝级的善本则用的是"瞒"字诀。1938年，郑振铎费尽心力为国家购置的《古今杂剧》（见本书第二章），在1940—1945年之间保存于上海、香港两地的商务印书馆，中间一度销声匿迹，再后来就出现于20世纪50年代的北京图书馆目录中，现存于中国国家图书馆。抗战时期郑振铎为中央图书馆搜购了两种季振宜《全唐诗》稿本：底稿本、誊清本一百五十八册。[4]前者目前收藏在台北的"国

---

[1]《中国大百科全书·文物：博物馆》，谢辰生主编，北京：中国大百科全书出版社，1993年，第738—739页。
[2]《孙家晋函蒋复璁》，1948年6月30日，馆藏号：068147。
[3]《蒋复璁函孙家晋稿》，1948年7月3日，馆藏号：068146。
[4] "致张信"，1940年3月17日，《为国家保存文化》，第18—19页。《第二号工作报告书》，1940年5月7日，《为国家保存文化》，第303页。

家图书馆",后者见录于1987年出版的《北京图书馆古籍善本书目》第五册,现存于中国国家图书馆。[1]1942年郑振铎择选"同志会"所购古籍中具有史料价值者影印出版《玄览堂丛书》初集,十九种底本现在散布于中国国家图书馆、台北"国家图书馆"和南京图书馆三地。[2]

> 我在躲藏里所做的事,也许要比公开的访求者更多更重要。

1958年10月17日,时任文化部副部长的郑振铎率团外访,因飞机失事遽然辞世。郑振铎逝世后,遗孀高君箴及其子女将九万四千多册藏书(其中线装书四万一千多册)悉数捐赠给北京图书馆。

郑振铎生前经手搜购、抢救、保存的古籍,构成了今天海峡两岸图书馆的古籍基本库藏。在他导夫先路的中国俗文学研究、版画研究、文物研究诸领域,今天的研究者们所研究的珍贵文献与文物,许多都是当年郑振铎奋力搜求保全下来的。

时隔将近一个世纪,当我们回望郑振铎这场"一个书生的文化抗战",可以从许多角度加以言说。本书着重探讨郑振铎的书籍事业。最后,笔者想借用一个生态学的概念——鲸落——来总结郑振铎书籍事业对于人类文明史的意义。逝去的鲸鱼缓缓沉入海底,它的营养和能量滋养了长达百年的海洋生态循环系统。

——鲸落,万物生。

---

[1] 张锦郎《抗战时期抢救陷区古籍诸说述评》,《佛教图书馆馆刊》第57期,2013年。
[2] 刘明《郑振铎编〈玄览堂丛书〉的底本及入藏国家图书馆始末探略》,《新世纪图书馆》第7期,2014年,第54—60页。

后　记

2009年冬天，我在东京偶然翻到一本《广东战后报告》，作者内藤英雄是日军随军记者。书中有一段文字讲述了1938年底他在广州见到各大学的图书被日军弄得一片狼藉，日本士兵把图书铺在潮湿的水泥地上打地铺。其中有一位来自台北的教授，专门负责搜集与汇总有价值的图书。这条记载引起我的极大好奇，因为我的母校中山大学在1938年广州沦陷时，仓促间未能及时转移图书和设备，致使大部分藏书被劫。等到1945年抗战胜利之后，已经找不到这些图书的下落了。那么，《广东战后报告》这条记载是否指向某条路径呢？我咨询了恩师田仲一成先生，他对于这些图书的下落表达了不乐观："那些士兵不懂文化，他们不懂保存图书。"东京大学东洋文化研究所图书部主管丘山新教授则是满怀愧疚地说："如果找到了，应该还给你们。"可是，他们都爱莫能助，无法提供新的线索。当时我在日本的博士后课题是研究中日祭祀演剧，主要到日本乡村去调查那些朴素的民间祭祀与奉纳艺能。因此，追查战时中国被劫图书只能作为"业余爱好"，缓慢进行。我利用业余时间，跑遍了日本国立国会图书馆、公文书馆、防卫省防卫研究所、东洋文库、亚细亚经济研究所图书馆等我认为可能存有战时图书的所有图书馆。抱着一条线索都不放过的想法，我从中山大学被劫图书开始查起，渐渐扩大搜索对象，转而关注抗战时期中国各大公立图书馆被劫图书在日本的遭遇这一话题。

2012年春，我博士后出站时，电脑里已经存有一个超过10G的大型文档，名为"中国被劫图书"。回国之后，我入职中国人民大学，担任"中国古典文献学"课程的讲授。每次上课讲至"历代书厄"这一段，总能感受到"抗战书厄"这个话题的隐隐召唤。于是，从2013年到2019年，我每年寒暑假到日本访学，一边从事古代戏曲文献的专业研究，一边追查中国被劫图书的相关资料。渐渐地，这两条完全不相干的研究路径在一位文化先贤的身上发生了交叉，那就是中国俗文学研究鼻祖郑振铎。

20世纪30年代，郑振铎所撰《插图本中国文学史》《中国俗文学史》，率先将从前"不登大雅之堂"的说唱戏曲俗文学纳入文学史框架，并以此开创了中国的俗文学研究。从学术史的脉络中去梳理郑振铎的贡献，这方面的研究已经相当充分，但是，从"一个人与一群书以及一个时代"，亦即从"书籍史"与"抗战史"的角度深描郑振铎，是我在日本的书籍追踪中可以有所作为的地方。

郑振铎留下了许多文字描述他在全面抗战八年的上海生活，但正如他自己在1956年的《〈劫中得书记〉新序》中所说，"劫中有所讳"，他的日记和书信等个人文献均隐匿了不少历史细节，又或是因为他作为文化抗战中的"我方"，他当时也不太了解黑暗中紧盯着他的"敌方"行动。多方博弈的细节，只有作为后人的我们，才有可能从各方的信息中重新拼接出来。因此从2015年开始，我聚焦于抗战时期郑振铎和"文献保存同志会"所抢救的古籍，将研究重点放在中日档案文献、相关人士的日记、回忆录的查访和梳理之上。

2018年，恰逢郑振铎诞辰一百二十周年及不幸遇难六十周年，我的三篇小文在报刊发表之后，受到各界朋友的关注，这对于我是很大的鼓舞。曾经有段时间，我陷入了一种精神内耗，评职称的压力与论文发表的困境，让我每次打开电脑"中国被劫图书"文档时，都会产生"不务正业"的负罪感。有位朋友开玩笑说，在卷无可卷的中国学术界，你这种一不申请课题资助，二非专业调研的抗战"追凶"，图个啥呢？我只好讷讷地说，我就是想知道这些书到底都藏到哪儿去了。

郑振铎在抗战时期曾经想刻两块图章，一刻"狂胪文献耗中年"，一刻"不薄今人爱古人"。在我自己也踏入中年之后，对这十四个字越来越心有戚戚，尤其是在日本一次次地邂逅那些既熟悉又陌生的古籍时，更加强烈地意识到，最打动我的，不是书籍本身，而是曾经发生在这些书籍背后的人与人的相遇。郑振铎留守"孤岛"上海时期的书籍事业，恰恰最能反映书、人、战争三者之间的紧张关系。

2024年秋天，我的母亲被诊断出阿尔茨海默病，身处"漫长的告别"过程中的我，也正面对着自己体力、脑力，以及生活热情的衰退。因此完成这本书，也算是对自己从青年到中年的十五年访书经历的一次重返与记录。在责编卫纯的建议下，我放弃了之前已经写好的四万多字"论文体"文字，重新明晰了时间线，将郑振铎抗战八年的"生命史"作为本书重点。幸运的是，此前从未面世的1939年郑振铎日记恰好于2023年底现身上海，郑振铎先生的后人郑炜昊提供了这本日记的清晰图片，从而令"文献保存同志会"成立前夜的模糊历史处境，一下变得清晰起来。在此还要特别感谢郑源先生，以及被誉为"郑振铎研究第一人"的陈福康先生一直以来对我的提携与帮助。

在日本的多年访书过程中，田仲一成先生赐予我在东洋文库等藏书机构的诸多便利。东京大学方面，丘山新、户仓英美、大木康、菅丰、谷垣真理子、河村久仁子、广田辉直、王旭东等诸位师友们给予我各种帮助。东京大学东洋文化研究所图书室可以说是我的"研究根据地"，通过该室的馆际互借渠道，我得以申请复制日本各机构的战时文献资料，因此每次我到东京大学都会第一时间拜访图书室，这里的工作人员虽然换了一拨又一拨，但每次总会有一两位熟悉面孔的姐姐对我轻声说"お帰りなさい"（欢迎回来）。

2015年之后，我转向中国台湾寻访资料，得到谢国兴、廖肇亨、刘苑如、刘琼云、崔慧君诸位老师的关照。在大陆资料寻访过程中，得到黄仕忠、张志清、刘玉才、潘建国、赵国忠、张剑、史睿、张燕婴、王小岩、樊昕、黄骏、李家桥、梁健康、赵铁锌、林杰祥、宋希於等师友的热心帮助。书稿最后的写作阶段，学棣吴佳儒、蔡哲宇、杨春萌、邢乐萌、戴婷婷在文献查阅和核对方面助力甚多。近年来，蒙马伯庸、黄晓峰、郑诗亮、张立宪、周行文诸位先生的推广，本书相关话题也引起媒体公众的关注，还有许许多多我没办法列举的热心师友，在此一并呈上我的谢意。

　　本书动笔正值我的本命年，无论身体还是心理状态都处于低谷期，幸得家人的充分理解与支持。潮州家中的姐姐、姐夫尽心尽力照顾着年迈的父母，八十三高龄的老父亲更是二十四小时看护着孱弱的母亲。父亲是那种从来没下过厨房的典型传统潮州男性，但自从母亲得病以后，父亲主动承担了大部分的做饭、扫地、洗衣等家务，免去了我在北京工作的后顾之忧。我实在不是一名合格的女儿，也不是合格的妻子，因为对于家务，我素来采取敬而远之的态度，家里总是乱得一塌糊涂。还好丈夫作为学术同行，对我还比较宽容，他最大的不满反而是我的学术不作为，比如经常说我积累了十几年的田野调查资料却从未产出成果，"难道留着煲汤吗？！"在最后四个月的写作冲刺阶段，客居寒舍的小喵盼兮，每天趴在我的电脑桌前监工，我每敲出一段文字，就要把手伸到猫脖子下挠撸一阵子，以释放写作的兴奋劲。还要感谢我的健身"搭子"张梦娇女士以及健身房的姐妹们，让我得以把精神焦虑转化成多巴胺。

　　本书的选题缘于我赴日本跟随田仲一成先生从事博士后研究的2009年，此后的十五年间，除了疫情的三年，其余的每年寒暑假，我都会到日本访书，受教于先生。2024年暑假，我到琦玉县的府上拜访先生，时年九十二岁的田仲先生手头正在同时写作三部书稿。告别的时候，先生跟我约定明年再见。当时我心里想的是，明年我一定要完成一本书，带来向先生汇报。2025年元旦，我照例写邮件向田仲先生恭贺新年，第一次未能收到先生的快复，在隐约的不安之中，2月份致电先生府上，才知道先生已于12月因体力不支而病倒。电话中，先生的声音很微弱，他宽慰我说，不用担心，没事的。3月初，本书写作终于告竣，我火速订了13日赴东京的机票。但是当我赶到先生府上时，田仲太太告诉我，先生现在ICU，不方便见外人，我只能请她将我们2024年的几张合影带进医院，给先生看看。3月29日，我从日本友人那里惊闻田仲一成先生驾鹤仙游的噩耗，望着过去二十六年之间先生为介绍我到各机构访书而手写的推荐信，泪如雨下，彷徨许久不能自已。谨以此书向先生汇报，寄托无尽哀思。

吴真

2025年5月19日